ALEXANDRA FLINT

KEIN OZEAN ZU *tief*

Loewe INTENSE

FSC
www.fsc.org
MIX
Papier | Fördert gute Waldnutzung
FSC® C014496

Klimaneutral
Druckprodukt
ClimatePartner.com/18521-2202-1001

ISBN 978-3-7432-1409-5
1. Auflage 2023

Umschlaggestaltung: Andrea Janas | andreajanas.com
Umschlagmotiv: © Mari Dein/shutterstock.com
Innenklappenmotive: © Alexandra Flint, © Christian Horz/shutterstock.com, © Bjoern Wylezich/shutterstock.com, © Maridav/shutterstock.com, © Wolfgang Zwanzger/shutterstock.com, © Evgeny Karandaev/shutterstock.com, © nevodka/shutterstock.com, © urfin/shutterstock.com, © Chermiti Mohamed/unsplash.com, © Cody Black/unsplash.com, © rawpixel.com/freepik.com
Icons für Instagrambeiträge: © freepik.com
Redaktion: Mareike Förster
Printed in the EU

www.loewe-verlag.de

Für alle, die ihren Norden verloren haben.
Die ihren Weg suchen.
Und nicht aufgeben.
Ihr könnt stolz auf euch sein.

»Wer an der Küste bleibt,
kann keine neuen Ozeane entdecken.«
Fernando Magellan

Liebe Leser*innen,

dieses Buch enthält potenziell triggernde Inhalte.
Deshalb findet ihr am Ende des Buchs eine Content Note.

Achtung: Diese enthält Spoiler für die gesamte Geschichte!
Wir wünschen euch das bestmögliche Lesevergnügen.

Eure Alexandra und das Loewe Intense-Team

Playlist

Reckoning Song – Asaf Avidan, The Mojos
20s – Bow Anderson
I'm Born To Run – American Authors
Wanderer – Mogli
She's So High – Tal Bachman
Home – Phillip Phillips
Fell In Love With An Alien – Mike Perry feat. Mentum
Waste of You – Will Callan
About You Now – Sugababes
Bad Liar – Imagine Dragons
Here Comes The Sun – Remastered 2003 – The Beatles
I Lived – OneRepublic
Bette David Eyes – Kim Carnes
Thunder/Young Dumb & Broke (with Khalid)[Medley] –
Imagine Dragons, Khalid
House of Memories – Panic! At The Disco
Memories – Maroon 5
Fire and the Flood – Vance Joy
Tom's Diner – AnnenMayKantereit & Giant Rooks
99 Problems – Hugo
Written In The Water – Gin Wigmore
West Coast – OneRepublic
Under – Alex Hepburn
Walk – Griff
Helium – Sia
Pray – JRY, RuthAnne
Looking Too Closely – Fink
Ocean – Martin Garrix feat. Khalid

Prolog

VERFOLGEN UND VERFOLGT WERDEN

Lou

Sommer vor drei Jahren,
Preikestolen, Norwegen

Mein Herzschlag donnerte viel zu heftig und schnell in meiner Brust, während mir das Blut in den Ohren rauschte. Schweiß stand mir auf der Stirn, mein verwaschenes Travelshirt, das den Mount Cook in Neuseeland zeigte – und für das ich ein halbes Taschengeldvermögen ausgegeben hatte –, klebte mir am Körper wie eine zweite Haut und ich … war glücklich. Voll und ganz und auf eine so simple Art und Weise, dass ich am liebsten die Arme ausgebreitet und die verdammte Welt umarmt hätte. Euphorie, gepaart mit Adrenalin und purer Freude, sprudelte als wilder Cocktail in mir hoch. Ein Cocktail, der mir das Gefühl gab, am Leben zu sein. *Lebendig*. Echt. Hier in diesem Augenblick. Weil das vollkommen reichte.

Mit einem letzten Satz sprang ich über einen der Steine, die den Weg bis hierher gesäumt hatten, und betrat das weitläufige und verlassene Felsplateau vor mir. Die Sonne war noch nicht aufgegangen und der Himmel in jenes helle Blau getaucht, das nur darauf wartete, von den ersten Strahlen des neuen Tages in Brand gesetzt zu werden. Für den Moment fühlte es sich an, als würde ich durch eine

Traumlandschaft wandeln. Hier, fernab von allen Menschen und Städten, mitten in der zerklüfteten Landschaft Norwegens hoch oben auf dem Preikestolen mit nichts als endloser Weite um mich herum. Direkt vor mir ragte das Plateau ein wenig über das saphirblaue Wasser des Fjords, rechts und links fiel das Land steil ab und auf der anderen Seite erhob sich das Ufer mit einer majestätischen Steilwand. Es war atemberaubend und so viel beeindruckender als sämtliche Aufnahmen, die ich mir vor unserem Urlaub angeschaut hatte. Kein Foto und kein Video der Welt konnten den Zauber des *Hierseins* einfangen. Dafür musste man schon die Luft selbst atmen, den Wind auf der eigenen Haut spüren, dem Flüstern der Natur lauschen. Wenn ich gekonnt hätte, wäre ich für immer in diesem Augenblick geblieben. In diesem Gefühl, richtig zu sein, genau an diesen Ort zu gehören, während es mir zu Hause oft so vorkam, als würde ich schlichtweg nicht in die Form passen, die sich mein Leben nannte. Egal, was ich tat. Wie sehr ich es auch versuchte.

Komm schon, Lou. Nicht jetzt. Dieser Platz ist zu schön, um ihn mit der Realität zu verderben.

Meine innere Stimme ließ mich lächeln. Sie hatte recht. Ich war nicht hier hochgestiegen, um mich mit Dingen zu befassen, die ich zusammen mit meinen Eltern unten im Hotel *Preikestolen BaseCamp* hinter mir gelassen hatte. Entschlossen ignorierte ich das Stechen in meiner Magengegend und wandte mich um, als ich hinter mir das laute und vertraute Schnaufen meiner älteren Schwester Charlie hörte.

»Heilige Scheiße. Warum genau habe ich mich noch mal um zwei Uhr aus dem Bett gequält, um mit dir diesen Berg hochzurasen?« Zwischen jedem einzelnen Wort legte sie eine Pause ein, um wieder zu Atem zu kommen. »Das ist … Masochismus.«

Ich lachte leise und lief Charlie etwas entgegen, damit ich ihr mit dem Rucksack zur Hand gehen konnte. »Wenn es dich tröstet: Ich bin sehr stolz auf dich. Und es wird sich lohnen, vertrau mir. Sonnenaufgänge sind pure Magie.«

»Die wir vom Hotelbalkon aus nicht gesehen hätten?« Zweifelnd hob sie eine ihrer rotbraunen Brauen und seufzte erleichtert auf, sobald ich die Schnallen ihres Backpacks löste. Als wäre ich die Ältere von uns beiden und nicht fünf Jahre jünger.

»Da unten zwischen den ganzen Bäumen? Niemals. Dafür muss man schon höher steigen. Komm, ich zeig es dir.« Ich hängte mir ihren Rucksack über eine Schulter – meinen eigenen trug ich immer noch auf dem Rücken – und führte Charlie weiter über das Plateau zur Kante.

»Nicht zu nah an den Abgrund, Lou.«

»Keine Sorge, ich passe schon auf.«

Sie bedachte mich mit einem ihrer typischen Große-Schwester-Blicken und blieb zwei Meter vor dem Abgrund stehen. »So wie du aufgepasst hast, als es dich letztes Mal beim Skaten auf der Straße zerlegt hat?«

»Daran war der lose Asphalt schuld. Nicht ich«, erinnerte ich sie und stellte unser Gepäck ab. Dann ließ ich mich an der Kante nieder, sodass meine Beine über dem Wasser baumelten, das gute sechshundert Meter unter mir träge durch den Fjord floss. Es war ein irres Gefühl, hier zu sitzen, eine berauschende Mischung aus Respekt vor der Höhe, Glücksgefühl und rasendem Herzen. Kurzerhand streckte ich mich nach meinem Rucksack, holte ihn ein Stück zu mir heran und zog neben einem typisch norwegischen Wollpullover, den wir vor drei Tagen in Bergen gekauft hatten, auch meine Nikon hervor.

»Es macht mich wirklich wahnsinnig, dich da sitzen zu sehen.«

Schmunzelnd schlüpfte ich in das Wollungetüm und drehte Charlie den Kopf zu. »Wenn du dich zu mir hockst, können wir uns gegenseitig wahnsinnig machen.«

»Du bist echt unmöglich, weißt du das eigentlich?«

»So oft, wie du mich daran erinnerst, werde ich das wohl nicht so schnell vergessen.«

Charlie schnitt eine Grimasse, die zwischen Belustigung, Ratlosigkeit und Sorge changierte, und setzte sich in der nächsten Sekunde tatsächlich zu mir. »Absolut irre.« Beim Anblick der Landschaft vor uns weiteten sich ihre Augen, die dieselbe grünbraune Farbe wie meine besaßen. Sogen dabei jedes Detail in sich auf, als könnten sie sich ganz einfach nicht gegen ihren Zauber wehren. So ergriffen und sprachlos hatte ich sie schon lange nicht mehr erlebt.

»Momente wie dieser leben vom Irrsinn«, sagte ich in die Stille hinein und nahm ein paar Einstellungen an meiner Kamera vor, ehe ich sie auf die Welt um uns herum richtete. Auf unsere braunen Hikingboots, die über dem Abgrund hingen, das Wasser, das unter uns schimmerte, den Horizont im Osten, wo in wenigen Minuten die Sonne aufgehen würde.

»Okay, du hast gewonnen, die Tortur hat sich gelohnt, Lou. Das ist … ich weiß gar nicht, was ich sagen soll.«

»Schon gut«, ich rutschte näher an meine Schwester heran und ließ die Kamera sinken, »mir fehlen auch die Worte. Ist völlig okay. Genieß es einfach.«

»Du weißt schon, dass unsere Eltern durchdrehen werden, wenn sie in gut fünf Stunden aufstehen und feststellen, dass ihre Töchter nicht mehr in ihrem Zimmer, sondern acht Kilometer entfernt und etwa fünfhundert Meter höher auf einem Berg sind, richtig?«

»Ich bin beeindruckt. Du hast gut zugehört, als ich dir den Weg beschrieben habe.«

Charlie pikte mich in die Seite. »Ich höre dir immer zu.« Und das stimmte, meine Schwester verstand mich wie niemand anders auf der Welt – von meiner besten Freundin Neela einmal abgesehen. Und sie wusste, wie sehr mir die vielen Entscheidungen, gerade im Hinblick auf meine Zukunft, zu schaffen machten. Weil es ihr in gewisser Weise genauso ging. Die unsichtbaren Spannungen mit unseren Eltern, das Gefühl, nie so richtig in ihre um Weiten zu großen Fußstapfen zu passen, hatten uns neben so vielen anderen Dingen zu Verbündeten gemacht.

»Danke, Charlie.«

»Immer, Lou.«

Wir sahen einander an, lächelten dasselbe Lächeln und verschränkten unsere Hände miteinander.

»Wie lange dauert es noch, bis die Sonne aufgeht?«

»Nur noch ein paar –« Ich verstummte abrupt und fuhr herum, als ich hinter uns Schritte hörte. Zwei Jungs – einer mit so blonden Haaren, dass sie beinahe weiß wirkten, der andere braun-, fast schwarzhaarig – betraten leise keuchend das Plateau. Ähnlich wie meine Schwester und ich hatten auch sie gut gefüllte Rucksäcke dabei und steckten in ordentlichen Bergschuhen und passender Kleidung.

»Haben wir es noch rechtzeitig geschafft?«, fragte der Blonde gerade und fuhr sich über die vor Schweiß glänzende Stirn. Ich schätzte ihn und seinen Freund auf zwei, vielleicht drei Jahre älter als mich.

»Jap, sind im Zeitplan.« Der Braunhaarige schaute auf seine Smartwatch und hob dann den Kopf, wobei sich unsere Blicke trafen. Einen Herzschlag lang sahen wir uns nur an, dann erkundigte er sich in flüssigem Englisch: *»Hi, sorry for disturbing you two. I hope you don't mind sharing the spot for a bit?«*

Ich öffnete den Mund, um ihm zu antworten, egal, ob nun auf Deutsch oder Englisch, doch irgendetwas an diesem Kerl verschlug mir die Sprache. Vielleicht weil er beinahe absurd gut aussah und mir sein charmantes Lächeln direkt die Hitze in die Wangen trieb. Hitze, die ganz offensichtlich einen Kurzschluss in meinem Gehirn verursachte. *Großartig, Lou!*

Als ich nichts sagte, sondern nur wenig hilfreich den Mund schloss und wieder öffnete wie ein Fisch auf dem Trockenen, drehte sich Charlie um und erwiderte an meiner Stelle auf Deutsch: »Hey, nein, kein Problem. Ist ja genug Platz für uns alle.«

»Perfekt, danke.« *Charming* – der Name passte einfach wie die Faust aufs Auge – lächelte noch ein Stückchen breiter und klopfte seinem Kumpel auf den Rücken, ehe sie sich, ein paar Meter von uns entfernt, ebenfalls an der Kante niederließen.

Mit noch immer brennenden Wangen verfolgte ich, wie sie ihre eigene Kameraausrüstung hervorholten: unzählige Objektive, Mikros, verschiedene Kamerabodies und sogar eine Drohne. Teures Equipment, das die beiden als Profis auf ihrem Gebiet entlarvte. Oder zumindest *Möchtegern-Profis*. Wobei mir irgendetwas sagte, dass die Jungs genau wussten, was sie taten. Mit routinierten Handgriffen bauten sie Objektive um, schraubten Polfilter auf die Linse und unterhielten sich gedämpft, sodass ich mich anstrengen musste, sie über das leise Säuseln des Windes zu verstehen.

»Und du bist dir sicher, Kai?« Blondie zupfte an seiner Drohne herum, bis die kleinen Rotoren ausgeklappt waren und sie die Form eines Wasserläufers angenommen hatte. »Das ist ein krasses Ding. Könnte schiefgehen.«

Der Braunhaarige – Kai, nahm ich an – nickte und wischte sich die Hände an seiner kurzen Outdoorhose ab, ehe er ein Bündel Seile aus dem Rucksack hervorzog. »Genau aus diesem Grund mache ich das ja. Weil es *mein* krasses Ding ist.«

»Ich weiß nicht, ob du den Verstand verloren oder einfach nur Todessehnsucht hast.«

»Irgendetwas dazwischen, schätze ich.«

Seine Antwort ließ mich leise lächeln, während ich mir den Kopf darüber zerbrach, von welchem *krassen Ding* die beiden eigentlich sprachen. Und was genau sie mit den Kletterseilen vorhatten, denn soweit ich wusste, gab es direkt am Plateau keinen Einstieg. Vielleicht ein Shooting, das ließ zumindest Charmings hübsches Gesicht vermuten.

»Okay, hör zu«, sagte Blondie. »Das Set hält *eine* Erschütterung aus. Eine Chance. Danach musst du wieder hoch, kapiert? Alles andere wird mir sonst zu heiß.«

»Noch mal, ich falle nicht, Henri. Tue ich nie, schon vergessen?«

Fallen?

»Du starrst da schon ziemlich auffällig rüber, Lou. Hat es dir der süße Braunhaarige angetan?«

Ertappt wandte ich den Jungs – und meinen Gedanken – den Rücken zu und sah meine Schwester anklagend an. Anklagend und mit in Flammen stehendem Gesicht, was man dank meiner hellen Haut vermutlich auch nur allzu gut erkennen konnte. In dieser Hinsicht war ich das reinste Klischee:

feuerrote, lange, wilde Wellen, grünbraune Augen, Sommersprossen und so helle Haut, dass Sonnenschutz 50 in den meisten Fällen nicht ausreichte. Was mich allerdings nie davon abhielt, jeden einzelnen Strahl zu genießen. Charlie hatte es da deutlich besser getroffen. Ihre kinnlangen Haare schimmerten in einem dunklen Kastanienton und im Gegensatz zu mir wurde meine Schwester braun, sobald man das Wort *Sonne* auch nur in den Mund nahm. Sie hatte die Gene von Papa geerbt, während ich in dieser Hinsicht eher nach unserer Mutter kam.

»Tue ich gar nicht.« Meine Antwort folgte mit deutlicher Verspätung und klang ziemlich lahm, wie ich zugeben musste.

»Hey, vor mir muss dir das nicht peinlich sein, er *ist* süß.«

»Könntest du bitte damit aufhören, die ganze Zeit *süß* zu sagen?«

»Hast du Angst, er bekommt das mit? Keine Sorge, der *Süße* und sein Freund sind gerade mit ihren Kameras aufgestanden und – *was zum Teufel machen die da*?«

»Hm?«, erwiderte ich irritiert und drehte mich nun doch wieder den beiden Jungs zu.

Genau in dem Moment, in dem die Sonne endlich über die Berge lugte und alles in ein warmes Licht tauchte.

Genau in dem Moment, in dem Henri einen Daumen hochreckte und knapp nickte.

Genau in dem Moment, in dem Kai schief lächelnd an seinem Freund vorbei zu mir schaute, eine Hand am Auslöser seiner Kamera, und über die Kante sprang.

In den Abgrund.

Einfach so.

»Oh mein Gott!« Meiner Kehle entrang sich in derselben

Sekunde ein Schrei, in der Charlie nach meinem Arm packte und meinen Namen ausstieß. Reflexartig riss ich mich von ihr los und rannte über das Plateau zu Henri. »Habt ihr den Verstand verloren?«

Verwundert, als wäre mein Aufruhr vollkommen unverständlich, runzelte er die Stirn und sah von seiner Fernbedienung auf. »Die Frage gebe ich gern an den Kerl da unten weiter.«

»Willst du mich – *wie bitte* …?« Perplex folgte ich seinem ausgestreckten Finger, der direkt auf die Kante zeigte – oder besser gesagt, auf das, was darunter lag. Mit rasendem Puls und viel zu abgehacktem Atem beugte ich mich über den Abgrund … und konnte den scharfen Fluch, der mir auf der Zunge lag, nicht länger zurückhalten.

Dafür also die Seile …

»Lou, was ist?« Charlie stellte sich neben mich und murmelte dann eine ähnlich kreative Verwünschung, als sie sah, was ich sah.

Kai hing wortwörtlich über dem Nichts. Mit rechts hielt er sich an einer herausstehenden Felsnase fest, die mit weißem Puder – vermutlich Kletter-Chalk – bedeckt war. Auf diese Weise sicherte er sein ganzes Gewicht, während er mit der anderen Hand ein Foto nach dem nächsten schoss. Als wäre nichts dabei, als würde er so etwas jeden Tag machen, als würde er das Schicksal nicht gerade mit erhobenem Mittelfinger herausfordern. Seine Füße, die nun in Kletterschuhen steckten, schaukelten leicht, beinahe entspannt, hin und her und auch das Seil, das im Ernstfall sein Leben schützen sollte, baumelte lose an seiner Seite. Ungenutzt. Ungebraucht. Genau, wie er es gesagt hatte.

Ich falle nie.

Seine Worte hallten in mir wider und so, wie er dort positioniert war, glaubte ich sie ihm sofort. Es wirkte so mühelos. So leicht. So schwerelos. Einzig die Muskeln, die sich unter seiner gebräunten Haut wölbten, verrieten, dass es ihn trotz lässiger Pose Kraft kostete, sich zu halten.

Und irgendwie beruhigte und beunruhigte mich das gleichermaßen.

»Unser Vogel war in der perfekten Position. Hat jeden Winkel eingefangen. Alter, Kai, das wird alles verändern, Mann!« Henris lauter Ausruf zerriss jäh die angespannte Stille.

Unwillkürlich stolperte ich einen Schritt rückwärts und verfolgte, wie sich Kai über die Kante zog und mit sichtbar schnellerer Atmung neben seinem Kumpel aufrichtete. Kreide klebte an seinen langen Fingern, mit denen er nun an seiner Kamera herumhantierte. Zwischen seine Brauen grub sich eine tiefe Falte, als er konzentriert durch die Bilder klickte und dabei keine Sekunde hochsah. »Du hast aufgenommen? Ich dachte, du kundschaftest nur aus?«

»Und lasse mir die Chance auf ein einmaliges Video entgehen? Natürlich habe ich gefilmt. Könnte sein, dass es durch die Strahlen etwas überbelichtet ist. Mal schauen, ob ich das im *Post-Editing* hinbekomme«, erwiderte Henri, die Aufmerksamkeit nun wieder auf seine Drohne – das war dann wohl besagter *Vogel* – gerichtet, die er gerade landete. »Vielleicht müssen wir morgen noch mal her und es wiederholen, damit der Clip besser wird.«

Kopfschüttelnd ließ Kai endlich von seiner Kamera ab und fasste seinen Freund ins Auge. Seine Brust hob und senkte sich noch immer rasend schnell, feine Schweißtropfen funkelten auf seiner Haut. »Ist egal, es geht nicht um das Video. Ich habe, weshalb ich gekommen bin.«

»Also gab es tatsächlich einen Grund für diese halsbrecherische Aktion?«, mischte sich Charlie plötzlich in das Gespräch ein und erinnerte mich daran, dass wir auch noch da waren. Nicht nur als stumme Beobachter, sondern als Teilnehmer dieser ganzen surrealen Szene, die sich hier gerade abgespielt hatte. Und weiterhin abspielte.

Dem Blick nach zu urteilen, mit dem Kai und Henri uns bedachten, schien auch ihnen erst jetzt wieder bewusst zu werden, dass sie nicht allein auf dem Preikestolen waren.

»Sicher. Keine Aktion ohne Grund. Warum sollten wir das sonst durchziehen?« Henri zuckte mit den Schultern.

Meine Schwester lachte freudlos und ein klein wenig zu schrill auf. Dabei klang sie beinahe wie unsere Mutter. »Vielleicht um einen Herzinfarkt zu bekommen?«

»Nicht ganz. Uns ging es eher um den ultimativen Shot.« Mit einem weiteren charmanten Lächeln auf den Lippen hakte Kai die Kamera aus seinem Klettergurt aus. »Tut mir leid, wenn wir euch … einen Schrecken eingejagt haben. Schätze ich.«

»Schätzt du.« Endlich hatte ich meine Stimme wiedergefunden, auch wenn sie jetzt, da Kais funkelnde braune Augen direkt auf mir lagen, seltsam hoch klang. »Das war ziemlich …«

»… genial?«, schlug Henri vor. In seinen eisblauen Iriden blitzte es auf.

»Durchgeknallt«, verbesserte ich ihn nachdrücklich und überkreuzte die Arme vor der Brust, als es um Kais Mundwinkel amüsiert zuckte. »Und das soll kein Kompliment sein, nur damit wir uns richtig verstehen.«

»Kein Ding.« Kai winkte mit seiner freien Hand ab. »Wir wurden schon als Schlimmeres bezeichnet.«

»Und sollten jetzt von hier verschwinden, bevor uns der Ranger noch mal Ärger macht«, erinnerte ihn Henri und richtete sich auf, nachdem er die Drohne zusammengefaltet und in der passenden Tasche verstaut hatte. »Oder willst du, dass der dich wieder erwischt? Am Ende geht es so aus wie in Schweden und ich muss dafür geradestehen.«

»Oder wie in Finnland.« Grinsend schnappte sich Kai seinen Rucksack und setzte ihn auf. »Das wäre fatal.«

Ich schaute zwischen den beiden hin und her, nicht sicher, ob sie scherzten oder das hier voller Ernst war. Ganz ehrlich, ich hätte ihnen beides gleichermaßen zugetraut. »Wow, also verfolgt dich nicht nur ein wütender Ranger, sondern gleich ganz Skandinavien?«

Charlie schnaubte, was ihr Lachen jedoch nur mäßig kaschierte, während Henri ein »Da ist schon was dran« brummte.

Kai überging die beiden und sah mir wieder direkt in die Augen. Und die Art, *wie* er mich ansah … das machte irgendetwas mit mir. Etwas, das über diese prickelnde Hitze, die mir ein weiteres Mal ins Gesicht schoss, hinausging. »Oder vielleicht bin ich derjenige, der die Welt jagt, wer weiß das schon?«

»Ehrgeizig«, brachte ich hervor, obwohl sich die feinen Härchen in meinem Nacken aufstellten.

»Ambitioniert«, korrigierte er mich. »Wo kämen wir ohne unsere Ziele hin?«

Henri schlug ihm freundschaftlich gegen den Backpack und zog seinen Freund dann ein Stück zur Seite. »Komm, du Philosoph, wir haben Arbeit vor uns.«

»Spinner.« Kai schob Henris Arm weg und fuhr sich durch die dunklen Haare, die oben etwas länger als an den Seiten waren. »Hat mich jedenfalls gefreut. Und sorry noch mal, dass wir euch mit der Aktion euren … Sonnenaufgangsmoment genommen haben.«

Sonnenaufgangsmoment – dieses Wort und was darin mitschwang, ließen ein warmes Gefühl in meiner Brust aufsteigen. Es klang, als würde Kai in Sonnenaufgängen dieselbe Magie erkennen, wie ich es tat, und das hatte ich bisher bei nur wenigen erlebt. »Ein bisschen ist ja noch übrig.«

Kai nickte mit einem Lächeln. Ich erwiderte es und wünschte mir, ich wäre mutig genug, ihn einfach nach seiner Nummer zu fragen. Oder nach seinem vollen Namen. Irgendetwas, anstatt nur tatenlos dabei zuzuschauen, wie er zum Abschied eine Hand hob, noch immer dieses Lächeln auf den Zügen, und dann mit Henri von dem Plateau verschwand. Aus meinem Sichtfeld. Aus diesem Augenblick. Als hätte es diese Begegnung nie gegeben. Zwischen Lou, die durch die Welt jagte, um frei zu sein, und Kai, der längst frei schien und nun von der Welt verfolgt wurde.

»Sollen wir der Sonne noch ein wenig beim Aufstieg zuschauen?«

Ich wandte endlich den Blick von der Stelle ab, an der Kai und Henri verschwunden waren, und nickte meiner Schwester zu. »Sicher, es hat ja gerade erst begonnen.«

DREI JAHRE SPÄTER

Kapitel 1

AUS DER TIEFE AUFTAUCHEN

Lou

»Wenn du noch länger auf dieses Papier starrst, geht es in Flammen auf, Lou.«

»Ich hätte nichts dagegen.« Zähneknirschend ließ ich besagte Blätter sinken und schaute zu meiner besten Freundin Neela, die neben mir auf den breiten Stufen vor dem Unihauptgebäude in Konstanz saß. »Dann würde sich mein Problem einfach in Luft auflösen.«

Mit einem leisen Seufzen strich sich Neela ein paar lose dunkle Strähnen, die unter ihrem beigen Kopftuch hervorlugten, hinters Ohr. Neela war halb Malaiin, Muslima und trug ihren *Hidschab* – oder besser gesagt *Tudung*, wie man das Kopftuch auf Malaiisch nannte – aus eigener Überzeugung locker und mit einem Selbstbewusstsein, für das ich sie bewunderte. Genauso wie für ihre Stilsicherheit in Sachen Mode oder die Tatsache, dass Neela schon immer gewusst hatte, was sie vom Leben wollte, und dafür einstand. Etwas, das ich von mir definitiv nicht behaupten konnte.

»Gar nichts wird sich auflösen und das ist uns beiden klar«, nahm Neela den Faden schließlich wieder auf und zupfte mir die zusammengehefteten Bögen aus den Fingern. Meinen leisen Protest überging sie dabei geflissentlich, stattdessen konzentrierte sie sich voll und ganz auf die mit roter Tinte verschmierten Seiten. »Mensch, Lou, wie lange willst du das noch machen?«

»Keinen Schimmer, wovon du sprichst.«

Auf meine Antwort hin verpasste sie mir einen sanften, aber bestimmten Klaps gegen den Arm. »Physik mag nicht deine Stärke sein, aber du bist nicht blöd. Selbst deinem Sturkopf muss bewusst sein, dass das hier«, bei diesen Worten wedelte sie vielsagend mit der versauten Prüfung, »nichts bringt. Wo soll das denn hinführen?«

Ich pulte an meinem dunklen Nagellack herum, der nach meiner letzten Klettersession die reinste Katastrophe war. Wie meine Physik-Prüfung, die Neela gerade kopfschüttelnd durchblätterte. »In Ausnahmefällen gewähren sie auch einen Viertversuch.« Keine Ahnung, warum ich von all den Dingen, die ich hätte erwidern können, genau das aussprach. Vielleicht weil ich mich verzweifelt an irgendetwas klammerte, obwohl ich längst wusste, dass es zu spät dafür war. Und dass dieses Irgendetwas nie wirklich existiert hatte.

Meine Freundin ließ meinen Drittversuch sinken und sah mich wieder an. »Du weißt, ich liebe dich und deinen Chaos-Kopf, trotzdem – oder viel wahrscheinlicher gerade deswegen – werde ich dir jetzt mal sagen, was ich denke, Milou Annabelle Grafenberg.«

»Da bin ich aber gespannt.« Wieder ein Klaps, dieses Mal gegen den Oberschenkel und deutlich fester als zuvor. »Autsch, verdammt.«

Neela grinste schief, doch es fehlte die übliche Leichtigkeit darin. Ihre ehrliche und ganz mühelose Freude, die sich für mich immer ein wenig wie warme Sonnenstrahlen anfühlte. »Ich schaue mir das jetzt seit zwei Semestern an. Zwei

Semester, in denen ich dir auf jede nur erdenkliche Art und Weise geholfen und dich beim Lernen und den Praktika unterstützt habe …«

»Das weiß ich. Und ich weiß, wie viel Zeit es dich gekostet hat, dass ich dich immer ausgebremst habe und –«

»Stopp.« Abwehrend hob sie eine Hand, sodass ihr weißes Oversized-Shirt, auf dem in English und direkt darüber auf Arabisch *The Voice of Women is Revolutionary* stand, ein wenig verrutschte. Ich liebte ihre Shirts, auf denen jeden Tag etwas anderes Kluges oder manchmal einfach nur Witziges stand. »Darum geht es nicht. Das habe ich gern gemacht, sehr gern sogar und ich würde dir noch zwanzig weitere Semester den Rücken stärken, wenn ich wüsste, dass es das ist, was du willst.«

Bei ihren Worten zog sich mein Magen zu jenem kleinen heimtückischen Ball zusammen, der verriet, dass Neela nicht nur auf der richtigen Spur war, sondern vielmehr voll ins Schwarze getroffen hatte.

»Ich würde noch Tausende Essays und Praktikumsberichte schreiben oder Rechenblätter für dich abgeben, Lou. Wirklich. Aber nichts davon ändert, was hier schwarz auf weiß steht.«

»Wohl eher rot auf weiß.« Ich schnitt eine Grimasse und lehnte mich gegen die nächsthöhere Stufe in meinem Rücken. »Scheiße, damit habe ich es echt verkackt.«

Als Neela dieses Mal lächelte, war es wieder aufrichtig und ließ ihre dunkelbraunen Augen leuchten. »Es ist kein Verkacken, wenn man nicht wirklich erfolgreich sein will.«

»Okay, das ist mir zu hoch. Ist das wieder irgend so eine verdrehte Logik, die du von Damia aufgeschnappt hast?« Neelas Schwester Damia studierte Psychologie und hatte es sich zur Lebensaufgabe gemacht, ihre Glückskeks-Weisheiten mit der Welt zu teilen. Ob man nun wollte oder nicht.

»Nope, das ist dieses Mal ganz allein auf meinem Mist gewachsen.« Mit einem Zwinkern rutschte sie näher und schob meine Physik-Prüfung unter ihren Rucksack. »Wir kennen uns jetzt wie lange?«

Ein wenig irritiert, legte ich den Kopf in den Nacken und blinzelte in die Herbstsonne, keine einzige Wolke war am Himmel und mir in meiner karierten Hose und dem dünnen Pullover viel zu warm. »Dreizehn, fast vierzehn Jahre?«

»Richtig. Seit der Grundschule. Seit dem Moment, in dem ich Björn vom Stuhl geschubst habe, weil er sich über meinen Tudung lustig gemacht hat.«

Die Erinnerung ließ mich trotz meiner Gewitterstimmung schmunzeln. »Und nachdem ich ihn und seine sogenannte *Gang* eine Woche später in Kunst mit roter Farbe vollgeschmiert habe, weil sie mich wegen meiner Haare Hexe genannt haben.«

»Das war doch ein Versehen, die Tube ist ganz von allein geplatzt«, gab Neela zurück, genauso wie unzählige Male zuvor, wenn dieser Zwischenfall zur Sprache gekommen war, durch den wir uns gemeinsam gegen Björn verschworen und angefreundet hatten. »Worauf ich aber eigentlich hinausmöchte: Ich kenne dich jetzt schon vierzehn Jahre und in all der Zeit hast du immer, wirklich ausnahmslos immer, alles geschafft, was du dir in den Kopf gesetzt hast, Lou.«

»Bis jetzt.« Die Bitterkeit, die automatisch mit meinem Studium verknüpft war, kehrte in meine Stimme zurück. »Das hier werde ich nicht schaffen.«

»Ja, weil du es dir nicht in den Kopf gesetzt hast. Du willst es nicht.«

Nun sah ich sie wieder an. »Doch, natürlich will ich es. Sonst hätte ich mich ganz sicher nicht durch die ersten zwei Semester Wirtschaftsingenieurwesen gequält, das kannst du mir glauben.«

»Du willst nur, dass du es willst. Das ist ein Unterschied.«

Langsam, aber sicher verwandelte sich mein Gehirn in einen einzigen verworrenen Knoten, von dem ich nicht einmal mehr genau sagen konnte, wo er begann und wo er aufhörte. *Ob* er irgendwo aufhörte. Vielleicht ja dort, wo der pochende Nerv saß, den Neela mit ihrer Erkenntnis traf. Jener Nerv, der direkt mit meiner inneren Stimme verknüpft war und mir in den vergangenen Jahren wieder und wieder etwas ganz Ähnliches hatte vermitteln wollen – und den ich jedes Mal ignoriert hatte. So lange, bis der Nerv samt seiner Warnungen unter all den anderen Gedanken, die mich täglich begleiteten, begraben gewesen war.

Weil das bei Weitem leichter war, als sich ihnen zu stellen.

»Erinnerst du dich noch an das, was du in der zehnten Klasse nach der Zeugnisvergabe als Allererstes zu mir gesagt hast?«, fragte Neela sanft in die Stille hinein, die nur von den leisen Stimmen der anderen Studierenden auf dem Campus gefüllt wurde.

Ich atmete hörbar aus und fasste meine langen kupferroten Locken zu einem lockeren Knoten zusammen. »Nie wieder Physik oder irgendetwas Technisches.« Die Aussage kam mir beinahe resigniert über die Lippen. »Und doch habe ich dieses Studium gewählt. Wieso ahne ich, worauf das hier hinausläuft?«

»Weil du es tief in dir drin schon die ganze Zeit weißt und es bloß nicht sehen wolltest. Aus einem riesigen Haufen von Gründen, die ich vermutlich nie ganz verstehen werde.«

Ich nahm mir ein paar Augenblicke, um über ihre Antwort nachzudenken. Ihre Antwort und das, was sie für mich bedeutete: einen Punkt, an dem ich unweigerlich vor einer Kreuzung stand, die bloß zwei Optionen bereithielt. Weiter wider besseres Wissen auf stur zu schalten und zu versuchen, das sinkende Studiums-Schiff durch ein Wunder zurück auf Kurs zu bringen. Oder endlich zu akzeptieren, dass es keinen Sinn hatte, und das Steuer in eine ganz andere Richtung herumzureißen. Eine, in die mich mein Herz zog und die mein bisheriges Leben ziemlich über den Haufen werfen würde.

Mein Kopf begann zu rauchen. Eine Kreuzung, zwei Möglichkeiten und ich irgendwo dazwischen vor einer Entscheidung, die ich treffen musste. Vielleicht könnte ich tatsächlich einen Viertversuch ansprechen und …

Verdammter Bockmist. Neela hatte recht, ich tat es schon wieder: Ich legte mir zwei Optionen zurecht, obwohl es eigentlich nur eine gab. Weil eine erneute Prüfungswiederholung an unserer schicken Privatuni, der *Akademie für Wissenschaft und Technik Konstanz*, absolut undenkbar war – und weil ich sie auch gar nicht wollte.

Ich wollte keine vierte Prüfungswiederholung, die ich ohnehin wieder vergeigen würde. Ich wollte diese ganze Scheiße über Drehmomente und Gravitation und Beschleunigungen nicht noch mal in meinen Schädel pressen müssen. Ich wollte mich nicht länger jeden Tag mit etwas quälen müssen, das mir die Lebensenergie raubte. Bei dem ich einging. Für das ich … für das ich nicht brannte.

Ich will so nicht mehr weitermachen.

Mein Kinn ruckte hoch, als dieser einzelne Gedanke mit der Wucht einer Abrissbirne in meinem Kopf einschlug und dafür sorgte, dass etwas in mir an die richtige Stelle rückte. Wie ein Schalter, den ich in den vergangenen Jahren absichtlich offen gelassen hatte, um mir dieses Studium irgendwie schmackhaft zu machen, und der nun endgültig und unwiderruflich einrastete.

»Fuck.« Es war das Erste, was ich nach einer kleinen Weile von mir gab. Ein einzelnes Wort aus nur vier Buchstaben, das meinen aktuellen Gemütszustand dennoch so treffend beschrieb, dass mir unwillkürlich ein leicht irres Lachen über die Lippen kam. Ich lachte und lachte, bis ein leises Schluchzen daraus wurde, als mir dämmerte, wie tief ich in diesem Strudel gesteckt hatte und noch immer steckte.

»Ach, Lou.« Neela legte die Arme um mich und fuhr mir beruhigend über den Rücken.

»Was soll ich denn jetzt machen?«

»Das, was du sonst auch tust. Du gehst deinen Weg, egal, wie kompliziert oder steil er im Moment wirken mag. Den ersten Schritt hast du gerade schon getan und ich bin mir ziemlich sicher, dass sich der Rest von allein fügen wird.«

»Bei dir klingt das viel zu leicht.«

»Als du deinen Blog eröffnet hast, warst du anfangs ebenfalls erschlagen von allem. Dem ganzen Set-up, der Website, wo du überhaupt anfangen solltest. Aber dann ist daraus etwas ziemlich Geniales geworden, oder nicht?«

Mein Travelblog war mein Herzensprojekt, in das ich jede freie Minute investierte. Wann immer ich konnte, fuhr ich in die Berge oder an den See, versuchte, in den Semesterferien möglichst viel und weit zu reisen und alles in Form von Fotos und Texten für meine Follower festzuhalten.

Ich richtete mich ein Stückchen auf und fuhr mir unter den Augen entlang. Ein wenig schwarze Mascara blieb an meinen Fingerspitzen hängen. »Das ist doch etwas vollkommen anderes. Bei meinem Travelblog geht alles irgendwie von allein. Ich muss über nichts nachdenken. Reisen und das Schreiben darüber passieren einfach. Das ist kein Studium oder Beruf oder etwas, das ich später machen kann.«

Neela lächelte verstehend und ich hatte mit einem Mal das Gefühl, als wüsste sie schon wieder mehr über mein eigenes Leben als ich. »Wer sagt das?«

Die Gesellschaft. Das Bankkonto meines Zukunfts-Ichs. Meine Eltern. Die ganze Welt. Das Universum –

Nein. Ich. Ich sagte das. Ich sagte es die ganze Zeit. Zu allen anderen, zu mir selbst. Ich sagte, dass mein Blog *Lou's Lovely World* nur ein Hobby war. Dass das Reisen, meine Berichte und Aufnahmen nur ein Hobby waren. Ich spielte es runter, machte es klein, obwohl es so viel mehr war. So viel größer. Obwohl mir das Travelblogging die Welt bedeutete und ich sogar schon etwas Geld damit verdiente. Eine gute Followerzahl hatte. Jede freie Sekunde damit verbrachte und es schlichtweg liebte.

Als ich nichts antwortete – und sehr wahrscheinlich musste ich das auch gar nicht, denn meine beste Freundin war beinahe unheimlich gut darin, mir in den Kopf zu schauen –, griff Neela nach meinen Händen und suchte meinen Blick. »Kann es sein, dass du dir diese Grenzen selbst gesteckt hast? Weil sie zu dem Weg passen, von dem du unbedingt willst, dass du ihn gehen willst?«

Gut möglich. Ich hob einen Mundwinkel und nickte langsam. »Manchmal macht mir deine Klugheit Angst, weißt du das eigentlich?«

»Bitte? Ich bin nicht halb so furchteinflößend wie du, wenn du einen Berg hochrennst. Dein Tempo ist nicht menschlich.«

Dieses Mal war mein Lachen echt und leicht. Ein Stück weit befreit. Vielleicht weil die verhauene Physik-Prüfung in meiner langen Reihe von verhauenen Prüfungen nicht die Katastrophe war, für die ich sie anfangs gehalten hatte, sondern der Weckruf, den ich dringend brauchte.

Ein Weckruf und ein erster Schritt.

Ich ging von der Uni nicht direkt nach Hause. Schwer zu sagen, woran es genau lag, aber irgendetwas hielt mich zurück. Eine Mischung aus meinen unzähligen Tornado-Gedanken, die das Gespräch mit Neela vorhin aufgewirbelt hatte, der Entschlossenheit, etwas zu ändern, und der Furcht. Alte, bekannte und beschissene Furcht, die sich wie eine Zecke aus Zweifeln festgebissen hatte und einfach nicht verschwinden wollte.

Ist das wirklich das Richtige?

Was, wenn ich am Ende beim Travelblogging auch noch versage?

Hat das eine Zukunft oder baue ich Luftschlösser, von denen ich nur glauben möchte, sie würden halten?

Knurrend vergrub ich das Gesicht in den Händen und starrte dann beinahe anklagend auf den Bodensee vor mir, der in der Nachmittagssonne funkelte. Viel zu friedlich und schön und postkartenidyllisch für meine aktuelle Stimmung. Trotzdem zog ich mein Handy instinktiv aus meiner Rocktasche, wechselte zu Instagram und nahm eine kurze Story auf.

Dark thoughts could never break the beauty of your moments.

Die Worte dazu kamen wie von selbst, der richtige Bildausschnitt kam wie von selbst. Es war alles da, ohne dass ich mich dafür verbiegen musste.

Zeigt das nicht genau, dass du nicht auf die Zweifel hören solltest?

Ich legte die Stirn in Falten und scrollte durch meinen Instagramfeed mit seinen vielen, ganz unterschiedlichen Perspektiven des Travelbloggings. Diese Bubble war in den letzten Jahren zu meinem Safe Space geworden und mittlerweile konnte ich mir ein Leben ohne die täglichen Updates oder den Austausch mit meinen liebsten Bloggern nicht mehr vorstellen. Da war Ásta, die über ihre Heimat Island schrieb und bei der ich mir schon einige Tipps geholt hatte. Deon aus Namibia, der auf den Schutz der Natur und nachhaltiges Reisen aufmerksam machte. Und natürlich @chasingkaihansen mit seinem viel zu charmanten Dauergrinsen und irren Fotos, die einem nicht selten den Atem raubten.

Kai war eine große Nummer in der Szene, eine verdammt große Nummer. Er hatte knapp zwei Millionen Abos auf YouTube, fast eine Million auf Insta, von TikTok ganz zu schweigen, und bisher war mir niemand in der Travelbubble begegnet, der Kai nicht kannte. Bis heute kam es mir wie ein Traum vor, dass ich ihm damals in Norwegen begegnet war. Auf dem Preikestolen, kurz bevor er quasi über Nacht berühmt geworden war. Ich hatte ihm nie geschrieben, war bloß stumme Followerin seiner zahllosen Abenteuer und dennoch inspirierten er und all die anderen mich jeden Tag aufs Neue. Weil sie sich von der Welt – der realen und virtuellen – nicht unterkriegen ließen und ihren Traum verfolgten.

Gedankenverloren tippte ich doppelt auf den neusten Beitrag von @chasingkaihansen, den er gestern früh hochgeladen hatte und der ihn mit ausgebreiteten Armen und Tausend-Watt-Lächeln hoch oben auf einer Palme in Bolivien zeigte, die sich gefährlich unter seinem Gewicht bog. Kai hatte geschafft, wovon ich träumte, hatte nie aufgegeben und ging seinen Weg, während ich gerade das Gefühl hatte, mich irgendwo auf meiner Reiseroute verloren zu haben. Dieser Gedanke stieß mir bitter auf. Seit wann war ich jemand, der sich verlief?

Kopfschüttelnd scrollte ich weiter, durch Bilder, die beeindruckende Berge zeigten, endlose Ozeane, Bilderbuchsonnenuntergänge und … ein Foto von Elisa, die im Profil zum Meer stand und befreit lachte.

Ich hatte Elisa im Sommer auf Sylt kennengelernt, als ich dort meine Schwester Charlie besucht hatte. Damals war Elisa in einer Situation gewesen, die meiner aktuellen sehr ähnelte. Und sie war mutig genug gewesen, ihr Studium in Perth hinter sich zu lassen und auf der Insel neu anzufangen. Obwohl sie Angst und Zweifel gehabt hatte, obwohl sie so viel zurückgehalten und es einige Hindernisse gegeben hatte.

Trotz allem hat Elisa es durchgezogen.

Ich schob die Unterlippe zwischen die Zähne.

Was wäre, wenn ich aufhörte, immer nur davon zu reden, sondern es endlich tat? Es *durchzog*?

Was wäre, wenn ich mir die Zeit, die Chance gab herauszufinden, was außerhalb von Konstanz, von meinen Mauern, auf mich wartete?

Was wäre, wenn ich die Option *Gehen* in einen Entschluss verwandelte? Vielleicht sogar nach Sylt reiste und dort nach meinem eigenen Weg suchte?

Die Insel als Anfang in Betracht zu ziehen, fühlte sich seltsam richtig an. Wie ein gesetzter Beginn, eine Basis. Charlie war dort glücklich geworden, Elisa auch, genau wie meine neuen Freundinnen dort …

Als ich mich umsah, wurde mir bewusst, dass ich irgendwann im Laufe meines Gedankenkarussells aufgesprungen war, mit fest umklammertem Handy, klopfendem Herzen und einem Kribbeln in jedem Millimeter meines Körpers. Jetzt, da dieser Funke in mir es endlich aus der Tiefe an die Oberfläche geschafft hatte, wollte – *konnte* – ich nicht länger still sitzen. Ich war aufgetaucht, hatte das erste Mal Luft geholt und wusste zumindest für den Moment, wohin es mich über diesen grenzenlosen Ozean zog.

Mit gestrafften Schultern wandte ich dem See den Rücken zu und schnappte mir das Skateboard aus dem Gras. Ich musste mit meinen Eltern sprechen. Über meinen Entschluss, über mein Leben. Und das am besten, bevor dieser Funke in mir wieder an Zweifeln ersticken konnte.

Kapitel 2

ENTSCHEIDUNGEN, DIE WIR TREFFEN

Lou

Meine Eltern fielen aus allen Wolken, als würden sie die Welt nicht mehr verstehen. Und das erlebte ich nicht oft. Sie beide waren herausragende Ingenieure – meine Mutter für Maschinenbau, mein Vater für Elektrotechnik – und in meinen Augen nicht nur unglaublich intelligent, sondern unter normalen Umständen auch verflucht scharfsinnig. Sie nun sprachlos am Abendbrottisch vor mir zu sehen, fühlte sich daher surreal an. Wie eine verkehrte Realität. Zumal üblicherweise ich diejenige war, die kaum mitkam, wenn sie über ihre Firma und neue Aufträge redeten.

»Jedenfalls«, schloss ich, als keiner von beiden Anstalten machte, irgendetwas zu erwidern, »werde ich nicht weiterstudieren. Zumindest nicht Wirtschaftsingenieurwesen.«

Papa sah – zum wiederholten Mal – vielsagend zu Mama, dann ließ er die Gabel voller Gemüseauflauf langsam sinken und runzelte die Stirn. »Ich muss zugeben – und ich glaube, ich spreche hier für deine Mutter und mich –, dass das sehr … unerwartet kommt.«

»Nicht nur unerwartet, vielmehr aus heiterem Himmel«, stellte Mama richtig und furchte die Stirn. »Vor einer Woche waren wir doch noch in der Firma und du warst ganz begeistert von der Aussicht, bald dort anzufangen. Du konntest es kaum erwarten.«

Mein Gesicht verzog sich wie von selbst zu einer schiefen Grimasse. *Begeistert* hätte ich es nicht unbedingt genannt. Eher *resigniert*, weil meine berufliche Zukunft eben schon immer festgestanden hatte und nichts mehr daran zu ändern war. Nachdem meine ältere Schwester Charlotte nicht in unser Familienunternehmen, das sich auf die Entwicklung von Messgeräten aller Art spezialisiert hatte, eingestiegen war, hatte ich das Zepter unweigerlich übernehmen müssen. Und nichts dagegen gesagt. Eine musste es ja machen, oder nicht? Eine der beiden Grafenfeld-Schwestern musste nachrücken. So wie meine Mutter es nach ihren Eltern getan hatte, und da Charlie raus war, blieb nur ich …

»Wenn du dir Sorgen machst, dass uns eine schlechte Note an dir zweifeln lässt, kann ich dich beruhigen, Schätzchen. Wir sind unheimlich stolz auf dich und das, was du schon erreicht hast und –«

»Nein, Mama«, fuhr ich ihr ruhig, aber bestimmt ins Wort. »Es geht nicht um eine schlechte Note. Es geht um all die schlechten Noten. All die Praktika und Versuche und Prüfungen, die ich nur dank Neela geschafft habe. Dieses Studium, das ganze Berufsfeld … das bin nicht ich. Bin ich nie gewesen.« Ich atmete aus und legte die Hände flach auf den Tisch. »Und das tut mir leid. Es tut mir ehrlich leid, dass das für euch jetzt so plötzlich kommt, aber … aber es hat keinen Sinn, so weiterzumachen.«

Mit einem vernehmlichen Räuspern griff mein Vater nach seinem Wasserglas, nahm einen Schluck und warf mir dann über den Rand hinweg einen dieser langen und durchdringenden Blicke zu, bei denen es in meinem Nacken zu kribbeln begann. »Und da steckt nicht doch etwas ganz anderes dahinter? Vielleicht der Wunsch, in eine neue Richtung in deinem Ingenieurstudium zu gehen?«

Ich schüttelte entschieden den Kopf. »Nein.«

»Du scheinst dir sehr sicher zu sein. Warum hast du nicht schon früher etwas gesagt? Wieso gerade jetzt?« Die Stimme meiner Mutter blieb skeptisch und forschend, unüberhörbare Sorge schwang darin mit und ich war mir ziemlich sicher, dass auch sie an meine Schwester dachte. Und an »den gewaltigen Fehler«, den diese begangen hatte, wie meine Eltern fanden. Denn Charlie hatte ihr Wirtschaftsinformatikstudium nach fünf Semestern abgebrochen, um ihrer großen Liebe nach Sylt zu folgen. So weit zumindest die offizielle Erklärung. Mir hatte meine Schwester weitaus mehr über ihre Gründe anvertraut. Dass sie nicht in das Leben hier passte, keine Ingenieurin sein wollte, dass sie alles in Konstanz einengte. Auch wenn Mama und Papa uns nie zu irgendetwas gezwungen hatten, war die Zukunft, die sie sich für ihre Töchter ausgemalt hatten, doch ein indirekter Druck gewesen. Etwas, das wir geglaubt hatten, erfüllen zu müssen.

Meine Schwester und ich hatten immer wieder darüber gesprochen und sie hatte mir stets geraten, in mich hineinzuhorchen. Auf mein Herz zu hören. Ich hatte darauf jedoch in den meisten Fällen keine echte Antwort gehabt und nur stumpf das wiederholt, was Mama und Papa über all die Möglichkeiten für mich in der Firma erzählt hatten. Über den Karriereweg, den ich dort gehen könnte.

Dass es zwar *ein* Weg, aber nicht *mein* Weg war, war mir dabei nie in den Sinn gekommen.

»Lou?« Mein Vater berührte mich leicht am Arm und holte mich aus meinen Gedanken zurück an den Esstisch in unserer schicken Stadtvilla am Bodensee.

»Ich habe nichts gesagt, weil ich selbst so lange gebraucht habe, um es zu sehen. Weil ich es nicht sehen wollte«, erklärte ich. »Und ich glaube, dass ihr es genauso wenig sehen wolltet.«

Die Falten auf der Stirn meiner Mutter vertieften sich. »Was genau meinst du, Schätzchen?«

»Ich passe nicht hinter einen Schreibtisch voller Konstruktionspläne für neue Messgeräte. Ich halte es nicht mal besonders lange auf einem Stuhl aus.«

»Da ist schon was dran«, brummte mein Vater und fuhr sich über den ordentlich gestutzten Bart an seinem Kinn.

»Benjamin.«

»Ich finde durchaus, dass Lou in diesem Punkt recht hat. Wie oft hast du sie an ihrem Schreibtisch lernen sehen?«

»Vielleicht hätte sie öfter etwas für die Uni tun sollen, wenn man sich ihre aktuelle Prüfung anschaut. Dann wäre sie womöglich nie an diesem Punkt angelangt. Oder sie hätte uns früher von ihren Plänen erzählen können. So hätten wir die Möglichkeit gehabt, gemeinsam nach einer Lösung zu suchen, schließlich ist das Angebot bei uns in der Firma sehr groß und vielseitig.«

»Das hat nichts mit zu wenig Lernen zu tun«, hielt ich dagegen. »Neela hat Hunderte Male versucht, es mir zu erklären, aber in meinem Kopf … keine Ahnung, da ist einfach eine Schranke bei diesem Thema. Ich kapiere Physik und den ganzen Kram nicht, möchte es auch gar nicht kapieren und ich glaube, das ist okay. Es ist okay, dass ich da nicht reinpasse. Dass ich nicht in eure Firma passe.«

Meine Mutter schob ihre runde goldene Brille ein Stück

höher und lehnte sich auf ihrem Stuhl zurück. »Etwas Ähnliches hat deine Schwester auch gesagt, bevor sie kopflos und blind vor Liebe auf diese Insel verschwunden ist.«

»Ich denke nicht, dass das hier etwas mit Charlotte zu tun hat, Kalina.« Es überraschte mich immer wieder, wie mühelos mein sonst eher stiller Vater es schaffte, Mamas Temperament zu besänftigen. Als wäre sie eine seiner geliebten Gleichungen und er wüsste genau, an welcher Stelle er welche Variable einsetzen musste. »Milou ist alt genug, um ihre eigenen Entscheidungen aus eigenen Erkenntnissen zu treffen.«

»Und wohin soll dich diese Entscheidung führen?« Ihre grünen Augen wanderten zurück zu mir, und auch wenn darin nun wieder mehr der vertrauten Mama-Wärme lag, blieb eine leise Spur Enttäuschung zurück. Darüber, dass ich mich nicht in ihre Welt aus Zahlen und Fakten verliebt hatte. Dass ich das Leben, das sie sich für mich gewünscht hatte, gerade mit wenigen Worten zerstört hatte.

Ich konnte sie verstehen, diese Enttäuschung und meine Mutter gleichermaßen, daher hatte ich mich immer ein wenig vor diesem Moment gefürchtet. Aber jetzt hatte ich den ersten Schritt bereits gemacht, den Funken entzündet. Und ich konnte nicht mehr aufhören, an Elisa zu denken, an Charlie und Neela und daran … endlich einmal mutig zu sein.

Ein kleines Lächeln trat auf meine Lippen, dann hob ich den Kopf. »Sylt. Ich denke, ich fahre nach Sylt.« Der Satz kam mir wie eine in Stein gemeißelte Tatsache über die Lippen, so als stünde dieser Entschluss schon eine halbe Ewigkeit fest, gefolgt von weiteren Sätzen, die einander förmlich zu jagen schienen. Als könnte ich sie jetzt, da ich einmal begonnen hatte, nicht länger zurückhalten. »Mein Studium ist mit meinem versemmelten Drittversuch und den vielen geschobenen Prüfungen ohnehin gelaufen und ich muss hier einfach mal raus. Nicht nur für ein paar Tage, sondern … länger. Ich brauche etwas Abstand und ein anderes Umfeld, damit ich mich auf das konzentrieren kann, was ich eigentlich möchte. Was ich liebe. Meinen Blog.«

Es wurde still. Für ein paar unendlich lange Momente sagte niemand etwas – wenn man von den bedeutungsschweren Blicken einmal absah – und ich spürte, wie mein Herz immer heftiger pochte. Mit jeder Sekunde, die verging, ein wenig mehr. Schließlich war es meine Mutter – wie sollte es auch anders sein? –, die sich als Erste aus ihrer Starre riss und langsam den Kopf schüttelte. »Das kommt mir schon sehr überstürzt vor. Dein Platz ist hier, Lou. Außerdem ist dein Reiseblog, nun ja, doch eher ein Hobby für dich, oder nicht? Etwas, um zwischendurch abzuschalten.«

»Ich würde es schon etwas mehr als ein Hobby nennen, Kalina. Schließlich gibt Lou mittlerweile eine Steuererklärung dafür ab. Unsere Tochter scheint ziemlich gefragt zu sein und ihre Fotos sind großartig.«

Ich schenkte meinem Vater ein dankbares Lächeln.

»Das sind sie, das sage ich ja selbst ständig, aber …« Seufzend brach Mama ab und griff nach meiner Hand. »Uns ist wichtig, dass du glücklich bist. Keiner von uns möchte dich zu irgendetwas zwingen, und auch wenn der Ingenieurberuf nichts für dich ist, stehen wir trotzdem hinter dir.«

»Danke, Mama. Und Papa«, sagte ich schnell, weil ich ahnte, dass da noch ein riesengroßes, gesalzenes Aber wartete. Denn obwohl meine Eltern mich, solange ich denken konnte, unterstützt hatten und ich wusste, dass sie nur das Beste für mich wollten … waren sie immer noch *sie*. Ingenieure in vierter Generation, die ein strukturiertes Leben und Beständigkeit anstrebten und in künstlerischen Berufen und Social Media Hobbys und Freizeit sahen.

Und damit das genaue Gegenteil von mir.

»Allerdings«, setzte Mama auch schon zu ihrem befürchteten *Aber* an und faltete beinahe geschäftsmäßig die Hände unter ihrem Kinn, »halte ich es für keine gute Idee, diese Wahl jetzt zu treffen. Du bist aufgewühlt und ein wenig durcheinander, das kann ich sehen. Unter diesen Umständen solltest du nichts entscheiden, was dein gesamtes Leben umwirft. Und schon gar nicht direkt auf diese Insel fahren. Vielleicht wäre es gut, wenn du dir etwas Zeit gibst.«

Ich öffnete den Mund, um zu widersprechen, als es an der Haustür klingelte. Fragend blickte ich zwischen meinen Eltern hin und her. »Erwarten wir noch jemanden?«

Das letzte Wort hatte kaum meinen Mund verlassen, da war meine Mutter auch schon aufgesprungen. »Oh, das habe ich ja glatt über den ganzen Trubel vergessen. Meine Assistentin wollte mir noch die geänderten Schaltpläne bringen. Für die große Runde morgen.« Entschuldigend strich sie mir über die Wange und drückte mir dann einen Kuss auf die Haare. »Was hältst du davon, wenn du dir noch ein paar Tage Zeit gibst, Lou-Schätzchen? Heute ist erst Montag, lass uns im Laufe der Woche noch einmal in Ruhe über alle Möglichkeiten sprechen und einen Plan machen. Vielleicht sieht die Welt bis dahin schon wieder ganz anders aus. Manchmal tut es gut, ein, zwei Nächte darüber zu schlafen, hm?«

Das war mit Abstand einer ihrer liebsten Sätze und meistens steckte mindestens ein Körnchen Wahrheit darin. Doch heute, nach dem Gespräch mit Neela, der Prüfung und all den Gedanken, die hochgekommen waren … da wusste ich einfach tief in mir drin, dass ich nicht länger darüber nachdenken musste. Dass keine Nacht der Welt, in der ich *über alles schlafen* würde, etwas an einer Entscheidung ändern würde, die ich längst getroffen hatte. Ich würde zu Charlie nach Sylt fahren und etwas Abstand gewinnen. Ich würde herausfinden, ob mein innerer Kompass noch funktionierte.

Und hoffen, dass er mich zu *meinem* Norden führte.

Die restliche Woche verging in einem einzigen Wirbel aus Gedanken, Diskussionen mit meinen Eltern und weiteren Deep Talks mit Neela. Alles schien in Bewegung, alles schien sich zu drehen, nur an einer Sache änderte sich während der Zeit nichts: meinem Entschluss, die Zelte in Konstanz abzubrechen und nach Sylt zu gehen. Weder mein übliches Zerdenken noch die Worte meiner Eltern ließen dieses Kribbeln verstummen, wann immer ich an meine bevorstehende Abreise dachte.

Und das gab mir schließlich den nötigen Impuls, den ich noch gebraucht hatte, um am Freitag meinen überdimensionalen Rucksack hervorzukramen und zu packen. Wie immer kurz vor knapp – mein Flug nach Hamburg würde schon morgen gehen –, aber manche Dinge änderten sich eben selbst dann nicht, wenn man spontan beschloss, sein bisheriges Leben komplett über den Haufen zu werfen.

Im Hintergrund lief leise *20s* von Bow Anderson – es war beinahe unheimlich, wie sehr die Lyrics zu meiner aktuellen Situation passten – und ich stand in meinem Zimmer, umgeben von einem Chaos aus Klamotten. Was bitte schön nahm man auf einen Selbstfindungstrip nach Sylt mit, von dem man nicht einmal sagen konnte, wie lange er dauern würde?

Seufzend pustete ich mir die kürzeren Strähnen aus der Stirn und holte die drei dicken Wollpullis resolut wieder aus dem Backpack, als das *Ping* einer Push-Nachricht die Musik für einen Moment unterbrach. Die Pullover gegen die Brust gedrückt, schnappte ich mir mein Handy und ließ besagte Wollmonster noch in derselben Sekunde fallen, als ich die Headline las.

Gefährliches Drama in Bolivien – Was geschah am Sonntag mit Extremfotograf und Travelinfluencer @chasingkaihansen und Kameramann?

Ich spürte, wie sich ein ungutes Gefühl in meiner Magengegend breitmachte. *Gefährliches Drama?*

Ein weiteres Mal las ich die Worte und erinnerte mich irgendwo tief in meinem Kopf daran, dass Kai und sein Reisebuddy aka bester Freund aka Kameramann Henri gerade in Bolivien für eine Kooperation unterwegs waren. Ich erinnerte mich an wilde Stories und breites Grinsen, an die Unbeschwertheit der beiden, die sie so berühmt gemacht hatte. Allerdings hatte ich schon seit dem Post vom Sonntagmorgen nichts mehr von den beiden gesehen und jetzt das … was war da passiert?

Mit viel zu schnell schlagendem Herzen klickte ich auf die Mitteilung – und noch beinahe im selben Moment wünschte ich mir, ich hätte es nicht getan.

Da war kein langer Text, kein Unfallbericht, sondern ein

Video. Ein verwackelter, verpixelter Clip, der vor knapp fünf Minuten hochgeladen worden und schon jetzt viral gegangen war. Über eine Million Klicks, Hunderttausende von Kommentaren. Doch das alles rückte schlagartig in den Hintergrund, als die Aufnahme startete. Als einzelne Bilder zu einem Film wurden, der Galle in mir aufsteigen ließ.

Zwei Gestalten auf einer Felsnadel – Kai und Henri –, hoch über dem Boden in Klettergeschirr und mit Kameraausrüstung. Sie lachten, sie feixten. Dann Kai, der sich über die Kante schwang, wie er es schon in unzähligen Videos getan hatte, konzentriert auf die Kamera in seinen Händen und den ultimativen Shot. Doch nur einen Wimpernschlag nachdem er gesprungen war, spannte das Kletterseil und Henri wurde plötzlich mitgerissen. Man hörte Schreie, während die Jungs ungebremst in die Tiefe stürzten.

Ich falle nicht. Tue ich nie, flüsterte eine raue Stimme in meinen Gedanken, beinahe wie aus einem anderen Leben.

In dem Video bekam Henri nach einigen Metern wie durch ein Wunder einen Vorsprung zu fassen, bremste sich und Kai mühsam ab. Irgendwie schaffte er es, sein Gewicht und das von Kai lange genug zu tragen, damit dieser weiter unten Halt finden konnte. Kurz schien alles wieder okay. Schienen die jungen Männer wieder okay. Im Clip jubelte irgendwer …

… und dann zerbarst dieser winzige Augenblick in unzählige Splitter. Es war nicht genau zu erkennen, was geschehen war, aber von der einen auf die andere Sekunde hing Henri nicht mehr an dem Vorsprung, sondern stürzte. Fiel Meter um Meter wie eine leblose Hülle, die auf den Grund zuraste. Kais Schrei dröhnte.

Und alles zerriss.

Kapitel 3

MIESE ZEICHEN

Kai

Es tut mir leid.

Wie ich diesen einen simplen Satz doch verachtete und trotzdem bekam ich ihn seit ein paar Tagen beinahe sekündlich zu hören.

Es tut mir leid, Ihnen das mitteilen zu müssen, aber Sie hatten einen Unfall in Bolivien und sind jetzt bei uns in der Uniklinik in München.

Es tut mir leid, aber ich kann Ihnen keine genauen Auskünfte über den Zustand von Herrn Henri Finke geben.

Es tut mir leid, dass ich keine besseren Neuigkeiten für Sie habe, aber wir tun unser Bestes. Sie sind hier in guten Händen.

Es tut mir leid. Es tut mir leid. Es tut mir leid.

Am liebsten hätte ich auf irgendetwas eingeschlagen, als sich die Stimmen in meinem Kopf zu einem immer lauter werdenden Crescendo vermischten und einen unangenehmen Schmerz hinter meine Stirn trieben. Ich fluchte unterdrückt und kniff die Augen zusammen, wünschte, ich könnte einfach wieder in diese wundervolle Schwärze abdriften, müsste nichts mehr sehen und hören, so wie nach Henris –

Nein. Diesen Pfad gehen wir jetzt ganz sicher nicht noch mal runter.

Zähneknirschend stieß ich den Atem aus und verdrängte das Brennen hinter meinen Lidern. Versuchte es zumindest, doch die Dunkelheit war stärker und schob sich mit aller Macht in den Vordergrund. Wie so oft in den Tagen – oder waren es Wochen gewesen? –, seit ich in diesem verdammten Krankenhauszimmer aufgewacht war. Tage, es waren nur ein paar Tage gewesen, erinnerte ich mich wieder. Aber es hätten genauso gut auch Monate oder Jahre sein können. Keine Zeit der Welt, egal, wie kurz oder lang, würde etwas an den Bildern ändern, die sich unwiderruflich in meinen Schädel geätzt hatten.

Die Sicherungsexe, die aus der Verankerung reißt.

Das Seil, das viel zu schnell durch die Ösen rast.

Sich um Henris Knöchel schlingt.

Henris Schrei.

Das Knacken meiner Kamera, die am Fels zerschellt.

Der Ruck, der durch meinen Körper geht. Mich stoppt.

Hände, die ins Leere greifen, nicht stark genug sind.

Henris Schrei.

Mein Schrei.

Menschen, die schreien.

Der dumpfe Aufprall, mit dem Henri am Boden aufkommt.

Sein verdrehter Körper auf dem staubigen Grund.

Meine Hände, die nachgeben, sich öffnen.

Brennende Muskeln.

Mein Fall.

Die Schwärze danach.

Und immer wieder sein Schrei.

Ich merkte erst, dass mir heiße Tränen über die Wangen liefen, als sie auf die helle Bettwäsche tropften und dort hässliche, unförmige Flecken hinterließen. Stumme Zeugen des

Feuers, das in mir loderte und mich längst von innen heraus verbrannt hatte. Wütend fuhr ich mir über das Gesicht und zuckte zusammen, als dabei ein rasender Schmerz durch meinen linken Unterarm jagte. Ach ja, der Bruch. Anklagend starrte ich auf den leuchtend gelben Gips und sank wieder tiefer in die Kissen meines Einzelbetts in dem schicken Privatzimmer des Krankenhauses. Meine Assistentin – oder *Content Managerin*, wie sie es nannte – hatte wirklich keine Kosten und Mühen gescheut. Erst der Transport von Bolivien hierher, den ich komplett verpasst hatte, und dann das Einzelzimmer mit Blick auf einen frühherbstlichen Park … Nur änderte nichts davon etwas daran, dass mein bester Freund irgendwo in dieser Klinik lag und ich keine Ahnung hatte, wie es ihm ging. Ob er –

Ein leises Klopfen ließ meine Gedanken verstummen, noch bevor sie so richtig in Fahrt kamen. Ruckartig drehte ich das Kinn zur Tür und schluckte gegen das scharfe Stechen an, das dabei durch meinen Kopf und Hals raste. *Du hast kein Recht, dich wegen ein paar Schmerzen zu beschweren. Immerhin lebst du noch, während Henri –*

»Kai, wie geht es Ihnen heute Morgen?«

»Blendend.« Ich unterdrückte mühsam den Drang, mir über meine feuchten Wangen zu fahren, und brachte ein schwaches Schulterzucken zustande. In Kombination mit meinen roten Augen sollte das dem jungen Chefarzt Dr. Gregory eigentlich genügen. Bloß war Gregory nicht nur ein sehr guter Arzt mit noch viel besseren Referenzen, sondern auch ein absoluter Fan von langen Gesprächen in den unpassendsten Momenten. So viel hatte ich in meinen Tagen hier im Uniklinikum der LMU schon mitbekommen.

»Sarkasmus. Ich nehme es immer als gutes Zeichen, wenn

meine Patienten diesen Ton anschlagen«, erwiderte er mit einem milden Lächeln, das seine blauen Augen leuchten ließ. Trotz unserer Unterhaltungen, die meistens sehr einseitig abliefen, musste ich zugeben, dass Gregory schwer in Ordnung war. Und er konnte ja nichts dafür, dass ich gerade an diesem Tiefpunkt stand. Dorthin hatte ich mich ganz allein manövriert.

Ich räusperte mich und fuhr mir über meine trockenen Lippen. »Können Sie mir heute etwas über Henri sagen?«

Das Lächeln verschwand von seinen Zügen und der Stein in meinem leeren Magen wurde zu einem ganzen Felsmassiv. Einer Bergkette. Einem verdammten Gebirge wie dem in Bolivien. »Kai, Sie wissen …«

»Schon klar, ich habe es verstanden. Ärztliche Schweigepflicht und ich bin kein direkter Angehöriger. Das habe ich alles bereits gehört.« Einmal. Zweimal. Tausend beschissene Male.

Der Doc murmelte etwas Unverständliches und fasste sich an die Nasenwurzel, dann: »Henri Finke ist außer Lebensgefahr.«

Ich blinzelte die rote Wolke aus Wut und Ärger und Frust weg, die mein Blickfeld vernebelte, und starrte ihn an. »Bitte?«

»Ihr Freund ist über den Berg. Es stand eine Weile sehr kritisch um ihn, aber er wird es schaffen. Es sieht gut aus. Herr Finke hat die Operationen sehr zufriedenstellend überstanden. Der Rest wird sich zeigen.«

Es sieht gut aus. Operationen. Plural?

Mein Puls schoss unwillkürlich in die Höhe, als Dr. Gregorys leise Worte ihren Weg in meinen hoffnungslos chaotischen Verstand fanden. »Ist er … ich meine … darf ich ihn sehen?«

Ich kannte die Antwort, noch bevor der Arzt sie aussprach. Das Bedauern in seinen Augen sagte alles – und ich hasste es. Genauso wie das Mitleid, mit dem mich die Schwestern und Krankenpfleger bedachten. Ich brauchte es nicht, brauchte weder Bedauern noch Mitleid – was ich brauchte, war mein bester Freund, mein Travelbuddy, der mir versicherte, dass es ihm gut ging. Dass wir dem Tod von der Schippe gesprungen waren.

Als meine Augen erneut zu brennen begannen, wandte ich hastig den Blick zum Fenster. Woher kamen nur all diese beschissenen Tränen?

»Gerade benötigt Ihr Freund sehr viel Ruhe. Wir haben ihn in ein künstliches Koma versetzt, aus dem er vermutlich in den nächsten ein bis zwei Wochen von selbst erwachen wird. Aber bis dahin möchten wir jede Art von Stress so gering wie möglich halten. Dazu zählt auch Besuch. Es tut mir leid.«

Künstliches Koma … ein bis zwei Wochen. Scheiße, ich wünschte, ich hätte diese Tour nie vorgeschlagen, die Kooperation nie angenommen, die Idee für diesen einen vermaledeiten Shot nie gehabt, der uns an diesen Punkt gebracht hatte.

Ich krallte die Hände in die strahlend weiße Bettwäsche, blickte in die leuchtende Sonne und schaffte es irgendwie, ein leises *Danke* zu krächzen. Keine Ahnung, woher ich die Kraft nahm, wenn ich doch das Gefühl hatte, jeden Moment einfach wieder zu verschwinden. Weg von Dr. Gregory, weg von den wenigen Informationen, die nur noch mehr Sorgen aufgeworfen hatten, weg von allem, was da draußen auf mich wartete. Jetzt, da ich gefallen war.

»Machen Sie sich nicht zu viele Gedanken, Kai. Ich weiß, das mögen für Sie in dieser Sekunde vielleicht bloß leere

Worte sein, aber wir werden unser Bestmögliches für Ihren Freund tun. Und dafür sorgen, dass er Sie schon bald selbst kontaktieren kann. Geben Sie ihm und vor allem sich selbst ein wenig Zeit. Sie haben viel durchgemacht.« Seine Stimme war sanft und einfühlsam, und obwohl er mir nur helfen, mich beruhigen wollte, wünschte ich mir, er würde einfach gehen. Mich allein lassen mit meinen Ängsten und Vorwürfen und düsteren Erinnerungen.

Scheiße, Henri! Warum hast du mich nicht losgelassen?

Als würde der Doc spüren, dass ich mich gerade auf dem direkten Highway in meine persönliche Hölle befand, trat er näher und legte die Hände auf das Bettgestell. »Auch wenn ich mich sehr gern mit Ihnen unterhalte«, Gregory zwinkerte mir zu, »ich bin aus einem anderen Grund so früh zu Ihnen gekommen. Ihre Eltern warten vor der Tür und ich dachte mir, Sie wollen sie vielleicht sehen.«

Sofort hatte er meine ungeteilte Aufmerksamkeit. »Meine Eltern?«

Gregory lächelte breit. Offensichtlich interpretierte er meine Fassungslosigkeit völlig falsch. Hielt sie für Vorfreude, obwohl die Aussicht, meine Familie zu sehen, alles andere als ein Grund zur Freude war. Ganz im Gegenteil. »Ja, Ihre Mutter und Ihr Vater. Sie waren schon ein paarmal hier, wollten Ihnen aber nicht direkt zu viel zumuten. Soll ich sie reinbitten?«

Ich schaute ihn bloß sprachlos an, während sich in mir alles auf unangenehme Weise verknotete. Ma und Pops. Hier in München, nur ein paar Meter von mir entfernt und durch eine dünne Krankenhaustür getrennt. Das letzte Mal, dass wir uns im selben Gebäude aufgehalten hatten, war vor fast drei Jahren gewesen, als ich gegangen war. Sylt verlassen hatte, um mein eigenes Ding durchzuziehen. In der Zeit danach hatten wir bloß sporadisch Kontakt gehalten. Ich konnte wortwörtlich an zwei Händen abzählen, wie oft wir telefoniert oder geskypt hatten, weil … aus vielen Gründen. Wie sollte ich ihnen da nach drei Jahren Funkstille unter die Augen treten? Vor allem nach dem, was mit Henri passiert war? Was ich getan hatte?

»Kai? Fühlen Sie sich nicht gut? Wird Ihnen schlecht?«

Tatsächlich lag der säuerliche Geschmack von Galle auf meiner Zunge, doch der hatte absolut nichts mit meiner leichten Gehirnerschütterung oder den Medikamenten zu tun. Einzig mit mir. Ganz allein mit mir und meinen Fehlern, die ich wieder und wieder begangen hatte. Und beging.

»Ist okay«, murmelte ich. »Mir geht's … okay. Sie können sie reinlassen.«

Die Skepsis, die sich in seine Miene gegraben hatte, blieb an Ort und Stelle, während sein prüfender Ärzteblick einmal über mich hinwegglitt. »Sind Sie sich sicher?«

»Ja. Ich … freue mich, sie zu sehen.« Normalerweise war ich gut darin, mich zu verstellen, zu lächeln – für die Kamera, die Videos, meine Follower. Doch hier und jetzt war offensichtlich, dass Dr. Gregory den Braten roch. Deswegen rechnete ich es ihm hoch an, dass er schließlich nickte – immer noch dieses mitfühlende Lächeln auf den Zügen. »In Ordnung, ich werde Ihren Eltern Bescheid geben und später noch einmal bei Ihnen vorbeischauen, um eine mögliche Entlassung zu besprechen.« Er stellte das Klemmbrett zurück, von dem ich nicht einmal mitbekommen hatte, dass er es aus der Halterung an meinem Bett genommen hatte, und nickte wieder. »Wenn Sie irgendetwas benötigen, wissen Sie ja, wie Sie uns erreichen können.«

»Danke«, sagte ich bloß leise und verfolgte, wie er mit seinem leuchtend weißen Kittel aus dem ebenso weißen Raum verschwand. Ich konnte hören, dass er sich auf dem Gang gedämpft unterhielt, und zählte innerlich die Sekunden bis zu dem unvermeidlichen Treffen, das mir bevorstand.

Warum hatte meine Managerin sie überhaupt informiert? Claire war mein Notfallkontakt und das aus gutem Grund. Zumal es mir selbst körperlich halbwegs gut ging. Da hatte es bei anderen Zwischenfällen schon deutlich schlimmer ausgesehen und nie hatte Claire Ma und Pops mit ins Boot geholt. Darauf würde ich sie ganz sicher ansprechen, wenn –

»Kai.«

Ich hob den Kopf und begegnete zum ersten Mal seit drei Jahren den braunen Augen meiner Mutter ohne Bildschirm zwischen uns. Für mich hatte sie sich kein Stück verändert. Die gleichen dunkelbraunen, schulterlangen Locken, dieselbe schmale Gestalt, dieselben Bernsteinohrringe, die Pops ihr zum zwanzigsten Hochzeitstag geschenkt hatte, und doch … wirkte sie anders. Sorge trübte das Strahlen in ihrem Blick, Schatten lagen auf ihren Zügen und ich konnte deutlich erkennen, dass Ma geweint hatte. Viel und oft. Sofort zog mich das Gebirge in meiner Brust noch weiter zu Boden.

Hinter ihr stand mein Vater. Seine Hände lagen locker auf Mas Schultern und anders als bei ihr konnte ich kaum etwas aus seiner Miene herauslesen. Er war wie ein verschlossenes Buch, das perfekte Pokerface. Manchmal glaubte ich, dass ich das von ihm geerbt hatte. Alles verstecken und einen Riegel davorschieben, von dem man selbst bestimmen konnte, wie er aussah. Darin war ich genauso gut wie Pops. Normalerweise.

Ich schluckte mehrmals, suchte vergeblich nach irgendwelchen Worten, obwohl ich sonst ganze Livestreams und Videos füllte. Doch jetzt konnte ich die beiden nur anschauen. Ein wenig waren sie mir fremd, ein wenig fühlte ich mich fremd und gleichzeitig …

Noch ehe ich den Gedanken hätte zu Ende bringen können, spürte ich, wie sich warme Arme sanft um mich schlossen. Behutsam und liebevoll. *Voller Geborgenheit.* Ma.

»Ich bin so froh, dass dir nichts Schlimmeres passiert ist. Dass du hier bist. Wir … wir haben uns solche Sorgen gemacht, Kai.« Meine Mutter schluchzte leise auf, während ich ihre Umarmung zögerlich erwiderte. Dann schob sie mich ein kleines Stück von sich, als müsste sie sich jedes Detail von mir einprägen. Sicherstellen, dass ich wirklich hier war. »Als wir diesen Anruf erhalten haben, nach … nach den Monaten, in denen wir gar nichts von dir gehört hatten. Ich dachte für einen Augenblick …«

»Ich bin hier, Ma«, murmelte ich. »Ich bin okay.« *Lüge.* Ich war ganze Ozeane von *Okay* entfernt.

»Sonja, gib dem Jungen etwas Luft.« Mein Vater verschränkte seine Finger mit denen meiner Mutter und fasste mich ins Auge. Sofort nahm das Pochen zwischen meinen Schläfen wieder zu. Pops und ich waren immer gut miteinander klargekommen – vor meiner ersten Reise und auch irgendwie währenddessen –, aber so eng wie Ma und ich waren wir nie gewesen. Und jetzt nach all der Zeit schien diese Kluft die Ausmaße des Grand Canyons angenommen zu haben.

»Es tut gut, dich zu sehen, Kai.«

Ich nickte schwach.

Pops nickte auch. »Und aus gegebenem Anlass werden wir

Pops schüttelte nur den Kopf und das war bei Weitem schlimmer als alles, was er hätte sagen können. Laute Worte taten weh, doch die unausgesprochenen, das waren diejenigen, die richtig tief schnitten und verletzten. Verletzten, wie ich meine Eltern und Geschwister verletzt hatte. Vielleicht rutschte ich deswegen in meinem Kissen höher und winkte mit einem schwachen Lächeln ab. Brachte leere Floskeln hervor, die ich nicht wirklich meinte. »Schon gut, ich verstehe. Ich … ich denke über alles nach.«

Meine Eltern sahen wieder zu mir, dann ergriff mein Vater ein letztes Mal das Wort: »Der Arzt hat uns mitgeteilt, dass sie dich wahrscheinlich heute noch entlassen werden. Deine Mutter und ich werden bis dahin in der Stadt sein und erst später zurück nach Sylt fahren. Du kannst uns begleiten oder allein hierbleiben. Es ist deine Entscheidung.«

Es war ein Fehler gewesen, mein Handy anzuschalten. Ich hatte es schon gewusst, da hatte ich das verschrammte Ding, das bei dem Sturz irgendwie davongekommen war, noch nicht einmal in die Hand genommen. Und diese Vermutung bestätigte sich, als ich es am Morgen nach meiner Entlassung aus dem Krankenhaus einschaltete und das Smartphone in meinen Fingern förmlich vor neuen Nachrichten explodierte. Doch noch bevor ich auch nur auf eine einzige Mitteilung hätte klicken können, wurde mir auch schon ein eingehender Anruf angezeigt. Von Claire, als hätte sie meine Rückkehr in die digitale Welt direkt auf den Plan gerufen.

»Hansen«, begrüßte sie mich knapp und mit ihrem mittlerweile so vertrauten New Yorker Akzent, den sie ihrer Heimat *Big Apple* zu verdanken hatte. »Du bist wieder da.«

Schwerfällig schob ich mich von dem Hocker am Tresen meiner schicken Küche, die ich nie nutzte, und ließ mich auf die große Couch im Wohnzimmer fallen. »Als ob du das nicht bereits gewusst hättest. Du bist doch sonst auch über jeden meiner Schritte im Bilde, Claire.«

»Weil es mein Job ist, in dem ich, nebenbei bemerkt, fantastisch bin.« Ich konnte mir förmlich vorstellen, wie sie ihren weißblonden Pferdeschwanz über eine Schulter warf und dabei ihre Zähne aufblitzen ließ. »Aber deswegen rufe ich nicht an. Wie geht es dir?«

Ich kannte Claire nun seit Beginn meiner sogenannten Karriere als Extremfotograf-Schrägstrich-Travelblogger. Sie war fast sechs Jahre älter als ich und hatte schon so einigen Scheiß mit mir durchgemacht, doch noch nie hatte ich sie so besorgt erlebt. Und das führte automatisch dazu, dass mein Magen wieder zu jenem harten Knoten wurde und sich meine Lunge mit jedem Atemzug etwas enger anfühlte. »Willst du darauf eine ehrliche Antwort?«

»Ich möchte immer, dass du ehrlich mit mir bist. So funktioniert unsere Partnerschaft, schon vergessen?«

»Wie könnte ich? Und die *ehrliche Antwort* ist: keine Ahnung. Ich habe keine Schmerzen, aber alles andere … Claire, wie schlimm ist es?«

Das leise Klacken ihrer Tastatur im Hintergrund verstummte. Das nächste schlechte Zeichen, denn normalerweise begleitete dieses monotone Geräusch so gut wie jedes unserer Telefonate, sodass es mir im Laufe der Zeit seltsam vertraut geworden war. »Kai.«

»Sei ehrlich«, wiederholte ich ihre eigene Forderung und

legte mir den eingegipsten Unterarm über die geschlossenen Augen. »Irgendwann muss ich es hören.« Seit ich gestern aus dem Krankenhaus entlassen worden war, hatte ich einen großen Bogen um *alles* gemacht. Wortwörtlich. Ich hatte das Angebot meiner Eltern abgelehnt und war jeder weiteren Diskussion aus dem Weg gegangen. Hatte mich von der Klinik direkt in meine Penthousewohnung im Münchner Stadtteil Lehel geflüchtet und mich dort vor der Welt verkrochen. Der realen und der virtuellen, die mich gerade gleichermaßen zu hassen schienen. Meine einzigen Kontakte nach draußen waren der Lieferservice, der mich mit Essen versorgte, und zig Anrufe mit dem Krankenhaus, bei denen ich trotzdem nie Neues über Henris Zustand erfuhr, sondern nur weiter vertröstet wurde. Selbst bei Claire hatte ich mich erst jetzt gemeldet, obwohl wir sonst mehrmals täglich sprachen und uns up to date hielten. Aber jetzt war nichts mehr wie *sonst*; mein Leben war vollkommen aus den Fugen geraten.

Nach einer kleinen Ewigkeit, so kam es mir vor, erklang Claires schweres Seufzen am anderen Ende der Leitung. »Halte dich erst mal von sämtlichen Social-Media-Plattformen fern, Kai Hansen. Ich meine es ernst.«

Autsch. »So gut steht es also um mich?«

»Dein Sarkasmus, so charmant ihn manche auch finden mögen, zieht bei mir nicht, schon vergessen?«

»Rede endlich Klartext.«

Wieder dieses Seufzen, das mir langsam, aber sicher auf die Nerven ging. »Klartext, na schön. Gestern wurde ein Video von eurem Sturz geleakt. Die Reaktionen … sind übel. Das alles ist übel, doch ich habe schon Schlimmeres erlebt. Und wie gesagt, ich bin gut in meinem Job. Ich biege das wieder gerade. Alles, was ich brauche, ist ein wenig Zeit und etwas, das dir nicht gefallen wird.«

Mir wurde schlecht, auch wenn ich bereits damit gerechnet hatte. Hässlich und traurig, aber wahr, in der Social-Media-Welt war es nur eine Frage der Zeit, bis etwas die Runde machte. Und bei schlimmen Dingen geschah das besonders schnell.

Ich drängte die Galle zurück und ballte meine freie Hand zu einer kraftlosen Faust. »Da bin ich aber gespannt.«

»Geduld. Ich brauche deine Geduld, so rar sie auch sein mag. Das Wichtigste ist jetzt, dass du deine verdammten Füße stillhältst und mich machen lässt.« Ihre Tonlage stieß mir säuerlich auf, obwohl ich wusste, dass sie recht hatte. Claire Adams war die Einzige, die dafür sorgen konnte, dass ich nicht noch mehr verlor, als ich es ohnehin schon hatte. Keine Frage.

Und was bringt dir das, wenn Henri nicht da ist? Wenn es ihm so schlecht geht, dass sie ihn sogar in ein künstliches Koma versetzen mussten? Was bringen da all die Kooperationen und Follower? Dein ganzes verdammtes Geld, hm?

Fluchend presste ich mir eine Faust gegen die Schläfe, während Claire redete und redete. Noch so ein mieses Zeichen.

»… ein paar der großen, langfristigen Kooperationen stehen auf der Kippe. Es gibt einige hässliche Gerüchte über den Unfall und deine Rolle dabei. Der übliche Mist zu deiner Risikobereitschaft. Das alles hat zwar kaum Hand und Fuß, dennoch fürchten die Big Player, dass ihre Produkte und Marken darunter leiden könnten. Deshalb ist es wichtig, dass wir sie vom Gegenteil überzeugen und ihnen klarmachen, dass diese Gerüchte nicht mehr als Schall und Rauch sind. Ich denke, es wird @chasingkaihansen guttun, wenn wir dich erst mal aus dem Kreuzfeuer nehmen und in Ruhe an deinem Image arbeiten. Ich werde meine Kontakte spielen lassen und an ein paar Fäden ziehen …«

Wie durch Watte gedämpft, rauschten die Informationen viel zu schnell für meinen aktuellen Gemütszustand durch meinen Schädel und brachten ihn zum Beben. Als würden unzählige Hornissen darin ihren verfluchten Volkstanz aufführen und mich langsam, aber sicher in den Wahnsinn treiben.

»… ich habe da an den *Heimkehrer* und *Familienverbundenheit* gedacht. Eine Rückkehr zu deinen Wurzeln nach diesem Schlag, statt dich in deiner viel zu teuren Wohnung zu verkriechen. Deswegen habe ich auch mit deinen Eltern gesprochen und –«

Die Hornissen verstummten. Ich sprang auf. Und die Welt drehte sich. »*Bitte was?* Du hast *was* getan?«

Claire wäre nicht Claire gewesen, wenn sie sich durch mein aufbrausendes Temperament aus der Ruhe hätte bringen lassen. Eine New Yorkerin, vor allem eine aus Brooklyn, haute so schnell nichts um – ihr Motto, nicht meins.

»Vertrau mir, Hansen. Dich aus der Öffentlichkeit zu nehmen und aufzuzeigen, wie sehr dich das alles mitgenommen hat, wird die Wogen glätten. In dieser Situation stehen Echtheit und Menschlichkeit vor Show und Filter.«

»Ich bin immer echt.«

Der Kommentar schien Claire keiner Antwort würdig. »Dein Flug geht in vier Stunden von München nach Hamburg. Business Class, keine Sorge. Du wirst am Flughafen von deinen Eltern abgeholt. Es ist alles geregelt.«

In vier Stunden? Heute noch?

»Claire Adams, ich schwöre dir –«

»Du kannst so viel schwören, wie du willst. Wir haben im Augenblick ein echtes Problem, und wenn wir dieses nicht lösen, haben wir ein noch viel größeres, okay? Es steht einiges auf dem Spiel. Alles, um genau zu sein. Die Welt der Sozialen Medien ist hart, eine echte Schlammschlacht. Du kannst schnell aufsteigen, aber mindestens genauso rasch auch wieder abstürzen. Mit weniger, als du davor hattest. Deshalb bitte – und ja, ich spreche dieses *Bitte* wirklich aus, du hast dich nicht verhört – steig in dieses Flugzeug, verhalte dich ruhig, zeig dich von deiner charmantesten Seite und gib mir etwas Zeit. Du solltest mittlerweile eigentlich wissen, was passiert, wenn die Dinge aus dem Ruder laufen. Oder muss ich dich daran erinnern, was vor anderthalb Jahren war? So etwas darf nicht noch einmal geschehen.«

Reflexartig griff ich nach einem meiner Bücherregale, in denen sich Reiseführer über Reiseführer stapelten, und kniff die Lider zusammen. »Das weiß ich. Fuck, ja das weiß ich. Aber Henri … und Sylt? Ausgerechnet diese Insel?«

»Mir ist bewusst, dass es dir nicht gefällt. Doch Sylt ist unsere beste Option.«

Mit meiner Familie? Den ganz anderen Problemen, die dort auf mich warten, während mein bester Freund im Koma liegt? In welchem Universum soll das die beste Option sein?

Am liebsten hätte ich Claire genau das an den Kopf geworfen, allerdings hätte das nichts besser gemacht. Meine Managerin machte nur ihren Job, versuchte, Brände zu löschen, über die wir längst die Kontrolle verloren hatten, und ich … ich hatte eine Scheißangst davor, was unter all den Flammen auf uns wartete.

»Vielleicht kann dir *ausgerechnet diese Insel* noch in anderer

Weise guttun, Kai. Wenn du deine liebenswürdige schlechte Laune einmal überwunden hast.«

Kopfschüttelnd wechselte ich das Handy in die andere Hand, wobei mein gebrochener Arm schmerzhaft zu stechen begann. »Das bezweifle ich.«

»Natürlich tust du das, aber zum Glück hast du ja mich, um dir zu sagen, was das Beste für dich ist. Flieg nach Sylt und gönn dir diese Pause. Wir wissen beide, dass du sie nach Bolivien brauchst. Die Pause und deine Familie.«

»Claire …«

In meiner Stimme schwang ein warnendes Knurren mit, das sie geflissentlich überging, als sie in der nächsten Sekunde meinte: »Muss auflegen, mein Call mit *Patagonia* beginnt gleich. Ich halte dich auf dem Laufenden und kümmere mich darum, dass du mehr von Henri erfährst. Pass auf dich auf, Hansen.«

Und dann hatte sie das Telefonat auch schon beendet. Fassungslos starrte ich ein, zwei Herzschläge lang auf das Smartphone und konnte nicht begreifen, was in den letzten zwanzig Minuten passiert war.

Sylt.

Claire schickte mich wirklich zurück nach Sylt.

Als Heimkehrer.

Ich verstand ihre Intention und ihr Ansatz war gut, dennoch … hatte ich das Gefühl, als wäre die Rückkehr auf die Insel eine Strafe für alles, was ich in den vergangenen Jahren versaut und versäumt hatte. Und die Reise dorthin mein persönlicher Weg zur Schlachtbank.

Als hätte ich noch eine Bestätigung genau dafür gebraucht, ploppte in diesem Moment eine Nachricht von Ida auf meinem Sperrbildschirm auf.

Ida
Hab gehört, du kommst zurück. Ich hoffe, dir ist klar, dass das nicht das Geringste ändert. Du hast vieles verpasst, Kai. Du hast alles verpasst. Ein paar Tage werden das nicht ungeschehen machen. Vergiss das nicht. Ich werde das jedenfalls nicht.

Kopfschüttelnd fuhr ich mir durch die dunkelbraunen Locken und pfefferte mein Handy in die Tiefen meiner großen Couchlandschaft. Pops hatte recht, meine Geschwister freuten sich wirklich riesig auf mich.

Kapitel 4

BEGEGNUNGEN ZWISCHEN UNZÄHLIGEN MASKEN

Lou

Eine Frau rempelte mich unsanft an und holte mich zurück in den kleinen Airbus – zurück aus meinen Gedanken, in denen ich wieder einmal die letzten Tage durchging. Jedes nervenaufreibende Gespräch mit meinen Eltern, die zwar nach wie vor Verständnis für meine Entscheidung hatten, mit ihrer Enttäuschung jedoch nicht hinter dem Berg hielten. Genauso wenig wie mit ihren Bemühungen, mich umzustimmen und zurück auf einen vernünftigen Weg zu bringen. Zuletzt vorhin bei unserem ausgiebigen Samstags-Brunch, bevor sie mich zum Flughafen gebracht hatten. Zwischen Avocado-Toast und frischen Croissants waren ihre Argumente, die ich mittlerweile auswendig hätte aufzählen können, die Beilage gewesen und meine offensichtliche geistige Abwesenheit ihre Gewissheit, dass sie richtiglagen. Dass meine Entscheidung falsch und kopflos war und ich mir diesen Fehler nur nicht eingestehen konnte. Zu stolz dafür war.

Dabei hatte ich nicht über Sylt oder diese Diskussionen nachgedacht, die sich bloß im Kreis drehten, sondern war immer wieder in diesen Bildern verschwunden. In dem Video, das Kais und Henris Sturz zeigte. Seit ich gestern darauf gestoßen war, bekam ich die Momentaufnahmen nicht mehr aus dem Kopf. Dabei spielte es auch keine Rolle, dass ich mein Handy in den letzten vierundzwanzig Stunden wie die leibhaftige Pest gemieden hatte. Die Bilder blieben. Der Schauer. Die Kälte.

Unwillkürlich fuhr ich mir über die Arme und versuchte, mich auf etwas anderes zu konzentrieren. Auf meine Schwester Charlie, die ich gleich sehen würde, auf diesen großen Schritt, den ich wirklich und wahrhaftig gewagt hatte. Auf meinen Mut.

»Meine sehr verehrten Damen und Herren, wir werden in Kürze die Türen freigeben. Bitte achten Sie beim Öffnen der Deckenfächer darauf, dass Ihre Gepäckstücke verrutscht sein könnten …« Die Stewardess hatte kaum ihre Ansage begonnen, da sprangen auch schon alle aus ihren Sitzen auf und begannen, wie wild ihre Sachen zusammenzukramen. Als würden wir dadurch schneller aus dem Flugzeug kommen.

Kopfschüttelnd sah ich den Passagieren zu und hoffte, dass sich die Türen bald öffneten und ich endlich aus der engen Kabine rauskonnte. Vielleicht hätte ich doch einfach einen Zug von Konstanz nach Sylt buchen sollen, aber es wäre dämlich gewesen, das Flugticket inklusive CO_2-Kompensation, das ich durch meine Meilen quasi umsonst bekommen hatte, verfallen zu lassen. Und ein Flug ging unterm Strich letztlich doch deutlich schneller.

Vorausgesetzt, sie machen die Büchse dann bald mal auf.

Nach einer kleinen Ewigkeit, in der sich das Gedrängel auf dem Gang der kleinen Maschine ins Unermessliche gesteigert hatte, kam schließlich Bewegung in die Menschen. Ein paar Minuten später hatte ich die Fluggastbrücke endlich hinter mir gelassen. Und damit die letzte Entschuldigung, die ich noch gehabt hatte, um mein Handy im Flugmodus zu lassen. Ganz gleich, wie ungern ich mich der Travelbubble nach dem Unfall stellen wollte, ich konnte mich nicht ewig davor verstecken und offline bleiben. Nicht wenn ich das Bloggen zu meinem Job machen wollte und auf zwei wichtige Antworten hoffte, hinter denen eventuell größere Kooperationen warteten. Außerdem musste ich Charlie schreiben, dass ich pünktlich gelandet war. Doch noch bevor ich den Messenger oder mein Mailprogramm hätte öffnen können, flog von oben bereits eine Push-Mitteilung in den Bildschirm. Wie auf Knopfdruck zog sich alles in mir zusammen.

#whatswrongwithkaihansen? – Hashtag um den sonst so beliebten Globetrotter @chasingkaihansen explodiert, nachdem er kaum vierundzwanzig Stunden nach dem viralen Video wieder in ein Flugzeug steigt …

Meine Füße blieben wie von selbst stehen, als ich auf die Vorschau klickte und kurz darauf den gesamten, wenig schmeichelhaften Artikel von *TravelMood* – einem der angesagtesten Reisemagazine in der Travelinfluencer-Szene und mit über drei Millionen Abonnenten weltweit gefeiert – vor mir hatte. In den vergangenen Jahren hatte *TravelMood* den Extremfotografen und Reiseblogger @chasingkaihansen schon häufiger ins Visier genommen. Seine oft waghalsigen Aktionen kritisiert. Doch auch wenn *TravelMood* ein großes Publikum besaß, waren sie mit ihren negativen Berichten über Kai nie gegen seine Fans angekommen. Bis jetzt. Denn nun wurde Kai in den Kommentaren darunter nicht in Schutz genommen, sondern regelrecht in der Luft zerrissen.

Nothing summons a bigger storm than shit …

Ich schüttelte den Kopf über diesen Gedanken, der von einer bekannten Bloggerin in ihrem Podcast »How to Social Media« ausführlich diskutiert worden war, und schaute wieder auf das Display. Scrollte zu Kais erstem Post nach dem Unfall, den das Magazin zerlegte.

Das Bild war im Selfiemodus aufgenommen und zeigte Kai, der, dem Hintergrund nach zu urteilen, in einem Flughafen stand. Er lächelte leicht in die Kamera, aber nichts an diesem Foto wirkte in irgendeiner Art und Weise glücklich. Dunkle Schatten lagen auf seinen Zügen, das Lächeln schaffte es nicht über die Lippen hinaus und seine dunkelbraunen Haare, die sich normalerweise oben auf seinem Kopf lockten und an den Seiten kürzer waren, lugten jetzt platt unter einer schwarzen Cap hervor.

Ich betrachtete den Post noch eine Sekunde länger, dann scrollte ich zur Caption.

Hey, Leute! Es tut mir leid, dass es hier so still war, aber ihr habt sicher mitbekommen, wieso. Henri und ich brauchen etwas Zeit und ich hoffe, ihr könnt das verstehen. Deswegen werde ich mich für den Moment zurückziehen, hier eine Pause einlegen und nach Hause fliegen. Ich bin froh, eine so großartige Familie zu haben, die mir den Rücken stärkt – #familyfirst #heimkehrer. Ich wünsche mir für Henri nur das Beste und bin in Gedanken bei ihm und seinen Liebsten. Wir sehen uns bald wieder 🤙🌏🌊

Direkt unter dem Screenshot des Posts war im Artikel das Bild eines im Halbdunkel liegenden Krankenhauszimmers gesetzt. Bis auf weißblonde Haare, die unter einer Decke hervorlugten, und blinkende Geräte war nicht viel zu erkennen, doch vermutlich reichte das Foto in Kombination mit der Unterschrift auch ohne perfekte Auflösung.

> Kai kehrt heim und damit Henri in München den Rücken, während sein bester Freund im künstlichen Koma liegt und um sein Leben kämpft, wie uns ein Insider berichtet. Und Kai hat sich bisher nicht ein einziges Mal zu dem Vorfall in Bolivien geäußert oder öffentlich darüber gesprochen. Er übernimmt keinerlei Verantwortung für das Geschehene, sondern hüllt sich in Schweigen über seine eigene Rolle. Stattdessen fährt er zu seiner Familie, die er nie zuvor erwähnt hat. Zu Recht fragen wir uns da: #whatswrongwithkaihansen??? Was steckt hinter seiner plötzlichen Abreise? Ist an den Gerüchten um Kais Schuld an dem Unfall doch etwas dran? Lässt ihn das schlechte Gewissen ab–

Mein erster Impuls war, alles, was *TravelMood* schrieb, für Bullshit zu erklären, weil es nicht zu dem Kai Hansen passte, den ich von *Travelgram* kannte, den ich flüchtig in Norwegen kennengelernt hatte. Doch mit jedem Wort, das in dem Artikel stand, wurde der bittere Geschmack auf meiner Zunge intensiver.

Entschlossen klickte ich den Browser weg – ich hatte definitiv genug gelesen –, als eine andere Nachricht in mein Display flog. Gefolgt von vier weiteren im Stakkato, alle in der *E.M.I.L.*^{2}-Gruppe.

Ida
Ist das sein Ernst? Ich weiß, ich habe gesagt, dass ich nicht über das ganze Chaos mit meinem Bruder reden will, aber das ist wohl die Höhe!

Ida Marie Hansen hat einen Link von TravelMood *geteilt.*

Ida
Heimkehrer? Was sind wir für Kai?
Ein PR-Gag? 🤬

Elisa
Ich muss mir das erst mal anschauen.

Malia
Same. Was macht der jetzt wieder für einen Scheiß? War das alles nicht schon genug?

Ida
Meinem Bruder ist nichts heilig auf seinem egozentrischen Masterplan-Weg. Nicht mal seine Familie. Wenn Kai glaubt, der Unfall würde irgendetwas ändern … Ich werde ganz sicher nicht zu einem Marketing-Witz, um seinen Mist auszubügeln.

Ich las die Worte meiner Freundinnen zweimal, versuchte, sie mit dem Link von Ida in Verbindung zu setzen. Dem Link, der zu ebenjenem Artikel führte, den ich per Push bekommen hatte … Ich stieß einen leisen Fluch aus, als der Groschen fiel. Warum war ich da bisher nie daraufgekommen?

Ida Hansen, die sich immer über ihren großen, immer abwesenden Bruder beschwerte, und @chasingkaihansen. Es war sogar derselbe Nachname. Gott. Noch nie war ich mir so dämlich vorgekommen wie in dieser Sekunde. Kai Hansen, der berühmte Travelblogger, dem ich seit Jahren folgte und den ich vielleicht auch ein bisschen anhimmelte, war Idas Bruder und –

»Entschuldigen Sie? Ich muss das Gate jetzt schließen.«

Die tiefe Stimme eines Sicherheitsbeamten ließ mich vom Handy aufblicken und mir wurde wieder bewusst, wo ich gerade stand. Noch immer halb im Ausstiegsbereich nach der Fluggastbrücke und mit den Gedanken irgendwo zwischen Kai Hansen und meinen Freundinnen auf Sylt. Heilige Scheiße.

»Ja, ich … sorry«, brachte ich mit heißen Wangen hervor, sperrte meinen Bildschirm und ließ das Handy in meine Hosentasche gleiten. Mit diesem ganzen Chaos würde ich mich auseinandersetzen, wenn ich meinen Kopf zumindest halbwegs sortiert hatte. Also rannte ich beinahe die Strecke bis zur Gepäckausgabe – nur um festzustellen, dass sie meinen Flug zusammen mit zwei weiteren auf ein anderes Band gelegt hatten und sich deswegen ohnehin alles ein wenig verzögerte. Auch gut.

Das Gepäckband 7 im Blick lehnte ich mich an eine Säule und tippte eine rasche Nachricht an meine Schwester Charlie, ehe ich in den *E.M.I.L.*[2]-Chat wechselte. Nun hatte sich auch Leni gemeldet und zwischen den vieren war eine wahre Nachrichtenschlacht entstanden.

Leni
Vielleicht ist das nicht nur eine Strategie für Social Media und es steckt noch viel mehr dahinter.

Elisa
Ich finde, @Leni hat recht. Hör dir erst mal an, was Kai dazu sagt, wenn er bei euch ankommt. Was man online schreibt und offline tut, sind zwei gänzlich verschiedene Dinge.

Ida
Das würdet ihr nicht über Kai sagen, wenn ihr die letzten drei Jahre in meiner Familie gewesen wärt 😌

Meine Finger schwebten über der virtuellen Tastatur, ohne eine Antwort auf all das zu kennen.

Was für ein Mist …

Ein helles Piepen ertönte, ehe sich einen Moment später das Gepäckband vor mir in Bewegung setzte. Wie hypnotisiert, starrte ich auf die bunten Koffer und Taschen, die vorbeifuhren, während ich das Handy wegsteckte und nach der großen schwarzen Travelbag Ausschau hielt, die ich zum Schutz über meinen geliebten Rucksack gestülpt hatte.

Gepäck einsammeln, Charlie finden und mich dann mit den Mädels treffen, um ein Gesamtbild der Situation zu bekommen. Ein guter Plan. Ein einfacher Plan.

Ungeduldig tippte ich mit den Fingerspitzen auf meinen

Oberschenkel, bis endlich das Objekt meiner Begierde auf der Bildfläche erschien. *Hab dich!* Mit einem Ächzen hob ich besagtes Monstrum vom Band. Und machte mich gerade daran, die Reißverschlüsse zu öffnen, um meinen Rucksack zu befreien, als ein vernehmliches Räuspern neben mir erklang. Gefolgt von einer tiefen Stimme, die warme Brauntöne vor meinen Augen explodieren ließ.

»Ich möchte dir ja nichts unterstellen, aber ich glaube, das ist meiner.«

Abrupt fuhr ich herum und nur einen Sekundenbruchteil später hatte ich das Gefühl, im falschen Film zu sein. Dunkelbraune Haare, die sich leicht unter einer schwarzen Patagonia-Cap lockten, braune Augen mit dunklen Schatten darunter und müde Züge, die mir erst Minuten zuvor begegnet waren. Auf meinem Handy. In dem Artikel von *TravelMood*. In dem Chat mit meinen Mädels. Ich war mir ziemlich sicher, jeden Moment den Verstand zu verlieren, denn das hier musste ein verfluchter Scherz sein. Anders konnte ich mir nicht erklären, dass Kai Hansen direkt vor mir stand, als wäre er aus meinem Handy gesprungen. Mitten am Hamburger Flughafen.

Kai Hansen, der Ida Hansens Bruder war und *heimkehrte.*

Nach Sylt.

Genau wie du.

Wäre ich nicht so überfordert gewesen, hätte ich gelacht.

Als ich nichts erwiderte, schlug Kai sich mit der rechten Hand leicht gegen die Stirn, die andere steckte bis zur Hälfte seines Oberarms in einem gelben Gips, den ich bereits im Post gesehen hatte. »Sorry, should've known better.« Mühelos wechselte Kai in fließendes Englisch, in dem ich einen leichten US-amerikanischen Akzent auszumachen glaubte, und deutete ein weiteres Mal auf die Tasche. »I'm afraid that's mine.«

Ich verpasste mir einen mentalen Tritt in den Hintern und winkte ab. »Schon gut, ich spreche Deutsch. Und ich bin mir zufälligerweise ziemlich sicher, dass das meine Tasche mit meinem Rucksack darin ist.«

Kurz glitt Kais Blick nach links, wo drei Jungs in unserem Alter gerade auffällig in unsere Richtung schauten, dann sah er wieder zu mir. Und lächelte. Charmant und breit, das @chasingkaihansen-Lächeln, das ich aus dem Internet kannte. Das so gar nicht zu den Schatten passte, zu seiner Haltung. Stirnrunzelnd starrte ich auf die kleinen Grübchen, die auf seinen Wangen erschienen, auf das plötzliche Leuchten in seinen eigentlich müden braunen Augen.

»Dann bleibt uns wohl nichts anderes übrig, als reinzuschauen.«

Ich blinzelte, während Kai in die Hocke ging und das Travel-Cover ein Stück öffnete. Ein steingrauer Rucksack mit mehr Flaggen-Patches, als ich vermutlich jemals zusammenbekommen würde, angebundene weiße Sneakers, aber kein Skateboard … eindeutig nicht meiner.

»Tut mir leid«, murmelte ich, als Kai wieder aufgestanden war. »Ist wohl echt deiner.«

Er winkte mit seinem eingegipsten Arm ab, wobei er kurz, für einen winzigen Augenblick, das Gesicht verzog. Doch so schnell, wie dieser Riss in seiner Fassade erschienen war, hatte ihn das charmante Grinsen auch schon wieder geschlossen. »Ach was, es gibt Schlimmeres. Ist mir auch schon ein paarmal passiert. Mittlerweile bin ich aber echt gut darin, mein Gepäck sofort zu spotten.«

Bei deinen vielen Reisen wette ich darauf, dachte ich. Doch das sagte ich nicht laut. Es wäre komisch gewesen, ihn hier und jetzt auf seinen Blog anzusprechen. Oder darauf, dass seine Schwester eine meiner besten Freundinnen war. Und außerdem … verwirrte mich das alles. Kai verwirrte mich. Dieses unbesorgte Lächeln, das er sich trotz des Unfalls und des Shitstorms mühelos ins Gesicht gepinselt hatte. Die Tatsache, dass er hier stand und zu seiner Familie fuhr, um sein Image zu retten, obwohl die Situation dort laut Idas Erzählungen alles andere als harmonisch war. Und natürlich die Sache mit Henri. Einzelne Sätze des Artikels und Idas Worte flogen durch meine Gedanken.

… nicht ein einziges Mal zu dem Vorfall in Bolivien geäußert oder öffentlich darüber gesprochen.

… hüllt sich in Schweigen über seine eigene Rolle. Stattdessen fährt er zu seiner Familie, die er nie zuvor erwähnt hat.

Meinem Bruder ist nichts heilig auf seinem egozentrischen Masterplan-Weg. Nicht mal seine Familie.

Was sind wir für ihn? Ein PR-Gag?

Ich spürte, wie sich mein Bild von dem strahlenden Travelblogger zunehmend verdunkelte.

»Jedenfalls«, Kai fuhr sich über den Nacken, wobei mein Blick unweigerlich zu der Windrose wanderte, die auf seinen trainierten, gebräunten Unterarm gestochen war, »ist das echt keine große Sache.«

Wieder schaute Kai kurz dorthin, wo die drei Jungs gestanden hatten. Als er feststellte, dass sie mittlerweile gegangen waren, wurde sein Lächeln dünner, bis es ganz aus seinem Gesicht verschwand und dieser Erschöpfung Platz machte, die ich schon zuvor bemerkt hatte. Unweigerlich zog sich mein Herz zusammen. Denn auch wenn ich die Familien-Strategie ziemlich mies fand, konnte ich erkennen, dass es ihm trotz seines Lächelns gerade alles andere als gut ging. Und das wiederum traf einen Nerv in mir, den Neela liebevoll den *Lou kann nicht wegschauen*-Nerv getauft hatte. So war es schon bei Elisa gewesen, als ich die Worte zwischen ihren Sätzen im Sommer gehört hatte, und so war es auch jetzt.

Vielleicht sagte ich deswegen im nächsten Moment deutlich freundlicher: »Das ist eine beeindruckende Flaggensammlung.«

Ein kleiner Anflug von Überraschung huschte über seine Züge, dann trat eine steile Falte zwischen seine dunklen Brauen, als würde er nach einer versteckten Bedeutung in meinen Worten suchen. »Es gibt ziemlich viel da draußen zu sehen und ich … ich stehe nicht gern still.«

Ich nickte, ohne dass ich bewusst darüber nachgedacht hatte. »Geht mir genauso.« Selbst ich konnte hören, wie wehmütig das klang.

Einen Herzschlag lang wurde er still, sah mich bloß an, während das Braun seiner Augen heller zu werden schien, ehe er erwiderte: »Dann kommst du von einer Reise zurück?«

Vermutlich wäre es jetzt doch Zeit gewesen, ihm zu eröffnen, dass ich wusste, wer er war und warum wir uns beide am Flughafen befanden. Doch irgendetwas hielt mich zurück. Vielleicht weil ich diesen Moment nicht damit zerstören wollte. Weil seine Worte über Stillstand gerade genauso gut von mir hätten stammen können. Das und was dabei in seiner Stimme gelegen hatte.

Mit einiger Verzögerung kehrte ich zurück ins Hier und Jetzt und schaffte es, mein *Starren* zu beenden. Gott, wie lange hatte ich ihn gerade so ungeniert angesehen, während ich in Gedanken versunken gewesen war?

Zu lange, Lou. Viel zu lange.

Ich schluckte und verschränkte locker die Arme vor der Brust. »Nein, ich … ich fahre nach Sylt. Meine Schwester lebt dort.«

Die Furche oberhalb seiner Nasenwurzel schien sich noch ein wenig tiefer in die gebräunte Haut zu graben. »Witzig, dann haben wir dasselbe Ziel.«

Ich weiß. Aber das sagte ich nicht, sondern wandte mich dem Gepäckband zu, auf dem gerade das Gegenstück zu seiner schwarzen Tasche eintrudelte. »Ziel oder Anfang. Je nachdem, wie du es nennen möchtest«, meinte ich und machte überrascht einen Satz zur Seite, da Kai an mir vorbei nach meinem Rucksack griff und ihn mit seinem gesunden Arm vom Band wuchtete.

»Danke.« Ein ehrliches Lächeln zupfte an meinen Lippen und zu meinem Erstaunen fand ich ein ganz ähnliches auf Kais Zügen, als ich mich wieder zu ihm umdrehte. Ganz anders als das Lächeln auf Social Media oder die Maske von vorhin, weil es die Schatten nicht übermalte, und gerade deswegen so absolut echt. Mit Grübchen, die trotz dieser ganzen konfusen und seltsamen Situation etwas mit mir machten. Was war das nur immer mit diesen Grübchen?

Beinahe synchron gingen wir wieder in die Hocke, um unsere Rucksäcke aus den Schutzcovern zu holen, und verstauten die Hüllen dann jeweils in den Kopfteilen der Backpacks. Aus dem Augenwinkel sah ich, dass sich Kai dabei mit seinem Gips ein wenig schwertat, und griff kurzerhand nach dem Cover, um es für ihn zu verpacken.

»Das hätte ich hinbekommen«, kommentierte er nicht ohne ein Schmunzeln und zog sich den Rucksack über eine Schulter.

»Ich weiß, hab's trotzdem gemacht, wie es aussieht.« Ich pustete mir eine lose rote Locke aus den Augen und schaute auf, als ich seinen Blick auf mir kribbeln spürte. Das kleine Lächeln war verschwunden, stattdessen wirkte Kai fast nachdenklich. So als könnten seine Gedanken ebenso wenig stillstehen wie sein innerer Antrieb, der ihn seit Jahren um den Globus jagte.

»Also, was ist es?«

»Hm?«, machte ich und nestelte an den Schnallen meines Rucksacks herum, nur um etwas zu tun zu haben.

»Sylt. Anfang oder Ziel? Was ist die Insel für dich?«

»Ein Anfang, hoffe ich«, gab ich aufrichtig zurück, »und irgendwie auch das Ziel einer nervenaufreibenden Suche. Verdammt, ich schwöre dir, in meinem Kopf klang das gerade noch nicht so kitschig.«

Einer seiner Mundwinkel hob sich. »Es ist nicht kitschig zu wissen, wohin man möchte, und eine Richtung zu haben. Eigentlich ist das sogar ziemlich bemerkenswert.«

Ein paar Herzschläge lang betrachtete ich ihn schweigend und versuchte, diesen Moment, diese grüblerische Seite an ihm, mit allem, was ich bisher von Kai Hansen zu sehen bekommen hatte, in Einklang zu bringen. Es gelang mir nicht.

Dieses Mal war ich es, die sich räusperte. »Und du? Ziel oder Anfang?«

Kai ließ langsam den Atem entweichen und seufzte leise … beinahe erschöpft. »Stelle keine Fragen, deren Antworten du selbst nicht geben möchtest, Hansen«, murmelte er eher zu sich selbst.

Verwirrt legte ich den Kopf schief. »Bitte?«

»Das ist nichts, worüber ich … egal. Sylt ist kein Ziel. Und auch kein Anfang.« An seinem Kiefer zuckte ein Muskel, dann schaute er zur Seite. »Eher … dieses seltsame Etwas dazwischen, wenn man gezwungen ist anzuhalten. Zu stoppen. Einem irgendwie keine Wahl gelassen wird.«

Vermutlich hätte ich nicht darauf eingehen sollen, nicht bei dem angespannten Zug um seine Lippen, nicht bei dem, was in seinen Silben mitschwang, und dennoch konnte ich die Worte nicht zurückhalten. »Obwohl man nicht stillstehen will.«

»Oder es nicht kann.« Er biss die Zähne aufeinander. »Das hätte ich nicht sagen sollen.«

Unsere Blicke trafen sich und das Durcheinander in dem warmen Braun, seine Worte und die Resignation darin raubten mir für einen Moment den Atem. Wie konnten seine Gedanken trotz all der Widersprüche, die er mir aufgab, so vertraut klingen? Ihr Echo in mir finden? Wie vor drei Jahren. Wie in Norwegen, als Kai von Sonnenaufgangsmomenten und Freiheit gesprochen hatte. Wie zum Teufel waren wir überhaupt an diesem Punkt angelangt?

Ich öffnete den Mund, um etwas zu erwidern, doch Kai kam mir zuvor. Winkte ab, als hätte es die letzten Minuten nicht gegeben, während sich etwas in seinen Augen verschloss. Das kleine, halbe Lächeln wurde wieder zu dem viel zu breiten Grinsen. Zu einer anderen Version von Kai Hansen. »Wie dem auch sei, du wirst sicherlich eine schöne Zeit auf der Insel haben. Fernab von dem touristischen Zeug ist Sylt sehr schön.«

Sein plötzlich viel zu leichter Tonfall ließ mich kaum merklich das Gesicht verziehen. »Ich weiß, ist nicht mein erstes Mal.«

Einen winzigen Moment lang verrutschte sein Lächeln,

ehe es wieder an die perfekte Stelle rückte. »Ich möchte dich auch gar nicht länger aufhalten, deine Schwester wartet bestimmt schon.« Kai zog sich den zweiten Trageriemen über die andere Schulter, was dank seines eingegipsten Arms mehr einer Verrenkung nahekam. »Hat mich gefreut …?«

Mit gekräuselter Stirn sah ich ihn an, seine charmante Miene, die ausgestreckte, unverletzte Hand, die er mir hinhielt. Mein Herz pochte ein wenig zu schnell, ein wenig unregelmäßig, als ich schließlich seine langen Finger ergriff und sie schüttelte. »Milou«, hörte ich mich sagen und kam nicht umhin zu bemerken, dass wir auf einmal so nahe beieinanderstanden, dass ich den Kopf ein wenig in den Nacken legen musste, um Kai weiterhin in die Augen sehen zu können. »Ich heiße Milou.«

Er nickte kaum merklich, als hätte ich damit irgendetwas bestätigt, und erwiderte die Geste. »Kai.«

Kai. Kai Hansen. @chasingkaihansen. Ein wenig zu ruckartig ließ ich ihn los, hielt das Skateboard unter meinem Arm fest, während ich einen Schritt nach hinten machte und Abstand zwischen uns brachte. In mehr als einer Hinsicht.

»Ich hoffe, du findest deinen Anfang, Milou. Und dein Ziel.« Kai zuckte mit einer Schulter, dann drehte er sich um und verschwand in Richtung Ausgang.

Ein wenig perplex sah ich ihm hinterher, so wie damals auf dem Preikestolen. Und auf einmal hatte ich das Gefühl, ohne mein Wissen in ein Déjà-vu geraten zu sein. Nur dass Kai jetzt kein geheimnisvoller, gut aussehender Kerl mehr für mich war, sondern ein bekannter Influencer und Idas Bruder. Der mich auf so viele Arten verwirrte. Der mehrere Gesichter zu besitzen schien. Und dessen Gedanken trotzdem in mir widerhallten.

Kapitel 5

WIEDERSEHEN AUF SYLT

Lou

Über die Schwelle der Pension *Bernsteinglühen* zu treten, fühlte sich wie Nachhausekommen an. Der vertraute Geruch nach Gebäck und Holz und Meer, das vertraute Knarren der Dielen, die vertraute Mischung aus Boho, Pflanzen und Beigetönen, die das Haus direkt an den Dünen dominierte. Und ich liebte es.

»Dein Zimmer ist noch genaus so, wie du es im Sommer zurückgelassen hast«, meinte meine ältere Schwester Charlie gerade und schloss die Tür hinter uns. »Das gleiche Chaos wie immer.«

Ich warf ihr einen schrägen Seitenblick zu. »Chaos wirkt nur für das ungeübte Auge chaotisch.« Bockmist, ich klang schon wie Neelas Schwester.

Charlie schien derselben Meinung zu sein, denn sie schnitt bloß eine vielsagende Grimasse und schnappte sich dann mein Skateboard, ehe sie die kleine Treppe ansteuerte, die ins obere Stockwerk des weißen Holzhauses in Wenningstedt führte. »Du hast mir noch gar nicht verraten, wie lange dein Überfall dieses Mal dauern wird.«

Ich folgte ihr die Stufen hoch in mein Zimmer und ließ mich auf das breite Bett plumpsen. Prompt fielen ein paar

Klamotten und andere lautere Dinge zu Boden, von denen ich gar nicht wissen wollte, was sie eigentlich waren. »Kann ich dir noch nicht genau sagen.«

»Du kannst mir gerade eine ganze Menge nicht genau sagen, Lou-Lou. Auf der Fahrt hast du auch nicht recht mit der Sprache rausrücken wollen.« Charlie legte mein Board auf den Stuhl, der unter der vielen Kleidung kaum noch als solcher zu erkennen war, und lehnte sich mit überkreuzten Armen an die Wand. »Was ist eigentlich los?«

Ich verzog das Gesicht. Ob das nun an meinem ungeliebten Spitznamen lag oder der Tatsache, dass meine Schwester mal wieder keine Zeit damit verlor, den Finger in die Wunde zu legen, ließ ich jetzt einmal offen. »Ich habe getan, was du getan hast, Charlie. Ich habe mein Studium abgebrochen, um meinem Herzen zu folgen.«

Charlotte hob bei meinem Tonfall nur eine Braue. »Ich habe gar nicht gewusst, dass du in einer Beziehung bist.«

»Meine einzige große Liebe ist das Reisen, weißt du doch«, gab ich zurück und zog ein Bein an. Dann seufzte ich schwer. »Aus mir wird keine Ingenieurin, ich bin durch zu viele Prüfungen gerasselt, und ehrlich gesagt … wollte ich das auch nie werden.«

Die Züge meiner Schwester wurden weicher und ich liebte sie dafür, dass sie nicht mit einem *Ich habe es dir ja gesagt* daherkam, sondern einfach akzeptierte, dass ich das erst selbst hatte herausfinden müssen. »Und Mama und Papa?«

»Haben es ganz gut verkraftet. Denke ich. Aber sie verstehen nicht, warum ich ausgerechnet hierherkommen und mich auf meinen Blog konzentrieren möchte, statt mich nach etwas *Realerem* umzuschauen. Was weiß ich. Besonders Mamas Verständnis hält sich in Grenzen.«

»Ich finde deinen Travelblog sehr real.« Charlie strich sich eine der rotbraunen Strähnen ihres Bobs zurück und lächelte. »Übrigens Glückwunsch zu deinen dreißigtausend Followern. Das sollten wir feiern.«

»Du hast es nicht vergessen.«

»Als würde ich das. Ich bin dein größter Fan seit Stunde null. Und sag mir nicht, du hättest nicht schon eine verrückte Kuchenidee für dieses Jubiläum.«

Ein warmes Gefühl füllte jeden Winkel meiner Brust, als ich an die vielen Jubiläen und Erfolge dachte, die Charlie und ich zusammen mit einem meiner abgedrehten Crazy Cakes gefeiert hatten – noch so eine Sache, die ich liebte: das Backen von so richtig verrückten Torten. Keine normalen Marmorkuchen, sondern Aquarien und ganze Vulkanlandschaften aus Teig, Buttercreme, Marzipan und Wackelpudding. Mittlerweile gehörten die Crazy Cakes fest in meinen Travelfeed und es war fast schon Tradition, dass ich zu jedem Meilenstein einen ganz besonderen Kuchen buk. Meistens mit Charlie, die mich überhaupt erst auf diese Art des Backens gebracht hatte.

»Na ja«, begann ich und setzte mich in den Schneidersitz, »ich hätte da schon so eine Idee. Aber ich weiß nicht, ob wir hier in der Küche das passende Equipment dafür haben.«

»Wir könnten Mathilda fragen. In ihrer Backstube gibt es so gut wie alles, was die Konditorwelt zu bieten hat.«

Stimmt, Ida hatte mir von der Familienbäckerei *Seeglas* am Strand erzählt, die Mathilda gehörte. Mathilda, die Idas Großmutter war … und damit auch Kais. Hastig schob ich den Gedanken beiseite und nickte stattdessen. »Wäre supercool, wenn du sie fragen würdest. Ich glaube, das könnte mein bester Kuchen werden.«

»Davon bin ich überzeugt. Was hältst du davon, wenn du jetzt erst mal ein bisschen in deinen neuen alten vier Wänden ankommst und wir beide nachher gemeinsam zu Abend essen. Jule fährt erst morgen wieder auf die Insel und heute gibt es nichts mehr für mich in der Pension zu tun. Ist ohnehin gerade nicht so viel los.«

Irgendetwas in ihrer Stimme ließ mich aufhorchen. »Ist alles in Ordnung?«

Charlie winkte ab und lachte. Einen Ticken zu schnell, einen Ticken zu laut. »Und das gerade von dir, nachdem du unseren Eltern den finalen Dolchstoß verpasst hast. Du kennst mich doch, Lou. Ich bin immer in Ordnung.«

Und genau dieses Immer *ist nicht in Ordnung*, wollte ich sagen, doch der Ausdruck in ihren Augen hielt mich davon ab. Also gab ich nur zurück: »Essen klingt super.«

»Perfekt. Komm einfach runter, wenn du so weit bist.« Sie stieß sich von der Wand ab und machte Anstalten, aus dem Zimmer zu gehen, bevor sie sich doch noch einmal zu mir umdrehte. »Und, Lou?«

»Hm?«

»Ich freue mich sehr, dass du hier bist, und bin mir absolut sicher, dass es großartig wird.«

Fragend runzelte ich die Stirn. »Was genau meinst du?«

»Alles. Egal, was du dir in deinen hübschen Kopf setzt, es kann nur großartig werden.«

Die nächsten zwei Stunden verbrachte ich damit, Punkte von meiner To-do-Liste abzuhaken. Eigentlich war ich nie der Typ für Listen gewesen – wenn man von meiner Bucketlist fürs Reisen einmal absah –, doch ich konnte nicht bestreiten, dass es etwas seltsam Befriedigendes hatte, kleine Kreuze in die Kreise zu setzen. Es brachte Ruhe in meinen aufgewühlten Kopf und machte es leichter, den Durchblick zu behalten, jetzt, da ich so vieles umgeworfen hatte. Also schrieb ich Mails an meine Uni und schickte neue Anfragen für kleinere Kooperationen ab, wobei ich kategorisch überging, dass dabei kaum etwas herumsprang und die lukrativen Kollaborationen nicht zustande gekommen waren. Aber ich war schließlich noch am Anfang meiner Vollzeit-Bloggerinnenkarriere, oder nicht? Jeder fing mal klein an und in meinem Fall bedeutete das eben, zunächst tiefzustapeln und auf größere Anfragen zu hoffen.

Entschlossen erstellte ich eine umfangreiche Ideensammlung für mögliche neue Beiträge, Einnahmequellen und Reiseziele – bis meine Gedanken unweigerlich wieder bei Kai Hansen landeten. Mehrmals musste ich mich davon abhalten, auf sein Profil zu klicken oder weitere Artikel über ihn und Henri zu lesen. Obwohl mir der eine vorhin am Flughafen schon vollkommen gereicht hatte und diese seltsame Begegnung danach …

Seufzend fuhr ich mir durch die Haare, die mittlerweile wie ein Vogelnest aussehen mussten, und schloss meinen Feedplaner. Vielleicht war der Kai-Knoten in meinem Kopf ja ein Zeichen dafür, aufzustehen und an die frische Luft zu gehen. Weg von der virtuellen Welt der Sozialen Medien. Wobei diese Welt mit einem Mal nicht mehr ganz so virtuell schien, wenn man bedachte, dass Kai Idas Bruder war und ebenfalls auf dieser gar nicht so großen Nordseeinsel und –

Gott, Lou. Schluss jetzt.

Glücklicherweise gab mein Handy genau in diesem

Moment ein leises Brummen von sich, sodass ich mich nicht länger mit meiner inneren Stimme oder irgendwelchen ungewollten Déjà-vus rumschlagen musste.

Neela
Hey, Globetrotterin 🩶 Bist du gut auf der Insel gelandet?

Ich ließ mich zurück auf mein Bett fallen und antwortete meiner besten Freundin sofort – nachdem ich das vorhin am Flughafen völlig vergessen hatte.

Lou
Ja, sorry, dass ich mich noch nicht gemeldet habe – aber du wirst nie glauben, was mir vorhin passiert ist! 😳

Neela
Jetzt mach es nicht so spannend, das hier ist schließlich keiner deiner Blogposts!

Grinsend ließ ich meine Finger über die virtuelle Tastatur fliegen. Neela und ich hatten bisher nie Geheimnisse voreinander gehabt und ich würde jetzt ganz sicher nicht damit beginnen. Nur weil wir jetzt nicht mehr gemeinsam den normalen Studiums-Wahnsinn bestreiten und zumindest fürs Erste nicht am selben Ort leben würden.

Lou
Mir ist am Flughafen Kai Hansen begegnet.

Neela
Der heiße Travelblogger, der in Ungnade gefallen ist?

Lou
Jepp, genau der. Und es kommt noch besser 😳

Neela
Lou, du machst mich echt fertig – raus mit der Sprache 🤪

Lou
Er ist gar nicht so fremd, wie ich immer gedacht habe, sondern … Idas großer Bruder.

Neela
Was?! Verarschst du mich?

Ein kleiner Teil von mir wünschte sich gerade, es wäre so. Denn dann wäre @chasingkaihansen zwar immer noch ein Travelblogger, dem ich auf Social Media folgte, aber nicht so … nah.

Lou
Nein. Ist mein Ernst.
@chasingkaihansen ist der Bruder, der Idas Familie seit Jahren hängen lässt.
Und ich habe ihn live und in Farbe getroffen 😮

Neela
Krass. Hast du das den Mädels schon erzählt?

Nein. Ich biss mir von innen auf die Wange und machte mir eine gedankliche Notiz, das zu ändern. Es wäre nur fair, mit *E.M.I.L.*[2] und besonders Ida darüber zu sprechen. Zumal ich unzählige Fragen hatte. Aber auf der anderen Seite wollte ich mich nicht zu sehr in dieses Drama einmischen. Ich war erst seit diesem Sommer Teil der Gruppe und dieses Kai-Fiasko hatte es schon lange vor meiner Zeit gegeben. Zwar hatten mir Elisa, Malia, Ida und Leni nie das Gefühl gegeben, das fünfte Rad am Wagen zu sein – was ich ja sogar wortwörtlich war –, dennoch kam es mir nicht richtig vor, in den Chat hineinzuplatzen.

Außerdem klärt man so etwas nicht über WhatsApp.

Lou
Mache ich noch. Muss erst mal ankommen und das alles verarbeiten 😵‍💫

Neela
Wie war er so?

Nachdenklich fuhr ich mir über die Stirn und überlegte einen Moment, ehe ich antwortete:

Lou
Seltsam. Die Begegnung hat sich … seltsam angefühlt. Ich weiß nicht, wie ich das beschreiben soll. Es ist komisch, mit jemandem zu sprechen, von dem man aus

dem Internet so viel weiß und den man gleichzeitig eigentlich gar nicht kennt. Und Kai … keine Ahnung, er ist irgendwie ziemlich verwirrend. Und kaputt. Mein kleines Fangirlherz ist gebrochen 💔

Neela
Klingt, als würdest du das ziemlich zerdenken.

Lou
Wer? Ich?

Neela
Haha. Aber im Ernst, vielleicht vergisst du das Ganze erst mal und konzentrierst dich einfach auf dich selbst.

Lou
Was würde ich nur ohne deine weisen Ratschläge tun?

Neela
Hab dich auch lieb. Wollen wir später skypen? ♡

Lou
Nicht so sehr, wie ich dich ♡ Ich weiß nicht, ob es heute noch klappt. Vielleicht später? Charlie und ich essen gleich.

Neela
Oh, viel Spaß und liebe Grüße!

Lou
Richte ich aus! Ich melde mich nachher 😆

Wir verabschiedeten uns, wobei mir Neela das Versprechen abnahm, sie auf dem Laufenden zu halten. Dann klickte ich kurzerhand auf den Chat mit Elisa. Denn obwohl ich das Kai-Thema erst bei einem echten Treffen ansprechen wollte, sollte ich mich bei meinen Freundinnen melden.

Lou
Hey, Aussie-Girl 💜 Ich hoffe, es geht dir gut! Seit heute bin ich offiziell Inselbewohnerin. Habt du und die anderen Lust, euch bald zu treffen? 😆

Elisa
Bitte was? Du bist auf Sylt? 😱
Als „Bewohnerin"?

Lou
Jepp

Elisa
Okay, wow, das kommt jetzt aber ziemlich plötzlich 😅

Lou
Hab mir direkt ein Beispiel an dir genommen, war bei dir im Sommer doch genauso 🤪

Elisa
Alles nur Gerüchte. Und ja, ich hätte auf jeden Fall Lust auf ein Treffen. Ida und Malia sind nicht da, aber was hältst du davon, dich morgen Abend mit Leni und mir am Strand zu treffen? Dann können wir uns alle auf den neusten Stand bringen 🌊🖤

Lou
Klingt gut, ich freue mich!

Elisa
Same. Und dann kannst du mir auch gleich erklären, warum du dich noch nicht im *E.M.I.L.*[2]-Chat gemeldet hast 🤪 Bis morgen 🖤

Natürlich war ihr das nicht entgangen. Elisa konnte man mit ihrem Gespür für Menschen schlichtweg nichts vormachen. Ich war froh, sie als Freundin zu haben. Lächelnd legte ich mein Handy zur Seite und rollte vom Bett zurück auf die Beine, um endlich runterzugehen und mit Charlie den Abend ausklingen zu lassen.

Kapitel 6

BACKSTUBENGEFLÜSTER

Lou

»Echt cool, dass du Mathilda gefragt hast und das jetzt so schnell geklappt hat.« Überschwänglich legte ich Charlie einen Arm um die Schultern, während wir weiter auf die Bäckerei *Seeglas* zuliefen.

»Ich habe mal gehört, dass man seine Follower nicht warten lässt. Auch nicht auf einen Crazy Cake zum 30.000-Jubiläum. Hast du dich denn eigentlich mittlerweile entschieden?«

Ich klopfte auf die große Umhängetasche und nickte. »Klar, ich musste zwar ein bisschen improvisieren, weil die Läden heute geschlossen sind und mir ein paar Zutaten gefehlt haben, aber das meiste habe ich in deinen Vorräten gefunden. Danke übrigens.«

»Was mein ist, ist auch dein, Schwesterchen. Also, welcher ist es jetzt geworden?«

Wir erreichten die Strandpromenade – Charlie und ich waren von der Pension aus zu Fuß gelaufen – und steuerten direkt auf das helle Holzhaus zu, in dem das *Seeglas* lag. Von Ida wusste ich, dass es dort früher nur Brötchen und Brot gegeben hatte, mittlerweile jedoch eine kleine Konditorei daraus geworden war. Samt Café-Ecke und leichten Snacks für den Mittag und Abend.

»Der Berg«, antwortete ich schließlich, als wir die Stufen zum Eingang hochstiegen. »Ich hoffe, Mathilda hat Lebensmittelfarbe, sonst wird es ein gelber Gipfel.«

Charlotte verzog ungläubig das Gesicht. »War das nicht deine erste Idee gewesen, bevor du gestern Nacht vier Stunden mit Neela per Skype darüber diskutiert hast? Vier Stunden, in denen ich wohlgemerkt so gut wie kein Internet hatte.«

»Keine Sorge, das waren vier gut investierte Stunden, du wirst schon sehen.« Ich schenkte ihr ein entschuldigendes Lächeln und öffnete die hölzerne Tür, die uns mit einem leisen Bimmeln ankündigte.

Schon beim ersten Schritt in die heimelige Bäckerei wurde ich von dem Duft nach Kaffee, Gebäck und frischem Teig eingehüllt. Instinktiv schloss ich die Augen, sog den Geruch, die Wärme in mich auf und überging dabei geflissentlich das Knurren meines Magens, der mich daran erinnerte, dass es kurz nach sieben an einem Sonntag war und ich noch nichts gegessen hatte.

»Ich bin verliebt«, murmelte ich schmunzelnd und wandte mich zu Charlie um, doch meine Schwester bekam gar keine Gelegenheit, etwas zu erwidern. Denn in diesem Moment trat bereits Mathilda um die Theke herum und drückte erst Charlie und dann mich an ihre üppige Brust, ehe sie uns von oben bis unten musterte. »Moin, ihr beiden. Seid ja pünktlich wie die Maurer. Willkommen in meinem *Seeglas*, Mädchen.«

»Guten Morgen, Mathilda. Danke, dass das so spontan geklappt hat«, gab meine Schwester zurück und schob sich ihren dünnen karierten Mantel von den Schultern.

Ich nickte. »Ja, vielen lieben Dank. Das ist wirklich sehr freundlich.«

»Aber natürlich, meine Backstube ist schließlich groß genug für uns alle. Dann kommt gleich mal mit nach hinten. Ich zeige euch noch schnell alles, bevor ich den Laden aufmache.«

Mathilda führte uns in ihr Reich, das kurz dafür sorgte, dass mir der Mund offen stehen blieb. Keine Ahnung, was ich erwartet hatte – vielleicht einen kleinen Brennofen aus Backstein und Holzschüsseln mit gigantischen Löffeln, eben etwas, das zu dem kuscheligen Holzhaus passte, in dem die Bäckerei lag. Aber eine weitläufige Backstube mit modernen Geräten, geordneten Regalen, die so gut wie alles beinhalteten, was das Backherz höherschlagen ließ, und genügend Platz, um sich auszutoben? Ganz sicher nicht. Der gesamte Raum war eine Mischung aus hellen Fronten, die sich mit dunklen Holzarbeitsplatten abwechselten, dazu indirekte Beleuchtung und schwarz-weiße Fliesen im Schachbrettmuster. Kurz gesagt: Ich liebte jeden einzelnen Quadratzentimeter davon. Vielleicht sollte ich das Bloggen doch aufgeben und bei Mathilda in die Lehre gehen, nur um hier jeden Tag arbeiten zu dürfen. Das würde zumindest ein regelmäßiges Einkommen garantieren und hätte eine Zukunft – *boah, Lou, du klingst schon wie deine Eltern!*

»Die Schürzen hängen hier«, Mathilda deutete auf ordentlich aufgehängte blütenweiße Schürzen und passende Hemden, »und die Vorratskammer ist dort hinten links. Nehmt euch einfach, was ihr braucht. Charlotte, du müsstest ja noch wissen, wie die Geräte funktionieren, richtig?«

»Sicher, mach dir um uns keine Gedanken.« Meine Schwester legte ihr eine Hand an den Arm. »Das ist wirklich sehr lieb von dir.«

Mathildas braune Augen begannen zu leuchten, als sich ein

mildes Lächeln auf ihren Zügen ausbreitete. »Ist doch selbstverständlich. Auf unserer Insel hilft man sich gegenseitig, wo es geht. Ich wünsche euch viel Spaß. Wenn etwas ist, wisst ihr ja, wo ihr mich findet.«

Wenig später waren Charlie und ich bereits bis zu den Ellenbogen in Backzutaten und passenden Utensilien vergraben. Ich hielt sämtliche Schritte mit dem Handy fest, um später ein paar schöne Stories für meinen Account daraus zu basteln, und schoss im selben Zug einige Fotos von meiner Schwester und mir. Im Hintergrund lief leise Musik und vermischte sich mit den gedämpften Stimmen aus dem Verkaufsraum, nachdem wir Charlies Handy mit einer kleinen Box verbunden hatten. Und ich genoss jede einzelne Sekunde dieser Schwesternzeit aus vollem Herzen.

»Wie zum Henker willst du diese ganzen Gipfel in den einen Kuchen bekommen? Schnitzen?« Charlie pustete sich eine Strähne aus der Stirn und sah mich ratlos an.

Ich legte mein Handy zur Seite und zog die Schüssel mit der Buttercreme zu mir heran. »Hiermit. Das Zauberwort heißt *modellieren*.«

»Mit der weichen Pampe?«

»Mit der weichen Pampe. Wir rühren im nächsten Schritt noch Gelatine rein, das festigt die Masse und macht sie schön formbar. Übernimmst du die hell- und dunkelgraue Creme? Dann kümmere ich mich um die weiße und schwarze.«

Charlie salutierte und machte sich an die zwei Schalen, die etwas abseitsstanden. »Du bist die Chefin.«

»Da könnte ich mich echt dran gewöhnen.« Schwungvoll

landete die Gelatine in der ersten und dann der zweiten Schüssel, ehe ich den Rührbesen ansetzte. »Hat sich Jule eigentlich schon gemeldet?«

»Ja, sie sollte gegen Nachmittag da sein.«

»Was hat sie überhaupt in Hamburg gemacht?«

Ihre Rührbewegung geriet für einen Sekundenbruchteil ins Stocken. Nicht mehr als einen winzigen Moment lang, doch es reichte aus, um mich an Charlies seltsamen Unterton von gestern zu erinnern.

»Alles okay?«, hakte ich sanft nach und trat näher zu ihr. »Ist etwas passiert?«

Sofort schob sich ein breites Lächeln auf die Lippen meiner Schwester, doch ich kannte sie gut genug, um zu wissen, dass sie mich bloß mit ihrer Sonnenscheinseite abzulenken versuchte. »Ja, klar. Und nein, bloß ein Routinegespräch mit unserem Finanzberater. Keine große Sache.«

»Bist du dir –?«

»Lou, es ist alles in Ordnung, wirklich. Mach dir keine Gedanken.« Noch ein Lächeln und noch einmal schien es nicht so recht über ihre Mundwinkel hinauszukommen. »Ich bin schnell auf der Toilette, ja?«

Kurz erwog ich, Charlie aufzuhalten, um sie zu fragen, was sie mir so offensichtlich verschwieg. Aber ich kannte sie gut genug, um zu wissen, dass sie mir ganz sicher nichts verraten würde, nicht jetzt und nicht hier. Also blickte ich ihr nur stirnrunzelnd nach, während sie aus der Backstube verschwand. Was ging hier vor sich?

Kopfschüttelnd wollte ich wieder nach dem Schneebesen greifen, als mit einem Mal die Tür aufflog und zwei junge Männer in die Stube stürmten.

»Was läuft falsch mit dir, Mann?!«, stieß der eine zwischen

zusammengebissenen Zähnen hervor und verschränkte die Arme.

»Eine ganze Menge, wie es aussieht. Es würde vermutlich zu lange dauern, es dir in allen Einzelheiten zu erklären.« Die zweite Stimme traf irgendeinen Nerv in mir, ohne dass ich diesen sofort zu benennen vermochte.

Durch die Regale, die mich abschirmten, konnte ich die Umrisse der beiden Männer nur erahnen und vermutlich hätte ich auf mich aufmerksam machen sollen. Doch dazu bekam ich erst gar keine Gelegenheit, denn der erste schoss bereits wieder zurück: »Es ist ihr fünfundsiebzigster Geburtstag, findest du nicht, dass alle ihre Enkel dabei sein sollten?«

»Nicht wenn ich ihr dadurch den Tag versaue. Wenn ich im selben Raum mit euch bin, ist es doch bloß eine Frage der Zeit, bis etwas hochgeht. Und das weißt du!«

»Bullshit, Kai.«

Kai. Deswegen kam mir sein Timbre so bekannt vor, obwohl jetzt deutlich weniger Wärme darin lag als am Flughafen.

»Ach nein? Dann willst du mir also erzählen, zusammen am Tisch zu sitzen und diesen beschissenen Kleinkrieg auszutragen, wäre *angenehm*? Ich will, dass Grams einen perfekten Tag hat, okay? Das verdient sie.«

»Das ist so verkorkst.« Die erste Stimme schnaubte. »Ehrlich, ich weiß, es ist echt scheiße, was dir passiert ist, okay? Aber Ma und Pops geben sich verdammt viel Mühe mit dir. Wir alle tun das. Denkst du nicht, dass du nicht zumindest versuchen solltest, dich zusammenzureißen?«

Kai lachte freudlos. So leise und heiser, dass mir unwillkürlich ein Schauer über den Rücken lief. »Bei aller Liebe, Mik, aber du weißt gar nichts.«

»Ich weiß genug. Zum Beispiel, dass aus meinem kleinen Bruder ein ziemlicher Arsch geworden ist, dem seine Familie anscheinend nichts bedeutet. Und die sich trotzdem sofort Arme und Beine ausreißt, um ihm zu helfen. Weil man das in einer Familie so macht. Doch anscheinend hast du das bei all deinen ausschweifenden Reisen vergessen. Ida hatte recht, für dich ist das Ganze nur ein Witz. Eine billige PR-Masche in deinem dämlichen Influencer-Netz.«

Darauf sagte Kai nichts, aber ich konnte durch den Spalt sehen, wie er sich erst anspannte und dann die Schultern hängen ließ. Als wüsste er nicht, was er antworten sollte – und das passte so wenig zu Kai Hansen, dass ich mich unwillkürlich fragte, ob ich nicht doch jemand vollkommen anderen vor mir hatte.

Eine weitere Maske. Eine weitere Version.

»Vielleicht solltest du mal tief in dich gehen und dich daran erinnern, was es heißt, Teil von etwas zu sein, Kai. Wir sind eine große Familie, keine Gruppe von Einzelkämpfern. Hier geht es nicht allein um dich, es geht um uns alle.« Mit diesen Worten drehte sich der zweite Kerl – Mik, wie ich nun wusste – um und verließ den Backraum.

Ein, zwei Herzschläge lang blieb es still, dann stieß Kai hörbar den Atem aus. Gefolgt von einem lauten Fluch. »Fuck!«

Ich fuhr merklich zusammen, wobei ich mit dem Ellenbogen gegen die Schüssel stieß. Ein Scheppern erklang und ließ Kai herumfahren, direkt zu meinem Versteck.

Direkt zu mir.

Kapitel 7

KOMPASS OHNE NORDEN

Kai

Ein lautes Scheppern hallte durch die Backstube und meine mörderischen Gedanken in Bezug auf Mik gleichermaßen und ließ mich zusammenzucken. Gott, seit wann war ich so ein Schisser? Dann drehte ich mich abrupt zu dem Geräusch um … und hätte nicht verwunderter sein können, als ich feuerrote Locken und eine ziemlich gequälte Grimasse auf einem überraschend vertrauten Gesicht entdeckte.

Ein paar Sekunden starrten wir uns nur schweigend an. Sie halb durch Regale und eine der Theken verborgen, ich mit noch immer viel zu schnell gehendem Puls nach dem beschissenen Streit mit Mik.

Kopfschüttelnd wischte ich meinen älteren Bruder und seine Worte beiseite und räusperte mich. »Du bist Milou. Das Flughafen-Mädchen.«

Ernsthaft, Hansen? Das ist das Erste, was dir einfällt?

»Richtig.« Ihre Wangen färbten sich, wenn überhaupt möglich, noch ein wenig röter, ehe sie sichtlich verlegen hinter dem Tresen hervorkam und die Arme verschränkte. Dabei entging mir nicht, dass sie eine mehlbestäubte Schürze trug, was die ganze Situation bloß noch verwirrender machte. Genau, wie mein Blick über sie glitt, schienen auch ihre grünbraunen Augen mich von oben bis unten zu mustern, ehe sie wieder an meinem Gesicht hängen blieben. Und es sich anfühlte wie in diesem vollkommen verdrehten Moment am Flughafen. Als ich Worte ausgesprochen hatte, die ich nicht hatte sagen wollen, als Milou meine Gedanken geteilt hatte und es mir vorgekommen war, als würde sie direkt in mich hineinsehen, als könnte ich ihr vertrauen. Ein Gefühl, das ich vor eineinhalb Jahren schon einmal erlebt hatte. Und das mich damals in meine persönliche Hölle katapultiert hatte.

Ein Fehler, den ich sicherlich nicht noch mal begehen würde. Denn entgegen der allgemeinen Meinung – und damit meinte ich vorrangig Claire – war ich lernfähig. Und niemand war so ein guter Lehrmeister wie das Herz.

Deswegen hatte ich auch den Augenblick mit Milou am Flughafen unterbrochen und deswegen atmete ich nun kaum hörbar aus und lächelte routiniert. Charmant und breit und falsch, mit diesen Grübchen, über die Claire immer scherzte, dass sie eine *Versicherung* bräuchten. Zuzutrauen wäre es ihr, keine Frage. Dann lehnte ich mich betont lässig an den Tresen, während die Mauern hochschnellten und der ganze Mist endlich verstummte. »Wie lange stehst du da schon?«

Milou zog die Schultern hoch, sah jedoch nicht zur Seite, sondern betrachtete mich noch immer mit diesem eindringlichen Blick und … Skepsis. »Ich habe dich und … deinen Bruder gehört, wenn es das ist, was du wissen willst. Und …« Seufzend lockerte sie ihre verschränkten Arme. »Und es tut mir leid. Also, dass ich gelauscht habe. Das war keine Absicht, wirklich, nur habe ich irgendwie den Moment verpasst, um auf mich aufmerksam zu machen.«

»Alles gut, ich hätte ja auch vorher checken können, ob jemand hier ist.« *Bevor ich mich ein weiteres Mal in eine sinnlose Diskussion mit meinem Bruder begebe.* Ich biss die Zähne zusammen und drängte die aufsteigende Wut zurück. »Was mich zu der Frage bringt: Warum bist du hier?«

Sie schob ihr Kinn ein wenig nach vorne und deutete auf ihre Schürze. »Ich backe hier. Mathilda war so lieb und hat mir einen Teil ihrer Küche für den Tag überlassen.«

Keine Ahnung, mit welcher Art Erklärung ich gerechnet hatte, aber aus irgendeinem Grund ließ mich Milous Antwort stutzen. »Du backst?«, wiederholte ich wenig eloquent.

»Ja, ab und zu. Ist eine echt gute Methode, Frust und Stress abzubauen, und on top hat man am Ende auch noch eine süße Belohnung. Win-win eben.« Milous Mundwinkel zuckten ein wenig nach oben – eine so kleine Geste, die trotzdem den ganzen Raum auszufüllen schien – und ich spürte, wie meine dasselbe taten, einfach so, und das breite Fake-Lächeln vertrieben.

Das ist verdammt noch mal nicht gut.

Und trotzdem hörst du nicht damit auf.

Wie ich meine innere Stimme doch liebte.

Ich fuhr mir über den Nacken und nickte langsam. »Klingt cool. Und Nachtisch geht immer.«

Milous Züge hellten sich auf, als hätte jemand hinter ihren großen grünbraunen Iriden ein warmes Licht eingeschaltet. »Schon mal selbst gebacken?«

»Ja, bei Grams kommt man da nicht so wirklich drum herum«, hörte ich mich antworten, noch ehe ich darüber hätte nachdenken können. Mein Mund machte sich selbstständig, schon wieder. »Meine Großmutter versucht, seit ich denken kann, mich in ihre Backstube zu bringen. Aber ehrlich gesagt, fehlt mir dazu die Geduld. Oder die Leidenschaft. Dabei müsste sie nach den unzähligen Mehlkämpfen, die ich mit meiner Schwester hier ausgefochten habe, eigentlich ohnehin längst genug von uns in ihren heiligen Hallen haben.«

Lou grinste. »Bei Idas Temperament waren das bestimmt ganze Schlachten.«

Der Name meiner jüngeren Schwester so vertraut aus Lous Mund war wie ein kalter Schauer, der einmal durch mich fuhr. »Woher kennst du Ida?« *Und wenn du Ida kennst, was weißt du dann über mich?*

Der Gedanke, dass Milou die ganze vermaledeite Geschichte kannte, stieß mir aus unerfindlichen Gründen auf. Genauso wie die Tatsache, dass sie am Flughafen kein Wort darüber verloren hatte. Dabei sollte es mich eigentlich nicht kümmern. Im Gegenteil, es wäre sogar gut, wenn sie mich verabscheuen würde. Das würde alles so viel leichter machen, Abstand bringen, den ich dringend nötig hatte. Denn seit unserer Begegnung im Flughafen hatte ich trotz – oder gerade wegen – allem, was zurzeit in meinem Leben schiefging, mehr an Milou gedacht, als mir lieb war. An diese unerklärliche Vertrautheit in ihren Worten über das Reisen, an den Ausdruck, der dabei in ihrem Blick gestanden hatte. Und an das Gefühl, bei ihr *sicher* zu sein.

Sicherheit. Wie damals mit –

»Wir sind Freundinnen«, war alles, was Milou nach einem Augenblick erwiderte, und ich kam nicht umhin zu bemerken, dass sie verschlossener klang als noch Momente zuvor.

Ein Teil von mir wollte nachhaken, wollte wissen, was sich hinter der gekräuselten Stirn und ihrer knappen Antwort verbarg, doch dieses Mal war ich klug genug und wechselte das Thema. Weg von allem, was zu persönlich werden könnte, hin zu belanglosen Dingen, die mir seit eineinhalb Jahren den Hintern retteten und den Rücken freihielten. Gepriesen sei der unnötige Small Talk. »Und wie gefällt dir Sylt so bisher? Schon einen Anfang gefunden?«, meinte ich lahm und versenkte locker die Hände in den Hosentaschen.

»Ich mag es. Und bisher … noch nicht, aber ich höre nicht auf zu suchen, und sobald ich ihn gefunden habe, lasse ich es dich wissen.« Sie lächelte und es fühlte sich vertraut falsch an. »Man sieht sich bestimmt noch das eine oder andere Mal.«

Bei ihrem seltsamen Unterton hob ich eine Braue.

»Schließlich können wir beide nicht stillstehen«, fügte sie an.

Ich zog die zweite Augenbraue hoch. Warum nur machte die kleine Tatsache, dass Milou sich unser Gespräch am Flughafen anscheinend genauso gut gemerkt hatte wie ich, etwas mit mir? Nachdenklich betrachtete ich sie ein paar Atemzüge lang. Momente, in denen unsere Blicke aneinander hängen blieben. Bis Milou den Kopf leicht schief legte und abwinkte. Nun wieder ohne dieses Fake-Lächeln. »Ich sollte zurück an die Arbeit, ein Crazy Cake backt sich schließlich nicht von allein.«

Ein Crazy-Was? Ich war drauf und dran, meine Frage laut auszusprechen, als das Handy unter meinen Fingern einen ganz bestimmten Ton von sich gab. Jenes Piepen, das für Claire reserviert war. Innerhalb eines Sekundenbruchteils kehrte die alte Anspannung in meine Knochen zurück und am liebsten hätte ich mein Smartphone genommen und in der erstbesten Schüssel mit klebrigem Kuchenteig ertränkt. Nur war das keine Option bei Claire Adams, die zuverlässig Terror machte, wenn ich nicht ans Telefon ging.

»Sorry«, murmelte ich daher in die Stille hinein und zog mein iPhone hervor. »Die Arbeit, das …« Ich brach ab, um die knappe Nachricht zu überfliegen, dann presste ich die Kiefer aufeinander.

Gott, nicht schon wieder. Konnten diese Aasgeier nicht einfach aufhören? Mit ihrer gequirlten Kacke, diesem ganzen Bullshit, der –

»Kai? Ist alles in Ordnung?«

»Ja, ich –« Mein Blick flog hoch und meine Stimme versagte, ließ mich meine Standard-Antwort, die ich mittlerweile perfektioniert hatte, nicht abspulen, als ich Milous Miene bemerkte. Die Art, wie sie mich betrachtete, die ehrliche Sorge, als würde sie problemlos meine Fassade durchschauen und die hässliche Realität dahinter sehen. Nackt. Ich fühlte mich nackt und schutzlos.

Reiß dich zusammen, Hansen.

Beherrscht atmete ich aus. »Ich muss los, ich …« Ich brach ab, konnte Milou nicht in die Augen sehen. Weil ich mich fürchtete, zu viel zu sagen. Weil ich mich fürchtete, das Falsche zu sagen. Weil ich mich fürchtete, dass meine Schutzwälle endgültig versagen würden, da selbst das größte Bollwerk irgendwann brach.

Noch immer keine Stellungnahme von @chasingkaihansen – feige Flucht oder kalkulierte Masche?

Travelgrammer gönnt sich Auszeit auf Sylt, während „bester" Freund ums Leben kämpft.

Ich schaffte es einfach nicht. Ich schaffte es nicht, diese Worte, die klar und unmissverständlich auf meinem Handydisplay prangten, an mir abprallen zu lassen. Sie als *sinnfreie Presse* und *belanglose Kommentare* abzustempeln. Claire hatte mir unzählige mehr oder weniger hilfreiche Tipps dazu eingetrichtert und trotzdem: Ich. Schaffte. Es. Nicht. Stattdessen wurden die Worte immer größer in meinem Kopf, türmten sich auf, bereit, mich ein weiteres Mal darunter zu begraben. Unter hässlichen Behauptungen und dieser hilflosen Wut, die sie in mir schürten.

Wut auf die Presse, die keine Rücksicht auf Verluste nahm, nur ausschlachtete und zerriss und Profit aus Schmerz machte.

Wut auf die Leute, die sich hinter ihren Online-Profilen versteckten und noch weiter traten und wüteten, ohne einen Gedanken an die Menschen dahinter zu verschwenden.

Wut, weil in den dämlichen Worten der Journalisten doch irgendwo ein Funken Wahrheit steckte. Weil ich ein egoistischer Mistkerl war, der seine eigenen Probleme nicht auf die Reihe bekam. Der dumm genug gewesen war, diese Kooperation in Bolivien überhaupt anzunehmen, der seinen besten Freund mit reingezogen hatte, beinahe verloren hätte. Der jedes Risiko bereitwillig einging, ohne an die Folgen zu denken. Wut auf mich, ganz allein mich.

Fuck. Ich war das Problem und dieser neue, reißerische Artikel von *TravelMood* war das passende Zeugnis.

Heftiger als nötig gewesen wäre, stieß ich die Seitentür der Bäckerei *Seeglas* auf, ließ mich auf den Stufen davor nieder und starrte erneut fluchend auf das Smartphone in meinen Händen. Auf den geöffneten Artikel. Claire hatte ihn mir als Mailanhang samt ihrer Stellungnahme weitergeleitet, in der sie *TravelMood* und ihre sogenannte *Pressearbeit* in der Luft zerriss. Nur änderten ihre Worte auch nichts an der Kälte, die ihre eisigen Krallen nun in meine Organe schlug.

Verdammte Scheiße …

Ich hätte nie auf Claires Idee mit Sylt eingehen sollen. Hier zu sein, machte nichts leichter. Im Gegenteil. Die Presse war genauso hässlich, Social Media die gleiche Schlammschlacht und dazu musste ich mich nun gezwungenermaßen mit meiner Familie auseinandersetzen. Drei Jahre lang hatte ich einen gewaltigen Bogen um meine Eltern und Geschwister gemacht, weil es leichter gewesen war und ich … feige. Ja, die Scheiß-Presse hatte recht. Ich war feige, und wäre es nach mir gegangen, wäre ich das auch noch länger geblieben. Alles wäre besser gewesen, als die Enttäuschung meiner Eltern sehen zu müssen, am Frühstückstisch, beim Abendessen. Meinen Geschwistern gegenüberzustehen und zu spüren, wie fremd wir einander geworden waren. Mich so unfassbar einsam zu fühlen und trotzdem um mich zu schlagen oder dichtzumachen, sobald jemand einen Schritt auf mich zukam.

Milous leuchtende grünbraune Augen und ihr offenes Lächeln flogen mir durch den Kopf. Ich kniff die Lider zu. Es war eine schlechte Idee gewesen, mit Ma ins *Seeglas* zu fahren. Nichts hier konnte mich davon ablenken – von dem ganzen Wirbel, meiner Familie, von meinen Sorgen um Henri. Ich hatte das Gefühl, dass mir alles entglitt.

Und damit auch das, was ich am meisten liebte. Meine Tür in die Freiheit, das Reisen, den Austausch darüber. Diese Magie, die Menschen mit Fernweh überall auf der Welt verband. Über Ozeane und alle religiösen und kulturellen Unterschiede hinweg. Über all die Grenzen hinweg, die wir uns im Alltag schufen. Diese Tür schloss sich mit jedem hässlichen Kommentar, jedem falschen Post ein wenig mehr und ich hatte keine Ahnung, ob sie sich jemals wieder öffnen würde. Egal, was Claire auch tun würde. Egal, was ich tun würde. Und vielleicht hatte ich es nach allem, was geschehen war, nicht anders verdient. Henri war beinahe draufgegangen, bei unserem Sturz, beim Bloggen, nach dem ich mich noch immer sehnte und das nicht länger eine Option war.

Zum ersten Mal seit einer sehr langen Zeit fühlte ich mich verdammt verloren. Ohne Ziel. Beinahe so, als hätte mein innerer Kompass seinen Norden verloren.

Eine wütende, hilflose Träne landete auf meiner dunklen Jeans, eine zweite folgte. Hastig fuhr ich mir über das Gesicht und zuckte im nächsten Moment zusammen, als sich hinter mir die Tür öffnete.

Fast rechnete ich damit, dass es Mik war, um noch eine Schippe draufzulegen. Oder Milou. Doch zu meiner Überraschung war es meine Großmutter.

»Hier hast du dich versteckt.«

»Ich verstecke mich nicht.«

»Jeder, der das sagt, tut genau das Gegenteil.« Mit einem leisen Ächzen ließ sich Grams neben mir auf die Stufe nieder und tätschelte mein Knie, auf dem die verräterischen Tränentropfen wie Zeugen des Chaos in meinem Leben prangten. »Ich verstehe nicht viel von dem, was du in den letzten Jahren getrieben hast, mein Junge, aber ich erkenne Schuldgefühle, wenn ich sie sehe.«

»Grams …«

Meine Großmutter lachte leise. »So hat mich schon lange niemand mehr genannt.«

Ida und ich hatten irgendwann damit angefangen, weil wir

das Wort *Grams* in einer US-amerikanischen Soap aufgeschnappt hatten und uns unsagbar cool vorgekommen waren, unsere Großmutter ebenfalls so zu nennen. Die Erinnerung erschien mir wie aus einem anderen Leben.

»Was ich aber eigentlich sagen wollte: Auch wenn ich nicht genau weiß, wie dieser Unfall ausgesehen hat, ich kenne dich. Ich kenne dich auch nach diesen drei Jahren noch und ich weiß, dass du ein gutes Herz hast. Lass nicht zu, dass zu viel Dunkelheit seinen Weg hineinfindet, für die es keinen Grund gibt.«

Ich zog die Brauen zusammen und dachte über die Worte meiner Großmutter nach. Worte, die sich wie eine warme Decke um meine Schultern legten und gleichzeitig auf den Granit in meinen Gedanken stießen. »Es gibt Gründe.« Gute Gründe, schmerzhafte Gründe, die mir wieder und wieder vor Augen geführt wurden.

»Dann solltest du diesen auf den *Grund* gehen, um ihnen zumindest einen Teil ihrer Macht zu nehmen, oder nicht?«

Ein trauriges Lächeln auf den Lippen blickte ich auf, bis wir einander direkt ansahen. »Ich weiß, worin sie bestehen, Grams. Ich …« In mir zog sich irgendetwas immer fester zusammen, wurde härter, farbloser und raubte mir nicht nur die Luft zu atmen, sondern auch meine Kraft. Mit jedem Gedanken, den ich formulierte, aber doch nicht richtig zu fassen bekam, ein wenig mehr. Ruckartig schüttelte ich den Kopf und stand auf. »Das bringt nichts, nichts davon macht das Ganze ungeschehen, sondern … alles nur noch viel deprimierender und düsterer und … ich brauche eine Pause.« Es fehlte nicht mehr viel und ich hätte mir die Haare gerauft. Ich konnte das nicht länger. Ich konnte nicht länger wieder und wieder durch diesen ganzen Scheiß gehen. Nicht jetzt.

Vielleicht in ein paar Tagen oder Wochen, aber gerade … »Es tut mir leid.«

Ein wissender Ausdruck huschte über ihre Züge, ehe meine Großmutter langsam nickte. »Ich sehe schon. Keine Sorge, mein Junge, ich bin die Letzte, die dich zu irgendetwas drängen wird. Doch ich werde immer ein offenes, wenn auch in die Jahre gekommenes Ohr für dich haben, ganz egal, um was es geht.«

»Jeder weiß, dass du wie ein Luchs hörst.« Zum ersten Mal, seit ich zurück in meine Familie gestolpert war, spürte ich, wie sich ein kleines, ehrliches Lächeln auf meine Lippen schob. »Danke, Grams.«

Wieder dieses langsame Nicken, dann stand sie ebenfalls auf. Meine Großmutter reichte mir kaum bis zu den Schultern, obwohl sie zwei Stufen höher stand als ich, und dennoch strahlte sie mehr Präsenz aus als so ziemlich jeder Mensch, dem ich bisher begegnet war. »Komm morgen wieder mit mir her, Kai. Wir können zusammen den Teig für den Tag vorbereiten und den Laden öffnen.«

»Bist du dir sicher, dass du mich hier haben möchtest? Nicht dass ich dir mit meiner Gewitterstimmung die Kunden vergraule.«

Sie bedachte mich mit einem liebevoll tadelnden Blick. »In meinem *Seeglas* ist immer genügend Platz. Auch für dich und deine Gedanken, egal, welche du nun mit hineinbringst oder welche du draußen vor der Tür lässt.« Kurz legte sie mir eine Hand an die Wange, bevor sie die Stufen zurück in die Bäckerei lief und mich draußen allein ließ, mit alldem, was wir gesagt hatten.

Und dem, was noch immer in meinem Kopf tobte.

Kapitel 8

EIN NEUER ANSATZ

Lou

»Und man kann den wirklich essen?« Skeptisch beugte sich Leni weiter über mein Handy, auf dem ein Foto meines 30k-Crazy-Cakes geöffnet war. »Sieht irgendwie … gefährlich aus.«

»Das nehme ich mal als Kompliment«, gab ich lachend zurück und zoomte etwas weiter in das Bild. Der Kuchen, der die Form eines Berges mit mehreren Spitzen besaß, war Charlie und mir echt gelungen. Auf dem höchsten Gipfel wehte eine kleine Fahne mit einer 30.000 aus Marzipan. Zusammen mit den winzigen Bäumen und Sträuchern weiter unten und der grau-weiß-schwarzen Lebensmittelfarbe des Massivs wirkte der Crazy Cake tatsächlich naturgetreu. »Und keine Sorge, es ist völlig unbedenklich, ihn zu essen, und er sollte auch lecker schmecken.«

Elisa warf mir einen beinahe anklagenden Blick zu. »Du hättest ihn direkt mitbringen sollen.«

»Das wäre eine große Sauerei geworden hier am Strand. Außerdem haben wir ja noch die Windbeutel von Mathilda. Die allein reichen schon für eine ganze Großfamilie.«

»Trotzdem, wir hätten bestimmt eine Lösung gefunden.« Elisa ließ sich nach hinten auf die karierte Picknickdecke sinken, mit der wir es uns auf der Höhe der Bäckerei am Strand gemütlich gemacht hatten. Eingemummelt in dicke Pullis und mit warmem Punsch aus der *Flaschenpost*, dem Café von Lenis Großmutter Edda, konnte man den Sonntagabend hier sehr gut aushalten.

»Wie haben deine Follower auf den Crazy Cake reagiert?« Leni legte fragend den Kopf schief und schnappte sich einen der Windbeutel. »Ist die Überraschung geglückt?«

»Ja, nur …« Ich brach ab, weil ich nicht ganz wusste, wie ich meine Gedanken in Worte fassen sollte. Meine Abonnenten hatten den Kuchen sehr gefeiert, keine Frage, bloß hatte ich davon kaum etwas mitbekommen. Denn nachdem ich ihn gepostet hatte, war meine Aufmerksamkeit sofort zu etwas völlig anderem gesprungen. Per Push hatte ich den nächsten reißerischen Artikel über @chasingkaihansen quasi direkt auf mein Handy erhalten, gefolgt von unzähligen Stellungnahmen und Kommentaren auf Instagram. Seit dem Unfall und dem geleakten Video davon war Travelgram schlichtweg nicht mehr der Safe Space, der er immer für mich gewesen war. Alles drehte sich um Kai und Henri und die Frage, wer Schuld hatte. Warum Kai keine Verantwortung übernahm und sich *verkroch*. Wie es weitergehen würde und auf welcher Seite man in diesem Wahnsinn stand. Für Kai oder gegen ihn – es gab nur diese zwei Lager, und die sonst so offene Bubble derart über Kai urteilen zu sehen … ließ etwas in mir brechen. Gerade nach dem Aufeinandertreffen in der Backstube. Denn obwohl Kai ein weiteres Mal versucht hatte, seine perfekte Charming-Seite zu präsentieren, war es ihm wieder nicht gelungen, die anderen echten Facetten gänzlich darunter zu begraben. Die innere Zerrissenheit, die Dunkelheit in dem Braun seiner Augen, den Schmerz.

Eine winkende Hand erschien in meinem Blickfeld und holte mich zurück an den Strand zwischen Wenningstedt und Kampen. »Äh, was?«

»Du hast einfach aufgehört zu reden und dieses … Gedankengesicht aufgesetzt.« Elisa machte eine Geste, die mein Gesicht einschloss. »Ich wusste gar nicht, dass es noch jemanden gibt, der das so gut beherrscht wie du, Leni.«

»Haha, fang nicht wieder damit an«, machte diese und füllte neuen Punsch in ihre Emailletasse. »Sind wir dir mit der Frage zu nahegetreten?«

»Bitte? Nein, auf keinen Fall. Aber …« Seufzend brach ich ab. Vielleicht sollte ich endlich aufhören, über die richtigen Worte nachzudenken, und es einfach aussprechen. »Es geht um … Kai.«

Leni und Elisa wechselten einen irritierten Blick, ehe Leni meinte: »Unseren Kai? Also Idas-großer-Bruder-Kai? Ich fürchte, das musst du uns erklären.«

Ich nickte langsam und drehte meinen Punschbecher. »Ehrlich gesagt, ist es mir ein bisschen peinlich. Irgendwie habe ich nie kapiert, dass der Travelinfluencer Kai, dem ich seit Jahren folge, und Idas Bruder, der mit Abwesenheit in der Familie glänzt, ein und dieselbe Person sind. Erst als ihr am Samstag im *E.M.I.L.*^{2}-Chat über ihn geschrieben habt.«

Mit einem zerknirschten Lächeln auf den Lippen drückte Elisa kurz meinen Unterarm. »Wenn überhaupt, müsste es uns unangenehm sein. Wir haben nicht daran gedacht, dass du ja noch gar nichts von Idas Familien-Krise mit Kai weißt. Und im Chat vor Samstag kein Wort dazu verloren, weil Ida nicht darüber reden wollte. Vermutlich hast du dich deswegen nicht direkt in der Gruppe gemeldet, oder? Weil wir dir das Gefühl gegeben haben, wir würden dich außen vor lassen. Dabei ist das das Letzte, was wir möchten, Lou. Wirklich.«

»Nein, Quatsch, das habt ihr nicht. Ich stand nur einfach auf dem Schlauch und … wusste nicht, wie ich anfangen sollte. Vor allen Dingen, weil Kai für mich ja irgendwie immer eine ganz andere Person gewesen ist. Weit weg wie ein Sänger aus den USA oder so. Dazu dann dieser ganze Mist mit dem Unfall, den miesen Artikeln und dann bin ich ihm direkt am Flughafen in die Arme gelaufen und … Himmel, das ist alles so verwirrend.«

»Du bist Kai begegnet?«, entgegnete Leni überrascht und griff nach der Thermoskanne. Als ich nickte, fragte sie: »Wie hat er auf dich gewirkt?«

Einen Moment lang dachte ich über ihre Worte und die Frage nach. Über meine Gespräche mit Kai, seine Haltungen, die er im Sekundentakt nach Lust und Laune an- und ablegen konnte, an die gleichen Gedanken in zwei Köpfen. Doch es schien mir nicht richtig, das jetzt laut auszusprechen, also entschied ich mich für eine andere Wahrheit. »*Verloren.* Auf mich hat Kai zwischen alldem verloren gewirkt. Aber ich kenne ihn ja auch nicht richtig. Keine Ahnung. Wie ist er denn sonst so?«

Ein beinahe trauriges Lächeln trat auf Lenis Züge. »Kai ist … verwirrend. Und was in Bolivien passiert ist, hat uns allen den Boden unter den Füßen weggerissen, besonders Ida und ihrer Familie. Die ganze Situation mit Kai und seiner Blitz-Berühmtheit war schon immer kompliziert, doch jetzt … ich kann mir kaum vorstellen, wie es für Ida sein muss. Aber früher haben wir Kai wortwörtlich vergöttert. Er war die Art großer Bruder, die sich jeder wünscht. Nicht mal mein Bruder hat es an ihn ran geschafft, obwohl Till auch echt cool ist«, fügte sie hastig an. »Kai war einfach Kai. Man konnte wortwörtlich Pferde mit ihm stehlen. Bis er auf seiner Reise nach dem Abi irgendwie aus Versehen berühmt geworden ist. Oder so.«

Oder so. Ich schluckte meinen Punsch runter und versuchte, die wenigen Informationen über Kai, die ich bisher mitbekommen hatte, mit den neuen in Einklang zu bringen. »Und dann hat er seiner Familie den Rücken gekehrt, als er mit dem Travelinfluencing so richtig durchgestartet ist? Also hat Ida keinen Spaß gemacht, als sie meinte, Kai hätte sich in den Jahren nicht einmal gemeldet?«

»Na ja, anfangs sporadisch und schließlich immer weniger«, erwiderte Leni und blickte nachdenklich in Richtung Wasser. »Ich bin mir sicher, dass Kai … seine Gründe hat.«

Elisa zog die Brauen hoch und hielt Leni ihre Tasse hin, damit diese ihr von Eddas duftendem Punsch nachschenkte. »Er gibt sich auf jeden Fall viel Mühe, mit seinen wahren Absichten hinterm Berg zu halten. So ein Chaos. Vor allen Dingen jetzt, da er wieder auf der Insel ist«, schloss Elisa und sah mich über den Rand ihres Bechers an. »Sag mal, Lou, hast du Kai eigentlich schon mal davor getroffen? In der Reisebloggerwelt vor dem Unfall meine ich.«

»Nicht wirklich. Er spielt ja auch in einer anderen Liga mit seinen Touren, den vielen Sponsoren und Business-Class-Flügen.« *Und im Gegensatz zu dir kann er sehr gut davon leben.* Kurz verzog ich das Gesicht und räusperte mich. »Ich habe mich dagegen eher auf einfacheres Reisen fokussiert. Quasi Abenteuer direkt vor der Haustür oder solche, die leicht zu erreichen sind. Auch für Menschen, die vielleicht bisher noch nicht viel gereist sind oder den Mut dazu hatten. Ich möchte ihnen die Angst nehmen und sie dazu motivieren, etwas Neues zu erleben.« Ich lächelte ein wenig angespannt und zog die Knie an, um meine Arme locker darum zu schlingen. »Mal abgesehen davon, dass unsere Blogs auf ein vollkommen unterschiedliches Publikum abzielen, hat er fast eine Million Abos auf Insta, während ich gerade die 30k geknackt habe – wir leben in dieser Hinsicht wortwörtlich in verschiedenen Welten.«

»Ich finde, du solltest deinen Account nicht so kleinreden, unabhängig von irgendwelchen Zahlen«, hielt Elisa mit Nachdruck dagegen, womit sie mich sehr an Neela erinnerte. Meinen persönlichen Motivationspinguin in jeder Lebenslage. »Deine Ideen sind super und ich mag, dass deine Art zu bloggen irgendwie … greifbar ist. So als könnte man das alles tatsächlich selbst machen.«

»Darum geht es mir auch. Die Orte sollen nicht zu weit weg sein. Der Aufwand nicht zu hoch und insgesamt am besten ein bisschen *basic*. Ebendas, was *Reisen* ausmacht.«

Leni faltete ihre Beine in den Schneidersitz und stellte die Ellenbogen auf die Knie. »Weißt du schon, worüber du als Nächstes schreiben möchtest?«

Ich ließ mir mit der Antwort einen Augenblick Zeit, in dem nur das Rauschen des Meeres und die vereinzelten Stimmen der Menschen am Strand die Stille füllten. Eigentlich hatte ich einen fixen Plan für die nächsten drei Wochen, nicht zuletzt, weil ich dringend alles daransetzen musste, lukrative Kooperationen an Land zu ziehen. Bisher hatten sich noch nicht mal die kleineren Partner gemeldet, wobei diese ohnehin nicht ausreichen würden, um auch nur eine Woche auf Sylt leben zu können. Kurz gesagt, mir blieb keine Wahl, als Klinken zu putzen, und doch … war seit gestern eine andere Idee zunehmend lauter geworden. Mit jedem Flüstern der Dünen hinter der Pension, mit jeder Sekunde, die ich am Meer verbrachte und die Insel und ihre Bewohner besser kennenlernte, mit jedem neuen Moment, den ich hier erlebte. Vielleicht ließ sich das ja irgendwie mit meinem ursprünglichen Plan verknüpfen. Und unerwünschte Gedanken hinsichtlich eines ganz bestimmten Travelbloggers verstummen. Schließlich musste ich mein Leben auf die Reihe bekommen, wenn das hier funktionieren sollte.

Leise ließ ich meinen Atem entweichen und hob einen Mundwinkel. »Ich denke, ich werde als Nächstes Sylt vorstellen – hoffentlich in Verbindung mit einer neuen Kooperation. Du hattest recht, Leni, für viele ist die Insel der Spielplatz der Möchtegern-Schönen und -Reichen, aber ich habe das Gefühl, dass Sylt ein Ort ist, an dem man wirklich ankommen kann. Sich erden. Und dass es mehr Geschichten zu erzählen gibt, als es auf den ersten Blick scheint.«

Lenis graublaue Augen waren bei meinen Worten, die mir immer schneller über die Lippen gekommen waren, heller geworden, bis darin ein beinahe unheimliches Leuchten stand. »Oh, das gefällt mir. Geschichten von Sylt. Das könnte eine ganze Reihe werden.«

Wie von selbst zog ich mein Handy hervor und öffnete die Notizapp. Ich kannte dieses Kribbeln, das mich gerade, umgeben von meinen beiden neuen Freundinnen, mehr und mehr erfüllte. Inspiration, Vorfreude, der Drang, etwas Neues zu entdecken. »Das ist gut. Das ist sogar verdammt gut.«

»Wartet, wartet – ich hab's!« Ruckartig schob sich Elisa zwischen Leni und mich. »Nicht *Geschichten von Sylt*, das klingt etwas sperrig. Wie wäre es mit *Tales of Sylt*?«

»*Tales of Sylt*«, wiederholte ich und spürte, wie sich mein

Herzschlag dabei merklich beschleunigte. »Der Titel ist perfekt.«

»Wir sind ja auch zusammen draufgekommen. Eine Schiffsbauerin, eine angehende Psychologiestudentin und eine Reisebloggerin? Dabei kann nur etwas Geniales entstehen«, meinte Elisa und Leni stimmte ihr mit einem begeisterten Grinsen zu, das sich augenblicklich auf mich übertrug. »Den Moment müssen wir mit einem Selfie festhalten, Mädels.«

»Super Idee!« Ich wechselte in den Kameramodus, während sich in meinem Kopf bereits Zeilen für die dazugehörige Caption bildeten. »Wenn es okay ist, nehme ich das direkt als kleinen Teaser für die *Tales of Sylt*. Ihr habt mich schließlich dazu inspiriert.«

Elisa legte mir einen Arm um die Schultern und drehte sich zum Handy. »Ich habe da so ein Gefühl, dass das der Beginn von etwas wirklich Gutem ist, Lou.«

Ich rückte näher an meine Freundinnen heran und drückte mehrmals auf den Auslöser.

Ich hoffe nur, dass dieses gute Gefühl reicht.

Kapitel 9

MÖGLICHKEITEN UND UNMÖGLICHKEITEN

Kai

»Möchtest du noch etwas Kartoffelbrei, mein Schatz?« Noch ehe ich eine Antwort hätte geben können, hatte meine Mutter auch schon nach dem dampfenden Topf gegriffen.

»Danke, Ma, aber ich habe genug.« Ich warf ihr ein leichtes Lächeln zu, während ich mir der Blicke meiner Geschwister, allen voran Miks, nur zu bewusst war. Glücklicherweise war Ida zurzeit in Hamburg, andernfalls wäre vermutlich spätestens jetzt ein blöder Kommentar gefallen.

»Aber du hast bisher kaum etwas gegessen.«

Ja, weil mir zu viel im Magen liegt. Viel zu viel, um noch etwas von oben raufzuschaufeln.

»Sonja, ich denke, Kai ist alt genug, um selbst zu entscheiden, ob er noch etwas braucht.« Pops nahm ihr sanft den Topf aus der Hand und stellte ihn wieder ab. »Meinst du nicht auch?«

»Er ist für eine ganze Menge alt genug«, schnaubte Mik, ohne auf die warnende Miene unseres Vaters einzugehen. »Um sein Zimmer allein aufzuräumen, beispielsweise. Oder seine Wäsche zu machen.«

»Mik, dein Bruder hat einen gebrochenen Arm«, hielt Ma sanft dagegen, ihr typisches Mutterlächeln auf den Lippen.

»Ja, einen.«

»Mik.« Wieder Pops. Eindringlicher dieses Mal.

»Was? Ihr behandelt ihn wie den zurückgekehrten Goldjungen, obwohl er nicht nur zu egozentrisch ist, um bei Omas Geburtstag dabei zu sein, sondern sich allgemein wie ein undankbarer Arsch aufführt.«

Meine jüngsten Schwestern Fee und Lea zogen die Köpfe ein.

Ich fluchte leise. Es reichte. »Schon gut, ich habe es verstanden«, ging ich daher dazwischen und fuhr mir durch die Haare. »Echt, ich hab's kapiert.«

Scheiße. Das war erst das dritte Familienabendessen und ich hatte keine Ahnung, wie viele der Art ich noch hinter mich bringen konnte, bevor ich einfach explodieren würde. Diese passive Aggressivität meines Bruders ging mir ziemlich auf die Eier, auch wenn sie angemessen war und ich wusste, woher sie kam. Als Erstgeborener hatte Mik sich immer alles hart erarbeiten müssen, die Anerkennung unseres Vaters eingeschlossen, während es bei mir den Anschein hatte, als wäre mir mein Leben einfach so in den Schoß gefallen. Dass unsere Eltern mich jetzt verhätschelten, obwohl ich ihre Fürsorge weder verdient hatte noch damit klarkam, machte die Situation nicht unbedingt leichter. Und Fee und Lea … sie sollten diesen Mist hier definitiv nicht abbekommen.

»Hast du das wirklich?« Mik legte die Gabel zur Seite und sah mir direkt in die Augen. »Kommt mir nämlich nicht so vor.«

Meine Mutter berührte ihn am Arm. »Können wir bitte einfach in Ruhe zu Abend essen?«

Mein älterer Bruder stieß hörbar den Atem aus, was so viel

bedeutete wie *Das klären wir später*, ehe er nickte und seine großen Finger auf ihre legte. »Sicher, tut mir leid, Ma.«

Einen winzigen Augenblick lang schien es, als würde wieder Frieden am Tisch einkehren. Pops seufzte leise und streckte sich nach der Schüssel mit den Fischstäbchen aus, Ma tätschelte Miks viel größere Hand und Lea und Fee begannen wieder zu tuscheln, wie sie es immer taten. Friedlich eben. Bis sich mein verfluchtes Handy genau diesen Moment aussuchte, um den fragilen Waffenstillstand zu zerbrechen. Mit einem Klingelton, den ich ganz einfach nicht ignorieren konnte. Nicht solange mein Leben in Flammen stand.

»Sorry, ich …«

»Kein Problem, Kai, geh ruhig ran«, kam mir Ma zuvor und nickte ermutigend. Irgendwie fühlte es sich trotzdem wie ein *Bitte geh nicht ran* an.

»Warum darf Kai sein Handy am Tisch haben?« Lea rümpfte die Nase, woraufhin Fee anfügte: »Das ist total unfair.«

»Meine Rede«, ergänzte Mik wenig hilfreich und lehnte sich mit finsterer Miene auf dem Stuhl zurück. Und über allem lag noch immer dieses nervtötende Bimmeln, das mich langsam, aber sicher über den Rand meiner persönlichen Belastungsgrenze trieb.

Mein Vater räusperte sich und richtete sich merklich auf seinem Platz am Kopf des Tisches auf. »Entweder du nimmst den Anruf entgegen oder du schaltest dein Telefon aus, Kai. Deine Entscheidung.« Pops sagte das nicht unfreundlich, ganz im Gegenteil, dennoch schwang in jeder einzelnen Silbe eine unterschwellige Missbilligung mit, die mir schließlich den Rest gab.

Ein wenig zu ruckartig stand ich auf, sodass der Stuhl unangenehm über unseren ausgetretenen Holzboden schrammte. »Bin gleich wieder da.« Das Handy fest umklammert, verließ ich das große Esszimmer mit seinem überdimensionalen Tisch, den vielen gerahmten, selbst gemalten Bildern und bunten Kerzen und floh in den Flur. Die Treppe hoch. Weg von meiner Familie.

Fliehen *trifft es erstaunlich gut*, dachte ich resigniert, als ich die Tür meines Zimmers schloss und mich dagegen lehnte; noch immer das klingelnde Telefon in den Händen. Claire kannte mich mittlerweile gut genug, um nicht vor dem zwanzigsten Bimmeln aufzulegen. Ich hatte also einen kurzen Moment. Mit einem unterdrückten Fluch fuhr ich mir über das Gesicht und schloss die Augen. Nur ein, zwei Herzschläge lang, um das katastrophale Essen von dem Kai zu trennen, der gleich mit seiner Managerin sprechen würde. Um zu Atem zu kommen und mich darauf vorzubereiten, was Claire mir heute für schlechte News liefern würde.

Am liebsten hätte ich die verdammte Pausetaste gedrückt. Von dem Leben, das hier auf der Insel wartete und in das ich nicht mehr hineinpasste. Von @chasingkaihansen, der mit jeder Sekunde ein wenig mehr zerfiel. Und wäre einfach *ich* gewesen. Ohne Zusatz. So … so wie gestern in der Bäckerei, als ich dieses zugegeben seltsame Gespräch mit Milou geführt hatte. Seltsam und beängstigend und anders. Weil meine Mauern einfach so ihren Dienst quittiert hatten. Wegen … ihr.

Milou.

Der Gedanke an sie schob sich ungefragt vor alles andere und ließ mich den Kiefer anspannen. Dieses Mädchen mit den wilden roten Locken hatte etwas an sich, das meine Schutzwälle innerhalb eines Sekundenbruchteils pulverisierte – und das war verdammt noch mal nicht gut. Es war gefährlich und jagte mir eine Heidenangst ein. Es machte mir Angst, wie direkt sie mir in die Augen schaute, nicht zur Seite sah und dass … es mich anzog, obwohl ich es besser wissen sollte. *Müsste.* Nach all dem Scheiß mit –

Ich brach diesen Weg resolut ab, bevor ich ihn noch weitergehen konnte, und rieb mir über die Stelle, an der mein Herz kurz vorm Durchdrehen war. Verdammt, ich hatte auch so schon genügend Probleme in meinem Leben, da konnte ich diese Art von Chaos ganz sicher nicht auch noch gebrauchen.

Komm endlich klar, Hansen!

Mein Handy verstummte und riss mich aus der Starre.

Fuck. Ich sollte mich wirklich – zumindest für den Augenblick – auf Claire konzentrieren. Entschieden wählte ich ihre Nummer.

»Hansen, wie schön, deine Stimme zu hören.«

»Für dich doch immer«, erwiderte ich in demselben leicht ironischen Tonfall, der unsere Gespräche so oft begleitete. »Welche Leichen hast du nun wieder ausgegraben?«

Ich hörte Claire am anderen Ende der Leitung entrüstet schnauben. »Leichen? Wer sagt denn, dass es dieses Mal nicht ein goldenes Ei ist?«

»Nach dem ganzen Mist der letzten Tage willst du nicht wirklich eine Antwort darauf, oder?« Bitterkeit schwang unüberhörbar in meinen Worten mit. »Soll ich dir vielleicht noch mal ein paar der besonders charmanten Kommentare und Reposts vorlesen?«

»Ich habe dir gesagt, dass du dich von Social Media fernhalten sollst. Das ist mein Job. Ich habe alles im Griff.«

»Hast du das? Denn irgendwie scheint der Hass unter

#whatswrongwithkaihansen nur noch weitergewachsen zu sein.«

»Ich weiß, dass dir dieser Hate wie ein Tsunami vorkommen muss, aber diese lauten Stimmen sind bloß ein hässlicher Bruchteil. Und ich gebe mein Bestes, das Ganze so glatt wie nur irgend möglich abzuwickeln, glaub mir.«

Langsam ließ ich mich, den Rücken an meine Zimmertür gelehnt, zu Boden sinken. »Dafür bin ich dir auch sehr dankbar, nur … es geht auf meinen Profilen immer noch um mich und …« Ich verstummte, weil ich nicht wusste, wie ich meine Zweifel aussprechen sollte, ohne Claire auf die Füße zu treten. Oder ungerecht zu sein, denn ich war verdammt froh, sie zu haben. Mehr als das.

»Spuck's aus, Kai. Welche Laus ist dir über die Leber gelaufen?«

Ich legte den Kopf in den Nacken und biss die Zähne aufeinander, dann sagte ich schließlich: »Ich glaube, dass wir genau die falsche Strategie gefahren sind. Zwar haben wir *Patagonia* und *Global Outdoor Sports* gehalten und ich weiß, dass du mehr Erfahrung mit solchen Situationen hast, aber … aber ich stehe wie ein Feigling da. Jemand ohne Rückgrat.«

Es blieb geschlagene dreißig Sekunden beinahe schmerzhaft still – nicht dass ich mitgezählt hätte. Dreißig Sekunden, in denen ich mehr als einmal überlegte zurückzurudern und es dann doch wieder verwarf, weil es nur eine weitere Lüge gewesen wäre. Es fühlte sich beschissen an, einfach hier rumzusitzen, einen auf Familie zu machen und über ein baldiges Comeback zu sprechen, als wäre nichts gewesen. Als wäre Henri nicht nach wie vor im künstlichen Koma.

Nach einer kleinen Ewigkeit seufzte Claire leise und ich konnte förmlich vor mir sehen, wie sie ihre rahmenlose

Brille absetzte und sich die Nasenwurzel massierte. »Es fällt mir nicht leicht, das zuzugeben, aber … ich fürchte, du hast recht.«

Mir blieb kurz die Spucke weg. »Ich … was?«

»Gewöhn dich gar nicht erst dran, Hansen. Zurück zum Thema: Ich war mir sicher, mit meiner Erfolg versprechenden Heimkehrer-Taktik die richtige Strategie für deine Social-Media-Präsenz gewählt zu haben. In vergleichbaren Fällen mit meinen anderen Klienten sind wir damit immer gut gefahren. Aber wie es scheint, bist du die berühmte Ausnahme von der Regel. Ich habe die soziale Bindung deiner Fans zu dir und dem, was @chasingkaihansen für sie ausmacht, unterschätzt. Es war ein Fehler, diese Bindung zu übergehen und dich aus dem Game zu nehmen. Diesmal habe ich mich geirrt und das … nun, das tut mir leid.«

Bei ihrem letzten Satz wären mir beinahe die Augen aus dem Kopf gefallen und ich wusste nicht, was ich darauf erwidern sollte.

»Was mich dazu bringt«, sprach sie im nächsten Moment weiter, ohne auf meine auffällige Schweigsamkeit einzugehen, »unsere Strategie nicht nur zu überdenken, sondern vor allen Dingen zu erweitern. Auf ein Image-Make-over.«

Die Schweigsamkeit war schlagartig Geschichte. »Bitte was?« Abrupt richtete ich mich auf und stieß dabei mit meinem Gips gegen die Tür, was mir ein paar ziemlich derbe Verwünschungen entlockte. Die Claire ignorierte, so wie immer.

»Ein Make-over. Machen Promis ständig, um die Windrichtung zu ändern, und ich denke, das würde dir auch sehr guttun.«

»Soll ich jetzt über Mode bloggen? Oder Müsli promoten?«

Claire lachte trocken. »Mach dich nicht lächerlich, Hansen. Es geht nicht um den Gegenstand an sich, sondern um dich. Meiner Meinung nach wäre es wichtig, deinen Followern zu zeigen, dass du sie gehört hast. Dass dich ihre Kritik erreicht und du sie verstanden hast. Dir zu Herzen nimmst. Du bist nicht mehr der alte, risikofreudige Kai nach diesem Unfall und das sollten wir ihnen zeigen. Ohne gedankenlose Aktionen, dafür aber mit dem Kern deiner Leidenschaft fürs Reisen und einer offenen und ehrlichen Stellungnahme. Wir müssen den Spirit, das Feuer finden, mit dem Henri und du begonnen habt. Und solange Henri nicht an deiner Seite ist, bleibt diese Aufgabe an dir.«

Falls er das jemals wieder sein wird.

»In meinen Augen ist es enorm wichtig, unsere Aufmerksamkeit auf deinen Charakter zu legen. Das, wofür du stehst. @chasingkaihansen muss verantwortungsbewusster werden, nach dem, was passiert ist. Geerdeter.«

»Ich bin verantwortungsbewusst und geerdet.« Mir war selbst klar, dass ich wie ein verzogener Fünfjähriger klang.

»Bist du nicht. Seid ihr beide nicht, du und Henri. Ihr habt von den Extremen gelebt. Extrem entbehrungsreich irgendwo an einem gottverlassenen Ort oder im extremen Luxus à la First-Class- und Fünf-Sterne-Resort. Ihr habt gefeiert, Touren durchgezogen und dabei wenig an mögliche Folgen oder Gefahren gedacht. Das war euer Ding und hat euch berühmt gemacht, keine Frage. Es war gut – bis zu dem Moment, in dem es schiefgegangen ist.«

Bei ihren Worten schlich sich unwillkürlich ein schaler Geschmack auf meine Zunge. »Es kann auch wieder klappen. Mit Henri.«

Mir entging das leise Zögern in Claires Antwort nicht,

auch wenn ich mir wünschte, das wäre es. »Das *kann* sein. Aber bis dahin brauchen wir einen wasserdichten Plan B. Eine Alternative für dich.«

»Und wie soll die aussehen?« Anstelle der Bitterkeit war nun eine leichte Genervtheit getreten, die mich … nun ja, selbst nervte. Ich wusste, dass sich Claire beide Beine ausriss, um mich über Wasser zu halten. Doch gleichzeitig wollte ich das gar nicht. Ich wollte kein *anderer* @chasingkaihansen ohne Henri werden. Denn die nackte Wahrheit war: Ohne Henri gab es gar keinen @chasingkaihansen.

»Hör auf, dir Argumente dagegen zu überlegen, noch bevor du meinen Vorschlag überhaupt gehört hast.«

»Und hör du auf, meine Gedanken zu lesen, Claire.«

Das entlockte ihr ein leises Lachen. »Um auf die neue Strategie zurückzukommen: Ich habe da an eine Zusammenarbeit mit einer anderen Travelbloggerin gedacht.«

Dieser Satz war wie ein Schwall Eiswasser. »Wenn du mir jetzt mit Aurora und ihrer Sternenfotografie in Skandinavien kommst …«

»Nein, nein. Keine große Influencerin, sondern jemand Bodenständiges. Jemand, der dich daran erinnert, wie du selbst angefangen hast. Mit Rucksack und Zelt und diesem alten Schrottauto, mit dem du und Henri halb Europa abgeklappert habt. *Back to the Roots* eben.«

Back to the Roots. Der Slogan hallte in mir wider und berührte mich seltsamerweise. Hatte ich mich so sehr von meinen Wurzeln entfernt?

»Ihr Name ist Milou. Sie hat einen Blog, der *Lou's Lovely World* heißt, ist meinen Recherchen nach zufälligerweise auch gerade auf Sylt und –«

Meine Gedanken stoppten abrupt und blieben genau an

ihrem Namen hängen. Das musste ein Scherz sein. Ein blöder, dämlicher Zufalls-Scherz. »Milou?«

»Ja, Milou Grafenfeld. Ich kann dir ihr Profil weiterleiten.«

»Nicht nötig.« Ich presste die Kiefer aufeinander. Das durfte doch verdammt noch mal nicht wahr sein. Milou war Travelbloggerin? Und ich sollte mit ihr zusammenarbeiten? Mit der Milou, die ich gerade erst mehr oder weniger erfolgreich aus meinen Gedanken verdrängt hatte und die … die augenscheinlich einiges ausgelassen hatte. Nicht dass sie mir gleich alles hätte erzählen müssen, aber ich war – ohne eingebildet klingen zu wollen – in der Travelbubble nicht gerade unbekannt. Und trotzdem hatte sie es mit keiner Silbe erwähnt.

Genauso wenig wie ich. Gott, wie verkorkst. Wäre diese Situation nicht so angespannt gewesen, hätte ich gelacht.

»Kennst du sie schon? Das wäre noch besser.«

»Ja.« *Nein, offensichtlich nicht wirklich.* »Aber ich werde nicht mit ihr zusammenarbeiten.«

»Und dürfte ich erfahren, wieso? Hast du etwas mit ihr gehabt oder …?«

»Nein verflucht.« Ich umklammerte das Handy so fest, dass sich seine Kanten schmerzhaft in meine Handfläche gruben. »Nein, weil …« *Weil ich nicht noch mal erleben möchte, was vor eineinhalb Jahren passiert ist. Ich lasse nicht noch mal jemanden aus dem Business so nah an mich heran. Und dabei spielt es keine Rolle, dass Milou auf viele Arten faszinierend ist und mich wider besseres Wissen anzieht. Wenn überhaupt, sollte ich deswegen nur noch mehr die Finger davon lassen. Zumal Lou ja bereits gezeigt hat, dass sie ebenfalls gut darin ist, mir etwas vorzuspielen. Gott, das ist es echt nicht wert. Es ist den Schmerz nicht wert, der unweigerlich folgt. Es ist den Verrat nicht wert. Es ist das ganze verfluchte Chaos nicht wert. Die einzige Person, bei der ich weiß, dass ich ihr vertrauen kann, ist Henri. Und dabei bleibt es …* Ich atmete aus. »Weil ich Privates und Berufliches nicht vermischen will«, behauptete ich. »Und Milou … ist eine Freundin meiner Schwester. Damit gehört sie nicht zu @chasingkaihansen.«

Einen Moment lang blieb es still, dann meinte Claire: »Vielleicht liegt genau da das Problem: dass du beides immer so sehr voneinander getrennt hast, obwohl du beides bist, Kai. Dieses Mädchen könnte genau das sein, was du brauchst.«

»Himmel, Claire. Ich bleibe bei meinem Nein. Keine Kooperation mit Milou, verstanden?«

Aus einem mir unbegreiflichen Grund lachte Claire nur und tippte irgendetwas auf ihrem Computer. »Verwirf es nicht zu schnell, Kai. Das ist etwas Gutes. Lou hat viele Fans, die ihre Art, einfach zu reisen, sehr lieben. In dieser Hinsicht ist sie genau das Gegenteil von dir und deinen extremen Touren und das könnte wirklich matchen. Beruflich gesehen.«

Es fiel mir nicht schwer zu glauben, dass Milou ihre Fans ohne großes Aufheben in den Bann zog. Die Leute mit gewagten Aktionen an exotischen Orten einzufangen, war eine Sache, aber Milou gelang das schon allein durch ihre Ausstrahlung. Das Funkeln in ihren Augen und ihre Schlagfertigkeit. Mich hatte sie damit jedenfalls sofort gecatcht.

Was definitiv gegen diese Zusammenarbeit spricht, oder nicht?

Ich verzog das Gesicht und musste meiner nervigen inneren Stimme recht geben. Und doch … konnte ich nicht abstreiten, dass die Idee gut war. Schon vor dem Unfall hatte ich immer mal wieder mitbekommen, dass sich meine Follower die Anfänge zurückwünschten. Meine langen Wanderungen mit nichts als Rucksack und Zelt, Nächte unter dem Sternenhimmel in den Alpen, die sich anfühlten, als wäre man in eine völlig andere Welt gestolpert.

»Gut«, meinte Claire da scheinbar zusammenhangslos. »Du denkst nach. Lass dir Zeit, aber nicht zu viel. Ich würde Milou gern bis Ende der Woche kontaktieren, um sämtliche Details zu besprechen.«

»Ende der Woche?«

»Du hast doch gesehen, was gerade bei dir los ist. Wir müssen handeln, Hansen. So oder so.«

Womit sie wieder recht hatte. Bei mir brannte die Hütte, meine virtuelle Sanduhr rieselte unaufhörlich in Richtung Abgang und mit jedem Tag, den ich zögerte, wurde es schlimmer. Aber Milou? Ausgerechnet Milou, von der ich mich aus unzähligen Gründen fernhalten sollte? Zumal ich nicht sagen konnte, wie eine Kooperation mit ihr aussehen würde. Ich kannte sie schließlich gar nicht wirklich, ich hatte nicht mal gewusst, dass sie Travelbloggerin war, und mit einer Fremden gemeinsam auf eine Kooperationsreise zu gehen … *Scheiße.*

»Diese Zusammenarbeit könnte dich retten, Kai«, wiederholte Claire mit Nachdruck. »Sie könnte retten, was du liebst und wofür du dem Tod schon einige Male lachend ins Gesicht gespuckt hast.«

»So würde ich es jetzt nicht ausdrücken«, gab ich trocken zurück, obwohl mich jedes einzelne ihrer Worte traf. Weil sie wahr waren. Weil sie stimmten. Weil ich zwar diese Wahl besaß, sie jedoch eigentlich längst getroffen hatte. Ich ließ meinen Atem entweichen und drückte mir einen Handballen gegen die geschlossenen Augen. »Aber ich werde darüber nachdenken. Bis Ende der Woche.«

»Ich wusste, du nimmst Vernunft an.«

»Das war kein Ja.«

»Wir wissen beide, dass es hier nur *Ja* als Antwortmöglichkeit gibt. Das oder den Online-Tod.«

Ich schnaubte. »Wie dramatisch.«

»Realistisch. Du hast bis Sonntag Zeit, Hansen.«

Wundervoll, fehlte nur noch, dass sie mir einen schlecht gemachten Countdown bis zu meinem *Online-Tod* als GIF sendete. *Das wird so was von in die Hose gehen, Claire, denk an meine Worte.*

Stöhnend legte ich den Kopf in den Nacken, sodass er mit einem dumpfen Poltern gegen das Türblatt krachte. »Du hörst von mir, Claire.«

»Ich freue mich drauf«, entgegnete sie und hatte im nächsten Moment auch schon aufgelegt.

Verdammt, in was hatte ich mich da gerade hineingeritten?

»Kai? Ist alles in Ordnung?«, hörte ich in dem Moment meine Schwester Fee – mit ihren zwölf Jahren war sie die Jüngste von uns fünf Kindern – durch die Tür fragen.

Hastig fuhr ich mir über das Gesicht und riss mich mehr oder weniger zusammen, ehe ich ihr aufmachte und ein hoffentlich überzeugendes Lächeln zustande brachte. »Ja, sicher. Hat nur etwas länger gedauert.«

»Wer war denn dran?« Fee legte ihren Kopf ein wenig schief, sodass ihre langen dunkelbraunen Haare auf eine Seite rutschten. »Deine Freundin?«

Schmunzelnd fuhr ich ihr durch die Strähnen. »Nein, die Arbeit, aber das kann bis morgen warten.«

»Dann kommst du wieder mit runter?«

Aus einem Impuls heraus warf ich das Handy auf mein großes, ungemachtes Bett und nahm Fees so viel kleinere Hand in meine. »Ja, das mache ich.«

Kapitel 10

DIE SACHE MIT DEM VIELLEICHT

Lou

»Du musst das wirklich nicht machen, Lou.« Charlie blickte mich über den Bettbezug in ihren Händen hinweg an und pustete sich eine Strähne ihrer rotbraunen Haare aus der Stirn. »Wolltest du nicht weiter an deinem ersten Beitrag für die *Tales of Sylt* arbeiten?«

»Was ich für eine unglaublich coole Idee halte, falls ich das noch nicht gesagt habe«, warf Jule ein und schenkte mir ihr breites Strahlen.

»Danke. Hübsche Braids übrigens. Hat die Friseurin gut hinbekommen.«

Die Freundin meiner Schwester warf mir von der anderen Seite des Betts einen Luftkuss zu und ließ einen der fein geflochtenen, langen Zöpfe durch ihre Finger gleiten. »Deswegen fahre ich auch immer in ihr Studio nach Hamburg. Der Weg lohnt sich. Aber zu deinem Post: Hast du eine Schreibblockade? Nennt man das bei Bloggenden überhaupt so?«

»So würde ich es nicht bezeichnen, ich … brauche gerade einfach nur eine kreative Pause, um neue Inspiration zu tanken.« *Und zu verdauen, dass ich heute früh eine weitere Absage für eine bezahlte Kooperation erhalten habe.* Ich steckte die Hände wie meine Schwester in die Ecken des Bezugs, sodass ich mir vorkam, als würde ich eine schlechte Gespenster-Verkleidung tragen.

»Und diese Inspiration holst du dir beim Bettenbeziehen?« Jule wechselte einen schnellen Blick mit Charlie.

»Inspiration wartet überall, man muss bloß die Augen offen halten.«

Meine Schwester schüttelte lachend den Kopf und griff nach der Decke. »Wie poetisch. Aber mal im Ernst, wir schaffen das schon allein. Außerdem bezahlen wir dich nicht dafür, die Gästezimmer vorzubereiten.«

»Ihr bezahlt mich überhaupt nicht.«

»Richtig.« Mit einem Zwinkern zupfte Jule ihre Seite des Doppelbetts zurecht und schaute dann auf ihre Uhr. »Mist, ich habe den Termin mit der Kurverwaltung vergessen. Bekommt ihr den Rest ohne mich hin?«

»Klar, Charlie und ich übernehmen.« Ich legte meiner Schwester überschwänglich einen Arm um die Schultern.

Jule warf mir einen dankbaren Blick zu und hauchte Charlie einen Kuss auf die Wange, bevor sie verschwand.

»Du solltest an einem Mittwochvormittag aber wirklich lieber an deinem Laptop sitzen oder etwas mit deinen Freundinnen machen, Lou«, sagte meine Schwester dann deutlich ernster.

»Die arbeiten ohnehin und ich kann mich später immer noch mit meinem MacBook in ein Café setzen und klischeehaft auf der Tastatur herumtippen, während ich einen überteuerten Cappuccino trinke, der vermutlich nicht mal schmeckt.«

»Manchmal bist du wirklich schräg, Lou-Lou.«

»Und dafür liebst du mich.«

»Ja, das tue ich«, erwiderte Charlie mit einem liebevollen

Große-Schwester-Lächeln, ehe sie seufzend einen Schritt vom Bett weg machte, um ihr Werk zu betrachten. »Passt.«

»Supi. Welches Zimmer ist als nächstes dran?«

»Keins, das war's für heute.« Ihre Antwort kam ein wenig zu schnell. Wie an meinem ersten Abend. Und als hätte es nur darauf gewartet, kehrte auch das ungute Gefühl zurück, gefolgt von der Sorge um meine große Schwester.

»Charlie …«

»Das ist keine Ausrede, um dich von deiner kostenlosen Arbeit abzuhalten, wirklich nicht. Für heute hat sich nur ein Pärchen angemeldet. Das heißt, wir sind fertig.«

Ich rümpfte skeptisch die Nase und verfolgte aufmerksam, wie Charlie ihre Sachen zusammenräumte und sich dabei mehr als einmal durch die Haare fuhr. Ein deutliches Zeichen dafür, dass sie sich gerade nicht wohl in ihrer Haut fühlte. »Irgendetwas ist doch.«

Ihre braungrünen Augen blieben an mir hängen und ich konnte deutlich den Moment erkennen, in dem sie sich gegen eine Lüge entschied. Unwillkürlich fragte ich mich, seit wann wir einander nicht mehr alles erzählten.

»Wir haben weniger Buchungen als angenommen. Das ist an sich normal für diese Zeit, aber … na ja, Jule und ich haben mit anderen Zahlen gerechnet.«

Andere Zahlen? Ich runzelte die Stirn und verschränkte locker die Arme vor der Brust. »Was bedeutet das für das *Bernsteinglühen*?«

»Lou, ich weiß deine Sorge wirklich zu schätzen, aber es ist alles okay. Wir haben genügend Rücklagen. Außerdem steht uns noch die starke Wintersaison bevor, mit vielen Stammgästen, die jedes Jahr kommen. Kein Grund für die steile Falte zwischen deinen Brauen oder die vielen Fragen.«

Nur mühsam unterdrückte ich den Drang, mir über besagte Falte zu fahren. »Ich frage nicht viel.«

»Du bist der reinste Fragenkatalog.« Charlie kam um das Bett herum und legte mir eine Hand auf die Schulter. »Vertrau mir einfach und mach dir zur Abwechslung einmal nicht zu viele Gedanken, ja? Das *Bernsteinglühen* schafft das. Jule und ich haben schon ganz andere Sachen überstanden.« Wieso nur klang das in meinen Ohren vielmehr so, als wollte sie sich damit selbst überzeugen?

»Ich könnte einen der Beiträge über die Pension schreiben. Vielleicht bekommt ihr dann neue Gäste.«

Lächelnd schob Charlie mir eine Locke aus der Stirn, wie sie es schon früher immer getan hatte, und legte nun auch die zweite Hand auf meine Schulter. »Das ist lieb von dir, Lou, und ich werde dich sicherlich nicht davon abhalten, aber wie gesagt: Wir kriegen das hin. Unsere Zahlen sind schwarz und die nächsten Wochen gut bebucht. Ich kann dir die Bücher zeigen, wenn dich das beruhigt.«

Zerknirscht verzog ich das Gesicht. »Schon okay. Ich hatte eben einfach so ein … Gefühl.«

»Und ich bin froh, dass wir immer aufeinander aufpassen. Doch dieses Mal war es ein Fehlalarm.« Charlie ließ mich los und deutete schmunzelnd über ihre Schulter. »Was meinst du, sollen wir runter in die Küche gehen und schon mal die Schokoladencroissants für morgen vorbereiten? Ich könnte etwas Schwestern-Backen jetzt gut gebrauchen.«

Ich sah sie noch einen Moment länger an, dann nickte ich, während ich mir fest vornahm, das *Bernsteinglühen* in meine *Tales of Sylt*-Strecke einzubauen. Vielleicht konnte ich so zumindest einer von uns beiden helfen. »Backen klingt perfekt.«

Später an diesem Tag setzte ich meinen Plan direkt in die Tat um – mit Neela über mein Handy als moralische Unterstützung zugeschaltet und zwei frischen Croissants in einem Strandkorb auf der Caféterrasse der *Flaschenpost*. Um mich herum summten Gespräche und immer wieder entdeckte ich für einen Sekundenbruchteil Lenis Großmutter Edda, die bei den vielen Gästen ordentlich zu tun hatte.

»Wer bist du und was hast du mit meiner Lou gemacht?«

»Ernsthaft?« Ich biss in eines der Gebäckstücke und wischte mir die fettigen Finger an der Jeans ab.

»Ja, ernsthaft. Die Lou, die ich kenne, würde garantiert nicht schon nach ein paar Absagen für bezahlte Kooperationen derartig in den Trauerkloß-Modus wechseln.«

»Das tue ich überhaupt nicht.«

»Oh doch. Alles an dir schreit förmlich Trauerkloß.«

»Ich möchte dich mal an meiner Stelle sehen. Vielleicht habe ich mir das doch ein bisschen zu leicht vorgestellt. Einfach auf eine bildschöne Insel ziehen, ein bisschen bloggen und die dicken Fische angeln.« Ich schnaubte. »Pah, als ob.«

»Und jetzt wirst du auch noch zu einem zynischen Trauerkloß. Hör auf damit, Lou. Jeder fängt mal klein an und ich kenne kaum ein Unternehmen, das zu Beginn nicht mit Rückschlägen kämpfen musste. Du wirst es schaffen, du darfst nur nicht aufgeben.« Neela unterstrich ihre Motivationsrede demonstrativ mit ihrem Löffel.

Ich atmete seufzend aus. »Und von was lebe ich bis zu meinem Durchbruch? Von Nordseeluft und Meerliebe?«

»Und meiner beflügelnden Freundschaft natürlich.«

»Natürlich, wie konnte ich das vergessen?« Lächelnd verdrehte ich die Augen und griff wieder nach dem Croissant. »Sorgen mache ich mir trotzdem.« Und das war noch untertrieben. Zwar hatte ich ein paar Ersparnisse, aber die würden wohl kaum für den Rest meines Lebens reichen.

Neela nickte langsam. »Das kann ich verstehen und ein gewisser Respekt vor der Situation ist sicher auch gut. Nur lass dich nicht davon ausbremsen. Deine große Gelegenheit wird sich ergeben, davon bin ich überzeugt.«

»Danke, Neela. Keine Ahnung, was ich ohne deinen klugen Kopf machen würde.«

Meine beste Freundin tat so, als würde sie sich den Staub von den Schultern wischen, wobei ein wenig ihres *Nasi Lemak* durch die Luft flog. Ich war mir ziemlich sicher, dass es garantiert so himmlisch schmeckte, wie es aussah – obwohl es gerade Kurs auf den Tisch des Bib-Gemeinschaftsraums nahm, an dem meine Freundin saß. Neelas Mutter war eine wahre Göttin, wenn es um die malaiische Küche ging. »Immer wieder gerne, Lou. Und jetzt *back to business*. Diese Sylt-Idee schreit förmlich danach, dein großes Ding zu werden.«

Ich hoffe es. »Okay, du hattest vorhin einen Gedanken dazu, bevor …«

»Du mich mit deinen Trauerkloß-Vibes unterbrochen hast?«

»Neela!«

»Schon gut, schon gut. Also, um auf dein *großes Ding* zurückzukommen: Ich finde, du solltest noch ein paar Fotos von Jule und Charlie zu der Strecke über das *Bernsteinglühen* packen«, meinte sie zwischen zwei Bissen. »Und etwas über die beiden als Besitzerinnen schreiben. Das macht die Pension gleich noch persönlicher und greifbarer.«

»Gute Idee. Das notiere ich mir sofort.« Ich zog mein zerfleddertes Notizbuch heran, das vor mir auf dem kleinen Beistelltisch lag, und war froh, mich mit Neelas Vorschlag endlich auf etwas Handfestes konzentrieren zu können.

Meine beste Freundin seufzte, den Mund noch immer halb voll. »Wenn ich mir deinen Arbeitsplatz gerade so anschaue, bereue ich es definitiv, nicht mitgekommen zu sein. Das sieht so gemütlich aus!«

»Du kannst jederzeit herfahren.«

»Ich weiß, danke. Aber ich fürchte, das wird noch etwas warten müssen. Das dritte Semester ist eine kleine Hölle für sich.«

Bei der wenig überzeugenden Grimasse, die sie dabei zog, musste ich lachen. »Du liebst es, gib es zu.«

»Ja, okay, ich liebe es. Was nichts daran ändert, dass ich jetzt sehr gern mit dir in diesem kuscheligen, gestreiften Strandkorb vor einem Leuchtturm sitzen und dem Dünengras beim Wiegen zuschauen würde. Wieso wusste ich bisher nicht, wie schön Sylt ist?«

»Da geht es, glaube ich, vielen so.«

»Deswegen die *Tales of Sylt*. Ich sag ja, eine absolute Marktlücke.«

»Hoffentlich eine große, in der ich es mir ordentlich bequem machen kann. Ist es okay, wenn ich noch mal kurz Korrektur lese und dir dann den Entwurf schicke, bevor ich den Beitrag morgen hochlade?«

Ehrlich gesagt, war ich ziemlich angespannt deswegen. Der erste offizielle Beitrag zu den *Tales of Sylt* war wichtig, und auch wenn der kleine Teaser-Post mit dem Bild der Mädels und mir gut angekommen war, blieb die Aufregung.

Neela nickte und zupfte ihren Tudung zurecht – heute

trug sie passend zu ihrem hellblauen Kopftuch ein blaues Shirt, auf dem *Empowered Women empower Woman* stand –, ehe sie einen der vielen Wälzer auf dem Tisch vor sich näher heranholte. »Klar. In der Zwischenzeit befasse ich mich mit dem ersten Kapitel Grundwissen Elektrotechnik.«

»Spannend.«

»Der reinste Krimi«, entgegnete sie grinsend und schlug das Buch auf, während ich mich meinem Text für den ersten *offiziellen* Blogbeitrag widmete. Neela und ich hatten schon vor dem Studium oft zusammengearbeitet. Ohne sie hätte ich vermutlich nie die Ruhe oder Geduld für meine Hausaufgaben aufbringen können oder jemals ordentlich für eine Prüfung gelernt. Sich lange hinzusetzen und konzentriert zu arbeiten, fiel mir generell schwer, weil es mich irgendwie immer rauszog, in Bewegung, an die frische Luft. Doch mit Neela neben mir – ob nun in Person oder beim virtuellen Co-Working – schaffte selbst ich es, meine Hummeln im Hintern zumindest für den Moment zu beruhigen und mich auf die Arbeit zu fokussieren. Beinahe als hätte Neela ein magisches Talent dafür.

Schmunzelnd wischte ich meine Gedanken beiseite und las, was ich in der letzten halben Stunde getippt hatte.

Tales of Sylt – 1. »Wo ich ~~anfange~~ beginne«

Einen Anfang zu wagen, ist immer der schwerste Schritt, ganz gleich, worum es sich dabei auch handeln mag. Der Anfang erfordert am meisten Mut, weil oft noch gar nicht klar ist, was einen erwartet. Das kann beängstigend sein und gleichzeitig beflügeln. So ging es mir jedenfalls, als ich den ersten ~~Fuß~~ Schritt auf diese Insel ~~gesetzt~~ gewagt habe. Nach

Sylt gefahren bin, um herauszufinden, welche Möglichkeiten hier auf mich warten. Nicht nur auf Lou's Lovely World, sondern auf mich – wisst ihr, was ich meine?
Ich hatte das Glück, bereits einen Anfang hier zu haben. Meine ältere Schwester Charlie – ihr erinnert euch, ich habe schon mal von ihr erzählt – führt zusammen mit ihrer Freundin Jule eine wundervolle Pension direkt an den Dünen. Sie hat mich eingeladen, ~~herzukommen~~ dort Zeit zu verbringen. Ein Angebot, das ich natürlich sofort angenommen habe. Was ich aber damit sagen möchte: Dieser Anfang, von dem ich gesprochen habe, muss gar nicht so weit weg liegen. Vielleicht habt ihr ja auch Freunde oder Familie, die an einem anderen Ort leben – ob nun eine Stadt weiter oder gleich in einem anderen Land –, bei denen ihr euren Anfang finden könnt. Etwas Vertrautes, wenn ihr von Neuem umgeben seid.
Für mich ist die Pension schon nach wenigen Momenten ~~Heimat~~ zu einem Zuhause in der Fremde geworden, einem Anker, in diesem ~~Strudel~~ Ozean aus Eindrücken, die ich gewinnen darf. Und deshalb möchte ich genau hier mit meiner Reihe über die Nordseeinsel Sylt beginnen: im *Bernsteinglühen* in Wenningstedt.

Zufrieden speicherte ich die kleinen Änderungen und Wortersetzungen samt Streichungen ab, die ich noch vorgenommen hatte, und kopierte die ersten Zeilen des langen Texts für die deutlich kürzere Caption heraus, die ich später dazu auf Instagram posten würde. Ich kam nicht umhin zu bemerken, dass der Ton dieses Beitrags deutlich persönlicher geworden war als meine bisherigen. Vielleicht weil gerade so viel in meinem Leben und vor allen Dingen meinem Kopf vor sich ging. Vielleicht weil mich selbst Zweifel und Sorgen zurückhielten. Und vielleicht lag es auch daran, dass ich dieses Mal nicht über eine Reise in meiner Freizeit schrieb, sondern *meine* Reise. Nicht bloß über einen neuen Ort, sondern die Richtung, in die ich in Zukunft gehen wollte. Und es fühlte sich richtig an, dass mich meine Follower dabei begleiten würden.

Meine Lippen verzogen sich ganz von selbst zu einem Lächeln, während ich über die Tastatur fuhr und einen neuen Absatz begann:

Bevor ich noch poetischer und tiefgründiger werde – und das schon auf der ersten Seite –, gebe ich euch wie immer ein paar Daten und Fakten zu meiner bisherigen Reise. Sprich, zu meiner Anreise auf die Insel und meine Unterkunft, die Pension *Bernsteinglü*–

»Milou?«

Erschrocken fuhr ich zusammen und hätte dabei beinahe meinen Laptop vom Tisch gefegt. Nur meinem inneren Ninja-Gen – von dem ich bisher noch nichts gewusst hatte – verdankte ich es, dass ich mein heiß geliebtes MacBook gerade noch zu packen bekam, ehe ich zu der mittlerweile vertrauten Stimme aufblickte. Und wie erwartet, Kai vor mir entdeckte. Kai in lockerer brauner Cordhose, einem weit sitzenden schwarzen Sweater, auf dem *go outside* stand, und noch genauso unverschämt gut aussehend wie in der Bäckerei.

Als ich nichts erwiderte, steckte Kai seine unverletzte Hand in die Hosentasche und ergänzte: »Sorry, wenn ich dich erschreckt habe.«

»Nein, ich meine ja, hast du, aber alles gut.«

Seine Lippen zuckten in Richtung eines angespannten Lächelns, als würde er zwar vor mir stehen, wäre mit dem Kopf jedoch an einem ganz anderen Ort. »Ich war kurz bei der Pension deiner Schwester und sie hat gesagt, dass ich dich hier finde, und … kann ich mit dir reden?«

»Wird das die Fortsetzung von unserem Gespräch im *Seeglas*, das du so abrupt unterbrochen hast?«

Überraschung huschte über seine Züge. »Äh … ich …«

Ich schürzte die Lippen und hielt eine Hand gegen den Himmel, um ihn besser erkennen zu können. Genau wie am Wochenende lag auch jetzt wieder dieser betont lässige Ausdruck auf seinem Gesicht, den er sicherlich Muskel für Muskel einstudiert hatte. Dennoch meinte ich, dieses Mal noch *mehr* dahinter ausmachen zu können. Mehr Emotionen, mehr Gedanken, mehr Aufgewühltheit.

Aus einem Impuls heraus klopfte ich auf das Polster neben mir. »Also, worum geht es?«

An seinem Kiefer zuckte ein Muskel, dann ließ er sich neben mir nieder. »Ganz egal, wie ich jetzt anfange, es wird absolut falsch und verdreht klingen.«

»Okay?«

Kai warf mir einen kurzen Seitenblick zu, dann atmete er hörbar aus. »Du und ich, wir haben etwas gemeinsam.«

»Ich gebe dir recht, das klingt irgendwie falsch.«

»Ja, ich … Shit.« Zähneknirschend unterbrach er sich selbst und wirkte dabei, als wäre er gerade an jedem anderen Ort lieber als hier. Warum dann dieses Gespräch? Warum war er überhaupt hergekommen?

»Kai, du –«

»Travelblogging«, warf er in diesem Augenblick ein und ließ mich verstummen.

»Bitte?«

»Du und ich, wir … wir sind beide Travelblogger.« Kopfschüttelnd fuhr er sich durch die Haare. »Ich blogge als Extremfotograf unter dem Namen @chasingkaihansen über das Reisen. Auf Instagram, TikTok, YouTube. Und ich glaube, dass das keine neue Info für dich ist …«

Ertappt sah ich einen Moment lang zur Seite, dann nickte ich mit einem kleinen, entschuldigenden Lächeln. »Ja, ich kenne dein Profil. Und ehrlich gesagt, habe ich dich schon am Flughafen erkannt, aber es kam mir nicht richtig vor, dich darauf anzusprechen, nachdem …« Dieses Mal war ich es, die den Satz unbeendet in der Luft hängen ließ.

Kais Gesichtsausdruck nach zu urteilen, wusste er auch so, worauf ich hinauswollte. Nachdenklich fuhr er mit den Fingern über seinen Gips. »Verstehe … Danke.«

»Nicht dafür.« Keine Ahnung, warum ich das sagte, aber ich konnte sehen, wie sich ein winziger Teil von Kai entspannte. »Also kennst du mein Profil?«, fragte ich schließlich, um wieder zum ursprünglichen Punkt zurückzukommen. Und ich konnte nicht verhindern, dass mein inneres Fangirl gerade ein wenig ausflippte. Kai Hansen kannte meinen Account?

Er warf mir einen kurzen Seitenblick zu. »Noch nicht lange.« Mein Fangirl erstarb. »Meine Content Managerin hat mich am Montag auf *Lou's Lovely World* gebracht. Und das ist auch der Grund, warum ich hier bin.«

Das ließ mich aufhorchen. »Inwiefern?«

Mein misstrauischer Unterton sorgte dafür, dass sich das Braun seiner Augen verdunkelte, ohne dass ich hätte sagen können, wieso. Himmel, ich fühlte mich, als wäre ich nicht nur in einer skurrilen Filmszene gelandet, sondern hätte zudem auch keinen blassen Schimmer vom Skript.

»Meine Content Managerin – Claire – und ich haben ein paar … Dinge falsch eingeschätzt. Sie hat mir geraten, nach Sylt zu fahren und … jedenfalls hat ihre Strategie nicht funktioniert.«

»Okay«, ich zog das Wort fragend in die Länge, »auf die Gefahr hin, dass das jetzt dumm klingt, aber: Was hat das mit mir zu tun?«

»Wir wollen dir ein Angebot machen.« Die Silben kamen Kai so schnell über die Lippen, dass er sich beinahe daran verschluckte. Als könnte er nicht erwarten, sie loszuwerden, und würde sie gleichzeitig am liebsten sofort wieder zurücknehmen.

Ein Angebot? Von *dem* @chasingkaihansen? »Warum klingst du dann dabei, als würde dir allein der Gedanke daran üble Bauchschmerzen bereiten?«, entgegnete ich, statt ihm eine richtige Antwort zu geben. Auch wenn ich nicht bestreiten konnte, dass er mich am Haken hatte.

Ein gequälter Ausdruck legte sich auf seine Züge, dann schüttelte er den Kopf und sah mir wieder direkt in die Augen. »Ich mache normalerweise keine engen Kooperationen mit anderen Influencern. Denn beim letzten Mal, als ich … Egal. Jedenfalls war das Ganze Claires Idee, und wenn die sich einmal einen Masterplan zusammengeschustert hat, lässt sie sich auch nicht mehr davon abbringen, deswegen …«

Wow. Das war also Kai Hansen ohne seinen berühmt-berüchtigten Charme. Unverblümt und voller unvollendeter Sätze, deren Bedeutung ich vermutlich niemals erfahren würde. Ich versuchte, die vielen Informationen zu ordnen und eine neue Erkenntnis daraus zu gewinnen, doch so richtig gelingen wollte es mir nicht. »Also fragst du mich nur, weil dich deine Agentin dazu zwingt?«

»Nicht ganz. Ich bin zwar nicht begeistert von der ganzen Sache, aber … es ist eine Erfolg versprechende Idee und ich denke …« Seufzend ließ er seine Schultern herabsacken und verzog die Lippen zu einem kleinen Lächeln. »Entgegen meinen Prinzipien glaube ich, dass wir gut zusammenarbeiten könnten. Wenn wir uns vorher ein wenig kennenlernen und herausfinden, wer hinter den Profilen steckt.« Er verzog das Gesicht. »Gott, ich klinge wie ein Persönlichkeitscoach. Einer von der schlechten Sorte.«

Mir kam ein leicht bitteres Lachen über die Lippen, noch ehe ich es hätte zurückhalten können. »Eventuell ein bisschen.«

»Aber ein Funke Wahrheit steckt trotzdem drin. Bevor ich mit jemandem irgendeine Vereinbarung eingehe, würde ich zumindest gern wissen, wer diese Person ist«, erwiderte er mit einer deutlich ernsteren Note in der Stimme.

»Das kann ich nachvollziehen. Würde mir genauso gehen.«

»Also habe ich dich noch nicht vergrault?«

»Immer langsam mit den jungen Pferden. Das war bloß eine allgemeine Feststellung.« Ich zupfte einen Fussel von meiner Jeans und schaute dann zu Oma Edda, die gerade neue Getränke an einen der Tische brachte und mir auf dem Rückweg ins Café zuzwinkerte. Warum nur hatte ich das Gefühl, dass spätestens morgen jeder von dem Gespräch mit Kai wissen würde? Und mit *jeder* meinte ich vorrangig die Mädels. »Worin besteht dieser Deal genau?«, hörte ich mich fragen, um die mir bevorstehende Inquisition zumindest für den Moment zu verdrängen.

Falls ihn mein Interesse überraschte, so ließ er es sich nicht anmerken. »Es geht um eine Kampagne. Wie genau diese letztlich aussähe, könnten wir gemeinsam festlegen, aber der

Grundgedanke ist, meinen aktuellen Ruf in eine etwas … andere Richtung zu lenken. Weg vom Risiko und Extremen, hin zu einem verantwortungsbewussteren, nahbareren Kai Hansen. Und da kommst du ins Spiel.«

@chasinghkaihansen wollte ein Image-Make-over?

»Warum ich? Zwischen deiner Art des Reisens und meiner liegen Welten, Kai.«

»Genau darum geht es ja. Ich schalte gemeinsam mit dir ein paar Gänge runter und lenke @chasingkaihansen zu seinen Anfängen zurück. Zu Rucksack und Zelt, verstehst du? Ohne Aktionen, die unweigerlich mit Gefahr verbunden sind. Stattdessen wieder mehr Fokus auf die eigentliche Bedeutung des Reisens.« Die Worte sprudelten ihm geradezu über die Lippen, so als könnte er sich jetzt, nachdem die Katze aus dem Sack war, nicht mehr stoppen. »Wir könnten eine Backpacktour durch Europa starten, ohne First-Class-Flüge und Hotels und –«

»Wow, warte«, unterbrach ich ihn mit gehobenen Händen. »Was für eine Tour? Und welche Rolle ist mir in alldem zugedacht? Soll ich etwa deine Freundin spielen, die dich gezähmt hat?«

Erschrocken riss er die Augen auf. Echte Erschrockenheit, die seine Fassade mühelos zersplitterte und kurz eine namenlose Dunkelheit in seine braunen Iriden trieb. »Was? Scheiße, nein. Kein Insta-Couple-Mist. Keine Beziehung. Einfach unterwegs sein als … Reisepartner.« Er klang erstaunlich verletzlich, als er das sagte. Vielleicht weil er an Henri dachte, dessen Abwesenheit ein sichtbares Loch hinterlassen hatte. Da ich nichts erwiderte, räusperte Kai sich leise und fuhr mit ruhigerer Stimme fort. »Du bist sehr nah an deinen Followern dran, dein Account und du als Person dahinter sind greifbar und das ist … etwas, das ich verloren habe. Etwas, das du noch hast, Milou.«

»Lou«, verbesserte ich ihn, während ich mit meinen Gedanken noch bei seinen Worten war und dem, was darin mitschwang. Kai und seine unzähligen Gesichter.

»Hör zu, *Lou*, ich weiß, das klingt vermutlich alles ziemlich wild, aber Claire sieht darin eine große Chance.«

Ich schaute auf, bis sich unsere Blicke trafen. »Und du? Was siehst du darin?«

»Ich denke … dass wir beide davon profitieren würden. Ich durch einen besseren Ruf und du natürlich durch ein Honorar. Außerdem verknüpfen wir unsere Accounts über Erwähnungen und gemeinsame Posts, wenn du möchtest. So kannst du auch von meiner Community profitieren.«

Von einer Community, die fast eine Million Follower allein auf Instagram zählte. *Heilige* … so langsam sickerte zu mir durch, welche Tragweite dieser *Deal* besaß. Was er für mich und … für *Lou's Lovely World* bedeuten würde.

Eine Reichweite, von der ich nur träumen konnte.

Eine Zusammenarbeit mit *dem* Travelblogger schlechthin.

Eine bezahlte Kooperation, die meinem Blog womöglich den nötigen Push geben würde, um *mehr* daraus zu machen. Etwas Realeres, etwas, von dem ich leben konnte, und doch … war da ein Stechen in meiner Brust, das mit jedem seiner Worte stärker geworden war. Und das ich nicht ignorieren konnte.

Kopfschüttelnd rutschte ich ein Stück von Kai ab. »Das ist … ein wirklich großes Angebot, aber ich kann dir nicht dabei helfen.«

Unsicherheit flackerte in seinen braunen Augen auf. »Wovon sprichst du?«

»Ich verrate meinen Followern nicht alles, niemand tut das, doch ich möchte ihnen nichts vorspielen oder ein … Mittel zum Zweck sein.«

Kai verspannte sich merklich. »Darum bitte ich dich auch gar nicht.«

»Und diese Posts, in denen du von Familie und Heimkehren sprichst, obwohl es da alles andere als rosig aussieht? Die Maske, die du scheinbar mühelos für Social Media aufsetzt? Die Strategie, jetzt plötzlich zum geläuterten Travelblogger zu schwenken? Das wirkt auf mich sehr wohl wie ein Spiel.«

Bei meinen Worten zuckte ein Muskel an seinem Kiefer. »Manchmal muss man Dinge tun, um sich nicht noch angreifbarer zu machen, Lou. Dahinter steckt nicht immer eine böse Absicht. Manchmal entscheidet man sich für den naheliegendsten Weg, einfach um nicht noch länger untätig herumzusitzen. Denn darin besteht oft der größere Fehler.«

Am liebsten hätte ich meine Antwort sofort zurückgenommen, als ich den Schmerz auf seinen Zügen erkannte. »Kai, es tut mir leid. Das … das stand mir nicht zu.«

»Schon gut, Lou. Ich weiß, wie das alles aussieht. Und ich weiß, dass für dich vermutlich mehr gegen diese Zusammenarbeit spricht als dafür, glaub mir. Ich habe auch einen ganzen Haufen an Bedenken, nur …« Seufzend stand er aus dem Strandkorb auf und blickte dann zu mir. »Ich denke, dass wir beide über diese Bedenken hinwegschauen sollten, um einzuschätzen, welche Chancen wirklich darin stecken.«

Ich sah zu ihm auf. Sah, wie der Wind an seinen Haaren und dem großen Sweater zupfte, sah seine angespannte Haltung und das tiefe Braun seiner Augen. Für einen winzigen Moment, in dem alles in mir durcheinanderwirbelte, ertrank ich darin, in dem Chaos, das meinem so ähnlich war, und dann … nickte ich. »Okay. Okay, ich denke darüber nach. Über das Angebot und das Kennenlernen.«

»Danke«, gab er zurück und nickte ebenfalls. »Dann … bis bald vielleicht?«

»Bis bald vielleicht.«

Noch ein Nicken, ehe er sich umdrehte und über die Terrasse lief, bis er aus meinen Augen verschwunden war.

»Habe ich gerade wirklich zugestimmt, über diesen Deal nachzudenken?«, murmelte ich zu mir selbst und vergrub stöhnend das Gesicht in den Händen. Nicht mal eine Woche hier und schon stürzte ich mich in die erstbeste Katastrophe in Form eines viel zu gut aussehenden Travelinfluencers mit Image-Problem? Denn wie auch immer ich mich entschied, das konnte nur in einem Desaster enden, oder?

»Ja, hast du. Ein Deal mit *dem* Kai Hansen, nebenbei bemerkt. Entweder das oder ich habe geträumt«, sagte da plötzlich eine Stimme aus dem Off in die Stille hinein und erinnerte mich an ein winziges Detail, das mir in den letzten Minuten abhandengekommen war: meine beste Freundin Neela. Die das gesamte Gespräch mitgehört hatte, weil auf meinem Handy noch unser Skype-Call geöffnet gewesen war.

»Du hast geträumt«, versuchte ich es und griff nach meinem Smartphone, nur um festzustellen, dass Neela mir ihr schönstes, süffisantes Lächeln präsentierte.

»Nichts da, ich will wissen, was in deinem Köpfchen vor sich geht, Lou. Wie ich dich kenne, hast du dich längst entschieden.«

Ich war so was von am Arsch.

Kapitel 11

NEUE MÖGLICHKEITEN

Lou

Aus dem Vielleicht war ein Ja geworden. Mit Vorbehalten, aber dennoch ein Ja. Und wenn ich ehrlich mit mir war, dann wollte ich nicht zu genau darüber nachdenken, warum es mir letztlich doch leichtgefallen war, dieses Ja auszusprechen. Zumindest zu dem Teil mit dem Kennenlernen. Ich wollte Kai Hansen kennenlernen, die Seite an ihm, die er so vehement zu verstecken versuchte, und nicht einmal meine Bedenken hatten mich letztlich davon abbringen können. Oder davon, mich gleich für den nächsten Tag mit Kai zu verabreden.

Oh my.

Wie so oft in den vergangenen Minuten wechselte ich in den kurzen Chat mit Kai und überflog die Nachrichten bis zu den letzten, die vor wenigen Minuten eingegangen waren.

@chasingkaihansen
Dann sehen wir uns später an der Bäckerei.
Ich freue mich.

@chasingkaihansen
Und danke, Lou.

Stirnrunzelnd starrte ich auf die Buchstaben und fragte mich nicht zum ersten Mal, warum die Dinge, die Kai sagte, immer vollkommen anders klangen, als sie eigentlich sollten?

Ein eingehender Skype-Anruf erlöste mich schließlich von meinen Grübeleien und erinnerte mich daran, warum es mich so früh am Morgen an den Strand hinter der Pension gezogen hatte.

Kaum merklich schüttelte ich den Kopf, dann nahm ich den Anruf entgegen. »Hey, Mama.«

»Hallo, Schätzchen. Es ist so schön, dich zu sehen, Lou-Maus.« Meine Mutter strahlte in die Kamera und nahm einen Schluck ihres Kaffees. An der schlichten und eleganten Tasse konnte ich erkennen, dass sie längst im Büro saß, obwohl es erst kurz vor halb acht war. Aber eigentlich hätte mich das bei meinen beiden Workaholic-Eltern auch nicht weiter wundern sollen. »Und wie hübsch das bei dir aussieht! Wo bist du denn gerade?«

Ich wechselte das Handy von der einen in die andere Hand, da meine Finger langsam kühl wurden. Trotz Teddyfleece-Jacke. »Am Strand hinter der Pension. Ich hoffe, der Wind rauscht nicht zu sehr, er hat in den letzten Minuten ganz schön zugenommen.«

»Ach was, mit deinen Kopfhörern verstehe ich dich sehr gut. Wusstest du, dass wir die Stimmfilter darin mit unserer Messtechnik verbessert haben?«

Bei ihrer Antwort, die so unglaublich typisch für meine Mutter war, musste ich unwillkürlich schmunzeln. »Ihr habt eben die beste Messtechnik.«

»Wofür wir hart arbeiten. Du fehlst hier im Unternehmen, Lou.« Kopfschüttelnd stellte Mama ihre Tasse ab und lehnte sich auf ihrem schwarzen Lederstuhl zurück. »Und das sage ich nicht nur, weil du so weit weg und meine Tochter bist.«

Ich blickte vom Handy zu meinen nackten Füßen, die in regelmäßigen Abständen von der kühlen Nordsee umspült wurden. »Ich habe doch gar nichts Großartiges bei euch gemacht. Bloß Kaffee gekocht, das Übliche eben.«

»Das ist nicht wahr, Milou, und das weißt du selbst. Du bist eine intelligente junge Frau, die es sehr weit bringen kann. Und wird. Kehr das nicht einfach so unter den Teppich. Ein paar verhauene Prüfungen ändern nichts daran, und auch wenn du es vermutlich nicht hören möchtest, du wirst immer einen Platz bei uns in der Firma haben.«

Die nächste kleine Welle erfasste mich bis zur Mitte meiner Schienbeine und durchnässte meine aufgekrempelte Jeans. Seufzend sah ich wieder zum Display. »Mama …«

»Schon gut«, ruderte sie sofort zurück. »Dein Vater und ich wollen dich zu nichts drängen, wir … denken bloß immer noch, dass du es vielleicht noch einmal versuchen solltest. Im nächsten Semester, meine ich. Mit etwas Abstand und nach dieser Pause sieht die Welt bestimmt ganz anders aus. Und dich hat die Forschung doch schon als Kind interessiert. Als wir dir diesen Baukasten zu Weihnachten geschenkt haben …«

Meine Mutter redete immer weiter, sprach von Bauklötzchen und meinen Praktika im Familienunternehmen und ich wunderte mich ein weiteres Mal, dass jemand, der so unglaublich intelligent wie sie war, etwas so Offensichtliches nicht begreifen konnte. Nicht verstehen konnte, dass mich mein Weg nicht mehr zurückführen würde.

Oder sie hat es längst verstanden und wünscht sich nur, es wäre anders.

»Ich habe mit deinen Professoren gesprochen und sie sehen trotz der letzten Zeit großes Potenzial in dir. Das solltest du nicht leichtfertig aufgeben. Du hast hier sehr viel, Lou, und du kannst jederzeit zurückkommen, ich hoffe, das weißt du, und … was ich damit nur sagen möchte: Wir vermissen dich, Schätzchen.«

Mamas Worte holten mich aus meinen Gedanken und sorgten dafür, dass sich etwas in mir zusammenzog. »Ihr fehlt mir auch, aber … das hier ist etwas Gutes. Meine Freundinnen haben mich auf eine geniale Idee gebracht … und zwei Kooperationspartner haben mir für meine Reihe über Sylt zugesagt.« Die Zusagen hatte ich heute früh im digitalen Postkasten gehabt, und auch wenn es keine großen Sachen waren, bedeuteten sie mir eine Menge.

Ein verräterischer Glanz trat in ihre Augen, den sie hastig mit einem Lächeln wegblinzelte. »Das ist sehr schön, Lou.«

Ich nickte, doch wieso war da auf einmal dieses unangenehme Ziehen in meinem Bauch? Erst jetzt wurde mir bewusst, dass ich Kai und die große Zusammenarbeit mit keiner Silbe erwähnt hatte. *Vielleicht weil du ein Luftschloss baust? Weil noch nichts in trockenen Tüchern und da immer noch ein ganzer Haufen an ungeklärten Fragen und Zweifeln ist?*

»Und worum geht es im ersten Teil deines Features?« Mama neigte den Kopf und spitzte leicht die Lippen. Sie gab sich alle Mühe, wirklich interessiert zu wirken, dennoch blieb ein Rest Skepsis in ihren Worten und ihrem Blick.

Ich räusperte mich. »Das *Bernsteinglühen*. Die Pension von Charlie und Jule.«

Ihr Lächeln wich zuverlässig dieser Mischung aus Traurigkeit, alter Wut und Resignation, die immer auf ihren Zügen stand, sobald meine Schwester zur Sprache kam.

Als sie nichts sagte, ließ ich mich in Ufernähe in den Sand fallen und seufzte leise. »Die Pension ist wunderschön und die beiden haben ein echtes Zuhause geschaffen. Vielleicht … vielleicht könnt ihr uns ja hier besuchen.«

»Milou, es freut mich wirklich, dass es dir dort so gut geht, aber das ist eine Sache zwischen Charlotte und uns. Wenn sie das Bedürfnis hat, uns wiederzusehen, wäre es schön, wenn sie uns das selbst mitteilen würde. Und nicht dich vorschickt.«

»Sie hat mich nicht –«

»Das sollte kein Vorwurf sein.« Meine Mutter atmete hörbar aus, dann wurde der Ausdruck in ihren Augen wieder weicher. »Es tut mir leid, ich möchte nicht, dass du da hineingezogen wirst. Unsere … Probleme mit deiner Schwester haben nichts mit dir zu tun, Lou-Maus.«

Eigentlich schon, aber das sprach ich nicht laut aus, sondern nickte nur langsam. Plötzlich zog es noch aus einem ganz anderen Grund in meinem Magen.

»Hör zu, lass uns ganz bald noch mal telefonieren, wenn wir mehr Zeit haben. Ich muss gleich in das erste Meeting und ich möchte dir nicht deinen Morgen am Strand stehlen.«

»Tust du nicht«, gab ich sofort zurück und fuhr mit der Hand durch den kühlen Sand. Schließlich war ich genau deswegen hergekommen, um in Ruhe mit Mama zu sprechen, mit nichts als Strand und Ozean um mich herum.

»Schick mir doch den Link zu deinem Beitrag, wenn du ihn veröffentlicht hast, ja? Ich schaue ihn mir gern an«, fuhr sie fort, als hätte ich nichts gesagt, und schaute zur Seite, wo die Tür zu ihrem Büro lag. Also war unsere Zeit offiziell um.

»Das mache ich, Mama.«

»Ich freue mich drauf. Hab einen wundervollen Tag, Lou-Maus.«

»Du auch. Und grüß Papa von mir, ja? Von uns.«

Meine Mutter formte einen Kussmund, ohne auf das *Uns* einzugehen, und hatte im nächsten Moment aufgelegt.

Himmel, ich hatte wirklich angenommen, dass sich das böse Blut zwischen meinen Eltern und Charlie langsam verflüchtigt hätte. Aber anscheinend lag ich in dieser Hinsicht völlig falsch. Dabei hatte ich gehofft, ich könnte meine Reise hierher vielleicht als Eisbrecher nutzen und diesen unnötigen – und längst verjährten – Streit endlich aus der Welt schaffen …

Ein Problem nach dem anderen, Lou. Erst mal kümmerst du dich jetzt um die Fotos der Pension im Morgenlicht und die Porträts von Jule und Charlie. Dann triffst du dich mit Kai und findest heraus, wohin das alles führt. Und danach kannst du dir immer noch überlegen, wie du den Haussegen zurück in die Waagerechte bringst.

Ein paar Stunden später war ich mit dem Skateboard auf dem Weg zum Treffpunkt mit Kai. Dank eines überraschend produktiven Vormittags hatte ich meine Aufnahmen im Kasten und den Layoutentwurf für meinen Blogbeitrag und den Post auf Insta so weit fertig, dass ich ihn nachher veröffentlichen konnte. Beides war bereits angekündigt und den Rückmeldungen meiner Follower nach zu urteilen, waren sie voll begeisterter Vorfreude. Und genau darauf versuchte ich mich mit aller Macht zu konzentrieren, während mein Kopf andere Pläne hatte. Pläne, die sich um einen bestimmten Travelinfluencer drehten, der mir in letzter Zeit viel zu oft in den

Sinn kam. Obwohl ich zu meinen Entscheidungen stand und in der Regel ein konsequenter Mensch war, dröhnten Zweifel, ob das hier das Richtige war, immer lauter in meinen Ohren. Dicht gefolgt von einer Nervosität, wie ich sie zuletzt bei meinem ersten Date an der Uni verspürt hatte. Aber dieses Treffen war kein Date – absolut nicht, es war meilenweit davon entfernt –, sondern ein Business-Meeting. Ein Kennenlernen, und falls es nicht passte, dann –

Das glaubst du doch wohl selbst nicht.

Was zum Henker tat ich da bloß?

Mein Skateboard fuhr über eine kleine Erhebung, die mich kurz aus der Balance und zurück ins Hier und Jetzt brachte. Hastig steuerte ich mit dem Oberkörper gegen, nahm neuen Schwung auf und fand mit klopfendem Herzen wieder in den gleichmäßigen Rhythmus aus Treten und Gleiten. Auf meinem Board war definitiv nicht der richtige Ort, um mich in alten Zerdenke-Mustern zu verlieren – schließlich wollte ich nicht als Pfannkuchen auf dem Asphalt enden.

Kurze Zeit später erreichte ich endlich den kleinen Platz, an dessen Ende die Bäckerei vor dem blauen Himmel aufragte. Das helle Holz des Hauses leuchtete förmlich im Licht der Mittagssonne. Und den vielen Fahrrädern vor der Tür nach zu urteilen, herrschte schon ordentlich Betrieb. Nur von Kai fehlte auf dem Platz, von dem eine breite Treppe runter an den Strand führte, jede Spur. Das Skateboard unter dem Arm lief ich auf die Eingangstür zu und wollte sie gerade aufschieben, als mich eine Stimme zurückhielt.

»Lou.«

Ich drehte mich um und entdeckte Kai, der gerade den Seitenzugang hinter sich schloss und auf mich zukam.

»Hi«, begrüßte ich ihn und hob eine Hand gegen die leuchtende Herbstsonne.

»Hey.« Sichtlich unwohl fuhr sich Kai über den Nacken und versenkte seine unverletzte Hand dann in der Hintertasche seiner dunklen Cargohose. »Du bist ja wirklich gekommen.«

»Warum klingst du so überrascht?«

Kai zuckte mit den Schultern. »Keine Ahnung. Erfahrungswerte. Pessimismus. Eine Mischung aus beidem. Such es dir aus.«

Irgendetwas an seiner Antwort ließ mich aufhorchen. »Ist alles okay? Wenn du deine Meinung geändert hast, dann …«

Für ein paar Sekundenbruchteile hing meine Frage in der salzigen Luft zwischen uns, bis Kai abwinkte und diese seltsame Spannung brach. »Nein, es … Nur Stress in der Familie. Das hat nichts mit dir oder … dem hier zu tun.« Sein Blick glitt kurz zurück zur Bäckerei, wobei die Sonne die helleren Sprenkel in seinen braunen Iriden aufleuchten ließ, ehe er wieder zu mir schaute. »Sollen wir an den Strand? Dort können wir in Ruhe sprechen, denke ich.«

Ein wenig perplex von seinem abrupten Themenwechsel brauchte ich einen Moment, um die Brücke zurück zu dem eigentlichen Grund unserer Verabredung zu schlagen. »Äh, klar, warum nicht?«

Nachdem ich mein Board angeschlossen hatte, setzten wir uns in Richtung Treppe in Bewegung und traten wenig später an den Strand. Nun, da der Sommer langsam zu Ende ging, schien es hier mit jedem Tag leerer zu werden. Der Himmel war voll sturmgepeitschter Wolken und der Ozean so aufgewirbelt wie meine Gedanken. Schweigend liefen wir weiter, ließen Wenningstedt hinter uns und folgten dem Strand nach Süden.

»Danke«, sagte Kai irgendwann in die Stille hinein, wobei ich seinen Blick auf mir kribbeln spürte.

»Wofür?«

»Dass du diesem Treffen zugestimmt hast. Trotz meines Auftritts gestern.«

Ich wölbte eine Braue. »So schlecht hast du dich gar nicht angestellt. Außerdem geht es hier ja auch um mein Business. Kein Grund, dich zu bedanken.«

Kai nickte mit gerunzelter Stirn. »Das Business ist eine Sache, aber ich meine vor allen Dingen das Kennenlernen. Ich möchte nicht, dass du das Gefühl bekommst, ich würde in deinem Leben herumstochern wollen.«

Einen Moment lang betrachtete ich ihn nachdenklich von der Seite. »Ich hätte Nein gesagt, wäre es nicht okay für mich.«

»Leider hält ein Nein die wenigsten davon ab, sich in dein Leben einzumischen«, sagte er mehr zu sich selbst, ich hörte seine Worte dennoch.

»Klingt, als würdest du dich damit auskennen«, meinte ich leise, als ich seinen resignierten Gesichtsausdruck bemerkte.

»Geht es nicht allen so?«

Ich steckte eine Hand in die Bauchtasche meines dünnen Hoodies und schaute zum Meer. »Vielleicht hatte ich in dieser Hinsicht bisher einfach Glück. Auch wenn ich bei meiner Studiumswahl ein wenig ins Klo gegriffen habe, war es trotzdem immer mein Leben mit meinen Entscheidungen.«

»Und was hast du in diesem Leben bisher so gemacht, Lou?«

Nun drehte ich den Kopf wieder in seine Richtung. »Wird das jetzt der Beginn des angekündigten Kennenlernens?«

Seine Mundwinkel zuckten in Richtung seines typischen

Lächelns voller @chasingkaihansen-Charme. Und dennoch fühlte es sich diesmal weniger wie eine gespielte Rolle an, sondern mehr wie … Kai. »Und wenn es so wäre?«

»Es ist unhöflich, eine Frage mit einer Gegenfrage zu beantworten, hat dir das schon mal jemand gesagt?«

»Sagt die, die selbst mit Gegenfragen antwortet.«

»Touché.«

Zu meiner Überraschung brach bei meiner Erwiderung ein leises Lachen aus ihm hervor und dieses Geräusch … schien so echt und ungefiltert, dass ich unwillkürlich mit einfiel. Und es mit einem Mal sehr leicht war, meine Bedenken zur Seite zu schieben und nur auf die Version von Kai vor mir zu achten.

»Okay, eine echte Antwort. Ja, es ist der Beginn.«

»War doch gar nicht so schwer.«

Er verzog bloß das Gesicht, was mich den Kopf schütteln ließ, ehe ich meinte: »Ich habe Wirtschaftsingenieurwesen studiert. Zwei Semester lang, bis ich eingesehen habe, dass es keinen Sinn hat.«

»Inwiefern?« Interessiert legte er den Kopf leicht schief, wobei ihm einige seiner etwas längeren schwarzbraunen Haare in die Stirn fielen. Warum nur dachte ich gerade daran, wie es wohl wäre, sie ihm aus der Stirn zu schieben? Meine Güte, ganz falsche Richtung.

Hastig ballte ich meine freie Hand zur Faust, sicher war sicher. »Es ist einfach nicht meins«, gab ich mit ein wenig Verzögerung zurück. »Meine Eltern kommen aus der Ingenieurbranche und ich habe wohl gedacht, ich müsste ihnen dahin folgen, aber … mein Herz schlägt für etwas anderes.«

»Reisen.«

Ich nickte. »Richtig. Genau wie bei dir, schätze ich mal.«

»Schon und irgendwie auch nicht mehr.« Die Furchen kehrten auf seine Stirn zurück und wischten das Lächeln fort. »Die ganze Sache mit @chasingkaihansen und vieles, was in den letzten Jahren passiert ist, hat das Reisen für mich verändert.«

»Wie meinst du das?« Aufmerksam musterte ich seine Züge, in denen jetzt wieder diese leise Mischung aus Verletzlichkeit und Vorsicht lag. Als hätte er Angst, zu viel zu sagen. Zu offen zu sprechen.

Kai ließ seinen Atem frei und schaute auf seine Füße im Sand. »Vor drei Jahren habe ich damit angefangen, Flaggen auf Reisen zu sammeln, bin dorthin gegangen, wohin es mich getrieben hat, und dann … ist aus dieser Leidenschaft quasi über Nacht mein Job geworden. Oder eher meine 24/7-Lebensaufgabe. Durch ein einziges Video, das vermutlich nur durch Glück viral gegangen ist. Aber ich will dich nicht mit irgendwelchen Details langweilen, Lou, und –«

»Ich war da. In Norwegen. Auf dem Preikestolen.« Erst als Kais überraschter Blick auf mir landete, wurde mir klar, dass sich meine Stimme mal wieder verselbstständigt und einen Teil meiner Gedanken laut ausgesprochen hatte.

»Du …«, setzte er an. Seine Augen verengten sich für einen Sekundenbruchteil, dann leuchtete Erkenntnis darin auf. »Die beiden Mädchen beim Sonnenaufgang. Das wart du und deine Schwester.« Ich nickte, obwohl es keine echte Frage gewesen war. »Jetzt ergibt auch dieses Déjà-vu-Gefühl Sinn, das ich am Flughafen hatte. Wir sind uns schon einmal begegnet.«

Die Unterlippe zwischen die Zähne gezogen, nickte ich wieder. »Ja, tut mir leid, vielleicht hätte ich das auch gleich erwähnen sollen, aber … «

»Nach dem Unfall erschien es dir nicht passend.« In den meisten Fällen wusste er es beinahe unheimlich perfekt, seine echten Emotionen zu überspielen, doch nun waren die Sorge, die Furcht und unzählige weitere Gefühle in seinen Augen unübersehbar. Aber ähnlich wie am Flughafen schien es mir auch jetzt besser, nichts darauf zu sagen. Das hatten schon genug Menschen ungefragt getan.

Ein paar Augenblicke lang schwiegen wir, schauten aufs Meer, den Horizont dahinter, während die grauweißen Wolken zunehmend schneller über den Himmel jagten. Dann hörte ich Kai neben mir leise sagen: »Darf ich dir eine Frage stellen, Lou?«

Ich drehte den Kopf wieder zu ihm und zog die Brauen leicht nach oben. »Natürlich, schließlich ist das hier ein Business-Meeting, um den potenziellen Kooperationspartner kennenzulernen, oder nicht?«

Um Kais Mundwinkel herum zuckte es verdächtig, und offen gestanden, war genau das meine Absicht mit dieser Antwort gewesen. Ich konnte nicht sagen, warum, aber Kai hatte – fernab von seinem Insta-Fame-Charme und diesen verfluchten Grübchen – etwas an sich, das mich nicht wegschauen ließ. Das mich dazu brachte, ihn lächeln sehen zu wollen, ihn *aufrichtig* lächeln sehen zu wollen.

»Du nimmst das mit diesem Businessding echt ernst, was?«

»Wenn ich mich richtig erinnere, war das deine Idee.«

Eines seiner Grübchen erschien. »Touché.«

Ich neigte den Kopf ein wenig zur Seite und vergrub auch die zweite Hand in der flauschigen Bauchtasche meines Pullovers, während wir uns in einem der Strandkörbe niederließen. »Also, wie lautet deine Frage?«

Seine braunen Augen richteten sich direkt auf mich, und

obwohl wir hier windgeschützt waren, spürte ich, wie sich die feinen Härchen in meinem Nacken aufrichteten. »Was … was hättest du an meiner Stelle getan, Lou?«

Ich zog die Brauen zusammen. »Wovon genau sprichst du?«

»Nach dem Unfall«, meinte er mit genauso gesenkter Stimme. »Was hättest du getan? Und keine Sorge, das ist keine Fangfrage, ich … ich möchte deine Meinung dazu hören. Deine ehrliche Meinung.«

Eine ganze Weile dachte ich über seine Frage nach, die Bitte darin, und Kai ließ mir diese Zeit, um die richtigen Worte zu finden. Doch letztlich entschied ich mich für das Erste, was mir in den Sinn gekommen war. »Ich hätte nicht auf meine Managerin gehört.«

Kai nickte langsam. »Obwohl sie sich bestens im Geschäft auskennt und sehr gut in ihrem Job ist?«

»Gerade deswegen. Sie mag gut im Business sein, aber der Unfall, Henri … dabei geht es nicht ums Business. Nicht nur. Es geht in erster Linie um *dein* Leben, um Freundschaft, darum, nicht aus wirtschaftlichen, rationalen Aspekten zu handeln, sondern mit … dem Herzen. Ich stecke nicht in deiner Haut, Kai, und kann daher nicht mit Sicherheit sagen, wie ich reagiert hätte, aber ich denke, ich wäre bei Henri geblieben. Ich hätte ein Statement abgegeben, wenn ich bereit dazu gewesen wäre, und mich ansonsten auf alles andere konzentriert.« Ich fuhr mir mit der Zunge über die Unterlippe. »Ich hätte auf mein Gefühl gehört.«

Kai biss die Kiefer aufeinander und nickte knapp. »Danke, Lou.«

Stirnrunzelnd betrachtete ich ihn von der Seite. »Das war nicht das, was du hören wolltest, oder?«

»Nein«, stimmte er mir zu und hob einen Mundwinkel.

»Und gerade deshalb war es genau das Richtige. *Weil* es das war, was ich nicht hören wollte. Und damit hast du mir mehr über dich verraten, als du denkst.«

Ich wischte mir ein paar verirrte Strähnen, die der zunehmend stärker werdende Wind aus meinem Knoten gelöst hatte, aus der Stirn und hob die Brauen. »Was heißt das?«

»Dass Claire recht hatte. Damit, dass diese Kooperation zwischen uns funktionieren könnte. Ich …« Kai fuhr sich durch die Haare, dann wurde aus dem halben Lächeln ein ganzes. »Ich würde mich darauf einlassen, wenn du es tust, Lou. Die Entscheidung liegt also ganz bei dir.«

Kapitel 12

CHANCEN, DIE WIR VERPASSEN

Kai

Meine Gedanken waren das reinste Durcheinander. Ich wusste kaum, wo mir der Kopf stand, zwischen den Eiertanz-Begegnungen mit meiner Familie, den weniger sanften Aufeinandertreffen mit meinem Bruder Mik und meiner Zeit in der Bäckerei. Ganz zu schweigen davon, dass es mittlerweile Freitagabend war und ich immer noch nichts von Lou gehört hatte. Vermutlich sollte ich mich langsam damit abfinden, dass ihre Entscheidung gegen diesen Deal gefallen war. Sie kannte vermutlich all die hässlichen Gerüchte, die um mich kursierten, den Gegenwind. Kein Wunder, dass sie keine Lust darauf hatte. Und trotzdem hatte ein kleiner Teil von mir gehofft, dass sie darüberstehen würde. Dass ich mich nicht in dem guten Gefühl geirrt hatte, das mich bei ihrer aufrichtigen Antwort auf meine Frage durchflutet hatte. Dass Lou wusste, was für ein Haifischbecken die Welt der Sozialen Medien war. Eins, in dem man alles tat, um nicht darin zu ertrinken. Nicht selten genau das Falsche.

Normalerweise zerbrach ich mir nicht den Kopf darüber, warum manche Antworten länger brauchten und andere kürzer, doch bei Lou … machte mich diese Funkstille aus irgendeinem Grund nervös. So sehr, dass ich in den letzten vierundzwanzig Stunden immer wieder auf ihrem Instagramprofil @louslovelyworld gewesen war. Öfter, als ich zuzugeben bereit gewesen wäre, und jetzt schon wieder. Ihr Account zählte fast vierzigtausend Abonnenten und war eine wilde Mischung aus Naturfotos, Porträts und … ziemlich abgefahrenen *Kuchen*. Auf den ersten Blick schienen die Bilder – bis auf das Colourgrading, das in warmen Beige-, Blau- und Grüntönen gehalten war – nicht so richtig zusammenzupassen und trotzdem, oder vielleicht gerade deswegen, funktionierten sie. Sie waren echt, ungestellt und … Lou. Bei meinem ersten Blick auf ihr Profil hatte ich sofort verstanden, was Claire gemeint hatte. Man erkannte Lous Persönlichkeit in jedem Foto, jeder Caption, jedem Detail, ohne dass es gewollt rüberkam. Lou war nicht nur die Person hinter @louslovelyworld, der Account *war* Lou. Ein Account, der gerade um weitere einhundert Abos gewachsen war, woran mein Follow vor ein paar Tagen vermutlich nicht ganz unschuldig war.

Und immer noch keine Nachricht von Lou.

Seufzend legte ich das Handy zur Seite, strich mir die Haare aus der Stirn und nahm meine Lieblingskamera von dem Regal neben meinem Bett. Ironischerweise war es dieselbe Kamera, die ich damals auf dem Preikestolen in Norwegen für meinen ersten großen Shot verwendet hatte. Bei dem Lou dabei gewesen war.

Ich konnte immer noch nicht fassen, dass ich sie nicht sofort wiedererkannt hatte. Dabei war mir die Begegnung vor drei Jahren nie ganz aus dem Kopf gegangen, genauso wenig wie unsere Worte damals, die meinem Profil letztlich seinen Namen gegeben hatten.

Wow, also verfolgt dich nicht nur ein wütender Ranger, sondern gleich ganz Skandinavien?

Oder vielleicht bin ich derjenige, der die Welt jagt, wer weiß das schon?

Kopfschüttelnd schaltete ich die Kamera an und klickte mich durch die Fotos, die ich heute von der Insel geschossen hatte. Keine besonderen Bilder, sondern beinahe zufällige Aufnahmen, die ich gemacht hatte, um meinen Fingern etwas zu tun zu geben. Um mich abzulenken.

Von Lou und meinen Gedanken, die viel zu oft um sie kreisten.

Von Mik, der wütend war, weil ich mich nicht auf Grams' großem Geburtstag sah.

Von Henri, zu dessen Zustand es noch immer nichts Neues gab.

Und von Claire, die mich mit möglichen Konzepten für diese vermaledeite Kooperation zuschüttete, von der ich noch nicht einmal mit Gewissheit sagen konnte, dass sie überhaupt zustande kam.

Und das alles war kaum ein Bruchteil dessen, was mir seit Tagen den Schlaf raubte. Langsam, aber sicher begann ich, mir selbst auf den Wecker zu gehen.

Unten im Haus schlug eine Tür zu, Schritte waren zu hören, dann füllte auch schon ein ganzes Orchester von Stimmen den Flur – allen voran Idas, was bedeutete, dass mein ohnehin bescheidener Freitagabend gerade das Potenzial gewonnen hatte, einen neuen Tiefpunkt zu erreichen. In Form eines Aufeinandertreffens von meiner Schwester und mir.

Ich konnte nicht verhindern, dass sich meine Brust allein bei der Vorstellung, mit ihr an einem Tisch zu sitzen, plötzlich verdammt eng anfühlte. Mit Miks übler Laune kam ich klar, wir waren schon früher immer mal wieder mit unseren

Dickköpfen aneinandergeraten, aber Ida … Ida war nicht wütend oder sauer auf mich, sondern enttäuscht.

Und das war von allen negativen Emotionen die schlimmste.

Mir war klar, dass ich mich ihr über kurz oder lang stellen musste, doch ich wollte es zu meinen Bedingungen tun und nicht am Esstisch mit unzähligen Augenpaaren. Nicht wenn ich ohnehin durch den Wind war und nicht wusste, ob ich Idas Enttäuschung on top ertragen konnte.

Vermutlich nicht.

Kurzerhand legte ich die Kamera zur Seite und stand auf, um mir einen dicken Hoodie überzuziehen. Mit meinem Gips brauchte ich deutlich länger, als gut für meinen kurzen Geduldsfaden war, und als ich endlich aus meinem Zimmer im ersten Geschoss trat, rechnete ich schon fast damit, Ida in die Arme zu laufen. Doch bis auf die unzähligen windschiefen Pflanzen und die Lavalampe auf der selbst bemalten Kommode, an der Ma so einen Narren gefressen hatte, war der Flur verlassen. Die Stimmen meiner Familie drangen nur gedämpft zu mir herauf, vermutlich waren sie längst in die Wohnküche gegangen. Meine Chance.

Die gesunde Hand am Geländer schlich ich die ausgetretenen Stufen unseres großen alten Hauses am Rand von Westerland runter. Wobei *schlich* kaum die richtige Beschreibung war, wenn man bedachte, dass das Holz bei jedem Schritt ächzte. Ich konnte nur hoffen, dass die Lautstärke eines Großfamilien-Gesprächs das Knarzen übertönte und –

»Wow, das ist selbst für dich ein neuer Tiefpunkt.«

Ida. *Fuck*.

»Ich schätze nicht, dass du dich gerade zu uns gesellen und den Abend mit einem Spielemarathon ausklingen lassen wolltest, richtig?«, fuhr sie in diesem gefährlichen Singsang fort. Und auch ohne sie zu sehen, wusste ich, dass sie, die Arme überkreuzt, am oberen Treppenabsatz lehnte.

Resigniert kniff ich einen Herzschlag lang die Augen zusammen, ehe ich mich zu ihr umdrehte. »Hey.«

»Hey«, wiederholte sie und legte den Kopf leicht schief. »Verschwindest du wieder?«

»Nein, ich … ich wollte bloß frische Luft schnappen.« Scheiße, klang das nur in meinen Ohren so dämlich?

Meine Schwester schnaubte leise und ließ sich dann auf der obersten Stufe nieder. »Sicher. Luft schnappen. Als du das letzte Mal *Luft geschnappt hast*, bist du drei Jahre durch die Welt getourt.« Da war keine Wut in ihren Worten, nicht eine Silbe kam ihr zu laut oder zu heftig über die Lippen. Stattdessen lag darin nichts als diese schneidende Enttäuschung. Weil ich sie allein gelassen hatte, obwohl wir beste Freunde gewesen waren. Weil ich Versprechen um Versprechen gebrochen hatte. Weil ich sie wieder und wieder hängen lassen hatte.

Seufzend ließ ich mich gegen das Geländer sinken und schüttelte den Kopf. »Ida …«

»Nein, weißt du, was? Ich möchte es nicht hören. Ich möchte keine neuen Ausreden hören, warum du es nicht zumindest versuchen willst.« *Warum du es nie versucht hast.* Ihre braunen Augen, in denen früher immer ihr unverkennbares Funkeln gestanden hatte, trübten sich. »Da unten wartet eine ganze Familie, Kai. *Unsere* Familie, die, nebenbei bemerkt, die beste Familie der Welt ist und dich trotz allem mit offenen Armen empfängt.«

Meine Nägel krallten sich in das Holz des Geländers, während sich jedes ihrer tonlosen Worte wie ein tiefer Stich anfühlte.

»Ist dir das nichts wert, Kai?«

Ich biss die Zähne aufeinander und wusste nicht, was ich darauf erwidern sollte. Natürlich war mir meine Familie etwas wert, mehr, als ich vermutlich jemals in Worte fassen konnte, und bei Weitem mehr als Geld. Und genau da lag das Problem: Ich verdiente sie nicht. Nicht nach … nach allem.

Ida sah mich abwartend an, als hoffte sie, dass ich irgendetwas sagte. Die richtigen Worte wählte. Doch als ich weiterhin schwieg, sah ich diese Hoffnung, eine weitere Chance, die sie mir gegeben hatte, zerspringen.

Ein trauriges Lächeln breitete sich auf ihren Zügen aus, dann nickte sie. »Schon gut, geh ruhig. Du weißt ja, wo du uns findest.« Ohne mich aus den Augen zu lassen, stand sie auf und lief an mir vorbei die Stufen hinunter zu unserer Familie. Und bei jedem ihrer Schritte wurde das Dröhnen in meinen Ohren ein wenig lauter.

Ein Teil von mir wollte ihr sofort nach, wollte sich die Chance zurückholen, es endlich besser machen. Doch dieser Teil kam kaum gegen alles andere an. War zu leise. Also ging ich die Treppe hinab, schlüpfte in meine Sneaker und verschwand.

»Kai? Kai Hansen?«

Langsam blickte ich von meinem Bier auf, in das ich die letzten Minuten gestarrt hatte, als würde ich darin irgendwelche bahnbrechenden Antworten finden. Vor mir stand ein Typ mit eisblauen Augen, blonden, ordentlich durcheinandergebrachten Haaren und einem rasiermesserscharfen Lächeln auf den Lippen. Eines, das ich vermutlich überall wiedererkannt hätte, so oft, wie wir in der Schule aneinandergeraten waren. Jonah Falk.

Auch das noch.

»Welcher seltsame Wink des Schicksals hat dich denn hierher verschlagen?«

»Meinst du diesen Club oder Sylt im Allgemeinen?«, entgegnete ich mit einer ähnlichen Portion Zynismus und nahm einen Schluck meines Biers.

Jonahs Mundwinkel zuckten, während er unverwandt an seinem Glas herumwischte. »Aus unserem Sunnyboy ist augenscheinlich ein übellauniger Mistkerl geworden. Vermutlich kein Wunder bei der Scheiße, die du gerade im Nacken hast.«

»Erspar mir das, ja? Dafür habe ich gerade echt keinen Nerv.«

»Sorry, alte Angewohnheit.«

Ob es nun am Bier lag oder daran, dass Jonah unsere Raufereien als *Angewohnheit* bezeichnet hatte, konnte ich nicht genau sagen, aber seine Antwort brachte mich zum Lachen. »Die du wohl nie losgeworden bist.«

»Du würdest dich wundern. Es hat sich einiges in deiner Abwesenheit geändert. Und anderes ist eben gleich geblieben.« Kopfschüttelnd stellte er das Glas zur Seite und nahm das nächste zur Hand. »Tut mir leid, was euch da passiert ist. Deinem Kumpel und dir.«

Seit dem Unfall hatte ich diese Worte so oft gehört und sie auf gewisse Art und Weise hassen gelernt, doch dieses Mal … klangen sie nicht wie eine hohle Floskel, sondern echt. Vielleicht weil Jonah Falk niemand war, der etwas Derartiges aus reiner Höflichkeit sagte. Ganz sicher nicht Jonah.

»Danke.«

»Also, was hat dich an diese Theke gebracht?«

Ich hob ungläubig die Brauen und leerte mein Glas. »Was soll das werden?«

»Ich bin Barkeeper, ich mache meinen Job.«

»Stand in der Stellenbeschreibung, dass du dich nach den Beweggründen deiner Gäste erkundigen sollst?« Das hier wurde immer schräger. Mit jeder Sekunde ein wenig mehr.

Ungefragt stellte mir Jonah ein neues Bier vor die Nase und zuckte dann mit den Schultern. »Eher nicht, aber so dämlich es auch klingen mag, ich schätze, daran ist meine Freundin schuld. Elisa schwört aufs Reden und irgendetwas davon ist anscheinend hängen geblieben. Egal, vergiss es einfach wieder.«

Der Name ließ mich aufhorchen. »Du bist mit Elisabeth Andersen zusammen?«

Das Lächeln, das sich daraufhin auf seinen Lippen ausbreitete, sagte alles. Ganz offensichtlich hatte sich wirklich einiges geändert, andernfalls konnte ich mir nicht erklären, wie gerade Jonah und Elisa zusammengekommen waren. Elisa war Idas beste Freundin und damit fast so etwas wie meine Schwester und Jonah … war eben immer *Jonah* gewesen.

Kopfschüttelnd griff ich nach der Flasche und kam zurück auf das ursprüngliche Thema. »Eigentlich will ich nicht drüber reden.«

»Natürlich nicht. Wer will das schon? Meld dich, wenn du was brauchst, ich bin mal drüben bei den anderen.«

Ich nickte und sah ihm hinterher, als sich mein Handy in der Hosentasche meldete. Ein Wunder, dass man hier im *Wellenbrecher* überhaupt Empfang hatte.

Seufzend stellte ich mein Bier zur Seite, zog das schlanke Smartphone hervor und konnte nicht verhindern, dass sich ein Teil von mir wünschte, endlich etwas von Lou zu hören. Doch statt ihren Namen zu lesen, erschien nur eine Nachricht von Claire auf dem Bildschirm.

Claire
Zumindest hat sie noch keine Absage geschrieben. Sieh nicht alles so schwarz, Hansen, dir kann doch niemand lange widerstehen.

Haha, sehr hilfreich.

»Du hast es ja doch noch drauf«, erklang Jonahs Stimme mir gegenüber. »Dieses nervtötende Lächeln, mit dem du die Mädchen reihenweise *verzaubert* hast.«

Ich zeigte ihm nur grinsend den Mittelfinger, weil wir beide wussten, dass mein *Lächeln* vielmehr einer Grimasse glich, und schob mein Handy zurück in die Hosentasche. Genau in diesem Moment begann es, unter meinen Fingern erneut zu vibrieren. Ein Anruf. Kurz vor Mitternacht? Stirnrunzelnd und mit einem unguten Gefühl, linste ich auf das Display und stieß im nächsten Moment einen scharfen Fluch aus.

Eingehender Anruf von **Unbekannt**.
Annehmen **Ablehnen**

Mit bebenden Fingern tippte ich auf das grüne Symbol und hielt mir das Handy ans Ohr. »Hallo?«

Eine gedämpfte Stimme, die ich über den Lärm des Clubs kaum verstehen konnte, sagte irgendetwas.

»Hallo?«, wiederholte ich, sprang auf und steuerte die

nächstgelegene Tür an, ohne mich darum zu kümmern, dass es sich dabei eigentlich um einen Notausgang handelte. »Warte – ich gehe raus.« Kalte, salzige Nachtluft schlug mir entgegen, sobald ich in die Gasse hinter dem Club trat, mit feuchten Händen und rasendem Puls. »Hallo?«

»Bitte sag mir nicht, dass du deine neu gewonnene Freiheit dazu nutzt, um in Selbstmitleid zu baden und dich in der nächstbesten Bar volllaufen zu lassen.«

Alles in mir kam mit einem heftigen Ruck zum Stehen, als ich die vertraute Stimme erkannte. Die unverkennbare Mischung aus Ironie, Belustigung und Skepsis.

Henri.

Kapitel 13

WER NICHT WAGT, DER NICHT …

Lou

»Ich vergesse immer wieder, wie heiß Kai ist«, meinte Elisa und beugte sich weiter über mein Tablet, auf dem Kais Insta-Profil geöffnet war.

»Ernsthaft?« Ida verpasste ihr einen sanften Klaps gegen die Schulter und deutete dann beinahe anklagend auf das iPad. »Wir reden hier von meinem Bruder, der es in drei Jahren kein einziges Mal geschafft hat, uns zu besuchen. Obwohl er es immer wieder versprochen hat. Der nicht einmal gekommen ist, als ich diese blöde Notoperation wegen meinem Blinddarm hatte.«

Mitfühlend legte Leni ihr einen Arm um die Schultern. »Wir wissen, dass er echt viel Mist gebaut hat.«

Ida schaute auf und begegnete nacheinander unseren Blicken. Zu viert – Malia hatte das Skypedate zu dem Mädelssamstag, in den ich irgendwie hineingerutscht war, wegen einer Vorlesung absagen müssen – hatten wir es uns im obersten Stockwerk der *Flaschenpost* gemütlich gemacht. Oma Edda hatte für heißen Tee, Kaffee und Kekse gesorgt, während draußen der erste Sturm des Herbsts tobte.

»Ich weiß, nur … ich hatte einfach gehofft, dass sich irgendetwas ändert, jetzt, da er wieder hier ist, versteht ihr?«

Ich nickte und schlang die Finger fester um die warme Tasse. »Tut mir leid, dass ich damit angefangen habe.«

»Nein, nein«, winkte Ida zu meiner Überraschung sofort ab und hob das Tablet hoch. »Meine Probleme mit Kai haben nichts mit dir und deinem Blog zu tun. Objektiv betrachtet, ist diese Kooperation so, wie du es schilderst, eine gute Gelegenheit, oder nicht?«

»Schon.« *Objektiv betrachtet.* Ich hatte jetzt schon, allein weil Kai mir gefolgt war, fast fünfzehntausend neue Follower dazubekommen. Auch wenn ich ihm gegenüber immer noch etwas skeptisch war, konnte ich also nicht bestreiten, dass er meiner Bloggerkarriere guttat. Meiner Karriere und meinem Bankkonto. Und Kai hatte schließlich gesagt, dass es nicht darum ging, irgendetwas vorzuspielen, sondern das genaue Gegenteil davon. Authentizität.

Leni beugte sich vor, um ein paar der Gebäckstücke auf ihren Teller zu laden, und meinte dann: »Zwar verstehe ich nicht ganz so viel von alldem, aber auch für mich klingt es, als könntet ihr beide davon profitieren.«

Nachdenklich kräuselte ich die Stirn und blickte wieder auf das Tablet. Ja, jeder von uns konnte einen Nutzen aus dieser Partnerschaft ziehen, und abgesehen davon … mochte ich Kai. Nicht seine Maske, die er für die sozialen Medien aufgebaut hatte, sondern den Kai, der in den letzten Tagen immer wieder aufgeblitzt war. Den ich auf dem Preikestolen zum ersten Mal getroffen hatte, der … echt war. »Ist das denn okay für dich, Ida? Ich meine, ich möchte mich da nicht in irgendetwas einmischen oder dich zwischen zwei Stühle bringen.«

»Das ist lieb, aber glaub mir, die Situation zwischen Kai und mir ist etwas, das wir ganz unabhängig von allem anderen klären müssen. Hoffentlich schaffen wir das irgendwann. Und wer weiß, vielleicht gelingt es dir ja sogar, meinem Bruder wieder etwas Vernunft beizubringen«, gab Ida zurück, wobei ihre Stimme irgendwo zwischen Bitterkeit, Zynismus und Belustigung schwankte.

Ich schüttelte zweifelnd den Kopf und setzte zu einer Erwiderung an, als von oben eine *Notification* hereinflog – und mein Herz einen Schlag aussetzte. »Das glaube ich jetzt nicht.«

»Was?«, fragten Elisa, Leni und Ida ziemlich genau aus einem Mund.

»Jemand hat gerade etwas in Henris Story gepostet.« Meine Gedanken rasten. Wenn sein Profil plötzlich wieder aktiv wurde, musste sich irgendetwas an seinem Zustand geändert haben. Zum Guten oder zum Schlechten. Was, wenn …?

Elisas schlanke Hand griff an mir vorbei und tippte auf die Benachrichtigung, woraufhin sich die Story von Henri öffnete. Eine Story, die Henri aka @shotsofhenri in einem Krankenhauszimmer zeigte. Er saß aufrecht im Bett, ein wenig blass und mit sichtbaren Blessuren im Gesicht, doch das schiefe Grinsen auf seinen Zügen war noch dasselbe wie vor dem Unfall.

»Hey, Leute, ist 'ne kleine Weile her, was? Keine Sorge, das wird keine lange, ausschweifende Rede, dafür ist später noch Zeit. Außerdem nimmt mir meine Krankenpflegerin ohnehin jeden Moment das Handy weg, daher nur so viel: Ich bin wieder unter den Lebenden. Die nächsten Wochen werden vermutlich ziemlich anstrengend und ätzend, richtig spurenlos ist Bolivien dann doch nicht an mir vorbeigezogen, aber ich bin jetzt schon wieder sehr hyped auf die nächsten Reisen mit Kai. Auch wenn wir uns da noch ein bisschen gedulden müssen. Vielleicht auch ein bisschen länger, ich will euch schließlich keine falschen Hoffnungen machen.« Henri unterbrach sich kurz für ein heiseres Lachen. »Bis dahin müssen wir leider mit Kais temporärer Solo-Karriere vorliebnehmen. Aber er hat mir gesagt, dass er sein Bestes geben wird, auch ohne herausragenden Kameramann – womit ich mich meine.« An dieser Stelle zwinkerte er und fuhr sich durch die weißblonden, verstrubbelten Haare. »Jedenfalls hat Kai ein ziemlich geniales Ding am Laufen, das ihr euch nicht entgehen lassen solltet.« Man hörte im Hintergrund, wie sich eine Tür öffnete, dann die gedämpfte Stimme einer Frau. »Okay, Leute, ich muss Schluss machen, meine Kerkermeisterin ist zurück – nicht böse gemeint, Nina, du weißt, ich liebe dich! Ich melde mich wieder. Ciao, ciao.«

Die Story schloss sich und für einen Moment wurde es still in unserer Mädelsrunde, bis auf das leise Stürmen draußen vor dem Leuchtturm und das Pochen in meiner Brust.

»Das ist gut, oder?«, fragte Leni leise und zog die dunklen Brauen zusammen.

Ich nickte. Das war nicht nur gut, es veränderte quasi alles. Einmal abgesehen davon, dass es mich sehr freute, dass Henri so weit okay war, hatte seine Story Kai innerhalb einer knappen Minute wieder in besseres Licht gerückt. Nicht dass es den *Hate* der letzten Tage einfach ungeschehen machen würde, aber ich konnte mir vorstellen, dass dadurch einiges leichter wurde. Vor allen Dingen für Kai. Und das freute mich. Es freute mich ehrlich, weil ich gesehen hatte, was das alles mit Kai gemacht hatte, wie sehr es ihn belastete.

Elisa zog die Beine auf die Couch und legte sich eines der bunt bestickten Kissen in den Schoß. »Und dieses große Ding, von dem er gesprochen hat, bist dann wohl du, oder?«

Ich schaute von dem iPad auf und begegnete ihrem fragenden Blick. »Keine Ahnung, aber vielleicht sollte ich genau das herausfinden.«

Als ich am Sonntag über die Schwelle des *Seeglases* trat, hatte ich das Gefühl, in ein Herbstwunderland gefallen zu sein. Die Schaufenster waren neben frischem Gebäck nun auch mit Kürbissen, buntem Laub und Zapfen dekoriert. Lichterketten in Ahornblattform hingen über den Regalen und die große Schiefertafel, die sämtliche Köstlichkeiten der Bäckerei auflistete, war nun mit kleinen, herbstlichen Zeichnungen verziert.

»Wow, habe ich etwas verpasst?« Staunend sah ich mich im Verkaufsraum um und blieb schließlich an Kais Mutter Sonja hängen, die ich beim Zurückbringen der Kuchenform kennengelernt hatte und die nun gerade frische Brötchen in einen der Körbe füllte.

»Oh hallo, Milou. Ist schön geworden, nicht wahr?«

»Auf jeden Fall. Gibt es einen bestimmten Anlass?«

»Es ist schon Mitte Oktober, ich bin ohnehin spät dran«, erwiderte sie nur, als würde das alles erklären, ehe sie den Korb zur Seite stellte und an die Theke trat. »Wie kann ich dir helfen?«

Ich lächelte und umfasste meinen Cordjutebeutel fester. »Also … eigentlich bin ich wegen Kai hier.«

Sie hob merklich ihre dunklen Brauen, genau, wie es Ida so oft tat. »Kai?«

»Ja, wir …« – Himmel, warum druckste ich denn auf einmal so herum? – »… wir sind verabredet.«

Sonjas braune Augen begannen zu leuchten, und auch

ohne sicher zu wissen, was gerade in ihrem Kopf vor sich ging, konnte ich mir vorstellen, dass es definitiv in die falsche Richtung lief.

Also schob ich hastig hinterher: »Zum Arbeiten. Travelbloggerzeug.«

»Oh, das … ich wusste gar nicht, dass ihr euch kennt.« Lächelnd wischte sich Sonja die Hände an der gestreiften Schürze ab und nickte dann in Richtung Backstube. »Vorhin war er hinten, aber ich glaube, er ist irgendwann nach oben gegangen.«

»Oben?«

»Ja, die Kinder hatten da früher ihr Clubhouse oder wie auch immer sie es genannt haben. Später ist daraus Kais Fotokammer geworden. In den letzten Jahren stand sie leer und …« Sonja verstummte kurz, als würde ihr erst jetzt bewusst werden, was sie gerade gesagt hatte – und was dabei in ihrer Stimme mitgeschwungen war. Im nächsten Moment fügte sie ein wenig zu schnell an: »Wie dem auch sei, er müsste dort sein. Soll ich dich zu der Leiter führen?«

»Schon gut, ich weiß, welche du meinst«, winkte ich ab und hob die Mundwinkel. »Danke.«

»Danke dir.«

Bei ihrer Erwiderung bekam ich aus irgendeinem Grund eine leichte Gänsehaut, vielleicht weil sich hinter diesen schlichten zwei Worten etwas verbarg, das ich nicht zu benennen vermochte.

Ich trat in die verlassene Backstube und ging direkt auf die weiß getünchte Leiter zu, die im hinteren Teil des weitläufigen Raums stand. Bei meiner Crazy-Cake-Aktion hatte ich ihr keine Aufmerksamkeit geschenkt – warum auch? –, und als ich jetzt die Hände auf das Holz legte, fiel mir zum ersten

Mal die Luke über meinem Kopf auf. Langsam kletterte ich die Sprossen nach oben und horchte. Zwei Stimmen, die sich gedämpft unterhielten, drangen zu mir. Eine gehörte Kai, die andere vermochte ich nicht sofort einzuordnen, obwohl sie mir vertraut vorkam.

»Entweder habe ich damit gerade endlich Klarheit geschaffen oder nur den nächsten Shitstorm heraufbeschworen.« Das war Kai.

»Machst du Witze? Dein Statement zum Unfall ist pure Schokolade für die Seele. Eine gute alte, authentische Story«, erwiderte die zweite Stimme entschieden. »Gerade weil dir zwischendrin die Worte fehlen. Sie ist echt. Mach dir keine Gedanken, Bro.«

»Als ob ich das einfach so könnte.« Wieder Kai. »Ich bereue die ganze Sache in Bolivien, Henri. Es tut mir so leid –«

»Das hatten wir doch schon. Es hätte genauso gut andersherum ausgehen können; dieses Mal hat es eben mich getroffen. Das ändert gar nichts. Wir sind ein Team. Jetzt und für immer, mein verkopfter Freund.«

Henris Worte ließen mich lächeln, dann entschied ich, mich endlich bemerkbar zu machen, bevor mich diese ungeplante Lauschaktion wieder in eine peinliche Situation bringen würde. Entschlossen klopfte ich zweimal gegen die angelehnte Klappe und das Gespräch verstummte, ehe ich Schritte in meine Richtung kommen hörte. In nächsten Moment hatte Kai die Luke auch schon geöffnet.

»Lou.«

»Hi, deine Mutter hat mir gesagt, dass du hier oben bist. Ich hoffe, es ist okay, dass ich hergekommen bin?«

Kurz huschte Erstaunen über seine Züge, dann nickte er und reichte mir seine gesunde Hand. »Klar.«

Beinahe reflexartig ergriff ich seine starken Finger und ließ mich geschmeidig von ihm hochziehen. Hitze schoss von dort, wo seine Hand auf meinem Arm lag, durch meinen Körper und brachte mein Herz merklich aus dem Takt. Selbst dann noch, als ich wieder festen Boden unter den Füßen hatte. Denn plötzlich waren wir einander ziemlich nahe. Und seine Finger ruhten noch immer auf meiner Haut.

Nicht gut. Du bist aus Business-Gründen hier, Lou!

»Das ist also die berühmte Lou«, sagte jemand hinter Kais Rücken und ließ uns gleichermaßen zusammenfahren.

»Ernsthaft, Mann?« Kai brummte und führte mich zu einem wuchtigen Schreibtisch, der als solcher unter all dem Zeug, das darauf lag, kaum zu erkennen war. »Lou, das ist Henri. Henri, Lou.«

Ich starrte auf den Laptop, dessen Bildschirm Henri und das Krankenhauszimmer zeigte, das ich schon aus seiner Story kannte. »Hi, schön, dich wiederzusehen.«

Henri grinste schief. »Gleichermaßen. Es ist gut zu wissen, dass es jetzt jemanden gibt, der Kai davon abhält, zu viel Mist zu bauen.«

»Ähm …«

»Henri, ich habe dir doch gesagt, dass … vergiss es. Wir sprechen später, ja?«

»Sicher, ich werde sehnsüchtig auf deinen Anruf warten und so lange mit dem technischen Schnickschnack spielen, den mir Claire geschickt hat. Sie ist wirklich ein Schatz. Richte ihr das noch mal aus.«

Kai seufzte leise. »Das werde ich.« Damit hatte er den Videoanruf auch schon beendet und das MacBook zugeklappt. »Tut mir leid, Henri ist manchmal … Henri eben.«

Ich betrachtete Kai aufmerksam von der Seite und sagte dann: »Ich bin froh, dass es ihm so weit gut geht.«

Kais Schultern fielen ein Stück herab, ehe er zu mir schaute und lächelnd nickte. »Danke. Ich auch. Er wird noch ein bisschen brauchen, aber … er ist okay. Denke ich.« Erleichterung schwang in jeder einzelnen Silbe mit. Erleichterung von der Art, die einem das Atmen nach einer sehr langen Zeit endlich wieder etwas einfacher machte.

Ich erwiderte seine Geste und kräuselte die Stirn, als mir ein Gedanke kam. »Wenn Henri wieder wach ist …« Der Satz hing unbeendet zwischen uns in der Luft, doch Kai schien trotzdem zu verstehen, worauf ich hinauswollte.

»Nichts davon ändert etwas an unserer Kooperation. Henri braucht Zeit, wieder auf die Beine zu kommen, und die Hasskommentare haben zwar nachgelassen, aber mein Ruf ist nach wie vor angeschlagen. Der Deal steht also. Falls du ihn nicht schon abgeschrieben hast.«

Bei seinen Worten breitete sich meine ganz eigene Erleichterung in mir aus. »Gut zu wissen«, gab ich zurück und sah ihn noch einen Moment länger an, ehe ich mich richtig umsah.

Kai und ich befanden uns auf einem weitläufigen Spitzboden, der zu allen Seiten gänzlich aus dunklem Holz bestand. Ein paar schwere Balken verliefen kreuz und quer durch den Raum. Leinen, an denen Fotos und Papiere hingen, waren dazwischen gespannt. Es gab ein paar niedrige Regale, ein altes Ledersofa und besagten wuchtigen Schreibtisch, der vor einem großen runden Fenster stand, durch das man hinaus auf die Nordsee blicken konnte.

»Ein ziemliches Durcheinander, hm? Ich bin noch nicht zum Aufräumen gekommen und der Gips macht es nicht leichter«, sagte Kai in die Stille hinein und schob beiläufig ein paar Zettel zusammen.

»Nicht halb so voll und durcheinander wie die Bäckerei unten. Da ist ein regelrechter Herbstmarkt explodiert.«

Beinahe gequält, verzog er das Gesicht. »Diese Herbstsache war Mas Idee, frag nicht. Der Oktober ist ihr liebster Monat.«

»Diese Jahreszeit ist ja auch sehr schön.« Ich zog mir die Tasche von der Schulter und legte sie auf das breite Sofa, als mein Blick auf ein paar Abzüge fiel. Landschaftsaufnahmen aus Perspektiven, die im ersten Moment verdreht und ungewohnt wirkten, nur um einem im nächsten den Atem zu rauben. Sobald einem bewusst wurde, dass man damit wortwörtlich durch die Augen des Fotografen sah, der sich an Orte gewagt hatte, die eigentlich unmöglich zu erreichen schienen.

»Das sind einfache Testshots, die Bildproportionen stimmen nicht ganz und der Inhalt … Durch meine Sprünge sind sie teilweise verwackelt. Wenn ich doch mal abrutsche, kommt nur Mist raus und …«

»Ich finde sie ziemlich genial, Kai«, hörte ich mich sagen und nahm die Ausdrucke nacheinander in die Hand. »Gerade weil sie so simpel und aufs Wesentliche reduziert sind.«

»Für Social Media sind sie zu wenig.«

Aber für die Realität genau richtig, dachte ich, behielt den Gedanken jedoch für mich, da ich das leise Aufflackern von Verletzlichkeit in seinen schokoladenbraunen Augen bemerkte. Stattdessen legte ich die Fotos all dieser beeindruckenden Bergaufnahmen und Wasserwelten wieder zur Seite und meinte: »Also, wo fangen wir an?«

Kurz wirkte Kai überrumpelt, ehe er sich mit locker überkreuzten Armen gegen den Schreibtisch lehnte. »Ist das ein Ja?«

Ohne ihn aus den Augen zu lassen, imitierte ich seine Haltung und nickte.

»Trotz deiner Bedenken?«

Oder gerade deswegen. Weil das mein neues Lebensmotto war. Mutig sein. Etwas riskieren. Chancen nutzen. Denn manchmal … musste man eben etwas wagen, um zu gewinnen.

Ich hob leicht das Kinn, damit ich Kai direkt in die Augen schauen konnte, und zuckte mit einer Schulter. »Ich habe, wie versprochen, nachgedacht und bin bereit, es drauf ankommen zu lassen. Oder um es mit anderen Worten zu sagen: Wir haben einen Deal, Charming.«

Kapitel 14

BACK TO THE ROOTS

Lou

Kais Content Managerin verlor keinerlei Zeit, nachdem @chasingkaihansen und @louslovelyworld nun in einem Boot saßen. Kai und ich hatten noch keine halbe Stunde auf der Ledercouch, umgeben von unseren Laptops, Notizbüchern und Reiseführern, gesessen, da hatte sich Claire auch schon dazugeschaltet und mit Worten wie *Vertrag*, *Vergütung* und *Sechs-Punkte-Plan* um sich geworfen. Dabei wusste ich nicht, was ich davon halten sollte, es so offiziell zu machen – mit Vertrag und Klauseln. Irgendwie fühlte sich das mit Kai nicht wie eine normale Kooperation an. Er war keine Firma oder ein flüchtiger Bekannter aus der Bloggerszene, sondern … näher. Gleichzeitig ging es jedoch um ein großes Volumen und so etwas musste natürlich geregelt sein. Überwältigend war es trotzdem. Überwältigend und ein wenig surreal.

»Was hältst du von Großbritannien und Irland? Vielleicht mit Exkurs in Richtung Island?« Kais Frage holte mich aus meinen Gedanken zurück in das Chaos aus Stichpunkten, groben Ideen und losen Einfällen, die wir in den vergangenen zwei Stunden zusammengetragen hatten.

Ich schaute von meinem Notizbuch auf, ließ stirnrunzelnd

meinen Stift sinken und schüttelte den Kopf. »Ich denke nicht, dass sich das so einfach mit *Back to the Roots* vereinbaren lässt.«

»Was genau meinst du?«

»Na ja«, ich zog die Beine in den Schneidersitz und tippte mir mit dem Kugelschreiber an die Lippen, »wenn ich Claire richtig verstanden habe, dann sollen wir möglichst nah an unsere Community herankommen. Ihnen eine Reise zeigen, die simpel und trotzdem ein kleines Abenteuer ist. Etwas, das sie selbst ganz einfach real werden lassen können.«

Kai sah mich an, als hätte ich plötzlich die Sprache gewechselt. Dieser vollkommen ratlose Blick war neu. Wie so vieles, das ich in den letzten Stunden an ihm entdeckt hatte. Stunden ohne seine übliche Fassade.

»Warte, ich zeige es dir«, meinte ich, als er mich weiterhin nur schweigend ansah, und kam nicht umhin festzustellen, dass sich meine Stimme plötzlich ein bisschen rauer anfühlte.

Das ist immer noch der Kai Hansen, gegen den du eigentlich ein paar Vorbehalte hast, schon vergessen?

Wie könnte ich?

Ich rollte innerlich mit den Augen und blätterte in meinem Notizbuch ganz an den Anfang. »Bei den Reisen und Tipps, die ich vorstelle, geht es mir immer darum, dass sie leicht umsetzbar sind. Am besten keinen Langstreckenflug entfernt, nicht zu teuer und so, dass man sie beispielsweise an einem Wochenende angehen kann.«

»Okay«, erwiderte er und zog das Wort dabei merklich in die Länge. »Deine Follower kommen zum größten Teil aus Deutschland und Europa, richtig?«

»Ja, die meisten sind aus dem deutschsprachigen Raum.«

Kai fuhr sich durch die dunklen Haare und nickte. »Meine

Community ist deutlich breiter aufgestellt. Etwa fünfundvierzig Prozent kommen aus den USA und Kanada. Ehrlich gesagt, habe ich keine Ahnung, wie das passen soll.«

»Darum geht es ja gerade.«

»Ich habe das Gefühl, wir sprechen nicht dieselbe Sprache.«

Mir kam ein leises Lachen über die Lippen, dann tippte ich auf die aufgeschlagene Seite. »Meine Vorschläge sind nichts, das eins zu eins umgesetzt werden soll, sondern eher Inspirationen, die auf jede Region, jedes Land angewendet werden können. Beispielsweise das hier.«

Langsam beugte er sich näher über das Notizbuch. »Welcher See *Schrägstrich* welches Gebirge *Schrägstrich* welche Küste liegt in deiner Nähe?«, las er mit gedämpfter Stimme vor und blickte dann wieder zu mir auf. »Du meinst, dass sich diese Ideen auf keine festen Orte beziehen?«

»Genau. Vielen ist gar nicht bewusst, welche Schätze in ihrer nächsten Umgebung warten. Meist nur ein paar Autostunden entfernt – egal, ob nun in Kanada oder Deutschland. Das möchte ich auf meinem Account transportieren und ich glaube, dass Claire genau das auch für unsere Kooperation im Sinn hat. Ein bisschen Lou-Denkweise gemischt mit deinen Abenteuern.«

Seine Mundwinkel zuckten. »Könnte eine interessante Kombination werden.«

»Davon bin ich überzeugt.« Wir sahen einander einen Moment lang direkt an, vielleicht sogar auch einen zweiten, ehe ich hastig wieder das Notizbuch fokussierte und zu einer freien Seite blätterte. »Wenn wir bei *Back to the Roots* sind, würde ich vorschlagen, wirklich bei den Wurzeln zu bleiben und das so zu transportieren. In unserem Fall Deutschland.

Wir haben hier tolle Städte, die echte Geheimtipps sind, und die Natur ist wirklich wunderschön. Ich meine, was sind schon die Malediven, wenn du die weißen Kalkfelsen und -strände auf Rügen direkt vor der Haustür hast?«

Belustigung flog über Kais Gesicht und ließ das Braun seiner Augen heller leuchten. »Kann es sein, dass du dir insgeheim schon einige Gedanken gemacht und einen ziemlich genauen Plan hast, Lou?«

Meine Wangen wurden warm. Weil er mich so anschaute und weil er recht hatte. Eventuell hatte ich nach unserem Gespräch am Strand die eine oder andere Minute damit verbracht, mir zu überlegen, wie man Kais und meine Art zu reisen am besten kombinieren konnte. Und vielleicht war dabei wirklich ein Plan herausgekommen. Ich legte meinen Stift weg und zog stattdessen mein iPad heran. »Womöglich. Es ist nur eine Idee, die wahrscheinlich ziemlich dämlich ist und …«

»Lou«, unterbrach mich Kai erstaunlich sanft, »wir machen das hier zusammen, das heißt, jeder kann vorschlagen und aussprechen, was immer ihm in den Sinn kommt. Ganz offen. Ohne es herunterspielen zu müssen, okay?«

Seine Worte überrumpelten mich ein wenig. Weil sie auf der einen Seite nicht zu Kai passten und auf der anderen … so aufrichtig klangen. Als wäre ihm das unfassbar wichtig. Ich neigte langsam den Kopf und ließ mein Tablet erwachen. »Okay.«

»Schieß los, ich bin ganz Ohr.«

»Ich habe an einen Roadtrip gedacht«, begann ich mit einem kurzen Seitenblick auf ihn. »Na ja, nicht nur auf der Straße, sondern auch auf dem Wasser. Eine Reise entlang der Küste Deutschlands. Über die Ostfriesischen Inseln, dann zurück aufs Festland – die genaue Route dort könnten wir uns noch überlegen, aber ich würde auf jeden Fall Städte nehmen, die normalerweise nicht so im Fokus stehen und trotzdem viel zu bieten haben. Am Ende könnten wir vom Festland noch auf eine Insel, bevor es wieder nach Sylt geht.«

Im Augenwinkel bemerkte ich, dass sich Kai ein paar Notizen machte, wobei sein Bleistift mit erstaunlicher Geschwindigkeit über das Papier flog, während sich die Furchen auf seiner Stirn vertieften. »An welche Transportmittel hast du gedacht?«, fragte er in der nächsten Sekunde geschäftsmäßig, ohne den Kopf zu heben.

»Bisher ist es nur eine Spielerei, aber Leni besitzt ein eigenes Segelboot und vielleicht könnte sie uns zumindest ein Stück mitnehmen. Ansonsten ist die Fährverbindung zwischen den Inseln sehr gut und auf dem Land würde ich auf Züge und Busse umsteigen. Die sind mit den richtigen Tarifen günstig und gut für die Umwelt.«

»Hotels und Unterkünfte?«

»Hostels und Zelt – wobei es für Letzteres mittlerweile zu kalt sein dürfte. Also eher Hostels oder Airbnbs.«

Das ließ ihn aufblicken. »Du willst backpacken?«

»*Back to the Roots*, Kai.« Ich zwinkerte ihm zu, woraufhin er leise seufzte und lächelnd den Kopf schüttelte.

»Ist eine Weile her, dass ich wirklich backpacken war.«

»Genau darum geht es ja, oder? Etwas erleben, ohne teure Hotels, Mietwagenchaos oder Flüge. Basic eben.«

Noch immer den Bleistift in den Händen ließ er sich tiefer in das alte Leder der Couch sinken. Obwohl ich es nicht gern zugab, aber sein Schweigen machte mich langsam, aber sicher nervös. Fand er die Idee so schlecht? Bereute er vielleicht schon, sich überhaupt auf diesen Deal eingelassen zu haben? Normalerweise stand ich zu meinen Vorschlägen und Ideen. Verteidigte sie – ob nun vor meinen Eltern oder früher in der Schule. Doch hier vor Kai … war das aus irgendeinem Grund etwas anderes.

Weil du willst, dass es ihm gefällt.

»Das könnte ziemlich genial werden.«

Ich blinzelte. »Bitte?«

»Dieser Wasser-Land-Roadtrip. Ich finde deine Idee echt gut. Sie hat alles, was gerade im Trend ist, und auch wenn ich kein Freund von Hostels bin … können wir hier definitiv mit Nachhaltigkeit punkten.«

Bei seinen Worten sprudelte unwillkürlich eine wilde Mischung aus Glücksgefühlen, Stolz und Aufregung in mir hoch. »Wirklich?«

»Ja, ganz im Ernst, ich finde Hostels schrecklich.«

Aus einem Impuls heraus boxte ich ihm gegen die Schulter. »Das habe ich nicht gemeint.«

»Ich weiß.« Seine Mundwinkel hoben sich zu seinem ganz persönlichen Charming-Schmunzeln. Kein Wunder, dass ich ihm den Spitznamen schon in Norwegen gegeben hatte. Wenn er einen so ansah, dann war es verdammt schwierig, sich nicht sofort davon einwickeln zu lassen. Nicht nur schwierig, sondern fast unmöglich, denn Selbstbestimmung und kritische Betrachtungsweise hin oder her, ich war auch bloß eine Frau und Kai nun mal ein wirklich gut aussehender Kerl.

Für den du schon eine gute Weile aus der Ferne schwärmst.

»Gut, so wie ich das sehe, haben wir damit die groben Züge des Trips festgelegt. Bis auf die konkreten Ziele und die Hostel-Geschichte.«

Ich rollte amüsiert mit den Augen. »Darauf wirst du jetzt die ganze Zeit rumreiten, oder?«

»Gut möglich.«

»Witzig.« Lachend schnappte ich mir sein Notizbuch – Himmel, hatte der eine Sauklaue – und notierte, was mir gerade in den Sinn gekommen war. »Was hältst du davon, wenn wir auf den Grundsatz gehen: *Die bestmögliche Option im Hinblick auf erschwingliche Preise und Nachhaltigkeit*? Es muss ja nicht immer gleich der Zwanzig-Betten-Schlafsaal sein.«

Kai riss die Augen auf. »Pah, zwanzig? Ich habe auf Fiji mal in einem Dreißig-Betten-Saal geschlafen – war übrigens Henris Idee.«

»Ernsthaft?«

»Jap. Erstaunlicherweise war es da ruhiger als in so manchem Zimmer mit nur vier Menschen. Auch wenn es sich etwas seltsam angefühlt hat, mit so vielen fremden Leuten im selben Raum zu schlafen«, murmelte er mit einem schiefen Lächeln und zupfte an seinem Gips herum.

»Das habe ich gar nicht gewusst.« Ich richtete mich ein Stück auf und betrachtete ihn von der Seite. Manchmal vergaß ich, dass er drei Jahre lang durch die Welt getourt und mehr erlebt hatte als so mancher Mensch in seinem ganzen Leben. »Irgendwann musst du mir mehr von deinen Reisen erzählen. Die Dinge, die du nicht auf Insta verraten hast.«

»Du brauchst nur zu fragen, Lou.«

Ein Ausdruck, der sich aus unzähligen Puzzleteilen zusammensetzte, trat in seine braunen Augen. Ich erkannte mehrere Emotionen darin, die sich zu streiten schienen und … mir seltsamerweise vertraut waren. Sehnsucht und Fernweh und noch etwas anderes, das sie trübte.

Ich zog die Brauen zusammen und biss mir von innen auf

die Wange. Womöglich hatte ich in all der Zeit, die ich @chasingkaihansen nun schon folgte, etwas übersehen. Vielleicht steckten hinter seinen Reisen mehr als immer nur der nächste Kick, das nächste große Abenteuer, der nächste atemberaubende Shot. Vielleicht war Kai mehr.

Unsere Blicke begegneten sich einen Herzschlag lang, in dem unsere Worte in der Luft schwebten und den gesamten Raum einnahmen – bis Kai beinahe abrupt aufstand und das brach, was auch immer da gerade zwischen uns gewesen war. »Ich weiß nicht, wie es dir geht, aber ich könnte eine Pause und Kaffee gebrauchen, bevor wir aus deiner Idee ein Konzept basteln. Was meinst du?«

Ich stieß den Atem aus und nickte. »Eine Pause klingt sehr gut.«

»Wir werden auf Borkum starten, ein bisschen Inselhopping machen, dann Bremerhaven einen Besuch abstatten und eventuell noch ein oder zwei andere Ziele ansteuern, bevor es nach Hamburg geht. Danach Kiel, Flensburg, Timmendorfer Strand und als *Grand Finale* Rügen«, beendete ich meinen kleinen Vortrag und sah von meinem Vollkornbrot auf, das ich wie immer mit zu viel Butter beschmiert hatte. »Noch jemand Butter?«

Charlie, die mir am Esstisch gegenübersaß, nahm mein verschmiertes Messer entgegen. »Das hört sich gut an, nur … hast du dir Gedanken darüber gemacht, dass du quasi mit einem Fremden in den Urlaub fährst?«

Nun hob auch Jule, die bisher in ihre Zeitung vertieft gewesen war, den Kopf. »Es ist ja kein Urlaub für Lou, oder?«

»Nein, nicht wirklich. Es ist eine Reise.«

»Den Unterschied habe ich noch nie verstanden.« Meine Schwester hielt kapitulierend die Hände in die Höhe – in der einen immer noch das Buttermesser – und nahm sich dann eine Scheibe Brot aus dem Korb.

»Beim Reisen geht es darum, Dinge zu erleben. Man hat mehrere Ziele, ist aktiv unterwegs und die Unterkunft ist meist bloß der Ort zum Schlafen.« Ich biss von meiner Stulle ab und zuckte mit den Schultern. »Wohingegen Urlaub in den meisten Fällen bedeutet, an einem oder wenigen Orten zu bleiben, höchstens kleine Unternehmungen einzuplanen und das Hotel oder die Ferienwohnung voll auszunutzen.«

»Ich wusste nicht, dass es da eine feste Definition gibt«, erwiderte Jule nachdenklich.

»Gibt es auch nicht, das ist eher so ein ungeschriebenes Ding, weißt du?«

»Um auf die Sache mit dem jungen Mann –«

»Kai ist nicht irgendein junger Mann, sondern hier auf Sylt aufgewachsen. Du kennst sogar seine Familie, Charlie.«

Meine Schwester hob unbeeindruckt die Brauen und fuhr fort, als hätte ich nichts gesagt. »– zurückzukommen: Bist du dir sicher, dass du das machen möchtest? Ich meine, du bist erwachsen, es ist deine Entscheidung, aber es erscheint mir doch etwas … plötzlich. Oder hast du dich Hals über Kopf verknallt und willst jetzt mit ihm durchbrennen?«

Bei ihren Worten verschluckte ich mich prompt an meinem Brot und griff hustend nach dem Wasser, während mir Jule hilfsbereit auf den Rücken klopfte. »Gott, Charlie. Nein. Es geht hier um die Arbeit. Kai und ich starten diese Kooperation, um gegenseitig unsere Blogs zu pushen und zu erweitern. Das ist eine große Chance, gerade für mich. Kai hat fast eine Million Abos.«

»Okay und was wird aus deinen *Tales of Sylt*?«

»Es ist nicht optimal, aber ich werde sie so lange pausieren. So wichtig mir die *Tales* auch sind, diese Möglichkeit darf ich nicht ziehen lassen.«

Jule und Charlie tauschten einen vielsagenden Blick, dann meinte meine Schwester: »Wie lange soll das Ganze gehen?«

»Die genauen Eckdaten wollen wir in den nächsten Tagen besprechen, aber ich schätze mal zwei bis drei Wochen. Vielleicht vier, aber länger auf keinen Fall. Es kommt ein bisschen darauf an, wohin es uns noch treibt. Kai hatte die Idee, nicht alles direkt durchzuplanen, quasi Nicht-Planen zu planen«, antwortete ich und stand vom Tisch auf, um eine neue Wasserkaraffe von der Anrichte zu holen.

Wie immer, wenn es Jules und Charlies Arbeit in der Pension zuließ, saßen wir zu dritt in der privaten Wohnküche des *Bernsteinglühens*. Im Endeffekt war es nicht mehr als ein Tisch in einer halb abgetrennten Ecke der großen Küche, die jedoch durch unzählige Lichterketten, Makrameegirlanden und -wimpel und Jules geliebte Pflanzen wie ein gemütlicher Mikrokosmos wirkte. Ich liebte die Abende hier, die stundenlangen Gespräche bei Brotzeit, während draußen das nächtliche Meer gegen den Strand schlug und im Hintergrund leise alternative Musik lief. Heute allerdings kam mir das entspannte Zusammensitzen eher wie eine Inquisition vor, die mich mit meinen eigenen Zweifeln konfrontierte, welche ich den Tag über mit Kai erfolgreich zur Seite geschoben hatte.

»Eine lange Zeit für zwei Menschen, die sich kaum

kennen«, gab Charlie stirnrunzelnd zu bedenken, als ich mich wieder gesetzt hatte.

»Man lernt sich nirgendwo besser kennen als auf einer Reise, und wenn wir feststellen, dass es nicht funktioniert ... nun, es ist nur diese eine Zusammenarbeit, kein Bund für die Ewigkeit.« Bei diesen Worten spürte ich ein leichtes Ziehen im Magen. Es stimmte: Ich wusste nicht, wer Kai war, wer der junge Mann war, der vor drei Jahren alle Zelte in seiner Heimat abgebrochen hatte. Und ich wusste nicht, warum er es getan hatte. Ich wusste nicht, was ihn in all der Zeit vorangetrieben und warum er dabei nie zurückgeschaut hatte. Ich wusste nicht, warum da so oft diese Distanz in seinen Augen aufblitzte. Wie ein alter Schmerz. Nüchtern betrachtet, wusste ich eigentlich gar nichts und dennoch ... fühlte es sich nicht so an, wenn wir miteinander sprachen. Vollkommen paradox. Kopfschüttelnd griff ich über den Tisch hinweg nach der Hand meiner Schwester. »Danke, dass du dir Sorgen machst, Charlie. Aber ich weiß, was ich da tue.«

»Die meisten, die das sagen, haben eigentlich absolut keine Ahnung, was sie machen«, hielt Charlie dagegen, woraufhin sie sich einen leichten Klaps von Jule einhandelte. »Komm schon, das ist die Wahrheit.«

»Mag sein.« Mit einem verschwörerischen Lächeln in meine Richtung hauchte Jule ihr einen Kuss auf die Lippen, ehe sie anfügte: »Vielleicht liegen wir dieses Mal aber auch daneben und Lou wird uns mit diesem Abenteuer vom Gegenteil überzeugen. Wer kann das jetzt schon sagen?«

Kapitel 15

DIE WELT UM UNS HERUM VERGESSEN

Kai

Eine salzige Brise zog vom Meer über den Strand und die Dünen und ließ mich unwillkürlich frösteln. Wer hätte gedacht, dass es innerhalb weniger Tage so sehr abkühlen konnte? Und dabei war der Oktober noch nicht einmal rum. Vermutlich hätte ich mich doch für meine Windjacke und gegen den bunten Vintage-Fleece entscheiden sollen.

»Kai? Bist du dahinten festgewachsen?« Die Stimme wehte über den Aussichtspunkt *Milchstraße*, der südlich von Rantum lag, und ließ mich aufblicken. Direkt zu Lou, die mit ihrer Kamera auf dem weißen Sand stand – eingerahmt von Dünen, deren Gras sich sanft im Wind wiegte, mit einem leisen Lächeln auf den Lippen und dem graublauen Ozean im Rücken, der sich irgendwo am Horizont im stürmischen Himmel verlor. Ihre roten Locken flossen ihr ungebändigt über die Schultern und besaßen im Licht der Mittagssonne einen beinahe kupferfarbenen Schimmer. In diesem Moment fiel es mir verdammt schwer, nicht meine eigene Kamera zu heben, um dieses Bild einzufangen.

Lou hatte recht gehabt, hier war der perfekte Ort, um Fotos für unsere gemeinsamen Beiträge zu schießen. Die Natur, das Licht und die Farben harmonierten, waren in ihrer

Schlichtheit beeindruckend und wunderschön und Lou inmitten dieses Bildes … war es auch. Keine Ahnung, wie mir das bisher hatte entgehen können. Vielleicht hatte ich zu viel mit mir selbst zu tun gehabt – mit den Zweifeln, mit Henri und all den Dingen, die innerhalb kürzester Zeit geregelt werden mussten, weil wir Claires Idee wirklich durchzogen –, sonst wäre mir sicher schon früher aufgefallen, wie *schön* Milou Grafenfeld war. Ohne Filter, ohne Schminke, ohne Ringlicht oder Studio, sondern einfach hier in diesem Augenblick. Echt und ungezwungen und unbewusst. Kein Wunder, dass sie ihre Follower so einnahm. Dass Claire ausgerechnet Lou ausgewählt hatte. Dass ich sie in dieser Sekunde nur sprachlos anstarren konnte.

»Alles okay bei dir?«, erkundigte Lou sich ein weiteres Mal, ließ ihre Kamera sinken und kam mit fragender Miene auf mich zu. »Du siehst aus, als würdest du über den Sinn des Lebens nachdenken.«

Nicht über den Sinn des Lebens, sondern über dich, Lou.

Das hatte ich gerade nicht ernsthaft …? Scheiße, das hatte hier so was von absolut nichts verloren. Lou und ich arbeiteten professionell zusammen, nicht mehr und nicht weniger. Das war der Deal, den ich mental mit mir selbst unterzeichnet hatte. Ich hatte einmal den Fehler gemacht, Berufliches und Privates zu vermischen, und war dabei sehr tief gefallen. Das durfte unter keinen Umständen ein zweites Mal geschehen. Schon gar nicht mit all den Problemen, die ich gerade im Rücken hatte. Wir würden diese Reise als Partner durchziehen, vielleicht als Freunde und nicht mehr. Alles andere konnte ich nicht zulassen.

»Nein, ich meine ja, alles okay«, erwiderte ich mit deutlicher Verzögerung, die auch meiner *Partnerin* nicht entging, worauf zumindest die steile Falte oberhalb ihrer Nasenwurzel hindeutete. *Große Klasse, Kai.* »Ich habe bloß … überlegt, welcher Spot sich am besten eignet. Für die Porträts und den offiziellen Ankündigungspost.« Klang das nur in meinen Ohren so hohl?

Lou bedachte mich noch einen Moment länger mit diesem skeptischen Gesichtsausdruck, dann nickte sie jedoch. »Es gibt einige schöne Motive hier. Wir könnten einfach mehrere Optionen ausprobieren und das beste Foto davon nehmen.«

»Gute Idee, so haben wir auch noch ein paar Aufnahmen fürs Backlog.« Dankbar für die Ablenkung zog ich meine Nikon, die ich mir seitlich umgehängt hatte, nach vorne und schaltete sie ein, um die ersten Einstellungen für das helle Nachmittagslicht vorzunehmen.

»Es ist irgendwie verrückt, dass wir morgen in einer Woche schon losfahren, oder? Mir kommt es jedenfalls verrückt vor.« Lou lachte nervös und strich sich ein paar der Locken zurück, die der Wind umherwirbelte.

Etwas an ihrem Tonfall ließ mich aufhorchen. »Machst du dir Gedanken?«

Schulterzuckend schaute sie auf ihre eigene Kamera, die an einem bunten Band um ihren Hals baumelte. »Nicht direkt. Ich meine, Claire hat quasi alles geregelt, was es zu regeln gibt. Der Reisebeginn mit Leni und Rafe auf ihrem Boot steht und der Katamaran von Helgoland nach Borkum ist gebucht. Wir haben die Finanzierung geplant und sogar Back-ups. Es kann eigentlich nichts schiefgehen und das ist schließlich auch nicht meine erste Tour, trotzdem …«

Aus einem Impuls heraus trat ich näher an sie heran. »Ich glaube, ich weiß, was du meinst.«

»Ach ja?«

Ich nickte, ohne sie aus den Augen zu lassen. Einzelne goldene Sprenkel blitzten in dem Braun darin auf. »Ich schätze, das ist bei jeder Reise so, ganz egal, wie sehr man sich vorbereitet. Es gibt einfach Dinge, die sich im Vorfeld nicht planen lassen, und das hinterlässt immer ein mulmiges Gefühl. Außerdem ist das hier ja noch mal … etwas anderes.«

Lou legte leicht den Kopf schief, ein kleines Lächeln auf den Lippen. »Weil das unser erstes Mal ist?«

Grinsend stimmte ich ihr zu. »*Ein* erstes Mal. Wir sind neue Travelbuddys und müssen uns erst eingrooven.«

»Und wie ginge das besser, als einander bei der Arbeit hinter der Kamera zu beobachten?«

»Ich sehe, wir sprechen dieselbe Sprache.«

Als sich unsere Blicke dieses Mal über unsere Nikons hinweg trafen, konnte ich nicht bestreiten, dass da dieses leise Kribbeln war, das definitiv über die Grenze des *Beruflichen* hinausging. Das sich unbestreitbar gut anfühlte und gleichzeitig alle Alarmglocken in mir losschrillen ließ.

Glücklicherweise übernahm Lou in diesem Moment das Steuer und führte uns über den Strandzugang weiter in Richtung Ozean und Dünen, die rechts und links neben uns aufragten. »Ich finde, wir sollten versuchen, die Fotos so ungestellt und natürlich wie möglich zu gestalten. Das haben wir uns schließlich auf die Fahne geschrieben.«

Ich nickte und stellte meinen Rucksack in den hellen Sand. »Was schwebt dir vor?«

»Ein Stativ und Zufallsauslöser.«

»Zufall?«

»Vertrau mir einfach, Kai. Ich habe da eine Idee.«

Vertrauen. Bei diesem einen Wort zuckte ich unwillkürlich

zusammen. Wie ein spitzer Pfeil bohrte es sich in meine Brust und ließ das Atmen zu einem Ding der Unmöglichkeit werden. *Lou ist nicht sie*, erinnerte ich mich. *Das hier ist nicht damals. Nichts davon.* Und daran musste ich mich festhalten.

»Perfekt.« Ihre Stimme, die sich mit dem Rauschen des Windes vermischte, holte mich zurück an den Strand, wo Lou inzwischen ihr Stativ aufgebaut hatte und es zufrieden begutachtete. »Wir müssen nur noch die Daumen drücken, dass uns der Regen nicht erwischt.«

Ihre Worte ließen mich zu dem zunehmend dunkler werdenden Himmel schauen. Wenn ich mich konzentrierte, meinte ich sogar, Donner in der Ferne zu hören. Ich vergaß immer wieder, wie schnell das Wetter hier umschlug. »Okay, schieß los.«

»Ich dachte, wir setzen uns dort in den Sand, unterhalten uns ein bisschen und lassen die Kamera machen. Schnappschüsse eben.« Sie zuckte mit einer Schulter und schien mit einem Mal sehr beschäftigt damit, an ihrer Nikon herumzudrehen. »Oder ist das blöd?«

Ich sah sie von der Seite an und spürte, wie sich der Knoten in meiner Brust endlich wieder löste. »Finden wir es heraus.«

Kurz wirkte es, als wollte sie noch etwas erwidern, dann nickte sie bloß und nahm ein paar letzte Änderungen vor, ehe sie mich zu besagter Stelle zog.

»Und wir reden jetzt einfach?«, erkundigte ich mich mit einem Blick zu Kamera und Stativ, nachdem wir uns gegenüber in den Sand gesetzt hatten.

»Richtig.« Sie wischte sich ein paar Strähnen aus dem Gesicht. »Ignorier die Kamera. Erzähl … erzähl mir einfach irgendetwas. Der Rest passiert von allein.«

Ich kam nicht umhin, die Stirn in Falten zu legen. »Eine seltsame Methode, um gute Fotos zu machen.«

»Bloß weil du sie noch nicht ausprobiert hast, ist sie nicht automatisch seltsam, Charming.« Im Hintergrund hörte ich die Kamera leise klicken und ich drehte automatisch den Kopf in ihre Richtung, doch Lou hielt mich zurück, eine Hand an meinem Arm. »A-a-a. Nicht hinschauen.«

»Ich habe mich geirrt, das ist nicht nur seltsam, das ist total schräg.«

»Ob du es glaubst oder nicht, das bekomme ich tatsächlich öfter zu hören.« Lous Augen wanderten zu der Stelle, wo ihre Finger noch immer an meinem Arm lagen, und ich fragte mich, ob sie auch an den Moment auf dem Dachboden dachte, als sich unsere Finger ein paar Atemzüge zu lang berührt hatten.

Kai, ganz falsches Thema.

Hastig räusperte ich mich, um meine Anspannung zu überspielen, und zog locker ein Bein an. »Gut, erzählen wir uns was. Welches Land steht ganz oben auf deiner Bucketlist?«

Lous Antwort war ein leises Lachen, von dem ich insgeheim hoffte, dass die Kamera es eingefangen hatte. »Gleich so eine innovative Frage.«

»Ein Klassiker.«

Wieder ein Lachen, dann meinte sie: »Patagonien. Ich möchte den Torres del Paine besuchen. Die Gletscher dort und die unendliche Weite. Die südlichste Stadt der Welt.«

»Ushuaia. Ist ein cooler Ort.«

»War ja klar, dass du schon dort gewesen bist. Mit dir macht dieses Q&A keinen Spaß.« Sie verzog gespielt enttäuscht das Gesicht, wobei sie ihr Lächeln kaum verbergen konnte, und zog ebenfalls ein Bein an. So mussten wir beinahe wie das Spiegelbild des anderen wirken.

»Frag mich trotzdem.« Bildete ich es mir bloß ein oder klang meine Stimme ein wenig rauer?

»Nach deiner Bucketlist? Gut, welches Reiseziel hat bei dir höchste Priorität?«

Ich suchte ihren Blick und hob einen Mundwinkel. »Patagonien.«

Ihre rotbraunen Brauen schossen nach oben. »Es zählt nicht, wenn du schon da gewesen bist, Kai.«

»Wer sagt, dass ich das schon bin? Ich kenne Ushuaia nur von Bildern und anderen Bloggenden. Selbst war ich noch nicht dort und ich träume schon eine ziemlich lange Zeit davon, das zu ändern.« Ich kam nicht umhin zu bemerken, dass sich Lous Wangen bei meinen Worten ein wenig röteten. Und dass diese winzige Regung irgendetwas mit mir anstellte.

Dieses Mal war es Lou, die sich vernehmlich räusperte. »Okay, ich bin mit der nächsten Frage dran. Mit dem Van durch ein Land oder doch lieber per Zug?«

»Van. Ganz klar. Züge sind mir meist viel zu überfüllt und man kann nicht anhalten, wo man möchte. Du?«

»Auf einer Skala von eins bis zehn: Wie kitschig ist es, wenn ich jetzt sage, dass ich auch Van-Life wählen würde?«

Bei der Grimasse, die sie bei ihren Worten zog, musste ich unwillkürlich lachen, ohne dass ich das Geringste dagegen hätte unternehmen können. Doch als Lou mit einfiel, wusste ich, woran das lag. An Lou, an dieser bizarren Situation, an dem Zufall, dem wir das hier überließen, und immer wieder an … Lou. Wir stellten einander Frage um Frage, fanden mehr und mehr über den jeweils anderen heraus, während die Zeit in den Hintergrund rückte. Es war so leicht mit Lou, obwohl es das eigentlich nicht sein sollte. Es war leicht, mit ihr zu reden, zu lachen, sich gegenseitig aufzuziehen. Es war so leicht, die Welt auszublenden und in der kleinen Bubble vor der Kamera zu verschwinden, dass es ein drohendes Insel-Unwetter brauchte, um uns zurückzuholen. Grollenden Donner, einen grellen Blitz über dem Ozean und kalte Tropfen, die plötzlich auf meiner Nase landeten.

»Oh Mist, wir haben den Regen vergessen!«, rief Lou in derselben Sekunde aus, in der ich blinzelnd in den sturmgepeitschten Himmel aufblickte. »Wir sollten zusehen, dass wir ins Auto kommen.«

»Meinst du nicht, dass wir noch –?« Ein weiterer Donnerschlag unterbrach mich. »Okay, ganz deiner Meinung, lovely Lou. Verschwinden wir.«

Lou versetzte mir einen kleinen Knuff gegen den Arm und sprang dann auf, um ihre Kamera samt Stativ zusammenzuräumen. Mittlerweile waren aus den Tropfen Bindfäden geworden, die Lous Strähnen dunkler färbten und dafür sorgten, dass uns die Kleidung auf der Haut klebte.

»Damit habe ich heute nicht mehr gerechnet«, rief ich über das Tosen hinweg und wischte mir die Haare aus der Stirn.

»Willkommen zurück auf Sylt, wo das Wetter keinen Regeln folgt.«

»Das solltest du unbedingt in deine *Tales of Sylt* aufnehmen«, erwiderte ich und schnappte mir aus einem Impuls heraus ihre Hand.

»Da hat anscheinend jemand mein Profil studiert.«

»Bewundert.«

Lou schaute kurz zu mir, ein winziger Moment, in dem

die Welt trotz Regen und Unwetter und Sturm anhielt, ehe sie ihre Finger mit meinen verschränkte. Dann liefen wir gemeinsam durch den Regen zum Parkplatz.

Als wir, stolpernd und lachend und klitschnass, an dem alten Landrover ankamen, den ich mir von Ma geliehen hatte, schlug mein Herz so heftig, dass ich Angst hatte, es würde mir gleich aus der Brust springen. Ich war berauscht vom Gewitter, von dem Sprint zum Wagen, von Lou, die noch immer meine Finger hielt.

»Schade, dass wir unsere heldenhafte Flucht nicht auf Kamera haben«, sagte Lou leise und mit einem Schmunzeln, das sich automatisch auf meine Lippen übertrug. »Das wäre das ultimative Material gewesen.«

Ich schloss den Kofferraum, nachdem alles eingeladen war, und hielt ihr die Beifahrerseite auf, ehe ich hinter das Lenkrad kletterte. »Vielleicht ist das auch gut so. Sonst würde die ganze Welt erfahren, wie schnell wir alles um uns herum vergessen haben.« Die Worte verließen meinen Mund, noch bevor ich wirklich darüber hatte nachdenken können. Darüber und was sie bedeuteten.

Lou drehte sich ein Stück zu mir, ihre nassen Haare hingen ihr ins Gesicht und das, was in ihrem Blick stand … »Das ist ein gutes Zeichen. Oder?«, fragte sie in die Stille hinein, ohne mich aus den Augen zu lassen.

Wie von selbst hob ich eine Hand, strich eine ihrer Strähnen zurück und nickte langsam. »Ein sehr gutes Zeichen, denke ich.«

Lou schluckte, rührte sich kein Stück, während meine Finger über ihre Haut fuhren, die kalt vom Regen und warm von dem Kribbeln zwischen uns war. So wie meine. Und plötzlich konnte ich nur noch daran denken, sie zu küssen.

Sie an mich zu ziehen, die Hände in ihren Locken zu vergraben und –

Stopp. Ihr arbeitet bloß zusammen. Das solltest du nicht vergessen, und schon gar nicht, wohin es führt, wenn du es aus den Augen verlierst. Konzentriere dich auf die Kooperation, nur das ist wichtig.

Dieser Gedanke zuckte im selben Moment durch mich hindurch, in dem ein Blitz den dunklen Himmel erhellte. Ruckartig zog ich mich zurück und startete den Motor. »Fahren wir ins Trockene und sichten die Bilder. Es ist bestimmt etwas dabei, auch ohne Regenflucht.«

Kapitel 16

PACKING TROUBLES UND EIN NICHTS

Lou

»Irgendwie habe ich das Gefühl, dich davon abhalten zu müssen, morgen mit Kai Hansen auf das Boot zu steigen. So aus Große-Schwester-Pflicht, verstehst du?« Stirnrunzelnd verschränkte Charlie die Arme vor der Brust und lehnte sich neben meinem Kleiderschrank an die Wand.

Ich schüttelte den Kopf und drehte mich halb zu ihr um. »Überspringen wir das und kommen lieber zu etwas weitaus Hilfreicherem. Du könntest mit mir versuchen, das alles irgendwie in meinen Rucksack zu kriegen.«

»Ich sehe von hier, dass das ein Ding der Unmöglichkeit ist, Lou-Lou.«

Frustriert schnaubte ich und ließ mich auf mein Bett sinken. Leider hatte Charlie recht. Sämtliche Sachen, die über die Patchworkdecke verteilt lagen, in meinen guten alten Reisebegleiter zu quetschen, war nicht nur ambitioniert, sondern schlichtweg unmöglich. »Das heißt, ich muss noch mal von vorne beginnen. Himmel, ich hätte wirklich früher damit anfangen sollen.«

»Und wann genau? Auf die Gefahr hin, dass ich jetzt wie Mama und Papa klinge, aber du warst diese Woche so gut wie nie zu Hause. Ich habe dich kaum zu Gesicht bekommen.«

Was daran lag, dass ich wirklich ständig unterwegs gewesen war. Die letzten Tage waren in einem einzigen Wirbel aus Posts für die *Tales of Sylt* vor der Pause, Fotos für die Kooperation, Social Media und Meetings mit Claire und Kai vergangen. Mir kam es vor, als wären seit unserem … Deal erst wenige Stunden vergangen und nicht eineinhalb Wochen. Morgen würden wir bereits unsere Tour antreten. Das alles fühlte sich wie ein Mahlstrom an – ein Mahlstrom aus Chancen und Träumen, die Wirklichkeit wurden – und einer prickelnden Energie, die in manchen Momenten ein wenig beängstigend erschien.

»Hey«, begann Charlie sanft und setzte sich zu mir. »Ist irgendetwas? Wenn ich gerade unsensibel geklungen habe, tut mir das leid. Ich vertraue dir und deinen Entscheidungen, ehrlich. Außerdem ist diese Reise auch nichts anderes als ein Job für dich, oder?«

Ein ziemlich lukrativer, wenn man sich mein Konto und den Zuwachs auf Instagram anschaut. Doch Kai … der Augenblick im Wagen, am Strand, über den wir seither kein Wort verloren hatten? Nach dem wir uns einfach in die Arbeit gestürzt und so getan hatten, als hätte es ihn nie gegeben? Nicht selten fragte ich mich, ob ich mir diese Minuten im Auto nur eingebildet hatte. Diese Spannung, Kais Blick …

Wäre das so schlimm?

Darauf wusste ich keine Antwort.

Nachdenklich strich ich über den rauen Stoff meines Rucksacks und zuckte dann mit den Achseln. »Schon, nur die Sache mit Kai …«

Als hätte sein Name aus meinem Mund irgendeinen Wink des Schicksals in Gang gesetzt, schallte in diesem Moment Jules Stimme durch die Pension. »Leute? Hier unten ist ein gewisser junger Mann mit echt schönen Augen, der nach unserer Lou fragt.«

Bockmist. Ich hatte über meine *Packing Troubles* komplett die Zeit aus dem Blick verloren. Das und meine Verabredung mit Kai, um den ersten gemeinsamen Livestream zu bestreiten. Um uns offiziell zusammen der Welt zu präsentieren, wie Claire es so schön ausgedrückt hatte.

Ich schlug die Hände vors Gesicht. »Ich bringe Jule um.«

Charlie lachte leise. »Vermutlich macht sie das genau deswegen. Soll ich Kai zu dir schicken?«

Kopfschüttelnd atmete ich tief durch und schob den geöffneten Rucksack von meinem Schoß, um aufzustehen. »Ich fürchte, diesen *Walk of Shame* muss ich allein bestreiten.«

»Du bist immer so herrlich dramatisch, Schwesterchen.«

»Hab dich auch lieb«, gab ich zurück und blieb an der Tür noch einmal stehen. »Danke, Charlie, für gerade, meine ich. Wir reden später weiter, ja?«

Meine Schwester stand auf und zupfte ihren geblümten Maxirock zurecht. »Wahrscheinlich habe ich ohnehin schon so eine Ahnung, worum es geht.«

Eine meiner Brauen wanderte wie von selbst nach oben. »Ach ja?«

Lächelnd nickte sie. »Wir reden später.«

Ein Teil von mir hätte zu gern nachgehakt und versucht herauszufinden, was sich hinter ihrem plötzlich ziemlich undurchsichtigen Lächeln verbarg. War es so offensichtlich, dass ich mir in den letzten Tagen immer mehr Gedanken über Kai gemacht hatte, die weit über diese Deal-Blogger-Job-Geschichte hinausgingen?

Kaum merklich schüttelte ich den Kopf und nickte ebenfalls, ehe ich mich aus meinem Zimmer stahl und das

Erdgeschoss ansteuerte, um den *jungen Mann mit den schönen Augen* abzuholen.

Kai lehnte mit locker vor der Brust verschränkten Armen und klitschnasser Regenjacke am Empfang und war offensichtlich in ein angeregtes Gespräch mit Jule vertieft, als ich die Stufen runterkam.

»Wahnsinn, ich hätte nie gedacht, dass ein bisschen frühes Aufstehen schon reicht, um die schönsten Orte ganz für sich zu haben. Das werde ich mir merken«, sagte Jule gerade, bevor ihr Blick zu mir huschte. »Ah, da bist du ja.«

Kais Schokoaugen richteten sich bei ihren Worten auf mich und sorgten wie durch Zauberhand dafür, dass mir zu warm wurde. Vielleicht hatte ich mich bei unserem Abenteuer im Regen ja doch erkältet und … *nicht hilfreich, Lou.*

»Hi, bereit für unseren Auftritt?«

Seine Frage sorgte dafür, dass meine Gedanken auseinanderstoben. »Äh, klar. Hi. Ganz schönes Schietwetter draußen, was?« *Ernsthaft? Du fängst mit dem Wetter an?*

Achselzuckend löste Kai seine Arme und hob seinen mittlerweile vertrauten Kamerarucksack hoch. »Schätze, der goldene Oktober fällt dieses Mal aus. Sollen wir gleich loslegen? Dann können wir auch noch ein paar letzte Dinge besprechen. Für morgen.«

Bildete ich es mir nur ein oder war da mit einem Mal auch eine gewisse Anspannung in seinen Worten? »Sicher.«

»Hat mich gefreut, Jule«, wandte sich Kai noch einmal an Charlies Freundin, ehe er mir nach oben folgte.

»Wir können erst noch in mein Zimmer gehen, bevor du für den Stream ins Büro wechselst«, meinte ich und drehte mich im Gehen um. »Wir bleiben beim splitted Screen?«

»Ja, so holen wir beide Communities in den Stream. Später

auf der Reise können wir auch gemeinsam in einen gehen, aber am Anfang ergibt es mehr Sinn, es zu teilen.«

»Okay, dann gehst du ins Büro und ich bleibe bei mir.«

»So machen wir es und – wow, sieht aus, als wäre dein Rucksack explodiert«, kam es Kai über die Lippen, sobald ich die Tür zu meinem Zimmer geöffnet hatte.

Mir schoss die Hitze in die Wangen. »Ich hatte bisher kaum Zeit zum Packen und … na ja, irgendwie wollen meine Klamotten nie so richtig im Schrank bleiben.«

Kai warf mir einen amüsierten Seitenblick zu und stellte seine Tasche ab. »Du bist noch gar nicht fertig?«

»*Ich habe noch nicht einmal richtig angefangen* trifft es eher.«

Nachdenklich nahm er das gesamte Chaos in sich auf, bevor er entschlossen nach meinem Backpack griff und ihn aufs Bett hievte. »Sollen wir das zusammen erledigen? Alles besprechen können wir auch nebenbei.«

Ungläubig überkreuzte ich die Arme vor der Brust. »Der große Kai Hansen will ernsthaft meinen Rucksack für mich packen?«

»Nein, der große Kai Hansen wird dir jetzt zeigen, wie man einen Backpack so packt, dass möglichst viel reingeht, ohne zu stopfen. Der Zusatz mit dem *der große* gefällt mir übrigens sehr.«

Bei dem Ausdruck in seinen Augen kehrte die Hitze auf einen Schlag in meine Wangen zurück. *Dieser verfluchte* … »Gewöhn dich nicht zu sehr dran.«

»Das sagst du jetzt. Also, welche Base, Middle und Top Layer hast du eingeplant?«

Hätte mir jemand vor ein paar Wochen gesagt, dass ich einmal mit Kai Hansen meinen Rucksack packen würde, um mit ihm auf einen wahnwitzigen Trip zur Verbesserung seines Images und zum Aufbau meiner Karriere zu gehen ... nun vermutlich hätte ich nur laut gelacht. Diese Szene war so absurd und gleichzeitig ... seltsam normal. Angenehm. Es fühlte sich auf eine unkomplizierte Art und Weise ganz selbstverständlich an, Hand in Hand mit Kai meine Jacken zu rollen, Shirts und Tops in Packbeutel zu stecken, um Platz zu sparen, und mich von sechs Jeans auf zwei zu reduzieren – was einem echten Kampf glich. Wie sollte ich die nächste Zeit mit zwei Jeans auskommen?

»Hast du dir Gedanken wegen meiner Frage gemacht?«

Ich blickte von dem Vintage-Flanellhemd auf und legte die Stirn in Falten. »Was genau meinst du?«

»Na ja ...« Kai richtete sich ein Stück auf, die Augen noch immer fest auf den Rucksack geheftet, der jetzt so gut wie fertig gepackt war. Sollte Kais Bloggerlaufbahn scheitern, könnte er so etwas definitiv beruflich machen. »Wegen der Zimmer-Sache. Ich weiß, wir fahren als Freunde und ... es soll ja nicht merkwürdig werden.«

Zu spät. »In Hostels gehen wir ohnehin in gemischte Mehrbettzimmer, richtig?«

»Richtig«, gab er, immer noch merklich angespannt, zurück. Und diese Anspannung kribbelte nun auch in meiner Magengegend. Schnell legte ich das letzte Hemd an die noch freie Stelle, damit meine Hände etwas zu tun hatten. »Richtig und den Rest machen wir so, wie es sich ergibt. Wir reisen schließlich als Freunde. Geschäftspartner.«

Ganz businessmäßig und ganz sicher nicht so wie dieser Moment im Wagen. Diese Kooperation ist wichtig, Lou. So wichtig, dass du sie dir nicht durch deine Gefühle vermasseln solltest.

Manchmal hatte ich das dringende Bedürfnis, meine innere Stimme zu erwürgen.

Meine Worte ließen Kai aufschauen. Unsere Blicke trafen sich und in seinen braunen Iriden sah ich beides schimmern: die Erleichterung über meine Antwort und etwas, das dieser Erleichterung widersprach. Und mich verwirrte.

Kai ließ von dem Rucksack ab und fuhr sich über den Nacken. »Cool. Dann haben wir das geklärt. Sollen wir alles für den Livestream vorbereiten?«

»Ja, sollten wir. Geht schließlich in einer halben Stunde los.«

Im nächsten Moment sagte Kai: »Lou, wir –«, während ich mit »Hör zu, Kai –« begann, wir einander unterbrachen und verstummten.

»Du zuerst.« Kai machte eine entsprechende Geste und hob einen Mundwinkel, woraufhin ich nur den Kopf schüttelte.

»Nee, schon gut, ist nicht so wichtig.«

»Okay«, gab er zurück.

»Okay«, erwiderte ich und fragte mich, was zum Teufel hier gerade lief.

Zu sagen, die Stimmung, während Kai und ich sowohl seinen Platz im Büro als auch das Setting in meinem Zimmer herrichteten, wäre merkwürdig, wäre eine glatte Untertreibung gewesen. Die ganze Zeit über herrschte eine unangenehme Mischung aus Schweigen und schlechtem Small Talk, als wären wir wieder am Anfang unserer Bekanntschaft – oder schlimmer. Und wann immer sich unsere Hände kurz berührten, sein Arm meinen streifte … sprangen wir auseinander, als hätten wir uns verbrannt. Vielleicht sollte ich nach dem Livestream daher doch noch einmal auf unser *Fotoshooting* am Strand zu sprechen kommen. Irgendwie schien mir das wichtig, nachdem wir es in den letzten Tagen komplett ignoriert hatten. Ihn auf die Spannung anzusprechen. Ihn zu fragen, was zur Hölle seine Berührung an meiner Wange zu bedeuten gehabt hatte, weil mich das entgegen aller Logik nicht losließ. Komplett aus dem Konzept brachte. Und ich endlich Antworten wollte.

Ein leises Brummen holte mich aus meinen Gedanken zurück zu meinem Smartphone, das vor mir in einer kleinen Standhalterung wartete. Eine Insta-Nachricht. Von Kai, der im Nebenzimmer saß.

@chasingkaihansen
So nervös war ich lange nicht mehr.
Ist der erste Live seit Du-weißt-schon-was.

@louslovelyworld
Geht mir ähnlich.

Ich starrte einen Herzschlag lang auf unseren Chat und fügte schließlich aus einem Impuls heraus eine zweite Nachricht hinzu:

@louslovelyworld
Dann sind wir es einfach zusammen.

@chasingkaihansen
Zusammen?

@louslovelyworld
Zusammen nervös. Negativ und negativ hebt sich auf.

@chasingkaihansen
Ich weiß nicht, ob das so funktioniert.

@louslovelyworld
Tut es. Vertrau mir.

Dieses Mal dauerte es etwas länger, bis seine Antwort auf dem Bildschirm erschien.

@chasingkaihansen
Ich lasse mich gern überzeugen.

Ein warmes Lächeln breitete sich auf meinen Zügen aus. Mit Kai zu schreiben, war so einfach und ich hoffte wirklich, dass wir im echten Leben schnell wieder dahin zurückfanden.

@chasingkaihansen
Legen wir los?

@louslovelyworld
So was von.

@chasingkaihansen
👍

Kai verließ den Chat und war nur wenige Augenblicke später live. Ich wechselte in sein Video und verfolgte ein paar Sekunden lang, wie die Zuschauerzahl in die Höhe stieg, wie unzählige Kommentare den Chat fluteten, so schnell, dass man kaum einen davon wirklich lesen konnte, und wie mühelos Kai unseren Stream anmoderierte.

»Natürlich werde ich das hier heute nicht allein durchziehen, sondern mit meiner wundervollen Reisepartnerin Lou von @louslovelyworld.«

Meine Wangen wurden warm, meine Finger zitterten ein bisschen, dann nahm ich die Teilnahmeanfrage an und war plötzlich live. Mit Kai Hansen. Konnte mich bitte mal jemand piken?

»Hey, da bist du ja, alles klar?«, begrüßte mich Kai, als hätten wir nicht gerade zusammen meinen Rucksack gepackt, und grinste breit.

Ich zwang meinen rasenden Herzschlag zur Ruhe und erwiderte sein Lächeln. »Hi, alles bestens und bei dir? Bist du schon ready für morgen?«

»Kann es kaum erwarten. Das wird richtig groß, etwas, das wir beide so noch nie gemacht haben. Also definitiv ein Grund, euch in der nächsten halben Stunde mal ein paar Fragen zu beantworten und zu erklären, was wir vorhaben.«

Von da an lief alles irgendwie wie von selbst. Wir sprachen über den Beginn unserer Tour mit Leni und Rafe auf ihrem Segelboot *Möwe*, gingen den groben Plan durch, ließen aber noch genug Lücken in unseren Erzählungen, um es spannend zu halten. Es war unglaublich leicht, mit Kai durch den Stream zu gehen, und irgendwann vergaß ich sogar, dass wir dieses Gespräch vor über hunderttausend Zuschauern führten. Ich blendete die Kommentare aus, von denen die meisten zwar nett, aber immer wieder auch Bemerkungen voller Hass waren, blendete das Kribbeln in meinem Bauch aus und konzentrierte mich ganz auf Kai. Auf sein Lächeln, das Leuchten in seinen Augen, darauf, dass das hier das Richtige war und das, was ich machen wollte.

Schneller, als ich schauen konnte, war unser Stream vorbei,

obwohl er letztlich länger als die geplanten dreißig Minuten gegangen war. Und das Adrenalin und die Vorfreude auf morgen waren dabei immer weiter angestiegen.

»Das war genial, Lou. Hat super funktioniert«, meinte Kai, als er nach dem Stream in mein Zimmer kam, und steckte die Hände in die Taschen seiner Hose. »Ich hatte echt Spaß.«

»Ich auch.« Schmunzelnd sperrte ich mein Handy und schob es samt Stativ zur Seite. »Besonders cool fand ich, wie Henri irgendwann auf die hässlichen Kommentare geantwortet hat. Ich hätte zweimal beinahe laut losgeprustet.«

»Er ist eben der Beste.« Kai lachte und wurde dann wieder ernst. »Leider gibt es immer noch genügend Leute, die sich nicht so einfach auf etwas Neues einlassen. Auf diese Reise mit dir, meine ich. Aber ich schätze, nach allem, was passiert ist, ist es normal, dass sie skeptisch sind.«

Ich stand vom Bett auf und lehnte mich ihm gegenüber mit der Schulter gegen den Schrank. »Ja, das glaube ich auch. Vielleicht brauchen sie nur Zeit. Ich bin mir sicher, dass wir sie noch auf unsere Seite ziehen können.«

»Das klingt ja fast, als hättest du einen Plan.«

»Lass dich überraschen«, gab ich zurück.

»Ich freue mich schon drauf, Lou.« Kai zwinkerte mir zu und stieß sich dann vom Schrank ab. »Also sehen wir uns morgen? Um sieben am Hafen?«

Ich biss mir auf die Unterlippe und schob eine meiner Locken zurück. Ich war froh, dass wir wieder lockerer miteinander redeten, und vielleicht hatte ich mir die komische Stimmung vorhin auch bloß eingebildet, zu viel hineininterpretiert, aber … wenn ich diesen Moment im Auto an der *Milchstraße* jetzt nicht ansprach, dann würde ich es vermutlich niemals tun, mich immer fragen, ob … Noch ehe ich mich in meine übliche Zerdenke-Spirale hätte begeben können, hielt ich Kai zurück. »Eigentlich«, ich atmete aus und richtete mich etwas auf, »eigentlich würde ich gerne … noch etwas besprechen.«

Sichtbare Falten schlichen sich auf seine Stirn, doch er nickte. »Klar. Worum geht es?«

»Das … ich weiß nicht.« Am liebsten hätte ich mir selbst einen Tritt in den Hintern verpasst. Warum druckste ich so herum? Warum sprach ich ihn nicht einfach auf dieses *Etwas* zwischen uns an und schaffte die Fragezeichen aus der Welt? Bevor wir auf diese Reise gingen. Bevor wir uns in etwas verrannten. Bevor ich mir etwas zusammenschusterte, das nur in meiner Vorstellung existierte. Noch einmal atmete ich ein und aus, dann straffte ich die Schultern und suchte seinen Blick. »Letzte Woche. Als wir an der *Milchstraße* Fotos gemacht haben und danach im Auto saßen …«

Mit jedem meiner Worte zogen sich seine Brauen ein wenig mehr zusammen. »Lou.«

Ich hörte auf, den filigranen Ring an meinem Mittelfinger zu drehen, und spürte, wie meine Wangen heiß wurden. Ungefragt schlichen sich die Bilder der Minuten im Wagen wieder vor meine Augen. Die Sekunde, in der Kai zurückgewichen war, unterbrochen hatte, was noch nicht einmal richtig entstanden war. Scheiße, ich hätte einfach meine Klappe halten sollen.

Kai fluchte unterdrückt, so leise, dass ich kaum eine Silbe verstand, und fuhr sich über den Nacken. »Lou, hör zu, es tut mir leid, wenn ich … dir da falsche Hoff–«

Oh nein, ich lasse ihn das ganz sicher nicht aussprechen.

Hastig machte ich einen Schritt vor und winkte ab. »Nein,

nein, Quatsch. Alles cool. Echt. Ich wollte das bloß klären, falls du da mehr … aber wirklich, alles easy.«

An seinem Kiefer zuckte ein Muskel, dann entspannte sich seine Haltung ein wenig. »Das ist gut. Dass wir drüber geredet haben, meine ich. Wir sollten gerade im Hinblick auf die Reise immer über alles miteinander sprechen können. Schließlich sind wir Geschäftspartner.«

Geschäftspartner. Richtig. Nicht mehr.

Ich nickte, während dieser dämliche Druck in meiner Brust das Atmen immer schwerer machte. Ein unangenehmes Kratzen in meinen Hals brachte. »Finde ich auch. Damit steht unserem Beginn morgen ja nichts mehr im Weg.«

Seine Lippen verzogen sich zu einem Lächeln, doch anders als in den vergangenen Stunden und Tagen erreichte es kaum seine Augen. Wirkte beinahe leer. Stumpf. »Nein, da ist nichts, Lou. Kein Hindernis. Absolut nichts.«

Ich nickte wieder und Kai tat es mir nach, bevor er sich verabschiedete und mich in meinem Zimmer allein ließ. Allein mit meinen umherwirbelnden Emotionen. Denn trotz seiner Worte kam es mir vor, als hätte dabei in seinem Blick etwas vollkommen anderes gestanden. Ich war bestimmt kein Profi in solchen Sachen, aber selbst ich erkannte ein *Sehr Viel*, das sich als *Nichts* auszugeben versuchte.

Dieses *Nichts*, das ich nicht verstand.

Kai, den ich nicht verstand.

Kopfschüttelnd fuhr ich mir durch die Haare. Ich musste dringend an die frische Luft und raus aus meinen Gedanken. Entschlossen steuerte ich den Flur an, als ich Charlies Stimme gedämpft durch ihre angelehnte Tür hörte.

»Wir bekommen das hin, Jule. Ich kann morgen noch mal mit der Bank sprechen.«

Die Hände in der Bauchtasche meines bunten Fleecepullis vergraben, blieb ich stehen und runzelte die Stirn. Warum wollte meine Schwester mit der Bank sprechen?

»Und dann? Einen weiteren Kredit zu echt miesen Konditionen aufnehmen? Das hilft uns nicht weiter und das weißt du auch.«

Bei der Resignation in Jules Worten zog ich unwillkürlich die Schultern hoch. Als hätte man einen Schalter in mir umgelegt, sprang meine Sorge von Kai zu Charlie und ihrer Freundin. Ich hatte mich also nicht geirrt und hier lief tatsächlich etwas, das die tägliche Besorgnis auf ihren Gesichtern erklärte.

»Was sollen wir denn sonst tun?«, entgegnete meine Schwester nun deutlich aufgebrachter. »Wir geben ganz sicher nicht einfach auf. Und –«

Das Klingeln der Rezeptionstheke ließ sie verstummen und mich ertappt zusammenfahren. Ein Teil von mir drängte mich dazu, jetzt sofort mit Jule und Charlie zu sprechen, doch der andere erinnerte mich an das Fiasko mit Kai gerade. Dass es besser gewesen wäre, nichts zu sagen.

Außerdem bist du ab morgen für mehrere Wochen weg. Danach kannst du immer noch mit ihnen sprechen.

Hoffentlich war es dann nicht bereits zu spät.

Kapitel 17

EIN ABSCHIED UND EIN ANFANG

Lou

Der frühmorgendliche Himmel war ein Spiegelbild meiner aufgewühlten Gedanken. Wolken in allen Größen und Formen zogen unglaublich schnell vorbei und wirkten dabei, als würden sie keiner wirklichen Richtung, sondern nur ihren eigenen Regeln folgen. Ein kühler Wind, der nach Regen und Meer schmeckte, wehte durch den Hafen, während erste vereinzelte Sonnenstrahlen mich blinzeln ließen. Davon konnte einem schier schwindelig werden – von dem Karussell da oben und dem in meinem Kopf, das sich unaufhörlich um Charlie, Kai und die Reise drehte.

Glücklicherweise brachte Ida es im nächsten Moment zum Stoppen und mich zurück auf den Anlegesteg in Munkmarsch.

»So müssen sich die Familien der Passagiere auf der *Titanic* bei der Verabschiedung im Hafen gefühlt haben«, bemerkte Ida und hielt eine Hand gegen die Morgensonne.

Leni verzog das Gesicht. »Wir werden aber nicht untergehen.«

»Ihr habt Kai dabei. Das ist das Gleiche.«

Ich wechselte einen Blick mit Leni und Elisa, ehe ich, an unsere Freundin gewandt, meinte: »Habt ihr noch mal gesprochen?« *Hat er dir von der komischen Stimmung zwischen uns erzählt?*

»Nicht wirklich. Eher gestritten. Wegen Omas fünfundsiebzigsten Geburtstag, wegen allem.« Ida warf die Hände in die Luft und schaute dann an uns vorbei zu Lenis Holzsegelboot *Möwe*, das noch fest angebunden im Hafen von Munkmarsch lag. Kai, Lenis Bruder Till und ihr Freund Raffael waren damit beschäftigt, Vorräte und Gepäck zu verstauen und das Ablegen vorzubereiten. Als hätte Kai gespürt, dass ich ihn beobachtete, hielt er in dieser Sekunde inne und schaute zu mir. So zielsicher, dass ich sofort wieder jene verräterische Röte auf meinen Wangen spürte. Weil ich ihn ansah. Weil ich an gestern dachte. Weil ich es gut sein lassen sollte und es doch nicht konnte. Wegen diesem dämlichen *Nichts*, das mich die halbe Nacht wach gehalten hatte.

»Wow. Okay, was ist das?«

Erschrocken fuhr ich zusammen und drehte mich zurück zu meinen Freundinnen. »Bitte?«

Beinahe anklagend, pikte mir Ida ihren Zeigefinger in die Brust. »Das weißt du genau. Du und mein Bruder. Dieser Blickaustausch gerade.«

Elisa beeilte sich zu nicken. »Ja, ich glaube, das habe ich auch gesehen. War ja nicht zu *über*sehen.«

Wenn überhaupt möglich, wurde ich noch röter. Hastig schob ich ihre Hand zur Seite. »Darüber diskutieren wir jetzt ganz sicher nicht, zehn Minuten bevor es losgeht.«

»Wir können auch in fünf Minuten darüber diskutieren, wenn dir das besser passt.«

Seufzend legte Leni Ida einen Arm um die Schulter. »Jetzt verschone Lou doch einfach mal mit deiner Inquisition, ja?«

»Zumal es nichts zu beichten gibt, da … da war nur dieser

merkwürdige Moment neulich«, fügte ich mit gesenkter Stimme an und schnappte mir meine Kameratasche. »Sonst noch etwas?«

Leni, Elisa und Ida starrten mich gleichermaßen mit geweiteten Augen an, dann fragte Elisa: »Merkwürdig inwiefern?«

»Ich wünschte, ich könnte es euch sagen, aber …« *Dafür muss ich erst mal selbst dahinterkommen.*

»Zumindest erklärt das, warum er gestern am Tisch so finster in seine Kürbiscremesuppe gestarrt hat«, sagte Ida. »Er hat nicht mal auf Miks Sticheleien reagiert, und das will schon etwas heißen.«

»Die nächsten Stunden hast du jedenfalls meine moralische Unterstützung, um der Sache auf den Grund zu gehen.« Leni stupste mich leicht mit der Schulter an. »Wobei es natürlich helfen würde, wenn du diesen *merkwürdigen Moment* genauer schildern könntest.«

Ich biss mir auf die Unterlippe, als ich die verräterische Hitze erneut in meinen Wangen spürte. Glücklicherweise suchten sich Jule und meine Schwester genau diesen Moment aus, um zu uns zu stoßen und mich damit vor weiteren Fragen – die sicherlich noch kommen würden – zu verschonen.

»Hier, ich dachte mir, etwas Proviant schadet sicher nicht.« Mit einem unübersehbaren Schimmern in den Augen reichte mir Charlie eine überdimensionale Tupperdose und tastete dann nach Jules Hand. »Da sind ein paar der selbst gemachten Croissants und Muffins von gestern drin.«

»Ein paar?«, wiederholte ich lächelnd. »Danke, ich denke, wir werden ganz sicher nicht verhungern.«

»Auf keinen Fall, Oma Edda hat mir das gesamte Sortiment

der *Flaschenpost* eingepackt.« Leni nickte grinsend in Richtung Segelschiff, ehe sie ihre langen braunen Haare zu einem straffen Pferdeschwanz zusammenfasste. »Ich schätze, ich kümmere mich mal um die verbliebenen Vorbereitungen. Als Captain sollte ich das letzte Wort haben, nicht dass die Jungs uns doch noch auf den Meeresgrund bringen.«

»Ida und ich begleiten dich«, meinte Elisa und schnappte sich mit der einen Hand Idas Finger und mit der anderen meine Tupperdose. »Damit ihr euch in Ruhe verabschieden könnt.«

»Ich komme gleich nach.« Ich sah ihnen kurz hinterher, dann schloss Charlie auch schon ihre Arme um mich.

»Du bist doch gerade erst hergereist und jetzt muss ich dich schon wieder gehen lassen«, murmelte sie an meinem Hals.

Ich drückte sie fester an mich. »Ist doch nur für zwei, drei Wochen, danach hast du mich wieder an der Backe. Außerdem ist das wichtig. Für meinen Blog und mich und vielleicht …« … *auch für dich und die Pension, wenn man bedenkt, wie viel Geld ich mit dieser einen Kooperation verdiene.* Langsam schaute ich auf und suchte ihren Blick.

Charlies Mundwinkel sanken ein Stück herab. »Ich habe gemerkt, dass du uns belauscht hast. Gestern Abend, meine ich.«

Ich schluckte und versuchte, den Kloß aus Sorge in meinem Hals zurückzudrängen. »Wenn ihr mich hier braucht oder irgendetwas ist …«

Charlie ließ mich los, nur um die Hände auf meine Schultern zu legen und mir eindringlich in die Augen zu schauen. »Jetzt hör mal genau zu, Milou Annabelle Grafenfeld. Egal, was du gestern gehört hast, Jule und ich bekommen das hin.

Wir haben einen guten Plan und du musst jetzt auf dieses Boot steigen und einmal nur an dich denken, kleine Schwester. Wir wissen beide, dass du das viel zu selten machst.«

»Und die Sache mit der Bank?«

»Auch für die haben wir eine Lösung«, gab Jule zurück und schenkte mir ein ehrliches Lächeln. »Zerbrich dir darüber nicht deinen klugen, hübschen Kopf, sondern konzentriere dich auf dein Abenteuer. Wir kriegen das Kind hier schon geschaukelt.«

Misstrauisch musterte ich die beiden abwechselnd und seufzte dann. »Das klingt, als hättet ihr diese Rede einstudiert.«

»Weil wir genau wissen, dass du dir immer zu viele Gedanken machst«, entgegnete Charlie sanft und strich mir ein paar lose Strähnen aus der Stirn. »Außerdem ist es ja so, wie du gesagt hast. In ein paar Tagen bist du schon wieder da. Und im Gepäck hast du unzählige Geschichten über deine Reise mit deinem Schnuckel.«

»Er ist nicht mein Schnuckel.«

Jule hüstelte, was ihr Lachen eher schlecht als recht kaschierte. Mit einer Mischung aus Belustigung und Mitgefühl tätschelte mir meine Schwester die Schulter, ehe sie mich noch einmal an sich zog. »Pass einfach auf dich auf, Lou-Lou. Und lass etwas von dir hören.«

»Ich glaube, es wird eher schwer, nichts von uns zu hören. Claire hat einen regelrechten Post- und Social-Media-Plan entworfen«, meinte ich und erwiderte die warme Schwesternumarmung, in der all das steckte, was Charlie und ich gerade in locker dahergesagten Worten verpackt hatten. »Hab dich lieb, Charlie.«

»Ich dich mehr.« Sanft, aber bestimmt schob sie mich von

sich und gab mir einen leichten Schubs. »Und jetzt ab mit dir.«

»Du hast wirklich ein Talent dafür, große Momente kaputtzumachen.«

Sie zwinkerte mir zu und lehnte sich dann an Jule, die einen Arm um ihre Taille legte. »Und du bist immer noch viel zu dramatisch, Milou.«

Grinsend, mit einem lachenden und einem weinenden Auge, streckte ich ihr die Zunge raus und lief rückwärts in Richtung Segelschiff. Sosehr ich mich auch auf diese Reise freute, im Augenblick fiel es mir schwer, meine Schwester zurückzulassen. Nicht nur, weil wir uns in den vergangenen Tagen wieder so nahe gekommen waren, sondern auch, weil ich spürte, dass etwas ganz und gar nicht in Ordnung war. Egal, wie oft sie und Jule auch ihre einstudierten Reden schwingen würden.

Ein paar Wochen. In ein paar Wochen bist du zurück und dann geht ihr das Problem zusammen an, worin auch immer es genau bestehen mag.

Dieses eine Mal stimmte ich meiner inneren Stimme zu, ließ zu, dass sie sich wie eine warme Decke über meine Zweifel legte und sie für den Moment begrub.

Dann ging ich an Bord.

Kapitel 18

GEDANKEN AUF OFFENER SEE

Kai

Schwer zu sagen, wann ich das letzte Mal auf einem Segelschiff gewesen war. Noch viel schwerer zu sagen, wann ich das letzte Mal auf ein Segelschiff gestiegen war, um eine Backpacktour mit einer neuen Reisepartnerin zu starten, die mich regelmäßig um den Verstand brachte. Und doch stand ich nun genau hier, am Bug von Lenis Segelschiff, während ein kühler Wind an meiner dünnen Daunenjacke riss und sich vor mir nichts als das grenzenlose Meer ausbreitete. Ich hatte es immer seltsam beruhigend gefunden zu wissen, dass, egal wo man sich auf dieser Welt befand, man immer auf dasselbe Meer schaute. Die See verband sie alle. Die Kontinente, die Küstenländer und auch die kleinen Nordseeinseln, die man eigentlich weit hinter sich gelassen hatte.

Unwillkürlich umfasste ich eines der gespannten Seile – Leni hatte vorhin erklärt, dass es sich dabei um die Vorstag handelte –, als ich an eine ganz bestimmte Nordseeinsel dachte. An meine Familie und die Zerwürfnisse, die zwischen uns standen. An diesen seltsamen Abschied vorhin und Idas finstere Blicke, in denen genauso viel Schmerz über unseren elendigen Streit gestanden hatte, wie in meiner Brust pochte. Es saß mir schwer im Magen, dass ich nun aufgebrochen war, obwohl noch immer all dieser ungeklärte Mist wie ein dunkler Schatten über uns schwebte. Ein Teil von mir hatte es gestern Abend klären wollen. Hatte Worte aussprechen wollen, die ich mir seit Jahren zurechtlegte und doch nie über die Lippen brachte. Aber der andere war stärker gewesen. Befeuert von Miks Spitzen und der guten Miene meiner Eltern zum bösen Spiel, hatte ich geschwiegen, vergraben in alten Schuldgefühlen und Gedanken, die einen mühelos auf den Grund des dunkelsten Ozeans zogen. Vermutlich hätte eine übers Knie gebrochene Aussprache alles nur noch viel schlimmer gemacht. Nicht nur vermutlich, sondern ziemlich sicher. Warum also dröhnten Henris Worte wie in Dauerschleife in meinem Kopf?

Egal, was für ein Mist gelaufen ist, Bro, man geht nicht im Streit auseinander. Krieg deinen Scheiß zusammen und dann rockst du diese Tour. Mit diesem ziemlich heißen Mädchen, nur mal nebenbei bemerkt.

Nur war besagtes *heißes Mädchen* Teil meiner Flut aus Problemen. Es war ein Problem, das mir auf den Fuß folgte und immer lauter wurde, je mehr ich es zu verdrängen versuchte. Diesen Moment im Auto, als Lou … als Lou es geschafft hatte, meine Prinzipien für ein paar Sekunden außer Kraft zu setzen. Diese paar Sekunden hatten gereicht, um mir weit unter die Haut zu gehen. Lou war mir mit ihren funkelnden grünbraunen Augen, ihrer ganzen Ausstrahlung unter die Haut gegangen und irgendwo hasste ich mich dafür, sie nicht einfach geküsst zu haben. Für meine Worte gestern, die das Funkeln ausgeknipst hatten. Dafür, dass ich so verflucht verkorkst war.

Aber obwohl es wie eine hohle Floskel klang, es war besser, wenn wir das, was auch immer da war ... nicht beachteten. Für Lou, für mich, für diese Kooperation. Wenn wir einfach als Freunde weitermachten, bevor sich die Vergangenheit wiederholen konnte. Denn noch einmal würde ich das nicht packen.

»Du wirst dich aber jetzt nicht in die Wellen stürzen, oder?«

Erschrocken fuhr ich herum und fand mich Raffael Nielsen gegenüber. Auf seinen gebräunten Zügen, die er seinem puerto-ricanischen Vater zu verdanken hatte, lag ein schiefes Grinsen, während mich seine zweifarbigen Augen erschreckend aufmerksam musterten. Früher waren Rafe, Till und ich so etwas wie *beste Freunde fürs Leben* gewesen. Wir hatten jeden Scheiß zusammen gemacht, jede freie Sekunde gemeinsam verbracht und alles voneinander gewusst. Doch dann war Rafes halbe Familie gestorben und er weggezogen und danach waren wir irgendwie auseinandergebrochen. Wie so vieles. Anfangs hatte ich mich daher etwas dagegen gesträubt, mit ihm und Leni auf dieses Schiff zu steigen. Zu viele alte Geister, schließlich wusste ich, was Idas Freundinnen über mich dachten. Doch Lou war so begeistert davon gewesen, dass ich ... zugestimmt hatte. Schließlich war die Idee gut und es war verdammt schwer, ihr etwas abzuschlagen. Gleichberechtigte Reisepartnerschaft hin oder her.

Partner, als ob du –

Hastig schob ich die aufkommenden Gedanken an Lou, die unweigerlich dafür sorgten, dass sich mein Puls auf ein lächerlich hohes Tempo beschleunigte, zur Seite und schüttelte den Kopf. »Warum sollte ich?«

»Ich habe Idas Blicke gesehen. Können einen direkt ins Meer treiben.«

Ich schenkte ihm ein freudloses Lächeln und zuckte mit den Schultern. »Nichts, was ich nicht schon kennen würde.«

Raffael stellte sich neben mich auf die andere Seite der Vorstag und sah zum Horizont. »Ich habe zwar nicht das Gleiche erlebt wie du, aber bis zu einem gewissen Grad kann ich nachvollziehen, was du meinst. Als ich zurückgekommen bin … na ja, sagen wir mal so, die Leute hier vergessen nicht so schnell. Schon gar nicht die eigene Familie.«

»Und das ist noch untertrieben.« Ich stieß den Atem aus und fragte mich, wie ich an den Punkt gekommen war, mit Rafe über meine Familie zu sprechen.

»Aber zu deinem Glück habe *ich* absolut kein Recht, wütend auf dich zu sein, nachdem ich selbst genauso von der Insel abgehauen bin.«

Ruckartig schaute ich zu Rafe; um seine Mundwinkel zuckte ein beinahe bitteres Lächeln. »Das war bei dir definitiv etwas vollkommen anderes.«

»Das Ergebnis ist das gleiche. Wir waren beide eine lange Zeit weg und stehen nun vor einem neuen Bild, in das wir erst hineinfinden müssen.«

Wenn wir das denn wollen. »Ich wusste gar nicht, dass du so weise bist, Nielsen.«

»Das ist Leni. Ihre Skipperinnen-Weisheit färbt auf mich ab. Sie sagt, das kommt vom Meer.«

Einen Moment lang, in dem nur das Flüstern des Windes im Segel über unseren Köpfen und das Rauschen der Wellen die Stille füllten, sah ich ihn von der Seite an. Dann erwiderte ich: »Scheint, als hättest du das schon getan. Dich in dein Bild eingefügt, meine ich. Du und Leni habt euch wiedergefunden.«

Als Raffael dieses Mal lächelte, strahlten seine Augen derart hell, dass ich es nicht mal hätte übersehen können, wenn ich es drauf angelegt hätte. Rafe und Leni, das war so etwas, das einfach zusammengehörte. Wie ein Naturgesetz. Es war schon immer so gewesen, und auch wenn ich in den vergangenen Jahren wenig Kontakt nach Sylt gehabt hatte, freute ich mich für meine Freunde, dass es so gekommen war.

»Ja, Leni und ich. Was mich direkt zu Lou und dir bringt.«

Milou und ich. Und welche Version davon? Die, in der wir als Travelbuddys im Livestream unsere Rollen spielen? Oder die beiden Protagonisten, die gestern dieses unangenehme Gespräch mit Doppelboden geführt haben? Such es dir einfach aus, Nielsen. Wieder legte mein Herzschlag einen Zahn zu und wieder fiel es mir verdammt schwer, meiner Stimme das nicht anmerken zu lassen. »Was meinst du?«

»Alter, du magst ein bekannter Influencer sein, der 24/7 in die Kamera grinst, aber bei mir zieht dein Pokerface nicht. Daran hat sich nichts geändert«, antwortete Rafe und fuhr sich durch die dunklen Locken. Er trug sie kürzer als früher, vermutlich musste er das auch als Hoteldirektor.

»Ich grinse nicht 24/7 in die … weißt du, was? Vergiss es.«

Raffael lachte, und was auch immer dieser Moment an sich hatte, ich konnte nicht anders, als mit einzufallen. Es war wie vor all den Jahren, es fühlte sich richtig an und beinahe so, als würden wir einfach dort weitermachen, wo wir damals aufgehört hatten. Als wären wir wieder die halbstarken, eingeschworenen Teenager, die glaubten, ihnen würde die ganze Insel gehören. Eine Vorstellung, die mich unwillkürlich schmunzeln ließ.

»Vielleicht können wir ja mal wieder einen Abend starten. Wenn ihr von eurer Reise zurück seid. Mit Till, dir und mir – und vielleicht nehmen wir Jonah auch noch dazu«, sagte Rafe, nachdem wir uns wieder beruhigt hatten, und stützte die Hände auf die Reling.

Stirnrunzelnd dachte ich über seine Worte nach. Ich genoss diesen Augenblick, genoss dieses Stück von früher und gleichzeitig … hatte ich so viel Zeit damit verbracht, es hinter mir zu lassen. Von alldem wegzukommen, weil – Ich brachte den Gedanken nicht zu Ende. Nicht hier und ganz sicher nicht jetzt.

»Rafe, ich weiß nicht, ob …« *… ob ich danach überhaupt auf Sylt sein werde.*

Raffael winkte mit einem Lächeln ab, das es nun nicht mehr so leicht über seine Lippen hinaus schaffte. »Kein Ding, war nur eine Idee. Schätze, ich sollte mal nach Leni schauen.«

Noch ehe ich etwas hätte erwidern können, hatte sich Raffael auch schon umgedreht und war Richtung Heck gelaufen. Mit einem gemurmelten Fluch starrte ich wieder auf die See und fühlte mich mit einem Mal verdammt zerrissen. Zwischen dem, was ich gerade wollte, und dem, was ich glaubte zu wollen. Zwei vollkommen unterschiedliche Dinge und sich doch in einem gleich: Ich konnte keines von beiden benennen.

»Ich dachte mir, du möchtest vielleicht auch etwas Tee?« Als hätten meine aufgewühlten Gedanken sie gerufen, trat Lou in diesem Augenblick neben mich und reichte mir eine Emailletasse, aus der kleine Dampfschwaden aufstiegen. »Ist eine Mischung von Oma Edda, sagt Leni.«

»Danke.« Ich nahm den Becher entgegen und merkte, wie gut die warme Tasse bei dem frischen Wind tat, der die Segel aufblähte. »Es wird tatsächlich immer kühler.«

»Allerdings. Zumindest hat der Wind ordentlich Kraft.

Leni ist zuversichtlich, dass wir es rechtzeitig bis Helgoland und auf den Katamaran nach Borkum schaffen. Und dann … sind wir auf uns allein gestellt.«

Ich sah Lou von der Seite an und zog die Brauen zusammen. Da schwang irgendetwas in ihrer Stimme mit, das nicht so recht zu dem Lächeln auf ihren Lippen passen wollte. »Ist alles okay mit dir?« *Mit uns?*

Lou ließ ihre eigene Tasse sinken und musterte mich mit gemischten Gefühlen. »Du meinst wegen … gestern?« Ich nickte, ohne sie aus den Augen zu lassen. Ihr Blick war wie die aufgewirbelte Nordsee vor uns und kurz wirkte es, als würde sie mit sich ringen. Dann seufzte sie leise. »Alles okay. Es ist nur … meine Schwester und ihre Freundin bereiten mir etwas Kopfzerbrechen. Aber ich fürchte, ich kann da im Moment nichts machen. Zumindest nicht, solange sie mir nicht die Wahrheit sagen.«

In einer anderen Version dieser Geschichte würde ich Lou jetzt in die Arme schließen, sie halten, bei der Schwere in ihren Worten. Doch in dieser … hielt ich mich davon ab. Es würde alles bloß noch komplizierter machen. Also blieb ich, wo ich war, und erwiderte ruhig: »Ging es darum, als ihr vorhin noch so lange im Hafen gestanden habt?«

»Auch.« Nachdenklich zupfte sie eine lose Strähne zurück unter ihre Cap. »Vermutlich sollte ich versuchen, die nächsten Tage nicht dran zu denken. Ich werde sonst eine schreckliche Reisebegleitung.«

Bei ihrem gequälten Lächeln zuckten meine Mundwinkel. *Oh, Lou.* »Vermutlich könntest du nicht mal eine schreckliche Reisebegleitung sein, selbst wenn du es wolltest.«

»Sei dir da mal nicht so sicher.« Ein Teil ihres ungezähmten Funkelns, das mich mehr in den Bann gezogen hatte, als gut für mich war, kehrte auf ihre Züge zurück. Dann straffte sie die Schultern und fragte: »Wollen wir ein Selfie machen? Für Insta, meine ich, zum Reisebeginn.«

Dankbar für den Themenwechsel nickte ich. »Klar, bin dabei. Aber das Bild müsstest du machen, mein Handy ist in der Kabine. Ich reposte es danach einfach.« Ich wechselte die Tasse in die Hand meines eingegipsten Arms und legte meinen gesunden locker um Lous Schultern. »Okay so?«

Milou drehte den Kopf zu mir, sodass sich unsere Gesichter mit einem Mal sehr nahe waren. Der hellgraue Himmel malte helle Sprenkel in ihre Iriden und gerade war es verflucht schwer, mir einzureden, dass Distanz der richtige Weg war. Dass es richtig war, sie nicht einfach an mich zu ziehen und zu küssen.

»Sehr okay«, erwiderte sie mit leichter Verzögerung und hob dann ihr Handy, das bisher an einem Band an ihrer Seite gebaumelt hatte. »Bereit?«

Ich nickte und schaute genau in dem Moment zu Lou, in dem sie auslöste. Betrachtete ihre Seite, lächelte und spürte ihre Wärme auf jedem Quadratmillimeter meines Körpers prickeln. Und es fühlte sich gut an. Vertraut. Sicher. Und ich wollte mehr davon. Ich wollte mehr von diesen Momenten mit Lou. Mehr von ihrer Nähe, ihrer Art, die es schaffte, mich zu erden, obwohl Milou wie ein wilder Ozean war.

Scheiße, ich war so was von am Arsch.

Kapitel 19

GRAUE WOLKEN UND WINDSTILLE

Lou

»Regen und kaum Wind. Ich liebe es«, murmelte Leni und zog sich missmutig die Kapuze ihrer leuchtend gelben Regenjacke tiefer ins Gesicht. »Wenn das so weitergeht, kommen wir doch nicht rechtzeitig an und ihr verpasst eure Überfahrt.«

Ich blinzelte gegen die dichten Tropfen an und ließ den Blick über die graue Suppe schweifen, in der wir segelten. Viel zu sehen war nicht mehr, seit das Tageslicht mit jeder Sekunde mehr und mehr schwand. Eigentlich war unser Plan gewesen, gegen Nachmittag auf Helgoland anzukommen, um dann den Katamaran-Service nach Borkum zu nehmen, der gegen Mitternacht die Insel erreichen würde. Aber mit dieser plötzlichen Windstille wurde unser ambitionierter Plan scheinbar unmöglich. Vielleicht hätten wir doch früher auf Sylt lossegeln sollen. »Kann ich dir irgendwie helfen?«

Routiniert führte Leni ein paar Leinen über eine Winsch und korrigierte etwas den Kurs. »Ich fürchte, wir müssen die Fock gegen eine Genua tauschen und vielleicht noch eine zweite aufziehen, sonst kommen wir hier nie vom Fleck.«

»Okay, und jetzt noch mal für Normalos, die erst einen halben Tag Segelerfahrung haben.«

Meine Freundin grinste, was auch die letzten dunklen Wolken aus ihrem regennassen Gesicht vertrieb. »Das Segel ganz vorne, also das Stagsegel, hat eine kleinere Fläche als die Genua und ist damit bei wenig Wind ungünstig. Deswegen sollten wir das Stagsegel tauschen. Setzen wir noch eine zweite Genua, könnten wir in Passatstellung segeln – das sieht ein bisschen wie ein V aus. Damit sollten wir wieder an Fahrt gewinnen.«

»Hat dir schon mal jemand gesagt, dass es ziemlich sexy ist, wenn du in deinen Fachjargon verfällst« meinte Rafe, der gerade aus der Kajüte in den Regen trat und beinahe noch im selben Moment wieder im Vorsprung verschwand. »Was für ein Schietwetter.«

»Sexy? Du hast zu viel Zeit mit Jonah und Till verbracht«, kommentierte Leni, eine Hand ziemlich lässig am Steuer.

»Was habt ihr eigentlich da unten getrieben, Rafe?«, fragte ich.

Lenis Freund wischte sich ein paar Haare aus der Stirn und griff dann nach seiner Kapuze. »Das Bildmaterial gesichtet, das Kai vorhin mit der Drohne gemacht hat. Sind coole Aufnahmen geworden.«

Das konnte ich mir vorstellen. Kai und ich hatten beinahe den gesamten Mittag am Bug der *Möwe* verbracht, den Ozean und das Schiff fotografiert und den Moment festgehalten, als das Wetter umgeschwungen war und der Himmel über unseren Köpfen wie die Leinwand eines sehr leidenschaftlichen Künstlers gewirkt hatte. Schon die Handybilder sahen genial und atemberaubend aus, wie würden da erst die Drohnenshots sein?

»Ich freue mich schon auf das fertige Material. Ihr müsst mir unbedingt ein paar der Bilder von *Möwe* schicken. Für meine Pinnwand«, meinte Leni und winkte mich dann zu sich heran. »Übernimmst du kurz, damit ich mit Rafe die Genuas klarmachen kann?«

»Natürlich.« Eine Hand am Ruder – bei dem Wetter war eigentlich nichts zu machen – zog ich mein Handy hervor, um Leni und Rafes Segeltauschaktion festzuhalten und eine Regenstory aufzunehmen, ehe ich in den *E.M.I.L.*^{2}-Chat wechselte.

Malia
@Lou und @Leni, ihr hättet uns alle mitnehmen sollen. Ich würde gerade ziemlich viel tun, um die stickige Bib gegen die *Möwe* zu tauschen ⛵

Ida
Trotz Kai?

Malia
Er ist heiß 🔥

Ida
Malia!

Elisa
Ich schließe mich @Malia an: Will auch tauschen. Oma Edda hält Jonah und mich ziemlich auf Trab, jetzt, da Leni und Rafe weg sind #Ersatzenkel

Ida
Kein Vergleich zu meiner Familie gerade, glaubt mir. Die plant Omas Geburtstag, als wäre er eine Krönungszeremonie der Royals. Das Segelschiff ist also echt die beste Option. Meinen Bruder könnten wir ja über Bord werfen.

Lou
Hier herrscht Regenzeit … immer noch tauschen? 😏

Schmunzelnd schickte ich die kurze Nachricht ab, zusammen mit einem der Bilder, die ich gerade gemacht hatte, ehe ich zu Leni und Rafe aufblickte, die nun wieder nach achtern gingen.

»Puh, wenn wir erst mal festen Boden unter den Füßen haben, brauche ich eine heiße Dusche.« Leni schüttelte sich.

Lächelnd zog Rafe sie an seine Seite und drückte ihr einen Kuss auf die nassen Haare. »Dabei könnte man meinen, dass du nach diesem Tag genug von Wasser hast.«

Ja, die beiden waren wirklich wie Zuckerschrift auf einer Zuckerstreuseltorte, keine Frage.

Ich schmunzelte und schaute zum dunkler werdenden Himmel. »Wie lange dauert es noch, bis wir Helgoland erreichen?«

»Vielleicht noch ein, zwei Stunden. Mit etwas Glück schaffen wir es doch pünktlich zu eurem Katamaran«, erklärte Leni und übernahm wieder das Ruder. »Geh ruhig unter Deck, vielleicht braucht Kai ja Hilfe mit den Bildern. Wir halten hier die Stellung, nicht wahr, Rafe?« Auch ohne dass sie vielsagend zwinkerte, wie Charlie oder Malia es getan hätten, verstand ich Lenis wenig subtilen Wink mit dem Zaunpfahl sehr wohl.

Ich biss mir auf die Lippe, um ihr nicht die Zunge rauszustrecken, und begnügte mich mit einem viel zu süßen Lächeln. »Sicher, dann haltet ihr mal die *Stellung*.«

Rafes trocknes Lachen in den Ohren, ging ich in die Kajüte und schälte mich direkt aus meiner klitschnassen Jacke, ehe ich die gemütliche Sitzecke ansteuerte, in der Kai saß. Was auch immer er sich gerade auf seinem iPad anschaute, es musste unglaublich einnehmend sein, denn er bemerkte mich erst, als ich mich neben ihn auf die Bank fallen ließ.

»Wow, Lou.« Erschrocken fuhr Kai zu mir herum.

»Auch hi«, gab ich zurück und nickte auf sein Tablet. »Was siehst du dir da an?«

»Etwas, von dem ich mich eigentlich fernhalten sollte.« Seine Worte kamen mit leichter Verzögerung und einer Bitterkeit, die ich schon einige Male bei ihm bemerkt hatte.

Stirnrunzelnd zog ich die Füße auf die Bank. »Instagram?«

»Ja. *TravelMood* hat den nächsten Artikel rausgehauen und damit natürlich direkt Insta überflutet. Wegen unserer Reise und dass ich scheinbar kein Problem damit habe, Henri zu ersetzen, und ... es ist dämlich, ich weiß. Ich meine, Claire lädt den Content für uns hoch und kümmert sich um alles, es besteht also nicht der geringste Grund, sich überhaupt mit Social Media oder dem Internet auseinanderzusetzen, aber ...« Kai fuhr sich mit einem undeutlichen Murmeln durch die Haare. »Es fehlt mir, weißt du?«

»Was genau?«, fragte ich leise, da ich merkte, wie diese verborgene Seite von Kai – die, die ich bisher kaum zu sehen bekommen hatte, die er unglaublich gut zu verstecken wusste – in seinen Augen aufflackerte.

»Der Austausch. Die vielen interessanten Nachrichten über das Reisen und die Markierungen … meine Fans. Scheiße, das klingt vollkommen bescheuert, wenn ich das so sage.«

Aus einem Impuls heraus legte ich ihm eine Hand auf den Arm. »Ich finde nicht, dass das bescheuert klingt. Es ist das, wofür du brennst. Das Travelblogging ist dein Leben; da ist es ganz natürlich, dass es dir bei den negativen Vibes gerade schlecht geht.«

Kai sah mich nur schweigend an, eine tiefe Falte zwischen seinen Brauen.

»Vermutlich habe ich es dir schon mal gesagt, aber das alles braucht etwas Zeit. Menschen sind nachtragend, besonders Menschen in der Social-Media-Welt und leidenschaftliche Fans. Ich bin mir sicher, dass du und Henri das wieder geradebiegen werdet.«

Seine Lippen teilten sich zu einem kaum merklichen Lächeln. »Zeit ist der Endgegner in der virtuellen Welt, so schnelllebig, wie sie ist.«

»Diejenigen, die dir gern folgen, die an dir als Person interessiert sind und dein Profil mögen, werden sich die Zeit nehmen, Kai. Und auf alle anderen kannst du ohnehin getrost verzichten«, hielt ich dagegen, wobei mein Blick auf seinen Arm fiel, wo sich knapp unterhalb seines hochgekrempelten senfgelben Musselinhemds zwei schwarze Ringe als Tätowierung um ihn schlossen.

»Du scheinst dir da ziemlich sicher zu sein.«

»Ich verfolge deine Karriere ja auch schon eine gute Weile. Sie lieben dich, ganz egal, was gerade abgeht. Außerdem kommt unsere Reise doch sehr gut an.«

»Weil sie dich lieben, Lou. Das ist der Grund.«

Seine Worte ließen mich aufsehen. Hinein in diese Tiefe, die sich in seinen braunen Augen ausbreitete. Und die eine mittlerweile vertraute Wärme in meine Wangen trieb. Nicht gut. Aus einem Impuls heraus zwickte ich Kai leicht in den Arm, um den Moment zu unterbrechen.

Er fluchte. »Hey! Das tat weh.«

»Irgendwie musste ich dich ja aus deinem Trauerkloß-Modus herausholen.« *Und mich aus dem Kai-Modus.*

Kopfschüttelnd fuhr er sich über die Stelle, an der ich ihn gekniffen hatte. »Trauerkloß-Modus?«

»Frag nicht, meine beste Freundin Neela hat damit angefangen.« Ich zuckte mit den Achseln und legte dann die Arme um meine angezogenen Knie. »Aber irgendwo hat sie schon recht. Einmal in diesem Modus gibt man den anderen – und vor allen Dingen seinen negativen Gedanken – viel zu viel Macht über sich selbst.«

Kai schien einen Herzschlag lang über meine Worte nachzudenken, ehe er den Atem ausstieß. »Ich hätte der Sache in Bolivien nie zustimmen sollen. Das war von Anfang an eine Scheißidee. Henri wusste das, ich wusste das und dennoch …«

Ich kannte keine Details der Kooperation, die Kai und Henri in die Berge Südamerikas geführt hatte, sondern wie alle anderen nur das, was sie auf Instagram, TikTok und Co. verbreitet hatten. »Warum hast du es trotzdem getan?«

Ein dunkler Schatten flog über seine Züge und ließ das Braun seiner Iriden deutlich abkühlen. Der Schmerz, der gerade eben noch darin gestanden hatte, verschwand darunter. »Warum wohl?«

Ich musterte seine angespannte Miene und verengte leicht die Augen. »Sag du es mir.«

»Weil es zu @chasingkaihansen passte«, gab er zurück, wobei sich ein beinahe zynisches Lächeln auf seine Lippen schob, während die Härte in seinem Blick blieb. Ein neuer Schleier, der erstickte, was eigentlich in ihm vorging. »Eine Tour voller Gefahren, ein Ort, den bisher kaum einer gesehen hat, unzählige Möglichkeiten für den ultimativen Shot. Ganz zu schweigen von dem Geld und Marketing hinter der Kooperation. Es war zu gut, um es nicht anzunehmen.«

In seiner Antwort lag eine unterschwellige Wut, die nicht dazu passen wollte. Genauso wenig wie dieses Funkeln in seinen Augen. So als hätte er zwar diese Erklärung gegeben, aber insgeheim etwas vollkommen anderes gemeint. Etwas, das er tief in sich vergraben hatte und niemanden sehen ließ.

»Kai …«, setzte ich an, genau als Rafe in die Kajüte kam und grinsend verkündete: »Die Wettergöttin hat uns erhört. Die Sonne ist rausgekommen und wir haben wieder Wind!«

»Das trifft sich gut. Ich brauche noch ein paar Abendaufnahmen vom Meer, bevor wir in Borkum an Land gehen«, gab Kai sofort zurück und schenkte Raffael eine derartig freudige Miene, als hätte es diesen Moment zwischen uns gerade nicht gegeben. »Bin gleich da. Was ist mit dir, Lou?«

»Sicher«, murmelte ich. »Ein bisschen frische Luft tut uns vermutlich allen gut.«

Wir schafften es. Wir erreichten Helgoland und bekamen den Katamaran nach Borkum, weil dieser selbst einige Verspätung hatte. Die Überfahrt verging wie im Flug, und als wir gegen Mitternacht in Port Henry – dem Hafen von Borkum – anlegten, fühlte es sich so an, als hätten wir uns erst vor ein paar Minuten von Leni und Rafe verabschiedet. Und trotzdem vermisste ich die beiden schon jetzt. Was vermutlich daran lag, dass zwischen Kai und mir diese Wand hochgefahren war, die keiner von uns beiden so recht angehen wollte und deren Existenz wir dennoch nicht leugnen konnten. Auf dem Katamaran hatten wir kaum ein Wort gewechselt, während er in seine Fotos und ich in mein aktuelles Buch vertieft gewesen war. Ein Teil von mir wäre daher am liebsten direkt wieder zurückgefahren. Aber die Vorfreude auf dieses Abenteuer, das Reisen und darüber zu bloggen, war größer. Und das würde ich mir nicht von dieser merkwürdigen Anspannung zwischen Kai und mir kaputtmachen lassen.

Ich war mutig. Und ich würde es auch jetzt sein.

Mutig. Mutig. Mutig.

Immer wieder spielte ich diese kurze, aber ziemlich einprägsame Affirmation in meinem Kopf ab. Konzentrierte mich einzig und allein auf diese fünf Buchstaben, die mich hierhergeführt hatten, bis der Hafen von Borkum mit seinen Kneipen und dem roten Borkumschiff um mich herum verschwand. Genauso wie das Gewicht des Rucksacks auf meinen Schultern. Genauso wie das leise Plätschern der Wellen, die an die Kaimauer schlugen. Genauso wie der leichte Druck an meinem Arm … *Moment.*

Abrupt blieb ich stehen und schaute zu Kai, dessen Finger tatsächlich auf meinem Unterarm lagen.

»Du hast gar nicht mitbekommen, was ich gerade gesagt habe, richtig?«, fragte er leise. Ein beinahe sanftes Lächeln lag auf seinen Zügen.

Ich schüttelte den Kopf. »Sorry, war gerade woanders.«

»Das habe ich bemerkt, ich … hör zu, Lou, es tut mir leid,

dass ich vorhin so mies drauf war und schlechte Stimmung verbreitet habe. Und das gleich zu Beginn der Reise.«

Ich ließ meinen Atem entweichen und nickte. »Schon gut, ich weiß, dass dir das nahegeht.«

»Das … ich bin froh, dass du das so siehst. Es ist nur … die Kommentare, was sie schreiben …« Frustriert fuhr er sich durch die Haare und kurz schien es, als wollte er dort weitermachen, bei diesem Frust, der tiefer zu gehen schien als die Sache mit *TravelMood*. Doch dann schüttelte er den Kopf und ließ den Vorhang fallen. Verbarg, was auch immer ihn beschäftigte, und setzte seine übliche Maske auf. Es gab Momente, in denen ich glaubte, dahinter schauen zu können, Kai zu kennen, in Augenblicken wie diesen jedoch wurde mir bewusst, dass ich mir da womöglich etwas vormachte. Denn objektiv betrachtet, wusste ich auch nicht viel mehr als das, was Kai im Internet von sich zeigte. Was er mir zeigte.

Und vielleicht sollte ich mich damit abfinden.

»Weißt du, was?«, meinte Kai. »Lass uns das vergessen und die Reise einfach hier starten. Der erste Stopp, die erste Insel zum Erkunden. Das wird bestimmt richtig genial, ich habe da so ein Gefühl.«

Noch einen Herzschlag lang sah ich ihn schweigend an, dieses Lächeln, das kein richtiges Lächeln war, dann ließ ich die Schultern herabfallen und nickte. »Einverstanden. Außerdem bin ich zu müde, um mich heute noch mit Internet-Trollen auseinanderzusetzen.«

»Eigentlich ist es schon morgen.«

»Witzig«, erwiderte ich und hob einen Mundwinkel, ehe mich ein Gähnen überrollte. Nach diesem Tag war ich definitiv reif fürs Bett. *Und für eine weitere schlaflose Nacht, weil du dir den Kopf über Kai zerbrichst.*

Haha.

»Komm«, meinte er und nahm mir zu meinem Erstaunen den kleinen Rucksack ab, den ich als Tagesgepäck dabeihatte. »Bis zur Unterkunft ist es nicht weit.«

»Die kein Hostel ist, wohlgemerkt.« Ich gähnte wieder.

»Wetten, dass du nach dem Tag auf hoher See froh darüber bist, dir nicht das Schlafzimmer mit zwanzig anderen teilen zu müssen?« Belustigt zwinkerte er mir zu und deutete nach links. »Gleich hast du es geschafft, Lou.«

Ich musste mir das Schlafzimmer zwar nicht mit zwanzig anderen teilen, aber dafür augenscheinlich mit einem Reiseblogger … und ehrlich gesagt, konnte ich gerade nicht sagen, ob das wirklich die bessere Option war.

»Im Wohnzimmer ist eine Couch, die nehme ich. Du kannst gern das Bett haben«, sagte Kai in die angespannte Stille hinein und wuchtete seinen Rucksack auf den Boden. »Kein Ding.«

Kopfschüttelnd drehte ich mich zu ihm um, wobei ich beinahe über meinen eigenen Backpack gestolpert wäre. Getreu unserem Reisemotto *Back to the Roots* hatten wir uns für eine der günstigsten Unterkünfte entschieden und waren dabei auf dieses kleine Appartement gestoßen. Und eigentlich klang es auch toll: zwei Zimmer nahe des neuen Leuchtturms im Westen der Insel. Es gab eine geräumige Küche, ein gemütliches Wohnzimmer mit Sofa und maritimen Bildern und das Bad besaß sogar eine Wasserfalldusche. Dass in der Ferienwohnung jedoch nur *ein* Bett stand, hatten wir bei der ganzen tollen Ausstattung augenscheinlich übersehen. Details.

Ja, Details, die uns auf direktem Wege in dieses One-Bed-Trope katapultiert haben.

»Das ist Blödsinn, Kai. Du bist ungefähr doppelt so groß wie ich und nicht einmal ich könnte mich auf dem Sofa ausstrecken. Du müsstest als menschliche Zimtschnecke schlafen.«

Um seine Mundwinkel zuckte es verdächtig. »Zimtschnecke?«

»Ja«, ich verschränkte locker die Arme vor der Brust, »du weißt schon, so ein zusammengerolltes kleines Gebäckstück?«

Aus dem Zucken wurde ein Lächeln, und obwohl ich es zu ignorieren versuchte … die Tatsache, dass es nicht Teil seines einstudierten Repertoires, sondern eben Kai war, ließ mich nicht kalt. Ganz im Gegenteil.

»Ich weiß, was eine Zimtschnecke ist, Lou.«

»Gut.«

»Gut.« Noch immer dieses schiefe Grinsen auf den Lippen, lehnte sich Kai in den Türsturz. »Also haben wir das geklärt?«

Unschlüssig biss ich mir von innen auf die Wangen und pustete mir dann eine Strähne aus der Stirn. Himmel, es war zu spät für so etwas. Andererseits gäbe es vermutlich nicht einmal eine richtige Tages- oder Nachtzeit dafür, wenn man danach suchen würde. Dennoch blieb ich dabei, es machte keinen Sinn, dass Kai auf der Couch schlief und das Bett …

»Das Bett ist riesig«, sprach meine vorschnelle Zunge aus und schob direkt hinterher: »Wir passen locker beide rein und niemand hat etwas davon, wenn du dir in der Zimtschneckenstellung irgendwelche Wirbel einklemmst.« *Oh my. Kann mich bitte mal jemand davon abhalten, noch mehr seltsame Dinge von mir zu geben?*

Kais Brauen wanderten nach oben – eine nach der anderen –, ehe er den Mund öffnete und schloss und schließlich abwinkte. »Ist das so eine Fangfragen-Situation?«

»Bitte was?«

»Eine klassische Fangfragen-Situation folgt quasi immer dem gleichen Muster: A – du in diesem Fall – schlägt zwar etwas vor, möchte es aber eigentlich nicht. Daher hofft A – du – darauf, dass B – ich – ebenfalls höflich ist oder die Situation als solche erkennt und ablehnt, damit es nicht unangenehm wird.«

Einen Moment lang sah ich ihn nur sprachlos an. »Kai?«

»Ja?«

»Lass uns einfach diese Nacht in diesem Bett als Reisepartner hinter uns bringen und nächstes Mal darauf achten, dass es gar nicht erst zu einer weiteren Fangfragen-Situation kommt.«

Erleichterung blitzte in seinen Augen auf, dann fuhr er sich über den Nacken und neigte den Kopf. »Gut.«

»Gut«, sagte ich wieder, während ich mich fragte, warum ausgerechnet ich die Ausnahme des Musters sein musste, statt seinen Regeln zu folgen.

Und das fragte ich mich auch noch, als ich schließlich neben Kai im Bett lag und so weit von Schlaf entfernt war, wie man nur sein konnte. Draußen hörte ich den Wind pfeifen, die Fensterläden quietschten leise und hier drinnen … Kai und ich. Zwischen uns war mindestens ein Meter Platz in diesem überdimensionalen Bett, jeder hatte seine eigene Decke, sein eigenes Kissen und dennoch konnte ich Kais Wärme spüren. Seinen gleichmäßigen Atem hören. Und das machte es verflucht schwer. Auf dem Segelschiff bei Tageslicht war es schon eine Herausforderung gewesen, das Kribbeln in meiner Brust zurückzudrängen, doch jetzt in dem kleinen Zimmer auf Borkum, umgeben von Dunkelheit … war es unmöglich.

In dieser Dunkelheit konnte ich nicht verdrängen, was so oft in seinem Blick lag.

Ich konnte nicht verdrängen, dass mich seine Nähe trotz allem anzog. Als wären es genau seine Widersprüche und Rätsel, die mich nicht losließen.

Und ich konnte nicht verdrängen, dass da mehr war. Bei mir. Bei ihm – was er aus irgendeinem Grund resolut von sich schob.

Statt das wieder und wieder durchzukauen, sollte ich mich lieber damit abfinden, sonst werden das verdammt lange Wochen mit –

»Lou?«

Einen Moment lang glaubte ich, mir das leise Flüstern bloß eingebildet zu haben, doch als ich mich möglichst lautlos zu Kai wandte, konnte ich seine Konturen im spärlichen Licht erkennen. Und seine offenen Augen. »Hm?«, entgegnete ich genauso leise und drehte mich ganz auf die Seite, sodass wir einander gegenüberlagen.

»Danke.«

»Wofür?«

»Dass ich keine Zimtschnecke in dieser Fangfragen-Situation sein muss.«

Ich biss mir auf die Lippe, um das schiefe Lächeln zurückzuhalten. Es gelang mir nicht. »Immer wieder gern.«

Noch einen Herzschlag länger sah er mich an, dann drehte er sich zurück auf den Rücken. Ich tat es ihm nach.

Und dieses kleine, gefährliche Lächeln blieb.

Kapitel 20

EINE MASKE, DIE ICH NICHT TRAGEN WILL

Kai

»Was hältst du davon: *Zwischen Sturm und Windstille – mit dem Segelschiff nach Borkum*?«, fragte Lou und schaute zu mir auf.

Ich ließ mein iPad, auf dem ich selbst an einem Text feilte, sinken und sah zu ihr. Lou lag bäuchlings auf dem dicken Teppich im Wohnzimmer unserer Ferienwohnung, während draußen der Regen gegen die Fensterscheiben peitschte und es die Sonne kaum durch die Wolken schaffte.

»Oder ist das zu öde?«

Ich rutschte auf der Couch etwas weiter nach vorne und stützte meinen gesunden Ellenbogen aufs Knie. »Soll ich ehrlich sein?«

»Haben wir das nicht schon geklärt?« Lächelnd legte sie den Kopf ein wenig schief, sodass der unordentliche Knoten auf ihrem Scheitel zur Seite kippte. Bei ihrem Anblick spürte ich wieder dieses ganz bestimmte Kribbeln in meiner Brust aufsteigen, das nicht dort sein sollte. Nicht so.

Neben Lou in diesem Bett zu schlafen, war ein Widerspruch für sich gewesen. Ich hatte die halbe Nacht wach gelegen, ihre Nähe überall gespürt, obwohl das gar nicht möglich sein sollte, und war mehrmals kurz davor gewesen zu fliehen. Weg von Lou, weg von ihrem regelmäßigen

Atem, ihrer Wärme, weil es sich gut angefühlt hatte. Zu gut für die Art Partnerschaft, die wir brauchten.

Entschlossen drängte ich diese Gewittergedanken zurück und räusperte mich. Holte den Travelbuddy-Kai hervor, den Lou verdiente. »Okay, du hast es so gewollt. Dein Titel klingt für mich ein wenig wie eine schlechte Doku auf Phönix.« Das letzte Wort hatte kaum meinen Mund verlassen, da traf mich auch schon ein kleines Kissen im Gesicht. »Hey!«

»Eine Doku auf Phönix? Ist das dein Ernst?«

Ihr empörtes Gesicht ließ mich lachen. Und einfach so wischte Lou das Gewitter endgültig beiseite. »Besser als Arte, oder nicht?«

Lou streckte mir die Zunge raus und setzte sich in den Schneidersitz. »Darauf gebe ich dir keine Antwort. Mach lieber einen Vorschlag für meinen Blogbeitrag. Einen *sinnvollen.*«

Ich lachte leise auf. »Meine Vorschläge sind immer sinnvoll. Wie wäre es mit *Über den Ozean – der Beginn unserer Reise?* Ich finde, das Wort *Ozean* hat immer so einen dramatischen Vibe.«

Nachdenklich kräuselte Lou die Stirn und tippte sich mit dem Kuli ans Kinn. »Ist es nicht zu dramatisch für unsere schnuckelige Nordsee?«

»Zu dramatisch ist gerade dramatisch genug. Zumal die Nordsee auch nichts anderes ist als der Beginn des Atlantischen Ozeans.«

»So habe ich das noch nie betrachtet.« Sie nickte und schrieb etwas in ihr Notizbuch. »Ich glaube, den nehme ich.«

Ich tat so, als würde ich mir an einen imaginären Hut tippen. »War mir ein Vergnügen.«

Die goldenen Sprenkel in ihren grünbraunen Augen begannen zu funkeln. Und dieses Funkeln … machte etwas mit mir.

Shit, Kai, ein richtig großes Shit.

»Bild dir darauf jetzt bloß nicht zu viel ein.«

»Würde ich nie wagen.« Warum klang meine Stimme mit einem Mal so rau?

Noch einen Herzschlag länger sah sie mich an, dann widmete sich Lou wieder ihrem ersten Entwurf. Und ich war schlichtweg nicht in der Lage wegzuschauen. Konnte nicht anders, als zu beobachten, wie ihr Stift in rasender Geschwindigkeit über das Papier flog. Wie sich die kleinen Fältchen auf ihrer Stirn vertieften, wie ihr Haarknoten hin und her wippte und sich ihre angewinkelten Beine leicht in der Luft bewegten. Milou hatte etwas an sich, das mich alles andere vergessen ließ. Das mich vergessen ließ, was mich sonst zuverlässig wie ein Gewicht auf den Meeresboden zog. Das alles einfach ein wenig leichter machte.

Und das ich nicht zulassen konnte. Durfte. Weil da zu viel war, was mich zurückhielt. Weil sich mein Herz vielleicht erholt hatte, die Narben, die *sie* hinterlassen hatte, jedoch nach wie vor zu tief gingen, um zu vergessen. Inzwischen fiel es mir zwar immer schwerer zu glauben, dass Lou mich jemals auf eine solche Art und Weise hintergehen könnte, wie … Sylvia es getan hatte. Doch so paradox das auch klingen mochte, stellte das nur ein neues Problem dar. Etwas mit Lou zuzulassen … wäre nicht fair. Lou war aufrichtig und offen, sie war klug und faszinierend und umwerfend und ich … Lou verdiente mehr als mich. Mehr als diese unvollständige, verwaschene Version von mir. Jemanden, der ihr alles geben konnte, was sie einem gab. Der sich öffnen konnte, ohne zu misstrauen. Der … der ihr Funkeln verstärkte, statt es immer wieder auszupusten.

Und trotzdem wurde der egoistische Wunsch, die Warnungen zu übergehen, zunehmend lauter. Obwohl ich eine Scheißangst davor hatte, ihr *alles* von mir zu zeigen. Nicht mal wusste, ob ich es wirklich könnte. Ihr den hässlichen, selbstsüchtigen Grund zeigen könnte, warum ich reiste. Warum ich lächerliche Risiken einging. Warum ich meine Familie im Stich gelassen hatte. Warum ich mich so schwertat zu vertrauen. Mich fallen zu lassen.

»Kai?«

Ich hob den Kopf und begegnete Lous Blick. Ein Blick, der mich fürchten ließ, sie könnte mir damit direkt in die verworrenen Gedanken schauen.

»Dein Handy klingelt. Schon seit ein paar Sekunden«, sagte sie leise und nickte auf das Smartphone, das vor mir auf dem Wohnzimmertisch lag.

»Oh, ich …« Ich schüttelte kaum merklich den Kopf und fuhr mir über das Gesicht. »Danke.« Wie in Zeitlupe griff ich nach dem Telefon und war froh, dass meine Hände nicht verrieten, wo ich geistig gerade gewesen war. Auf dem Display prangte das schiefe Grinsen meines besten Freunds, und obwohl meine Stimmung sich gerade mit großen Schritten dem absoluten Nullpunkt genähert hatte, ging es mir bei seinem Anblick gleich ein bisschen besser. »Stört es dich, wenn ich rangehe? Es ist Henri.«

»Quatsch, mach nur. Soll ich euch allein lassen?«

»Nein, bleib ruhig«, gab ich zurück und nahm den FaceTime-Anruf entgegen. »Hey, Mann.«

Das Kontaktbild wurde durch den echten Henri ersetzt, doch anders als bei unseren letzten Videotelefonaten lag er dieses Mal nicht im Bett, sondern saß vor einem Bücherregal. »Ich dachte schon, du gehst gar nicht mehr ran.«

»Sorry, ich war etwas abgelenkt.«

»Von deiner hübschen Lou?«

Wie von selbst schaute ich zu *meiner hübschen Lou*, deren Wangen sich bei Henris Worten sichtlich gerötet hatten.

»Die übrigens jedes Wort mithört, Bro«, erwiderte ich mit einem bedeutungsschweren Räuspern. *Wenn er wieder auf den Beinen ist, drehe ich ihm den Hals um.*

»Ahhh. Noch besser. Hi, Lou!«

»Hi, Henri.« Sie stand vom Boden auf und setzte sich neben mich auf die winzige Couch. So nah, dass sich unsere Oberschenkel berührten, und trotz meiner dicken Jeans und ihrer engen Yogapants spürte ich Lous Wärme auf jedem einzelnen Quadratmillimeter. Großartig.

Entschlossen konzentrierte ich mich wieder auf meinen besten Freund. »Wie geht's dir? Sieht aus, als hättest du dein Zimmer verlassen.«

»Meinen Kerker wohl eher.« Mit einem Brummen fuhr sich Henri durch die fast weißen Haare, die in den letzten Wochen länger geworden waren. »Aber ja, ich bin jetzt wieder mobil. Gehen ist zwar gerade noch nicht drin, aber die haben mir einen fahrbaren Untersatz gegeben und aktuell mache ich damit die Gänge der Klinik unsicher.« Henri schwenkte kurz auf seinen Rollstuhl, dann schaute er wieder in die Kamera. »Unsagbar spannend. Es gibt sogar Bingo im Gemeinschaftsraum.«

Ich konnte mir ein leises Lachen nicht verkneifen, auch wenn es das unangenehme Stechen in meinem Magen kaum übermalen konnte. Weil mich sein Anblick unweigerlich daran erinnerte, dass er ohne mich nicht dort sitzen würde.

»Aber genug von meinem Leben voller Nervenkitzel, erzählt mir lieber, was bei euch so abgeht. Wie ist Borkum?«

Da ich nichts erwiderte, übernahm Lou, als würde sie spüren, dass ich einen Moment brauchte. »Bisher haben wir noch nicht so viel gesehen. Das Wetter hat uns einen Strich durch die Rechnung gemacht. Aber nachher wollen wir eine erste Erkundung durch die Innenstadt starten.«

»Ich drücke euch die Daumen. Und so zu zweit in einem kuscheligen Appartement bei Regen …«

»Henri«, unterbrach ich ihn und stieß den Atem aus.

Abwehrend hob er eine Hand, doch das Leuchten in seinen hellblauen Augen blieb. »Jaja. Ich höre ja schon auf. Okay, weiter im Text: Was steht als Nächstes an?«

»Eigentlich wollten wir ja Inselhopping machen«, antwortete Lou und zupfte an ihrem Mount-Cook-Shirt herum, das eine ihrer schmalen Schultern entblößte. »Aber in den nächsten Tagen soll eine Sturmfront über die Ostfriesischen Inseln ziehen, deswegen werden wir vermutlich morgen Mittag mit der Fähre nach Emden und dann über den Landweg reisen. Nicht dass wir noch auf einer der Inseln stranden.«

Mit Lou tagelang abgeschnitten von der Welt in einer Wohnung mit nur einem Bett … das wäre der Dolchstoß. Keine Frage.

Henri nickte und legte die Unterarme flach auf den Tisch vor sich. »Ja, hab von dem Sturm gehört. Claire hat schon gemeint, dass es Probleme geben könnte.«

Das ließ mich aufhorchen. »Ihr habt wieder regelmäßig Kontakt?«

»Klar, Mann. Ich kann ja auch trotz Krankenhaus aktiv sein. Zumal es wichtig für euch ist, dass ich mich nicht in der Ecke verkrieche. Gibt schließlich immer noch genug Arschlöcher da draußen, die Mist über dich und diesen Unfall erzählen.«

»Henri …«, begann ich und hielt das Handy unwillkürlich ein wenig fester. »Du musst gar nichts machen. Lass sie … lass sie reden und konzentrier dich darauf, schnell wieder fit zu werden.«

»Für dich würde ich alles tun, Kai-Schatz. Weißt du doch und weiß Claire auch.« Mein bester Freund lachte, aber ich kam nicht umhin zu bemerken, dass dieses Mal ein wenig der Leichtigkeit darin fehlte.

»Wenn sie dich unter Druck setzt …«

»Mach dir um mich mal keine Sorgen. Claire hat dafür gesorgt, dass ich in ein paar Tagen in das beste Reha-Programm der Stadt komme. Du hast mich schneller wieder an der Backe, als du schauen kannst. Kein Grund für deinen Dackelblick, Kai.«

Ich nickte nur schweigend.

»Gut, ich mache mich dann mal wieder auf die Rollen, nicht dass ich mein Mittagessen verpasse. Das wäre eine Tragödie, glaubt mir«, fuhr Henri unbekümmert fort. »Und ihr seht jetzt besser zu, dass ihr die Insel unsicher macht.«

»Es schüttet ja immer noch und –«

Henri ließ Lou erst gar nicht ausreden. »Bei Sonnenschein wäre es ja auch bloß der halbe Spaß. Husch, husch ihr beiden, ich erwarte Bericht.«

Das Mistwetter hatte auch sein Gutes. Lou und ich waren weit und breit gefühlt die einzigen Menschen auf der Straße und das verlieh den kleinen Gassen Borkums beinahe etwas Surreales. Als wären wir durch die Zeit gefallen oder in einer Parallelwelt gelandet.

Einer ziemlich nassen Parallelwelt.

Denn trotz Regenmantel und Gummistiefel, die Teil unserer winzigen Ferienwohnung waren, war ich bereits bis auf die Knochen durchnässt und Lou ging es augenscheinlich nicht anders. Ihre langen roten Haare lugten in schweren Strähnen unter ihrer leuchtend gelben Kapuze hervor und an ihren dunklen Wimpern hingen funkelnde Tropfen. Selbst bei strömendem Regen, der definitiv ein Stimmungskiller war, strahlte Lou und sah sich mit großen Augen um, als wollte sie jedes Detail in sich aufnehmen. Und ich … ich erwischte mich schon wieder dabei, wie ich sie anstarrte. Von Minute zu Minute, die ich mit ihr verbrachte, draußen, fernab von meinem Alltag, wurde es schwerer, mich an meine eigenen Warnungen und Regeln zu halten. Lous Gegenwart schien sie schlichtweg außer Kraft zu setzen. Gefährlich. Und verlockend.

»Hast du den Boomerang aufgenommen?« Ihre helle Stimme holte mich zurück in den kleinen Park, in dessen Mitte der *Neue Leuchtturm* von Borkum stand.

Stirnrunzelnd blickte ich auf mein Handy, dessen Bildschirm sich längst wieder gesperrt hatte. *Ganz toll, Hansen.* »Nein, der Winkel passt nicht ganz«, gab ich leicht verzögert zurück. Was absoluter Bullshit war. Ich war Fotograf, seit ich denken konnte, ich würde den richtigen Winkel finden, selbst wenn man mir die Augen verband.

Lou wischte sich ein paar Regentropfen aus dem Gesicht und lief näher an den hohen Leuchtturm aus dunkelrotem Backstein, wo sie grinsend die Arme ausbreitete. »Hier besser?«

Ich schluckte. »Ja. Das ist … perfekt.« Irgendwie schaffte ich es, runterzuzählen und die Boomerang-Story aufzunehmen, ohne mich ein weiteres Mal in irgendwelchen wenig hilfreichen Gedanke zu verlieren.

»Zeig mal.« Lou kam mit ein paar langen Schritten zu mir und beäugte kritisch die Aufnahme, ehe sie zufrieden nickte. »Damit können wir arbeiten. Was hältst du davon, wenn wir in Richtung Strand schlendern und uns ein Café suchen? Outdoor-Life in allen Ehren, aber noch ein paar Stunden länger im Regen und ich werde selbst zu einer Pfütze.«

Ihr schiefes Grinsen übertrug sich wie von selbst auf meine Lippen. »Ich hätte auch nichts gegen einen Kaffee einzuwenden.«

Naserümpfend zupfte sie sich ihre Kapuze zurecht. »Jetzt noch? Bekommst du dann heute Nacht überhaupt ein Auge zu?«

»Du kannst dir sicher sein, dass nicht der Kaffee für meinen Schlafmangel verantwortlich sein wird.« Scheiße, hatte ich das gerade wirklich laut ausgesprochen? Lous Wangen nahmen eine deutliche Röte an, die nicht nur vom frischen Wind herzurühren schien, und verrieten mir so, dass ich genau das getan hatte. Mir kam ein Fluch über die Lippen, bevor ich hastig hinterherschob: »Die kleine Couch. Da werde ich vermutlich ohnehin nicht schlafen können.«

Lou legte den Kopf ein wenig in den Nacken, um mir direkt in die Augen zu schauen. »Es spricht nichts dagegen, dass … wir wieder zusammen im Bett übernachten – und das ist keine Fangfragen-Situation, versprochen. Hat doch heute super geklappt.«

»Hat es.« Hatte es nicht.

»Perfekt. Dann … Strand und Café?«

Ich atmete aus und nickte. »Strand und Café.«

Gemeinsam verließen wir den Park mit seinem Leuchtturm, der einer von fünfen auf Borkum war, wie Lou mir zu Beginn unserer Regen-Sightseeingtour eröffnet hatte. Durch die Strandstraße liefen wir in Richtung Promenade, wo anders als im Zentrum mehr Fußgänger in dicker Regenkleidung dem Wetter trotzten. Einige Menschen hatten es sich in gestreiften Strandkörben, die wild über den goldbraunen Sand verteilt waren, gemütlich gemacht und im graublauen Wasser meinte ich sogar zwei Schwimmer ausmachen zu können. Und das, obwohl sich der Himmel zunehmend verdunkelte.

»Hast du schon ein bestimmtes Café im Sinn?«, fragte ich nach ein paar Minuten, in denen wir schweigend dem *Giloweg* gefolgt waren, bis uns nur noch braungrüne Dünen, Sand und das Meer in der Ferne umgaben. Keine Menschenseele, keine Gebäude, nur Lou und ich im Regen unter sturmgepeitschtem Himmel.

Eine ihrer rostbraunen Augenbrauen sprang nach oben, als Lou mich unter ihrer Kapuze hinweg ansah. »Warum?«

»Weil wir quasi sämtliche Zivilisation hinter uns gelassen haben.«

Ein kleines Lächeln zupfte an ihren Lippen. »Fürchtest du dich allein mit mir hier draußen, @chasingkaihansen?«

Nein, aber davor, wie Zeit allein mit dir hier draußen meine Prinzipien verändert.

»Da vorne ist es auch schon«, meinte Lou, als ich nichts erwiderte, und streckte einen Arm aus. »Das kleine Gebäude dort drüben.«

Ich kniff die Augen zusammen, um durch den Regen und das dämmrige Nachmittagslicht mehr zu erkennen … als die Welt um uns herum für einen Sekundenbruchteil in gleißend helles Licht getaucht wurde. Gefolgt von einem heftigen Donner, der mein Herz stolpern ließ.

»Scheiße«, stieß ich hervor, »es sollte doch erst heute Nacht gewittern.«

Lou sah mich mit geweiteten Augen an, dann blickte sie wieder in den Himmel. Selbst unter dem gelben Regenmantel konnte ich erkennen, wie schnell sich ihre Brust hob und senkte. »W-was?«

»Das Unwetter. Komm, wir können nicht im Freien bleiben, das ist zu gefährlich.« Noch ehe ich länger darüber hätte nachdenken können, hatte ich mir auch schon ihre Hand geschnappt und zog Lou in Richtung Café. Kühle, schmale Finger, die sich viel zu leicht mit meinen verflochten. Als würden sie zusammengehören.

Fokus, Hansen!

Ich biss die Zähne zusammen und legte noch einen Zahn zu, während der Regen wieder stärker wurde und es über unseren Köpfen immer wieder blitzte und polterte. Das war nicht gut. Hand in Hand rannten wir die letzten Meter bis zum Café *Seeblick*, nur um festzustellen, dass es geschlossen war.

»*Wegen Notfall in der Familie* … So ein Mist«, brachte Lou keuchend hervor und sah sich um, den freien Arm um ihre Mitte geschlungen. »Und jetzt?«

Der nächste Blitz zuckte über den tiefgrauen Himmel und mittlerweile kam es mir so vor, als wären wir mitten im Zentrum des Gewitters.

»Hier. Wir stellen uns unter, das ist besser, als ungeschützt weiterzusuchen.« So gut es ging, drückte ich Lou und mich in den kleinen Vorsprung des Eingangs und konnte nicht verhindern, dass ich erschauderte. Nicht aufgrund des kalten

Windes oder meiner durchnässten Kleidung, sondern … weil Lou überall war. Ihr Rücken presste sich an meine Brust, ihre Finger hielten meine umklammert und … *Lou. War. Überall.* Ihr Geruch nach Sonne und frischem Gras vermischte sich mit dem Regen *und war überall.* Ihr Puls, den ich durch unsere Kleidung hindurch spüren konnte, raste *und war überall.* Und in meinem Kopf … da war auch *überall* bloß Lou.

»Kai?« Ohne mich loszulassen, drehte sie sich zu mir um. Ihre Augen wirkten in diesem Moment so unendlich groß in ihrem herzförmigen Gesicht und bei ihrem Anblick zog sich etwas in mir zusammen. Mit einem Mal rückten all meine eigenen Ängste in den Hintergrund, weil es nur noch wichtig schien, sie zu beschützen, zu halten. Die Furcht aus ihren Zügen zu vertreiben.

»Komm her.« Ich holte zittrig Luft, dann zupfte ich sanft an ihrer Hand. Bis Lou sich an meine Brust drückte. Bis ich beide Arme um sie schlang. Mein Kinn auf ihrem Scheitel ruhte.

Und ich verdammt noch mal verloren war.

Bei jedem Donnern fühlte ich, wie Lou zusammenzuckte, und hielt sie ein bisschen fester. »Ich wusste gar nicht, dass du dich vor Gewittern fürchtest, lovely Lou«, raunte ich und begegnete ihrem Blick, als sie zu mir aufsah. Mit all den Emotionen in ihren wunderschönen grünbraunen Augen, die mich von Anfang an in ihren Bann gezogen hatten. Gegen die ich mich seit Tagen wehrte … und gegen die ich nie eine echte Chance gehabt hatte.

Ich schluckte. Hob langsam eine Hand an ihre Wange, auf der Regentropfen lagen, und zog die Brauen zusammen.

»Du machst es mir echt schwer«, flüsterte ich heiser, folgte der Linie ihres Wangenknochens, bis meine Fingerspitzen ihre Unterlippe erreichten. Ich ihren schnellen Atem fühlen konnte, ihren Puls, der genauso raste wie das angeknackste, verkorkste Herz in meiner Brust, das verlernt hatte zu vertrauen.

Ich konnte das nicht noch mal, aber ich wollte es. Vielleicht lag das Internet ja richtig und ich hatte wirklich einen Hang zur Selbstzerstörung.

Scheiß drauf.

»Scheiß drauf.« Nur einen Sekundenbruchteil später umfasste ich ihre Wange fester, beugte mich zu ihr herab und küsste Lou. Ich küsste sie und sie küsste mich, während in mir zwei Seelen miteinander rangen, mich zu zerreißen drohten – bis auf einen Schlag alles verstummte und nur noch Lou übrig blieb. Sie, dieser Moment, der die Welt um uns herum einfach für ein paar Atemzüge lang ausschaltete, und *wir.*

Nur Lou und ich.

Ohne Filter. Ohne Maske.

Echt.

Kapitel 21

GRÜNDE, DIE WIR NICHT KENNEN

Lou

Ich erwiderte den starren Blick meines Spiegelbilds und stieß den Atem aus. Noch länger konnte ich die Begegnung mit Kai nicht hinauszögern, ganz gleich, wie sehr sich meine Gedanken auch überschlugen. Und dabei immer wieder bei unserem Kuss landeten, der das Kai-Lou-Gefüge auf den Kopf gestellt hatte. Weil er plötzlich und sanft gewesen war. Genau richtig mit seinen Lippen auf meinen und im nächsten Moment anscheinend völlig falsch. Als sich Kai abrupt abgewandt und damit den gesamten Rückweg in Schweigen gehüllt hatte.

Ein Schritt nach vorne und zwei zurück.

Mehr oder weniger entschlossen, straffte ich die Schultern, nickte mir selbst zu und verließ das Bad. Kai saß am kleinen Esstisch vor seinem iPad, Musik spielte leise im Hintergrund, während er konzentriert durch die heutigen Fotos scrollte. Ein paar Herzschläge lang beobachtete ich ihn dabei, seine gerunzelte Stirn, seine Haare, die von der Dusche nach dem Regentag noch leicht feucht waren, die Anspannung in seiner Haltung, die auch in mir vibrierte. Himmel, wir mussten es endlich hinter uns bringen und über das sprechen, was am Strandcafé geschehen war.

Und das, was es für ihn, für mich, für dieses *Uns* voller Fragezeichen bedeutete.

»Hey«, begann ich sanft und krallte die Finger in den Saum meines Hoodies.

Kai hob den Kopf, begegnete meinem Blick und in diesem Moment war es unmöglich zu sagen, was in ihm vor sich ging. Weil da zu viel in seinen Augen stand und gleichzeitig gar nichts. »Hey.«

Ich biss mir auf die Unterlippe und seufzte leise. »Wir können … na ja, wir können das nicht ignorieren. Du weißt schon.«

Seine Schultern sackten ein Stück herab. »Nein, das können wir nicht. Ich …« Er klappte das iPad zu und stand auf, machte ein paar Schritte in meine Richtung. »Es tut mir leid. Ich hätte das nicht tun sollen, weil … weil es alles noch viel komplizierter macht.«

Seine Worte legten sich wie ein Gewicht auf meine Brust. »Du brauchst dich nicht zu entschuldigen, schließlich habe ich … dich auch geküsst. Oder nicht?«

Ein kleines, beinahe trauriges Lächeln flog über seine müden Züge. Alles, was vorhin so lebendig an ihm gewirkt hatte, schien nun voller Erschöpfung, als würde er seit Stunden einen inneren Kampf in sich austragen. »Das hast du.«

Dieses Mal war ich es, die auf ihn zutrat, bis uns nur noch eine Unterarmlänge voneinander trennte. »In meinen Augen ist das nicht kompliziert, Kai. Es ist sogar ziemlich einfach.« Denn obwohl er mich verwirrte, war mir klar, dass ich es wissen wollte. Herausfinden wollte, was das für eine Anziehung war. Wohin sie führen würde.

Kai schluckte und wieder konnte ich diesen Muskel an seinem Kiefer sehen, seinen inneren Widerspruch. So wie im

Flur der Pension, so wie im Unterstand, als er mich geküsst hatte. »Lou, ich … ich glaube, ich brauche einen Moment. Im übertragenen Sinne.« Seine Bitte war nicht mehr als raue Worte, die zwischen uns in der Luft hingen und in denen so viel mitschwang, dass es mir schwerfiel, nicht zu fragen. Zu fragen, warum ihm dieser Kuss solche Angst machte. Doch seine leise Stimme hielt mich davon ab, die Verwirrung in seiner Miene, das, was ich noch nicht zu benennen vermochte. Und seine offensichtliche Zerrissenheit machte etwas mit mir. Denn ich wollte sie verstehen. Ich wollte ihn verstehen und für ihn da sein, weil er mir trotz Tausend-Watt-Lächeln für Instagram, trotz mittlerweile einer Million Followern unfassbar einsam vorkam. Eine Einsamkeit, die er schon ziemlich lange mit sich herumzuschleppen schien.

Ich fuhr mir über die Arme und neigte den Kopf. »Versprich mir, dass wir noch einmal reden.«

Kai sah mir fest in die Augen und nickte. »Sobald ich Antworten gefunden habe, bist du die Erste, mit der ich sie teilen werde, Lou. Du hast mein Wort.«

Die norddeutsche Landschaft flog an uns vorbei, während leiser Regen gegen die Scheiben des Zugs prasselte und sich ein seltsames Gefühl von Zeitlosigkeit einstellte. Kai saß mir gegenüber im Vierer des ICs in Richtung Bremen, das Handy in der Hand und einen finsteren Ausdruck auf den Zügen. Bisher hatte alles erstaunlich problemlos funktioniert, wir waren vom Fährterminal in Emden mit dem Bus zum Bahnhof gefahren und dort in den ersten Zug gestiegen. In Bremen würden wir noch einmal umsteigen, ehe wir hoffentlich am frühen Abend in Bremerhaven ankommen würden. Sofern die Bahn mitspielte, das war ja immer so eine Sache.

Wieder schaute ich kurz zu Kai und konnte nicht verhindern, dass sich meine Gedanken zu drehen begannen. Um den Gewitter-Kuss. Um den Abend danach, die greifbare Spannung. Um Kai, der durch kleine Gesten meine Nähe suchte und mich gleichzeitig auf Abstand hielt. Am Tag genauso wie heute Nacht. Es war schwer zu beschreiben, aber es kam mir so vor, als würden ihn zwei Stimmen in vollkommen unterschiedliche Richtungen ziehen.

Mein eigenes Handy, das in meinen Fingern lag, blinkte mit einer neuen Nachricht im *E.M.I.L.*[2]-Chat auf und unterbrach meine Gedanken.

Malia
Wie kann ein verregneter Tag so instagramable aussehen? 😳

Leni
Das frage ich mich auch. 🤔Die Bilder von dir am Borkumer Leuchtturm sind mega, Lou – obwohl es aus Eimern schüttet und der Himmel eine einzige graue Suppe ist.

Elisa
Kai ist anscheinend ein sehr talentierter Fotograf, der selbst das schlechteste Wetter fotogen machen kann.

Ida
Oder es war Photoshop.
Benimmt sich mein Bruder?

Leni
Ida! 😳

Klar, mit Kai läuft es fantastisch. In der einen Sekunde lässt er endlich seine Mauern fallen und küsst mich und in der nächsten wird er wieder zum höflichen und verflucht nachdenklichen Reisebegleiter. Aber immer mit seinem Grübchenlächeln.

Ich biss mir auf die Lippe, um mir ein Schnauben zu verkneifen, und ließ stattdessen meine Finger über die Tastatur fliegen.

Lou
Kai benimmt sich absolut tadellos, keine Sorge. Ich vermisse euch so sehr, Mädels!

Malia
Du fehlst uns auch sehr. Wir brauchen unser zweites L ♡

Leni
@Ida, hast du noch mal mit Kai gesprochen? Wegen Mathildas Geburtstag, meine ich.

Ida
Da hilft kein Reden mehr. Sorry, aber in dieser Hinsicht ist Kai ein egoistischer Arsch.

Elisa
Ida.

Ida
Ist doch wahr. Hier der Beweis:

Im nächsten Moment erschien der Screenshot eines Chatverlaufs, den ich schnell als eine WhatsApp-Diskussion zwischen Ida und Kai identifizierte. Den Zeiten über den Messages nach zu urteilen, schrieb Ida gerade zeitgleich mit ihrem Bruder. Nun, das erklärte zumindest den zunehmend finsterer werdenden Ausdruck auf seinen Zügen. Mit gemischten Gefühlen klickte ich auf das Foto und überflog die Nachrichten.

Ida
Ich verstehe es einfach nicht, Kai. Okay, du hast irgendein Problem mit Mik und unseren Eltern und mir, fair enough, aber Grams? Kannst du dich nicht einmal für sie zusammenreißen?

Kai
Es geht hier nicht ums Zusammenreißen, Ida. Ich möchte euch bloß nicht den Tag versauen.

Ida
Du versaust uns den Tag, wenn du nicht kommst. Ob du es willst oder nicht, du gehörst zur Familie und mit deinem Verhalten verletzt du jeden Einzelnen von uns.

Kai
Was soll ich darauf antworten, hm?

Ida
Vielleicht, dass du endlich aufhörst, immer nur an dich zu denken.

Hier hörte der Screenshot auf, aber ich hatte auch so genug gelesen. Kais Antworten passten zu dem Bild, auf das ich in den vergangenen Tagen einen kleinen Blick bekommen hatte, und gleichzeitig gaben sie mir nur noch mehr Rätsel auf. Manchmal kam es mir so vor, als wäre Kai ein besonders tiefer Ozean. Ganz selten schaffte es etwas Licht, die undurchschaubare Dunkelheit zu durchbrechen, doch in den meisten Fällen war es unmöglich, den Grund zu sehen. Und das, was dort lag.

Malia
Haben wir einen Plan?

Leni
Ich weiß nicht, ob es für so etwas einen Plan gibt. Letztlich ist es Kais Entscheidung, oder nicht?

Ida
Ich habe das Gefühl, meinen Bruder nicht mehr zu kennen.

Nach Idas letzter Nachricht blieb es still im Chat, vielleicht weil niemand von uns so recht wusste, was wir darauf hätten antworten sollen. Seufzend sperrte ich das Handy und schaute zu Kai, nur um festzustellen, dass er mich ansah, das Smartphone beinahe vergessen in den Fingern.

»Schlechte Nachrichten?«, fragte er leise und beugte sich ein Stück über den Tisch zwischen uns.

Achselzuckend legte ich mein Telefon zur Seite. Ich wollte mit Kai nicht über das sprechen, was ich gerade von Ida erfahren hatte, wollte nicht zwischen den Stühlen stehen, aber auf der anderen Seite … »Die Mädels haben mir geschrieben.«

Irgendetwas an meinem Tonfall schien ihm klarzumachen, worüber wir im Chat gesprochen hatten. »Ich kann mir denken, worum es geht.« Seufzend fasste er sich an die Nasenwurzel. »Keine Ahnung, was ich machen soll.«

»Versteh mich nicht falsch, ich weiß schließlich nicht viel über diesen Streit in deiner Familie, aber womöglich solltest du versuchen, mit ihnen zu reden.«

Kai zog die Brauen zusammen, doch seine Stimme blieb ruhig, beinahe sanft. »Du hast recht. Wenn du mehr darüber wüsstest, würdest du das nicht vorschlagen.«

»Für mich klingt es, als würde dich deine Familie in erster Linie vermissen.«

»Sie vermissen etwas, das ich ihnen nicht geben kann.«

»Was macht dich da so sicher?«

Mit einem gemurmelten Fluch fuhr sich Kai über das Kinn und blickte nach draußen. »Ich habe es in ihren Gesichtern gesehen, als ich zurückgekommen bin.«

Ich konnte nicht genau sagen, was Kai mit diesen Worten meinte, doch ich spürte, dass sich dahinter eine ganze Welt verbarg, von der er sich wünschte, sie würde nicht existieren. Langsam schob ich meine Hand auf dem Tisch zwischen uns näher an ihn heran, bis sich unsere Zeigefinger kaum merklich berührten. Kurz wirkte es, als wollte sich Kai zurückziehen, dann jedoch ließ er zu, dass sich unsere Finger miteinander verflochten. So wie im Regen, so wie abends in der Dunkelheit unserer kleinen Ferienwohnung.

»Wäre Mathildas Geburtstag nicht eine gute Gelegenheit, etwas daran zu ändern?«, begann ich sanft. »Und ich sage das nicht wegen Ida oder weil ich dich in irgendeine Richtung drängen möchte, sondern weil ich glaube, dass du … dass du vielleicht auch möchtest, dass es wieder anders ist.«

Kai sah mich eine ganze Weile lang schweigend an, ehe er nickte. »Ich würde eine Menge tun, um etwas zu ändern, aber ich möchte ihnen diesen Tag nicht nehmen.«

Am liebsten hätte ich gefragt, warum er so sehr davon überzeugt war, ihnen die Feier mit seiner Anwesenheit kaputtzumachen, doch ich hatte den Verdacht, dass ich hier im Zug nach Bremen keine echte Antwort darauf bekommen würde. Also drückte ich bloß leicht seine Finger und erwiderte: »Denk zumindest noch mal über das nach, was dich zurückhält, okay? Und ob es wirklich diese Gründe sind.«

Kai ließ hörbar seinen Atem entweichen, nickte jedoch ein zweites Mal. »Glaub mir, das tue ich.«

In Bremen schafften wir es so mühelos in unseren Anschluss nach Bremerhaven, dass es fast schon unheimlich war. Und auch wenn wir dieses Mal in dem überfüllten Zug nur einen Platz auf dem Boden im Einstiegsbereich ergatterten, war die Stimmung deutlich besser. Ein bisschen so, als hätten wir diese Schwere im IC gelassen und wären nun mit leichterem Gepäck unterwegs.

»Ich fasse es nicht, dass du wirklich gepostet hast, wie ich fast umgefallen bin.« Über mein Handy hinweg, auf dem noch immer besagte Story geöffnet war, warf ich Kai einen gespielt finsteren Blick zu.

»Eigentlich fand ich es ziemlich niedlich, dass dich dein Rucksack beinahe umgehauen hat.«

»Niedlich? Zu meiner Verteidigung, der ist schwerer, als er aussieht.«

»Und so groß wie du, da kann dir niemand einen Vorwurf machen. Aber das nur am Rande.«

»Jetzt übertreibst du, Kai.« Ich steckte mein Smartphone weg und zog die Beine auf dem gräulichen Teppichboden in den Schneidersitz. »Hältst du mich für verrückt, wenn ich sage, dass ich so fast am liebsten reise?«

»Auf dem Boden nahe der Zugtoiletten?« Kai hob amüsiert eine Braue.

Ich schnitt eine Grimasse. »Nein, ich meine in diesem ganzen Gewusel. Unter Menschen und ein wenig ungeplant. Schließlich wollten wir ursprünglich erst Inselhopping machen.«

»Claire ist immer noch ein wenig enttäuscht, dass es nun kein Insel-Feature gibt, aber gegen das Wetter kommt eben nicht mal eine Claire Adams an.«

»Ich würde ihr alles zutrauen«, gab ich zurück und lehnte mich gegen meinen großen Rucksack, auf dem nun auch ein kleiner Patch der Insel Borkum prangte. Genau wie auf Kais. »Aber letztlich geht es auf der Reise ja weniger um den Ort und mehr um uns, oder? Um dich und mich und unsere Erlebnisse.«

Kai lächelte und zog ein Knie an, um das er locker seinen eingegipsten Arm legte. »Ich glaube, das gefällt mir.«

Unter seinem intensiven Blick, der mich sehr an gestern erinnerte, wurde mir warm. »Ich glaube, mir auch. Wir –«

»Entschuldigung?«

Bei der hellen, unbekannten Stimme schauten Kai und ich gleichermaßen zu den vier Mädels auf, die vor uns standen. Sie waren ein wenig jünger als ich, und ihrer Outdoor-Kleidung nach zu urteilen, kamen sie gerade von ihrem eigenen Abenteuer zurück – oder waren auf dem Weg dorthin.

»Hey, wie können wir euch helfen?«, entgegnete ich freundlich und sah sie der Reihe nach an.

Die Schwarzhaarige, die ganz vorne stand, zupfte an ihrem Shirt herum und deutete dann auf ihre Freundinnen. »Wir kennen euch von Insta und … also, wir verfolgen da euren Trip, weil wir selbst gern unterwegs sind und so.«

Kai und ich tauschten einen raschen Blick, ehe die Brünette neben ihrer Freundin ergänzte: »Als wir gesehen haben, dass ihr zufällig im gleichen Zug fahrt, haben wir gedacht, dass … wäre es vielleicht okay für euch, ein Foto mit uns zu machen?«

Zu meiner Überraschung kam Kais Antwort ohne das geringste Zögern. »Natürlich! Das freut uns riesig.« Wieder richteten sich seine braunen Augen auf mich und ich nickte.

Also stellten wir uns zu sechst auf, was in dem schmalen Eingangsbereich der Regio zwischen Rucksäcken und Koffern gar nicht so leicht war. Ein Mann mit schiefem Regenhut schoss gleich eine ganze Salve an Bildern von uns und die Mädels bedankten sich begeistert, bevor sie weitergingen und Kai und mich ein wenig sprachlos zurückließen. Zumindest war ich ziemlich sprachlos, denn mir war so etwas bisher noch nie passiert.

»Ein bisschen seltsam, was?«, erkundigte sich Kai leise, ein kleines Schmunzeln auf den Lippen.

»Schon, aber gut seltsam.«

»Sehr gut seltsam.«

Knappe zwei Stunden später waren wir bereits mitten in Bremerhaven und der bunten Mischung aus Hafen, Museen und historischen Bauten, die sich mit neumodernen Gebäuden abwechselten. Weder Kai noch ich hatten uns im Vorhinein viele Gedanken über Sightseeing gemacht, sodass wir ähnlich wie auf Borkum einfach drauflosgelaufen waren. Was meiner Meinung nach die beste Möglichkeit war, einen Ort und seine versteckten Schätze zu erkunden. Da wir erst am Nachmittag in unser Hostel einchecken konnten, hatten wir unsere Rucksäcke kurzerhand mitgenommen. Das war zwar weniger komfortabel, eignete sich dafür aber bestens für Backpackfotos.

Die Kamera noch in den Händen blieb ich stehen und schaute durch den Sucher aufs Wasser. Vor uns breitete sich die Mündung der Weser ins offene Meer aus und trotz grauer Wolken schaffte es die Sonne, sich hier und da zu zeigen. Die perfekte Lichtstimmung für eine dramatische Aufnahme des Windsemaphors – einem historischen Windanzeiger – vorne auf der Mole. Ich nahm ein paar Einstellungen vor, als ich hinter mir ein Klicken hörte … und Kai dabei erwischte, wie er gerade seine Nikon sinken ließ.

»Ist das okay?«, fragte er so leise, dass ich es über den Wind hinweg beinahe nicht verstanden hätte.

Ich hängte mir meine eigene Kamera um und strich ein

paar meiner Strähnen aus den Augen. »Sicher. Ich … ich vertraue dir. Und deinen Fotokünsten.«

Seine dunklen Brauen zogen sich ein wenig zusammen, dann sackten seine Schultern herab. »Lou, wegen gestern …«

Auch ohne dass er den Satz beendete, spürte ich, wie sich etwas in meiner Brust verkrampfte. »Es ist okay. Wenn der Kuss nur dem Moment geschuldet war oder so, dann … ist das okay.«

Die Falten auf seiner Stirn vertieften sich. »Wir wissen beide, dass es nicht nur der Moment war und …« Er unterbrach sich kurz, um durchzuatmen, »… dass ich vor unserer Abreise nicht die Wahrheit gesagt habe. Als ich meinte, dass da nichts zwischen uns ist, aber …«

Aus einem Impuls heraus schloss ich den Abstand zwischen uns, bis ich den Kopf ein wenig in den Nacken legen musste, um ihm weiterhin in die Augen schauen zu können. Wir mussten ein seltsames Bild abgeben. Beide mit unseren großen Rucksäcken, so nah voreinander. »Ich … ich verstehe, wenn es Dinge gibt, die dich zurückhalten. Dinge, auf die du keine Antworten hast.«

Er biss die Zähne aufeinander und neigte den Kopf. »Und ich kann verstehen, wenn das zu kompliziert ist. Wenn ich … zu verkorkst bin, Lou.«

»Weil du dein eigenes Tempo hast? Das ist nicht verkorkst, Kai, sondern menschlich. Und das ist in Ordnung. Wir können das in deinem Tempo machen, es auf uns zukommen lassen und … herausfinden, wohin es uns führt. Ohne Label. Ohne Druck. Nur du und ich. Wenn du das möchtest.« Mein Herz klopfte mir bis zum Hals, als ich das sagte. Weil ich mich davor fürchtete, zu viel zu sagen, und es gleichzeitig unzählige Dinge gab, die ich noch aussprechen wollte.

Dass er sich fallen lassen konnte.

Dass ich all seine Gedanken kennen wollte.

Dass ich nicht gehen würde, nur weil es hinter seinem Lächeln auch dunklere Flecken gab.

Und ich hoffte, dass ich die Möglichkeit bekommen würde, ihm all das zu sagen, weil es mir so vorkam, als hätte er es schon sehr lange nicht mehr gehört.

Noch einen Augenblick sah Kai mich schweigend an, dann ließ er seine Stirn gegen meine sinken. Ganz langsam, ganz zögerlich. »Ich glaube, das möchte ich.«

»Dein Tempo, Kai.« Meine Stimme war nicht mehr als ein Flüstern.

»Und deins«, gab er genauso leise zurück.

Und vielleicht irgendwann unseres.

»Irgendwelche Vorschläge, was wir uns heute noch in Bremerhaven anschauen wollen, bevor es weitergeht?«, fragte ich und drehte mich im Gehen zu ihm um, während wir von unserem Hostel aus durch die Innenstadt schlenderten. Wieder hatten wir unsere Rucksäcke dabei, um später am Abend direkt zum Bahnhof gehen zu können.

»Nach dieser Nacht mit acht anderen Menschen, die alle abwechselnd geschnarcht haben, bin ich leider zu keiner echten Entscheidung fähig. Such du es dir einfach aus und – *Vorsichtig, Lou!*«

Ruckartig drehte ich mich wieder nach vorne und konnte dem Mülleimer gerade noch rechtzeitig ausweichen, ehe es mich dank meines großen Backpacks wie einen Maikäfer zu Boden reißen konnte. *Wieder.* Allein die Vorstellung, noch mal auf dem Rücken zu liegen und nicht hochzukommen … Mir sprudelte ein Lachen über die Lippen.

»Alles okay?«, erkundigte sich Kai, nachdem er zu mir aufgeschlossen hatte, und musterte mich aufmerksam.

Ich nickte. »Jap. Alles noch dran. Wo waren wir stehen geblieben?«

Kurz zuckten seine Lippen in Richtung eines Schmunzelns. »Bei der Hostelnacht.«

»Das ist echt ein wunder Punkt von dir, hm?«

»Jeder hat seine ganz persönlichen Schwachstellen.«

Ich feixte, als er das Gesicht zu einer gespielt gequälten Miene verzog, und schob ihn dann nach rechts in Richtung alter Hafen. So schlaflos die Nacht im Hostel auch gewesen sein mochte – denn da musste ich Kai leider recht geben –, so sehr liebte ich die Leichtigkeit, die ihn heute umgab. Als hätte unser Gespräch gestern am Windmesser ein enormes Gewicht von seinen Schultern genommen. Auch wenn es nichts an der Nachdenklichkeit änderte, die sich regelmäßig in seinen Blick schlich. Immer dann, wenn er glaubte, ich würde es nicht mitbekommen.

»Einen richtigen Plan habe ich auch nicht. Nicht zu planen, ist ja schließlich Teil des Ganzen. Aber wir könnten einfach googeln.« Ich zog mitten in der Fußgängerzone mein Handy hervor und war froh, dass Kai im selben Moment meine andere Hand bei sich unterhakte, um mich vor weiteren möglichen Kollisionen zu bewahren. »Also, es gibt eine Menge cooler Museen. Das Deutsche Schifffahrtsmuseum. Das Deutsche Auswandererhaus. Das Historische Museum. Das Klimahaus …«

»Ehrlich gesagt, finde ich das Wetter zu gut für drinnen.«

Ich schaute kurz zu ihm und lächelte. »Geht mir genauso

und … oh, das ist schön!« Hastig klickte ich auf das Vorschaubild und hielt es Kai direkt unter die Nase. »Was hältst du davon?«

Mit einem vielsagenden Blick schob er das Display auf Unterarmlänge von sich weg und swipte durch die Galerie. »Das ist aber nicht hier, sondern in Cuxhaven, Lou.«

»Oh wirklich?« Ich scrollte etwas runter und überflog den Text über die *Alte Liebe*, einen jahrhundertealten Anlegesteg aus Holz, der übers Meer scheinbar direkt in den Sonnenuntergang führte – zumindest den Bildern nach zu urteilen. Definitiv etwas, das ich sehen wollte, nur waren wir dafür am falschen Ort. »Schade, das habe ich irgendwie überlesen.«

»Weißt du, was?« Kai blieb abrupt stehen und zog mich zu sich, bis wir direkt voreinanderstanden. Inmitten der Menschen um uns herum, den vielen Stimmen und leiser Straßenmusik. »Wir fahren jetzt dorthin.«

»Nach Cuxhaven? Und unser gebuchter Zug heute Abend?«

»Geht es nicht genau darum?«, wiederholte er meine Worte und neigte den Kopf ein klein wenig zur Seite. »Keine Pläne machen, Pläne verwerfen und einfach drauflosreisen? Das Abenteuer vor der eigenen Haustür suchen?«

Schmunzelnd verschränkte ich locker die Arme vor der Brust. »Vorsicht, wenn du so weitermachst, verlierst du noch dein knallhartes Travelinfluencer-Image.«

»*Back to the Roots*, Lou.«

»Back to the Roots.«

»Wenn wir uns beeilen, bekommen wir noch den Zug um 14.03 Uhr nach Cuxhaven.« Nun hielt er mir das Handy direkt vor die Nase.

»Was ist mit Claire?«

»Es ist unser Abenteuer, oder nicht?«

»Du bist verrückt.«

»Das habe ich von dir gelernt.« Er hielt mir auffordernd seine Hand hin. »Was ist? Bist du dabei?«

Noch einen Moment länger zögerte ich, während sich Spannung und Vorfreude und dieses besondere Prickeln der Aufregung in jeder Zelle meines Körpers breitmachten. Dann ergriff ich seine Finger und nickte. »So was von bereit.«

Unsere Finger fanden wie von selbst zueinander und dann liefen wir einfach drauflos. Durch die Menschen, durch die Fußgängerzone, als wäre der Teufel persönlich hinter uns her, hinein in unser Abenteuer.

Kapitel 22

KITSCH UND ANDERE HERZENSANGELEGENHEITEN

Lou

Mein Herz schlug mir bis zum Hals, das Blut rauschte in meinen Ohren und mir war unglaublich warm, obwohl ein kalter Wind an meiner Kleidung zog. Leichter Nieselregen, der nach Salz und Meer schmeckte, füllte die Luft, mein Magen knurrte und doch hätte ich in diesem Moment nicht glücklicher sein können. Darüber, dass ich in Bremerhaven Kais Hand genommen und mit ihm in den nächsten überfüllten Zug nach Cuxhaven gestiegen war. Darüber, dass wir in dem alten Gewürz-Kontor direkt am Hafen, das zu einem Hostel umgebaut worden war, spontan noch zwei Betten bekommen hatten und den ganzen Weg hierher gerannt waren, um diesen Augenblick nicht zu verpassen. Und darüber, dass ich nun mit Kai am Anfang des langen Anlegestegs stand, während über uns der Gewitterhimmel in einer Flut aus Rosa und Blau und Orange und Gold explodierte. Wer auch immer gesagt hatte, es bräuchte einen wolkenlosen Tag für den perfekten Sonnenuntergang, der hatte wohl nie einen solchen zu Gesicht bekommen, bei dem der Himmel eine Leinwand aus sturmgepeitschten Strichen und Gebilden war.

»Und? Ist es so, wie du es dir vorgestellt hast?«, fragte Kai in die angespannte Stille zwischen uns, die nur von dem Rauschen des Windes gefüllt wurde.

Ich schaute zu ihm und schüttelte den Kopf. Der Nieselregen hatte feine Tröpfchen auf seine dunklen Haare gelegt, die ein wenig wie Morgentau wirkten. »Klingt es kitschig, wenn ich sage, dass ich es besser finde?«

»Ein wenig vielleicht. Aber angesichts des Bilderbuchsonnenuntergangs absolut verständlich. Mich macht so etwas selbst nach Hunderten und Tausenden solcher Momente noch sehr nachdenklich. Auf die gute Art. Ein Sonnenuntergangsmoment eben.«

Lächelnd deutete ich mit dem Kinn in Richtung des alten Stegs aus Holz. »Wollen wir?«

»Gern. Hast du etwas dagegen, wenn ich eine Story von dir aufnehme?«

Ich kräuselte zweifelnd die Stirn. »Mit dem rosa Himmel auf einem romantischen Anlegesteg, der *Alte Liebe* heißt? Könnte das die Leute nicht auf … na ja, Ideen bringen?« Auf keinen Fall wollte ich, dass ein Social-Media-Sturm das zwischen uns kaputtmachte, noch ehe wir herausfinden konnten, was genau es eigentlich war.

»Du hast recht, daran habe ich gerade gar nicht gedacht. Es ist nur … eben ein sehr schönes Bild.« Seine Stimme war rauer und leiser, hatte wieder diese beinahe verletzliche Note, als er das sagte. Und diese verletzliche Note berührte etwas in mir, so wie er es seit einiger Zeit tat.

»Wir können ihn trotzdem festhalten«, erwiderte ich und zog ihn sanft ein Stück zu mir heran. »Gemeinsam.«

Kais kleines Lächeln wurde wärmer. Dann nickte er. »Einfach so.«

»Einfach so.« Meine Wangen wurden warm. Weil in diesem *Einfach so* mehr für mich lag. Weil Kai mich ansah, als würde er verstehen, und weil es in meiner Brust dabei mal wieder viel zu schnell pochte.

Ich mag ihn. Ich mag ihn immer mehr auf eine Weise, die über Mögen hinausgeht.

Kai streckte eine Hand nach mir aus und schob eine einzelne Locke, die sich aus den zwei Knoten auf meinem Kopf gelöst hatte, hinter mein Ohr. Ein paar stolpernde Herzschläge lang blieben wir genau hier, mit verschränkten Blicken, seinen warmen Fingern an meinem Gesicht, während der Himmel über uns einem Malkasten glich. Dann überwand Kai den kleinen Abstand zwischen uns und küsste mich.

Es war ein anderer Kuss als am Sonntag im Regen. Dieser hier war leichter, die schwere Note darin leiser und neben der zarten Berührung seiner Lippen auf meinen spürte ich Kais Verlangen in jeder noch so kleinen Bewegung. Mit einem leisen Murmeln umfasste er mein Gesicht, zog mich näher zu sich heran und ließ aus der sanften Berührung das werden, was zwischen uns brodelte. Anziehung, der man nicht entkam, egal, wie sehr man sich auch dagegenstellen mochte, egal, wie groß die Bedenken waren. Gegen die Schwerkraft hatte man keine Chance. Sie brachte zueinander, was zusammengehörte, und so kitschig dieser Gedanke, so kitschig dieser Moment auch sein mochte, es war *unser* kitschiger Moment und das allein verwandelte Kitsch auf einen Schlag in *Genau richtig*.

Außer uns war auf dem Steg bei diesem Wetter nicht viel los, weswegen uns niemand davon abhielt, absurde Selfies und Videos aufzunehmen, nachdem wir uns voneinander gelöst hatten und weiter nach vorne liefen. Kai und ich wechselten uns ab, nahmen kleine Sequenzen auf, ein paar nur für uns, ein paar weniger private für TikTok und Instagram, und dabei war es uns völlig egal, dass aus dem Nieseln immer mehr Bindfäden wurden.

»Das mit dem Nasswerden scheint irgendwie unser Ding zu sein«, meinte ich grinsend und legte den Kopf in den Nacken. »Erst am Strand und jetzt hier.«

»Ich muss den Augenblick verpasst haben, als wir uns ausgerechnet für dieses *Ding* entschieden haben«, erwiderte Kai und legte die Arme auf das feuchte Holz des Geländers, sein Smartphone noch immer in den Händen.

Ich stellte mich neben ihn, so nah, dass sich unsere Hüften berührten. Schweigend blickten wir auf das Meer, das vor uns in unregelmäßigen Wellen in den Hafen rollte, gegen die Kaimauern schlug und kein Ende zu besitzen schien.

»Ich bin froh, dass du Ja gesagt hast, Lou. Zu dieser Reise.«

»Ich auch. Ich bin froh, dass wir das zusammen machen, auf unsere Art«, gab ich zurück und wandte mich zu ihm um. »Hast du Claire schon von unserer Planänderung erzählt?«

»Nein, aber vermutlich weiß sie ohnehin längst Bescheid und in meinem Postfach warten unzählige Mails.«

»Dann können wir auch noch ein bisschen damit weitermachen, oder?«

Kai hob einen Mundwinkel. »Damit, uns vor meiner Content Managerin zu verstecken?«

Schmunzelnd schüttelte ich den Kopf und betrachtete Kai genau. Das Leuchten in seinen braunen Augen, das neu für mich war. Seine feuchten, vom Wind zerzausten Haare. Und diese vermaledeiten Grübchen. Ich sah noch immer die Furchen, die seine Vergangenheit, von der ich kaum etwas wusste, auf seine Züge gezeichnet hatte, aber ich sah auch, was diese Reise mit ihm machte. Kai hatte sich mit Claire für diese Tour entschieden, weil er sie brauchte, um sein Image aufzupolieren. Aber hier und jetzt wurde mir bewusst, dass sie noch aus einem ganz anderen Grund wichtig für ihn war. Eine Chance, aus seiner Festung auszubrechen, die er sich selbst Ziegel für Ziegel aufgebaut hatte.

»Damit, Pläne zu verwerfen«, sagte ich schließlich und ließ mein Handy in die Jackentasche gleiten.

Kai tat es mir nach und verhakte seinen kleinen Finger mit meinem. »Irgendwie habe ich in den letzten Jahren vergessen, dass Pläneverwerfen mehr Spaß macht, als ihnen zu folgen.«

»Und irgendetwas sagt mir, dass wir auf dieser Reise noch einige Pläne über den Haufen werfen werden.«

Ich hätte nie gedacht, dass Cuxhaven so viel zu bieten hatte. Zwar gab ich prinzipiell jeder Stadt die Chance, ein neuer Herzensort zu werden, aber dieser Ort mit seinen knapp fünfzigtausend Einwohnern schaffte es erstaunlich leicht. Auch wenn ich den leisen Verdacht hatte, dass das einiges mit meiner Reisebegleitung zu tun hatte und der Tatsache, dass es an unserem zweiten Tag hier zur Abwechslung blauen Himmel und Sonnenschein hatte. Jedenfalls schlich sich die Stadt an der Nordseeküste mit jedem Meter, den Kai und ich durch die Straßen wanderten, ein wenig mehr in mein Herz. Ihr Backsteinleuchtturm im Hafen, das aufgebockte Segelschiff *Hermine*, der kleine Ortskern und nicht zuletzt ein Wegweiser, dessen Pfeile in Richtungen wie Südpol,

London und Berlin zeigten und der passenderweise den Namen *Weltreise* trug.

Lächelnd posierte ich vor der Landmarke – und Kais Kamera – und breitete fragend die Arme aus. »Und schon überall gewesen, Mr @chasingkaihansen?«

Kai drückte noch einmal auf den Auslöser und blickte dann zu den einzelnen Pfeilen, als würde er sie erst jetzt richtig wahrnehmen. »Berlin, Bangkok, Moskau und London habe ich schon gesehen. Bei Süd- und Nordpol muss ich leider passen und was … was zum Teufel ist *Braunlage*?«

»Wohl eher: *Wo* ist dieses ominöse Braunlage?«, gab ich lachend zurück und kam auf ihn zu. »Womöglich sollten wir das auch noch auf unsere Liste setzen, hm?«

»Beim nächsten Mal vielleicht.«

Ich liebte es, wie leicht ihm das *nächste Mal* über die Lippen kam. Als wäre es ganz selbstverständlich, dass es ein Danach geben würde. Nach dieser Reise. Wie auch immer es aussehen mochte. Locker schlang ich die Arme um seine Taille und schaute zu ihm auf. »Werde ich mir merken. Jetzt steht zuerst Hamburg auf dem Plan.«

Kai ließ die Kamera los, sodass sie an seiner Seite baumelte, und hauchte mir einen Kuss auf die Stirn. Eine kleine Geste, die ganz beiläufig geschah und mir umso mehr bedeutete. »Unser Zug geht um fünf, richtig?«

»Richtig, wir –«

Das Bimmeln meines Handys ließ mich verstummen. Entschuldigend verzog ich das Gesicht. »Das ist Charlie. Ich fürchte, da muss ich rangehen, wir haben uns schon heute Morgen verpasst.«

»Erinnere mich nicht an dieses Gruppenfrühstück im Hostelspeisesaal.«

Bei seinem fast schon gequälten Ausdruck musste ich mir auf die Zunge beißen, um nicht schon wieder zu lachen. Kai und ich waren heute früh innerhalb kürzester Zeit von einer nicht zu unterschätzenden Menge an Hostelgästen umringt gewesen, die uns mit Fragen gelöchert hatte. Auf eine liebe, wenn auch ziemlich aufdringliche Art und Weise. Außerhalb der Travelbubble mochte uns niemand kennen, aber in einem Hostel war @chasingkaihansen kein Unbekannter.

Ich schüttelte den Kopf. »Würde ich niemals wagen.«

»Zu spät«, erwiderte er, ehe er über seine Schulter deutete. »Dann gehe ich schon mal vor ins Café?«

»Klar, ich komme gleich nach.«

Während Kai über die Straße lief und im Café *Zur Weltreise* verschwand, nahm ich das Gespräch an. »Hey, Schwesterchen, tut mir leid, dass ich vorhin nicht rangegangen bin.«

»Kein Problem, bei uns … war ohnehin viel los.«

Ich schlenderte zu der Bank neben dem Wegweiser und zog ein Bein an. »Das ist gut, oder? Viele neue Gäste in der Pension?«

»Ja, Gäste.« Ihre Antwort kam zu schnell und zu hoch und befeuerte innerhalb eines Sekundenbruchteils jenen Punkt, an dem meine Sorgen im Hinblick auf das *Bernsteinglühen* saßen. In den letzten Tagen war ich mehr mit Kai, der Reise und mir beschäftigt gewesen, doch jetzt … spürte ich bereits wieder diese Enge in meiner Brust.

»Charlie? Du weißt, dass du mit mir reden kannst, oder? Ich bin immer für dich da, egal, wo ich gerade bin.«

Meine Schwester stieß leise den Atem aus. »Das weiß ich, Lou, und dafür liebe ich dich, aber … ach Scheiße, Jule und ich haben uns total gestritten.«

»Warte, was?« Überrumpelt wechselte ich das Handy in die andere Hand.

»Na ja, gerade ist es etwas schwierig mit der Pension und Jule und ich teilen nicht immer die gleiche Meinung darüber und heute Morgen im Bad ist es irgendwie eskaliert. Als wäre ein Damm gebrochen.«

»Was genau ist denn passiert?«

Wieder dieses tiefe Seufzen. »Zwei Stornierungen, eine Rohrleitung, die undicht ist, und der Sturm, der über die Nordsee gefegt ist, hat eines unserer Fenster erwischt und ein paar Löcher ins Dach gerissen.«

»Scheiße.«

»Kannst du laut sagen. An sich sind das alles Kleinigkeiten, nur … vermutlich interpretiere ich schon wieder viel zu viel in das alles hinein und es regelt sich von selbst. Jule und ich können ohnehin nicht lange streiten. Das weißt du doch.« In ihren Worten schwang ein freudloses Lächeln mit. »Ich wollte auch eigentlich gar nicht damit anfangen, sondern über Kai sprechen. Über das Selfie, das du mir von euch geschickt hast. Ich habe richtiggelegen, oder? Mit dem, was ich vor eurer Abreise vermutet habe. Da ist etwas zwischen euch.«

»Ja, aber …«

»Wie schön. Erst dachte ich, es wäre nur für Instagram. Du weißt schon, mit euren zueinanderpassenden Rucksäcken.«

»Das ist Zufall.«

»Und den tiefen Blicken, die ihr euch in euren Stories zuwerft, auch wenn ihr es zu verbergen versucht«, fuhr Charlie fort, als hätte es meinen Einwurf gar nicht gegeben. »Ich freue mich für dich, Lou-Lou.« Ein weiteres Mal meinte ich, diese Traurigkeit und Schwere in ihrer Stimme zu hören.

Ich fuhr mir über die Stirn und zog auch das zweite Bein an. »Danke, wir … lassen das gerade auf uns zukommen.«

»Das wird sich schon alles so ergeben, wie es sein soll.«

Mein Atem entwich mit einem leisen Seufzen. »Ich denke auch. Aber, Charlie?«

»Ja, Lou?«

»Ist da nicht vielleicht doch noch irgendetwas, über das du sprechen möchtest?«

Meine Schwester zögerte und das sagte mehr, als es jede Antwort gekonnt hätte. Ein Mehr, das sich sofort wie eine schwere Kette um meine Brust legte.

»Nein, wirklich. Nur der dumme Streit. Sehen wir uns am Samstag zu Mathildas Geburtstag? Kommt du und Kai für die Feier zurück? Du hattest so etwas ja mal erwähnt.«

»Weiß ich noch nicht«, erwiderte ich abwesend. Von einem Problem zum nächsten. »Charlie, hör zu –«

Ganz meine große Schwester, die ein wahres Genie darin war, Schwierigkeiten auszublenden, gab sie mir gar nicht erst die Gelegenheit weiterzureden. »Das wäre echt toll. Ich weiß, ihr seid noch nicht lange weg, aber ihr fehlt hier. Schreib mir einfach, wenn du mehr weißt, ja? Ich muss jetzt weitermachen, Jule hat gerade nach mir gerufen.«

»Hat sie nicht«, murmelte ich, doch auch dieses Mal achtete Charlie nicht auf mich. Sondern verabschiedete sich bloß mit einem hastigen *Ich hab dich lieb* und legte einen Herzschlag später bereits auf.

»Alles okay mit deiner Schwester?«

Ich blickte von meinem Handy zu Kai auf, der mit zwei Coffees to go vor mir stand. »Ehrliche Antwort?«

Er nickte. »Immer die ehrliche.«

»Ich weiß es nicht. Warum bist du rausgekommen?«

Kai reichte mir einen der Becher, die himmlisch nach Koffein dufteten, und hob einen Mundwinkel. »Ich wollte schauen, ob es dir gut geht. Du hast ziemlich lange wie eingefroren dagesessen.«

Ich nahm einen vorsichtigen Schluck des Kaffees und lächelte freudlos. »Diese Wirkung haben Sorgen, die man sich um seine Geschwister macht.«

»Allerdings.«

Über den Becher hinweg verfolgte ich die verschiedenen Emotionen, die über seine Züge flogen. Ich wusste, dass er in diesem Moment an seine ganz eigenen Schwierigkeiten im Hinblick auf seine Familie dachte. Ein Teil von mir hätte gern an unser letztes Gespräch im Zug darüber angeknüpft, doch der Schmerz in seinen braunen Augen hielt mich davon ab. Also stand ich nur auf, ergriff behutsam die Hand seines eingegipsten Arms und schenkte ihm ein leichtes Lächeln. »Sollen wir uns noch dieses Schweizer Haus beim Schloss anschauen, bevor es nach Hamburg geht?«

Dankbar drückte er meine Finger und nickte. »Ich glaube, wir können ein Schloss gerade sehr gut gebrauchen.«

Kapitel 23

DER ORT, AN DEN ICH VERSCHWINDE

Kai

Es war nicht mein erstes Mal in Hamburg und doch fühlte es sich genauso an, als ich mit Lou durch die Hafenmetropole schlenderte. Lou hatte die Fähigkeit, Dinge zu entdecken, die mir bei meinen bisherigen Besuchen entgangen waren. Sie zeigte mir Details, für die ich zuvor blind gewesen war, und schaffte es, mich die Stadt mit neuen Augen sehen zu lassen. Und das war genau das, was ich gebraucht hatte. Etwas von ihrem Lou-Zauber. Der mich meine Angst vergessen ließ, weil Lou mir das Gefühl gab, mich fallen lassen zu können. Etwas, das ich sehr lange nicht verspürt hatte und das es geschafft hatte, meine Furcht zu durchdringen. Ich dachte nach wie vor an Sylvia, an alles, was passieren konnte, wenn man sich auf die falsche Person einließ, aber diese Angst war nicht länger lauter als mein Wunsch, Lou nah zu sein.

Auch wenn ich mich in den stillen Momenten immer wieder bei dem Gedanken erwischte, nicht gut genug zu sein. Denn obwohl ein Teil meiner Dämonen mit Lous Hilfe leiser geworden war, blieb anderes gleich. Ich wich meinen Geschwistern, der Enttäuschung meiner Eltern weiterhin aus. Schaffte es nicht, die Sache mit Grams' Geburtstag zu klären. Lief … lief nach wie vor davon.

So wie immer.

»Kai?«

Mein Kopf ruckte hoch und mir wurde bewusst, dass ich mitten auf einer kleinen Brücke in der Speicherstadt stehen geblieben war. »Hm?«

»Du hast einfach angehalten. Dabei habe ich meine Frage noch nicht einmal gestellt.«

Ich betrachtete Lou in ihrer weiten Latzhose aus dunkelgrünem Cord, dem weißen, dünnen Pullover darunter und den langen, ungebändigten Locken, die in der Hamburger Abendsonne fast wie flüssiges Kupfer wirkten. Nicht zum ersten Mal raubte sie mir einfach so den Atem und nicht zum ersten Mal vergaß ich darüber komplett, wovon wir gerade gesprochen hatten. Sie hatte etwas von einer Frage gesagt?

Als ich nichts erwiderte, lief Lou zu mir zurück auf die Brücke, bis wir direkt voreinanderstanden. »Himmel, in deinen Gedanken möchte ich gerade nicht sein, so sehr, wie du dich darin verloren hast.«

Ich legte meinen gesunden Arm um ihre Taille und zog sie noch ein Stück näher zu mir heran. »Wer sagt, dass es keine schönen Gedanken sind?«

»Dazu müsste ich schon etwas mehr wissen …« Lou hob das Kinn ein wenig an, während sich ein herausforderndes Funkeln in ihre Augen schlich. »Also, zurück zu meiner Frage.«

Ich beugte mich weiter zu ihr herunter, bis meine Lippen über ihre Schläfe strichen. »Ich bin ganz Ohr.«

Ich kam nicht umhin zu bemerken, dass sie ein leichtes Beben durchfuhr, als ich einen Kuss auf die empfindliche Stelle hauchte. Und dass es sich verdammt gut anfühlte zu wissen, dass ich der Grund dafür war. Dass sie genauso machtlos gegen die Anziehung zwischen uns war wie ich. Ich hätte nie gedacht, dass es einmal wieder so sein würde, dass mich die Nähe zu einer Frau stärkte, statt mir die Kraft zu rauben.

»Was war der schönste Ort, an dem du je gewesen bist?«, flüsterte sie und schaute zu mir auf.

»In welcher Hinsicht schön?«

Lou schob sich ein Stück von mir und schüttelte belustigt den Kopf. »Und ich dachte, wir hätten geklärt, dass Gegenfragen unhöflich sind.«

»Ich muss doch wissen, auf welche Frage ich mich genau einlasse, um richtig antworten zu können.«

Wir setzten uns wieder in Bewegung, ihre viel kleinere Hand in meiner, während das rötliche Sonnenlicht die Backsteinbauten um uns herum glühen ließ.

»Gut, meinetwegen. Schön im Sinne von *Es hat dir den Atem verschlagen.*«

Ich nahm mir einen Moment, um die vielen Länder durchzugehen, die ich in meinem noch relativ jungen Leben schon hatte sehen dürfen. Den gigantischen Tempel Anchor Wat in Kambodscha, die Megametropole Tokio, die Niagarafälle … Jeder Ort hatte mir auf seine Art den Atem geraubt, auch wenn sich die Gefühle dabei über die Zeit verändert hatten. Und das nicht unbedingt zum Besseren.

»Du tauchst schon wieder ab«, meinte Lou behutsam in die Stille hinein. »So wie gerade eben. So wie im Zug.«

Ich nickte und lockerte meine angespannten Schultern. Dieses Gedankenchaos hatte hier nichts verloren. Noch nicht. »Tut mir leid.«

»Du brauchst dich nicht dafür zu entschuldigen, dass dir

viel durch den Kopf geht, Kai. Ich … vergiss dabei nur einfach nicht, dass du nicht allein bist, okay?«

»Okay«, gab ich zurück und drückte ihre Finger. »Island.«

»Was meinst du?«

»Der Ort, der mir die Sprache verschlagen hat. Das war Island. Henri und ich waren dort, als der *Fagradalsfjall* ausgebrochen ist. Direkt vor unseren Augen. So ein Vulkanausbruch ist … unbeschreiblich.«

Lous Gesicht begann förmlich zu strahlen. »Ich hoffe, ich bekomme so etwas auch irgendwann einmal zu sehen.«

»Wir könnten zusammen einen Vulkan jagen, irgendwann.«

»Müsste es nicht eher heißen, dass der Vulkan dich jagt? Wegen @chasingkaihansen und so?«

Schmunzelnd legte ich ihr einen Arm um die Schultern und drückte ihr einen Kuss auf die Haare. »Dinge ändern sich.«

Zumindest hoffe ich das.

Wir liefen weiter durch die Speicherstadt, durch kleine Gassen, über Brücken und vorbei an Gewürzhändlern und Röstereien und einigen Restaurants. Die Sonne ging immer weiter unter, das Licht wurde schwächer und die ersten Laternen sprangen um uns herum an. Mehrmals hielten Lou und ich an, um Fotos zu machen, Stories aufzunehmen und die Szenerie festzuhalten. Denn obwohl es sich längst nicht mehr so anfühlte, hatten wir nach wie vor einen Job zu erledigen. Als wir die Handys schließlich wieder wegsteckten, war es längst dunkel und hatte sich merklich abgekühlt.

»Wollen wir noch irgendwohin?« Lou umschlang sich selbst mit den Armen und klemmte die Hände unter die Achseln. Ohne zu zögern, schlüpfte ich aus meiner Fleecejacke und half ihr hinein, was sie schief grinsen ließ. »Ich wusste gar nicht, dass du so ein Gentleman sein kannst.«

»Entgegen der Meinung vieler Leute – und damit meine ich vorwiegend meine Geschwister – habe ich meine guten Manieren trotz jahrelanger Abwesenheit nicht vergessen.«

»Das würde ich nie behaupten«, gab Lou zurück und kuschelte sich tiefer in den flauschigen Stoff, bis selbst ihre Nasenspitze verschwunden war. Sie so zu sehen, eingemummelt in meine Jacke, sorgte für ein warmes Prickeln in meiner Brust, obwohl mir jetzt selbst eine Gänsehaut über den Körper raste. Aber das war es wert. Mehr als das.

»Wir könnten uns den Hafen anschauen«, sagte ich dann, »der ist bei Nacht echt schön. Oder …«

»Oder?«

»Oder wir bestellen uns eine Pizza und genießen das Privileg unserer heutigen Behausung. Phils Wohnung ist schließlich nicht weit von hier.«

Kichernd versetzte mir Lou einen leichten Klaps gegen den Arm. »Ich kann immer noch nicht fassen, dass du mich überzeugt hast, in das Penthouse deines Kumpels zu ziehen. Das ist absolut nicht *Back to the Roots*.«

»Mehr *Back to the Roots* geht gar nicht. Wir übernachten bei einem Freund. Wenn das nicht *einfaches Reisen* ist, weiß ich auch nicht. Ich hätte uns auch ins Fairmont Hotel Vier Jahreszeiten bringen können.«

»Jetzt gibst du an, Hansen.«

»Ein bisschen vielleicht.« Ich zwinkerte Lou zu und stupste sie mit der Schulter an. »Aber gib schon zu, dass dich der Ausblick von Phils Balkon umgehauen hat.«

Man musste Lou hoch anrechnen, dass sie sich alle Mühe gab, ihre skeptische Miene aufrechtzuhalten, dennoch konnte ich die Begeisterung für unsere heutige Bleibe in jedem einzelnen Quadratmillimeter ihrer Züge lesen. »Das ist kein Balkon, sondern eine Dachterrasse. Direkt an der Elbe, Kai.«

In einem der exklusivsten Wohntürme Hamburgs, dem *The Crown*. Wenn ich schon mit meiner Altbauwohnung in München als Schnösel galt, dann schoss Phil mit seinem Penthouse definitiv den Vogel ab.

»Lass es uns einfach genießen, lovely Lou.«

»Wir hätten ins Hostel gehen sollen.«

»Sind wir aber nicht.«

»Noch könnten wir umziehen«, gab sie zu bedenken und zog eine Braue hoch.

»Wo liegt da der Sinn, wenn das Appartement von Phil doch völlig umsonst für uns ist?«

»Du bist unmöglich.«

»Ich weiß. Also Pizza?«

Lou machte ein Geräusch, das irgendwo zwischen Lachen, Knurren und Fluchen lag, nickte aber letztlich. »Sei froh, dass ich Pizza zufälligerweise mehr liebe als Diskussionen mit dir.«

Ihre Worte entlockten mir ein heiseres Lachen. »Was bin ich doch für ein Glückspilz.«

Die gesamte Wohnung von Phil roch herrlich nach geschmolzenem Käse, frischem Oregano und Hefeteig. Leise Musik spielte im Hintergrund, nachdem Lou und ich es hinbekommen hatten, unsere Handys mit der modernen Hightech-Anlage zu verbinden. Hinter den Panoramascheiben breitete sich das nächtliche Hamburg aus. Wir hatten es uns auf der ausladenden hellen Wohnlandschaft gemütlich gemacht; die fast verputzten Pizzen standen in ihren unverwechselbaren Kartons auf dem Couchtisch zwischen drei Kerzen und einer angebrochenen Weißweinflasche. Lous Kopf lag in meinem Schoß, ihre Augen waren sanft geschlossen, während ihr Handy vergessen in ihren Händen ruhte. Sie war irgendwann zwischen unseren Gesprächen über die Reise, unsere Pläne und das Leben eingeschlafen und ich … hatte sie nicht davon abgehalten. Genoss den Moment, die Ruhe, das Gefühl, ihre Wärme zu spüren und nicht allein zu sein. Ich konnte nicht sagen, wann ich das letzte Mal einen Abend wie diesen verbracht hatte. Mit Pizza und Nichtstun und einem Menschen, der mir innerhalb so kurzer Zeit so wichtig geworden war. Denn das war Lou.

Stirnrunzelnd strich ich durch ihre langen Haare, die wie ein Fächer über meine Oberschenkel ausgebreitet waren, und konnte nicht verhindern, dass sich mein Herzschlag beschleunigte. Ich würde vermutlich noch eine ganze Zeit brauchen, um mich mit alldem, was gewesen war, auseinanderzusetzen, darüber zu sprechen und mich gänzlich von alten schmerzhaften Erfahrungen loszumachen, aber jetzt, nachdem Lou einen Weg durch meine Mauer gefunden hatte, schien es nicht länger wie ein Ding der Unmöglichkeit, sondern … machbar.

Dein Tempo, Kai.

Ich seufzte und fuhr mir übers Kinn, als mein Handy ein nervtötendes Klingeln von sich gab. Ein eingehender Anruf, der Lou leise grummeln ließ. Hastig griff ich nach dem Smartphone, schaltete es auf stumm, um sie nicht zu wecken, und schielte auf das Display. *Ida.*

Sofort verkrampfte ich mich und mein Daumen wanderte

instinktiv zu dem roten Hörer, als eine andere Stimme in mir schlagartig lauter wurde.

Wolltest du nicht aufhören, immer den leichtesten Weg zu gehen? Vielleicht ist das hier der erste Schritt.

»Verdammt«, murmelte ich leise, schob Lou vorsichtig von meinem Schoß, was sie mit einem weiteren Brummen quittierte, und lief auf die Dachterrasse, das Handy im Schraubstockgriff und ein seltsames Ziehen in der Magengegend. Dann drückte ich auf Grün. »Ida.«

»Ich dachte schon, ich hätte die falsche Nummer«, gab sie nur spitz zurück. Kein Hallo.

Ich fasste mir an die Nasenwurzel und lehnte mich gegen das Geländer. Kaltes Metall stach durch den Stoff meines Hoodies. »Es ist gleich eins, Ida. Hast du mal auf die Uhr geschaut?« Diesen Kommentar konnte ich mir trotz meines guten Vorsatzes nicht verkneifen.

»Ich wollte Lou nicht den Tag vermiesen.«

Mein erster Impuls war eine weitere schneidende Erwiderung. Dann fasste ich mir jedoch nur an die Nasenwurzel und meinte: »Wenn es um Grams' –«

»Es geht nicht nur um den Geburtstag, Kai«, fiel mir Ida ins Wort und ich konnte sie förmlich vor mir sehen. Mit geröteten Wangen und glühenden Augen. »Es geht um alles, Kai. Es geht um dich als unseren Bruder. Es geht … es geht um unsere Familie.« Ihre Stimme war mit jedem Satz leiser geworden, beinahe brüchig, und das traf einen Nerv in mir, den ich bisher unter Taubheit vergraben hatte.

»Ich … ich habe lange über das nachgedacht, was du mir geschrieben hast. Über das, was Leni und die anderen gesagt haben und … ich mache mir Sorgen. Weil ich dich nicht mehr kenne, Kai, meinen besten Freund. Und weil … weil ich Angst habe, wir hätten dir das Gefühl gegeben, hier keinen Platz mehr zu haben. Ich hätte dir dieses Gefühl gegeben.«

Säure stieg mir in die Kehle und ein paar Momente lang fürchtete ich, mich übergeben zu müssen. Meine Schwester diese Dinge sagen zu hören, zu hören, dass sie sich diese Schuld auflud, obwohl sie ganz woanders lag … »Nein, Ida.«

»Nein, was?«, wiederholte sie, ein unterdrücktes Schluchzen in ihrer Frage.

»Nein, das hast du nicht. Das habt ihr nicht.«

»Aber warum bist du dann nicht hier? Warum … warum sträubst du dich so sehr gegen dein Zuhause?«

Ich kniff die Augen zusammen, als ich noch etwas anderes in ihrer Stimme hörte. »Hast du getrunken, Ida?«

»Ändert das irgendetwas? Die Fragen bleiben die gleichen.«

Mit einem unterdrückten Fluch presste ich mir meine freie Hand gegen die Stirn. »Ich … ich weiß nicht, wie ich es dir erklären soll, Ida. Ich weiß nicht, wie.« *Nicht ohne das wenige, was wir noch haben, auch kaputtzumachen. Auch zu verlieren.*

»Ich glaube, dass du das sehr wohl weißt und es nur nicht willst, Kai. Das ist ein großer Unterschied«, antwortete meine Schwester mit ihrer bekannten Härte.

Vielleicht habe ich mich geirrt, vielleicht ist da nichts mehr zu verlieren.

»Was willst du denn hören?«

»Die Wahrheit. Ohne dass du abschweifst, ausweichst, da… davonläufst.«

»Ich bin nicht davongelaufen.« *Lüge.*

»Doch, das bist du.«

Ich weiß, Ida. Ich weiß. Ich weiß. Ich weiß.

»Warum bist du abgehauen, Kai? Warum bist du vor drei Jahren sang- und klanglos verschwunden? Ohne dich richtig zu verabschieden? Ohne etwas zu sagen? Warum hast du mich alleingelassen, gerade als es mir so beschissen ging?!«

Meine Augen begannen zu brennen. Erinnerungen an jenen Tag prasselten wie Säureregen auf mich ein, verätzten meine Haut. Bilder von dem Streit mit meinen Eltern, von den vielen Momenten, in denen ich einfach nur wegwollte, an einen Ort, an dem ich endlich diese beschissene Rastlosigkeit in meiner Brust loswerden konnte.

»Weil ich nicht länger bleiben konnte«, murmelte ich mehr zu mir selbst. »Ich musste weg. Ich musste … Antworten finden. *Mehr* finden.«

»Und das konntest du zu Hause nicht?« Tränen tanzten auf jedem einzelnen ihrer Worte, fühlten sich an wie Messerstiche, die sich immer tiefer bohrten. »Mit uns als Familie? Waren wir dir nicht genug?«

»Doch, Ida. Und gleichzeitig …« Ich brach ab und legte den Kopf in den Nacken. Schaute in den lichtverschmutzten Himmel, an dem kein einziger Stern zu stehen schien, und spürte bereits wieder diese alte Enge in der Brust. Den Drang zu gehen, um frei atmen zu können. Die Sterne sehen zu können.

»*Ich* war mir auf Sylt nicht genug.«

Ida schwieg. Eine ganze Zeit lang, in der mein donnernder Herzschlag alles war, was ich hörte.

»Das verstehe ich nicht, Kai.«

»Ich weiß. Ich verstehe es auch immer noch nicht. Nach all den Kilometern, nach all den Ländern verstehe ich es genauso wenig wie vor drei Jahren.«

»Hört sich für mich wie eine Ausrede an.«

»Vielleicht ist es das auch.«

»Und jetzt? Bist du es jetzt? Dir selbst genug?«

Ich schluckte gegen den säuerlichen Geschmack in meinem Mund an und erwiderte: »Ich weiß es nicht.«

Meine Schwester seufzte und es klang ein wenig, als würde sie sich in Kissen sinken lassen, immer tiefer. »Wir könnten es zusammen herausfinden, wenn du herkommst. So wie früher. Früher haben wir immer alle Rätsel gemeinsam gelöst, Kai. Und das hier ist auch nichts anderes als ein Rätsel.«

Ich lächelte traurig und schüttelte den Kopf, obwohl ich wusste, dass sie mich nicht sehen konnte. »Und wenn es keine Lösung gibt?«

»Natürlich gibt es die, du hast mir nur noch nicht alles verraten. Ich weiß, dass da mehr ist. Mehr, als du mir sagst. Das ist okay. Nicht alles am Telefon zu erzählen, meine ich. Aber wenn du hier bist, auf Sylt, bei deiner Familie, dann solltest du das tun.«

Ich kniff die Augen zusammen, während die Stimmen und Gefühle in mir immer lauter wurden. Emotionen und Gründe, die ich seit Jahren von mir stieß, weil sie hässlich und egoistisch waren. »Scheiße, Ida, ich … ich bin so durcheinander. So verkorkst.«

»Du kannst so verkorkst sein, wie du willst. Du wirst immer mein Bruder bleiben, der mir verdammt fehlt. Komm nach Hause, Kai«, flüsterte sie eine kleine Ewigkeit später ins Telefon, dann legte sie auf und ließ mich allein mit den Worten, die zwischen Sylt und hier in der Luft hingen.

Fuck.

Ich nahm das Handy herunter, stützte die Hände aufs Geländer und schaute wieder in den Himmel. »Und was ist, wenn ich kein Zuhause mehr habe?«

Im nächsten Moment erklang ein leises Knarren und ließ mich zusammenzucken. Abrupt drehte ich mich um und fand Lou, die gerade die Terrassentür öffnete. Eingewickelt in eine dicke Decke, sah sie auf, begegnete meinem Blick und erstarrte.

Weil sie meine Tränen sah.

Weil sie den Schmerz in meinen Augen sah.

Weil sie zum ersten Mal das kaputte Wrack sah, das ich nun einmal war.

Und mit einem Mal drohte eine ganz andere Form der Angst mein Herz zu zerquetschen.

Kapitel 24

EIN HIMMEL OHNE STERNE

Lou

Mein Herz setzte aus, als ich Kai entdeckte. Und das Schimmern in seinen Augen, den Ausdruck auf seinem Gesicht, seine gebrochene Haltung erkannte. Den Schrecken, die Verletzlichkeit und die … Furcht. Ich wusste nicht, was ihn in diesen Zustand versetzt hatte, aber ihn so zu sehen, brannte auf unzählige Weisen. Es zerriss etwas tief in meiner Brust, dort, wo meine Gefühle für Kai saßen. In den vergangenen Tagen hatte ich oft einen Blick auf die Schatten seines Schmerzes erhaschen können. Ein winziges Aufblitzen dessen, was Kai in sich vergrub und niemanden sehen ließ. Nun die vollen Ausmaße vor mir zu haben …

Gebrochen. Kai wirkt so unendlich gebrochen. Trotz der Stärke, die er in sich trägt, trotz seines Mutes.

»Kai …«

Er ließ mich nicht aus den Augen, als er das Handy in seiner Hand in die Hosentasche gleiten ließ.

Ich schluckte und umschlang mich selbst mit den Armen. »Ist etwas passiert?«

Seine Schultern fielen ein Stück herab, dann schüttelte er den Kopf. »Ich … ich habe nur mit Ida gesprochen.«

»Oh, tut mir leid, ich … ich wollte dich nicht stören.«

»Das hast du nicht. Ich hatte ohnehin alles gesagt«, sagte er leise, so leise, dass ich keine einzige Emotion ausmachen konnte und gleichzeitig unendlich viele. Wie war so etwas überhaupt möglich?

Schweigend zog ich die Decke, in die ich mich eingewickelt hatte, enger um meinen Körper. »Möchtest du allein sein?«

Einen Augenblick lang rührte er sich nicht, dann atmete er geräuschvoll aus und fuhr sich über den Nacken. »Nein, ich … eigentlich nicht. Eigentlich möchte ich gerade alles außer allein sein. Ich glaube … das wäre nicht gut.«

Ich machte einen vorsichtigen Schritt in seine Richtung. »Sag mir, was ich tun kann, Kai.«

»Du könntest bleiben. Mir … zuhören.« Seine Stimme bebte ein wenig, als er das aussprach.

Ich zog die Brauen zusammen. »Du brauchst mir nichts zu erklären, falls du das denkst. Es ist okay, was auch immer deine Gründe für … für diesen Moment sind, Kai.«

»Ich möchte es aber«, flüsterte er. »Ich möchte sie endlich mit jemandem teilen, weil … weil ich das Gefühl habe durchzudrehen. Nichts davon zu verstehen. Mich selbst nicht zu verstehen.« Erschöpft ließ er sich gegen das Geländer der Dachterrasse sinken, als hätte er einen weiteren Kampf hinter sich gebracht. »Ich lebe nur noch in meinem Kopf, zerdenke alles, was man mir rät und sagt, weil ich weiß, dass sie recht haben und es doch nicht zu meinen eigenen Gedanken passt. Das ist so beschissen kompliziert, Lou.«

Vorsichtig machte ich einen Schritt in seine Richtung. Dann noch einen, bis ich die Arme um seine Taille schlingen und ihn halten konnte. Sein Puls raste unter meinem Ohr, genauso schnell wie mein eigener. »Egal, was du zerdenken möchtest, Kai, ich höre dir zu. Du kannst mit mir über alles reden oder schweigen, es ist deine Entscheidung.«

Kai ließ seine Stirn gegen meine sinken. »Und wo fange ich an?«

»Dort, wo du möchtest.«

Sein warmer Atem glitt über meine Haut, sorgte dafür, dass sich mir die Härchen aufstellten, dann nickte er. »Okay.«

Ich nickte ebenfalls. »Okay.«

Kai reichte mir eine dampfende Tasse, ehe er sich neben mir auf der großen Outdoor-Couch niederließ. Eingehüllt in kuschelige Decken, zwischen Kissen und mit Tee, ließ sich die kühle Nacht unter dem sternenlosen Himmel aushalten. Und ich war froh, dass wir draußen geblieben waren, denn dieses Gespräch erschien mir zu groß für einen geschlossenen Raum.

»Danke«, sagte ich leise und schlang die Finger fester um den steinernen Becher, den Kai mir reichte.

»Gern«, gab er ähnlich angespannt zurück und blickte in den dunklen Tee. Als wüsste er nicht, wohin dieses Gespräch führen sollte. Als würde darin sein Anfang liegen. »Ich … ich habe eine ziemlich lange Zeit damit verbracht, diese Wahrheiten totzuschweigen, weißt du? Und das letzte Mal, als ich …« Kai brachte den Satz nicht zu Ende und ich hakte nicht nach. Stattdessen verfolgte ich, wie er sich tiefer in die Couch sinken ließ, wie sein Blick über die nächtliche Elbe schweifte und er schließlich seine Stimme wiederfand. »Eine große Familie zu haben, ist schön. Auf viele Arten. Man hat immer jemanden, an den man sich wenden kann, und auch wenn man streitet – und das tut man oft unter fünf Geschwistern –, hält man gegen den Rest der Welt jederzeit zusammen. Das ist etwas sehr Wertvolles.«

Ich nickte langsam und sah ihn über den Rand meiner Tasse hinweg an. Mir ging es ähnlich mit Charlie, obwohl wir keine Großfamilie waren. Der Halt war derselbe.

»Und gerade deswegen komme ich mir wie der egoistischste Mistkerl auf der Erde vor.«

»Inwiefern?«

»Weil sie alles sind und ich mir trotzdem nicht genug war.« Kai sprach die Worte aus, als würden sie ihm körperliche Schmerzen bereiten. »Obwohl ich eine wundervolle und vor allen Dingen heile Familie hatte. Viele meiner Freunde hatten Probleme mit ihren Eltern, echte, große Probleme, doch bei uns war immer alles gut. Und dennoch hat es mir nicht gereicht. Ganz im Gegenteil, es … es hat mich kaputtgemacht. Vielleicht weil es nicht genug und gleichzeitig zu viel war.«

Bei dem unüberhörbaren Selbsthass in seiner Stimme zog sich etwas in mir zusammen. »Wie meinst du das?«

»Es ergibt keinen Sinn, oder?« Er lachte freudlos.

»Das habe ich nicht gesagt. Ich möchte es nur verstehen.«

Kai stellte die Tasse ab und fuhr sich über den Gips, auf dem ich in den vergangenen Tagen einige kleine Zeichnungen hinterlassen hatte. »Ich bin immer Teil der Familie Hansen gewesen. Der kleine Bruder von Mik. Der große Bruder von Ida, Fee und Lea. Der Sohn von Sonja und Bernd, einer der Enkel von Mathilda, aber nie … ich. Nur ich, meine ich. Es gab mich immer bloß mit Zusatz. Und das … das hat mich fertiggemacht. Erdrückt. Gott, ich komme mir so scheiße vor, das auszusprechen.«

»Hey«, langsam rutschte ich etwas näher und schob meine Finger zwischen seine, »es sind deine Gedanken und ich würde dich nie dafür verurteilen, Kai.«

»Danke, Lou.« Er sah zu mir, der Muskel an seinem Kiefer zuckte. »Aber ich könnte es nachvollziehen, wenn es anders wäre. Wenn du mich für einen Volltrottel hältst, der nicht zu schätzen weiß, was er hat.«

»Familie kann erdrückend sein. Ich bin zwar nicht in derselben Situation wie du, aber ich habe auch ziemlich lange etwas getan, weil ich das Gefühl hatte, meine Familie würde es von mir verlangen. Was sie nie getan hat. Den Druck habe ich mir mehr oder weniger selbst gemacht, dennoch … war er da. Also nein, ich halte dich nicht für einen Volltrottel.«

»Ich konnte einfach nicht mehr dableiben«, erwiderte er leise und senkte den Blick auf unsere ineinander verschlungenen Finger. »Ich habe schon immer den Drang nach Freiheit gehabt, den Wunsch, zu reisen, die Welt zu sehen und einfach loszufahren.«

Ich nickte wieder, weil ich diesen Wunsch genau wie Kai schon eine ganze Ewigkeit als meinen eigenen in mir spürte.

»In jeder freien Minute, die ich nicht mit Till und Rafe verbracht habe, saß ich vor dem Fernseher und habe mir Reisedokus angeschaut oder Opas alten Globus studiert. Ständig habe ich meinen Eltern in den Ohren gehangen, weil ich die Orte aus den Dokumentationen selbst bereisen, mal etwas anderes sehen wollte als Sylt. Nur war ein Urlaub nie wirklich drin. Nicht mit der Bäckerei, nicht mit fünf Kindern. Das wäre zu teuer gewesen und als Teil der Familie muss man eben Opfer bringen. Ich habe das verstanden, dennoch hat das irgendwie alles schlimmer gemacht.« Kai unterbrach sich kurz, um einen Schluck seines Tees zu nehmen. »Mir kam es so vor, als würde ich nicht als einzelne Person gesehen werden, sondern als *Hansen*. Mir ist klar, dass man in einer Familie Rücksicht aufeinander nehmen muss, und trotzdem habe ich mich so … eingeengt gefühlt. Als wäre ich nicht einfach ich, sondern immer dieses *Wir*.«

Ich drückte seine Finger, während ich versuchte, mich in den jüngeren Kai hineinzuversetzen. Es war unschwer zu erkennen, dass er sich für diese Gedanken schämte und die Scham schon eine ganze Weile in ihm arbeitete. Vielleicht sagte ich deswegen im nächsten Moment: »Es ist nicht egoistisch, seine eigenen Wünsche und Träume zu haben, sondern menschlich, Kai. Niemand würde dir je etwas anderes sagen. Egal, wie sehr du deine Familie auch liebst, du bist immer noch du selbst mit deinem eigenen Leben.«

»Mag sein«, gab er gedämpft zurück. »Einfach zu gehen, war dennoch feige und egoistisch. Ich bin davongelaufen und das … habe ich mir bis heute nicht verziehen, Lou.«

»Bist du das denn?«

»Ja.« Eine einzelne Silbe, in der doch so viel lag. »Ich bin davongelaufen. Bei der ersten Gelegenheit, die sich mir geboten hat. Eine schlecht organisierte Jugendreise, auf der ich Henri getroffen habe, dem es mit seinen vier Schwestern ähnlich ging wie mir, und schon hatte ich meinen Ausweg. Ich konnte nicht länger warten, weißt du? Ich habe endlich einmal etwas nur für mich gebraucht. Etwas, bei dem ich ganz allein entscheiden konnte. Das ich mit niemandem teilen musste, wenn ich es nicht mochte. Ich wollte einfach *ich* sein. Ohne Zusatz.« Tiefe Falten gruben sich in sein Gesicht, das nur von den kleinen Solarlampen auf der Terrasse erleuchtet wurde.

»Hast du davor mit deinen Eltern gesprochen?«

»Gestritten«, verbesserte er mit einem kurzen Seitenblick auf mich. »Und das nicht zum ersten Mal. Meine Eltern haben mich immer bei sich auf Sylt gesehen. Am liebsten wohl direkt im *Seeglas* neben Grams hinter der Theke. Mik ist auf der Insel geblieben, um dort tagsüber als Wasserinstallateur und nachts als DJ zu arbeiten, und meine Familie hat sich dasselbe auch von mir erhofft. Dass ich bei der Familie bliebe. Ein Teil davon bliebe. Daher habe ich ihnen bis zum Schluss nichts von der Reise nach Skandinavien erzählt und sie dann vor vollendete Tatsachen gestellt. Das hat sie sehr getroffen und wir haben heftig gestritten, ohne eine wirkliche Lösung zu finden. Also habe ich meinen Rucksack gepackt und bin nach Schweden abgehauen, wo ich Henri kennengelernt habe. Alles andere ist schließlich irgendwie von allein passiert. Das Video, das viral gegangen ist, mein Blog … den Rest kennst du.«

Ein paar Atemzüge lang herrschte Stille. Kais Worte lagen zwischen uns in der Luft und ich versuchte, sie mit alldem in Zusammenhang zu bringen, was ich über ihn wusste. Ein paar Lücken blieben, andere schlossen sich, und auch wenn mir noch einiges von Kai fehlte, meinte ich, langsam ein Gesamtbild erkennen zu können, in das sich all seine Masken perfekt einfügten. Masken, die er aufsetzte, um alte Wunden zu verbergen und zu funktionieren.

Nach einer kleinen Ewigkeit begann er wieder zu sprechen. »Ich bin nach der Jugendreise, nach dem Video noch einmal nach Hause. Anfangs wusste ich ja noch gar nicht, dass Henri und mir mit der Sache in Norwegen ein kleines Wunder gelungen war. Wir hatten es nicht darauf angelegt, sondern einfach … unser Ding gemacht.« Beinahe ratlos zuckte er mit den Schultern. »Die Situation daheim war sehr angespannt und dann platzten die ersten großen Namen, die plötzlich mit Henri und mir zusammenarbeiten wollten, mitten in dieses Chaos. Es war eine ziemlich hässliche Angelegenheit, ich wusste nicht, wohin in dem Durcheinander, nur dass ich wegmusste. Und … sie hat mich gebeten zu bleiben, weißt du?«

Ich rutschte noch ein Stück näher an Kai heran, bis sich unsere Beine unter der Decke berührten. »Wer?«

»Ida. Sie hatte zu der Zeit Stress in der Schule. Bis auf ihre besten Freundinnen war sie eher die Außenseiterin und hat sehr an mir gehangen. Wir haben so gut wie alles zusammen gemacht und an dem Morgen, als ich für meine erste Kooperation nach Indonesien aufbrechen wollte, da stand sie vor mir und hat mich gebeten zu bleiben.« Kais Blick glitt in die Ferne, als kehre er zurück an jenen Tag. »Ida hatte Tränen in den Augen und hat mich beinahe angefleht, sie nicht alleinzulassen, aber ich … ich habe ihr einen Kuss auf die Stirn gegeben und bin verschwunden. Das habe ich mir nie verziehen.«

»Dann bereust du es, gegangen zu sein?«

»Jeden Tag«, erwiderte er. »Und gleichzeitig nie. Das Reisen ist das Beste, was mir je passiert ist, aber es hat mich auch viel gekostet. Ich habe dadurch einiges verpasst, was ich niemals wieder nachholen kann. Was mich oft über das *Was-wäre-wenn* nachdenken lässt.« Seine Antwort fasste die Zerrissenheit, die ich schon eine ganze Weile bei ihm spürte, erstaunlich gut in Worte.

»Ida meinte, du wärst in den drei Jahren nie zurückgekommen.«

Kai atmete aus und schüttelte den Kopf. »Ich … ich war einfach nicht in der Lage dazu. Anfangs nicht, weil ich Idas

Tränen nicht vergessen konnte und es leichter war, mich im Reisefieber zu verlieren. In den vielen genialen Orten und meinem Ziel, das nur mir allein gehört: 111 unvergleichbare Shots an 111 Plätzen – und ja, ich weiß, wie das klingt.« Seine Lippen zuckten in Richtung eines ironischen Lächelns. »Aber das war das Einzige, woran ich mich klammern konnte. Das und Henri. Und dann habe ich irgendwie immer wieder den Punkt verpasst, an dem ich hätte zurückgehen können. Ich habe Anrufe weggedrückt oder kurz gehalten, mich von allem entfernt, was mit Sylt und meiner Familie zu tun hat, und bin stattdessen der Welt hinterhergejagt.«

Oder die Welt hat dich gejagt.

»Glaubst du das wirklich?«

»Dass ich die Welt gejagt habe?«

Ich hob einen Mundwinkel. »Nein, dass du den Punkt verpasst hast.«

»Vielleicht«, erwiderte er nach ein paar Augenblicken leise. »Zumindest habe ich sehr lange genau das gedacht. Vermutlich weil es einfacher war, als sich mit dem auseinanderzusetzen, was ich zurückgelassen hatte. Was mich zu Hause erwartet. Das ist mir in den letzten Tagen immer bewusster geworden. Und … dass es so nicht weitergehen kann.«

Das ließ mich aufhorchen. »Im Hinblick auf deine Familie?«

Kai neigte den Kopf und fuhr mir zärtlich mit den Knöcheln über die Wange. »Mir ist klar, dass zu viel Zeit vergangen ist, um so zu tun, als wäre nichts geschehen, aber … sie fehlen mir und ich wünsche mir … ich wünsche mir, dass wir das alles irgendwie klären können.«

Seine federleichte Berührung ließ mich auf angenehmste Art und Weise erschaudern. »Ich glaube, dass sie sich das

Gleiche wünschen«, sagte ich genauso leise und dachte an die Traurigkeit auf den Zügen seiner Mutter, an Idas alte Wut, in der doch nur Schmerz lag. »Ganz gleich, ob sie einmal sauer auf dich waren, in erster Linie vermissen sie dich genauso sehr wie du sie, Kai. Und daran ändert keine Zeit der Welt etwas.«

»Ich habe Angst, weißt du? Dass sie mich für undankbar und selbstsüchtig halten und nicht verstehen, warum ich … ich wegmusste.« Aufrichtigkeit schimmerte in seinen Augen und ich begann, mich zu fragen, wie er all die Jahre immer hatte weitermachen können mit diesen Gedanken als Gewicht auf den Schultern. »Ich habe Angst, dass sie mir nicht verzeihen.«

Ich schmiegte mich in seine Hand und suchte seinen Blick. »Ich kann dir nicht sagen, was passieren wird, aber du hattest deine Gründe und egal, wie schmerzhaft sie auch sein mögen, ihr seid immer noch eine Familie, Kai. Hab ein bisschen Vertrauen.«

»Genau da liegt das Problem, Lou.« Er verzog das Gesicht und ließ dann seine Stirn gegen meine sinken. »Wie kann ich glauben, dass sie mir verzeihen, wenn ich … wenn ich es nicht einmal selbst kann? Vor allem jetzt, nachdem ich diese Kooperation in Bolivien angenommen habe und Henri beinahe –«

»Kai«, fuhr ich ihm ins Wort und legte meine Hände an seine Wange, »der Unfall war nicht deine Schuld. Das hat dir Henri schon unzählige Male gesagt und ich werde es gerne so oft wiederholen, bis auch du Sturkopf es begriffen hast.«

Kai schaute mich von unten herauf an. »Sturkopf?«

»Ja.« Ich strich über seine leicht stoppeligen Züge, bis meine Finger auf sein seidiges dunkles Haar stießen. »Du bist in dieser Hinsicht unglaublich stur. Nein, nicht nur in dieser, sondern auch in vielen anderen. Sonst würde ich jetzt nicht mit dir in diesem schnöseligen und völlig übertriebenen Penthouse sitzen.«

Ein schwaches Funkeln leuchtete in seinen braunen Augen auf. »Danke, Lou.«

»Ich nenne dich immer wieder gern einen Sturkopf.«

Er umfasste sanft mein Kinn und schüttelte den Kopf. »Nein, ich meinte *Danke.*«

Danke, dass du mir zugehört hast.

Danke, dass du mich nicht verurteilst.

Danke, dass du mir Zeit lässt.

Unter seinem intensiven Blick, in dem all diese unausgesprochenen Worte standen, breitete sich ein Summen in meiner Brust aus. Und von dort über meinen gesamten Körper. Wann hatte Kai Hansen eigentlich solch eine Macht über mich erlangt?

Statt etwas zu erwidern, lehnte ich mich weiter vor, fuhr mit meiner Nasenspitze über seine, ehe meine Lippen auf Kais Mund trafen. Eine sanfte, kaum merkliche Begegnung, die uns beiden den Raum gab, sich zurückzuziehen. Doch keiner von uns rückte ab, vielmehr wurde Kais Griff an meinem Kinn merklich fester, sein Atem, der über meine Haut strich, schneller … und aus der Begegnung ein Kuss.

Meine Augen schlossen sich von selbst, als Kai mit seiner Zungenspitze über meine Unterlippe fuhr und mich bis in den entferntesten Winkel meines Körpers erbeben ließ. Mit einem leisen Seufzen vergrub ich die Finger tiefer in seinen Haaren, zog ein wenig daran, während der Kuss immer intensiver wurde. Immer mehr wurde und mich unter Strom setzte. Es war nicht mein erster Kuss mit Kai und doch fühlte es sich hier und jetzt genauso an. Vielleicht weil da dieses Mal nichts mehr zwischen uns stand außer puren, echten Emotionen. Furcht und Angst und Verlangen und Hoffnungen. Alles durcheinandergemischt in diesem Moment, der plötzlich da gewesen war und doch nicht besser hätte passen können. Kais Hand wanderte über meinen Hals, wo mein Puls in einem heftigen Stakkato pochte, hinunter über meine Schultern. Die Decke, in die ich bis eben gehüllt gewesen war, war längst heruntergerutscht, sodass kalte Nachtluft über meine erhitzte Haut zog.

»Du frierst«, murmelte Kai an meinen Lippen und streichelte behutsam über meine Gänsehaut. »Wir sollten reingehen, falls ...«

Sein Stocken sorgte dafür, dass mein Herz nur umso schneller schlug. Ich wusste, wovon er sprach, auch ohne dass er es laut in Worte fasste. Ich spürte, dass ihn dieser Augenblick, dieser Kuss, der zu immer mehr Küssen wurde, genauso atemlos und voller Verlangen machte. Und ich meinte, dieselbe Spannung in seiner Stimme vibrieren zu hören, diese seltsame Mischung aus Verlangen und Rastlosigkeit und Anziehung, die auch in mir widerhallte.

Behutsam schob ich mich ein Stück zurück und betrachtete ihn im dämmrigen Licht der Nacht über der pulsierenden Stadt. »In deinem Tempo und in meinem, Kai. Wir entscheiden.«

Kapitel 25

OZEAN UNTER DER KLIPPE

Lou

Als die Terrassentür hinter uns einrastete, dauerte es nur ein, zwei Herzschläge lang, bis wir unseren Rhythmus fanden. Seinen und meinen, der zu einem wurde und uns mit sich riss. Es war beinahe so, als hätten wir Angst zu zögern, jetzt, da wir schon so weit gegangen waren und unsere Gedanken ausgebreitet hatten. Denn keiner von uns hielt inne. Keiner wollte warten, sondern weitermachen. In diesem Moment leben und ihn nicht enden lassen. Das Prickeln, das Verlangen, die Hitze, die in uns pulsierte. Seine Lippen trafen auf meine, liebkosten erst den einen, dann den anderen Mundwinkel, ehe Kai den Kuss vertiefte. Ich seufzte, flüsterte seinen Namen und zog ihn näher an mich, eine Hand in seinen dunklen Haaren vergraben, die in der schwachen Beleuchtung des Appartements fast schwarz wirkten, die andere um seine schlanke Taille geschlungen. Unter meinen Fingerspitzen spürte ich sein Herz rasen, das rasche Heben und Senken seiner Brust, all das, was in diesem Augenblick lag.

»Was machen wir hier, Lou?«, flüsterte Kai heiser zwischen zwei Küssen.

Ich strich durch seine Haare und suchte seinen Blick. »Wir

gehen in unserem Tempo.« Meine Antwort wurde zu einem Lachen, als Kai mich herumwirbelte, bis er auf der Lehne der Couch saß und ich zwischen seinen Beinen stand.

»Wohl eher rennen.«

Sprinten. Rasen. Fliegen.

Ich nickte, küsste ihn wieder und fuhr mit einer Hand über seine Brust, genau dort, wo sein Puls galoppierte. »Zu schnell für dich?«

Kai schüttelte den Kopf, seine Finger glitten an meinen Seiten herab, bis sie knapp über meinem Po ruhten. Mit einem kleinen Ruck zog er mich noch enger zu sich. »Zu schnell für dich?«

»Nein«, wisperte ich und ließ meine Arme zum Saum seines Longsleeves sinken. Langsam schob ich meine Fingerspitzen darunter, strich über die warme, feste Haut seines Bauchs, während wir einander unentwegt in die Augen schauten. »Genau richtig.«

Kais Lider senkten sich, als ich die Hände immer weiter unter sein Shirt wandern ließ, seinen flachen Oberkörper erkundete und dabei Muskeln und Knochen ertastete. Muskeln, die sich merklich anspannten, während ich über die feine Haarspur streichelte, die von seinem Bauchnabel hinabführte. Ich wusste von Kais Insta-Bildern, dass er dank seines Sports, dem vielen Klettern und Bergsteigen, gut in Form war, aber den Beweis nun zu … *spüren*, war noch mal etwas anderes. Zu spüren, wie er auf meine Berührungen reagierte, sorgte unwillkürlich dafür, dass meine Wangen heiß wurden. Dass ich den Blick senkte. Dass ich an Dinge dachte –

»Lou?«

Mein Kinn ruckte hoch und ich bemerkte die steile

Furche zwischen seinen Brauen. Ging ihm das hier doch zu schnell?

Kai räusperte sich leise. »Vermutlich klingt das ziemlich dämlich, aber … ich möchte, dass das hier etwas bedeutet.« Seine Stimme war rau und eine andere Art der Verletzlichkeit schwang darin mit, für die ich noch keine Erklärung gefunden hatte. »Ich möchte, dass wir jetzt nur Lou und Kai sind. Zusammen sind, weil wir nicht aufhören können und dieses irre *Etwas* zwischen uns ist. Nicht weil ich dir vorhin meine verkorkste Geschichte erzählt habe und nicht weil das hier irgendein Insta-Couple-Mist ist.«

Ich hob einen Mundwinkel und legte den Kopf leicht schief. »Das ist kein Insta-Couple-Mist. Das sind einfach … wir, Kai.«

Seine Augen leuchteten auf, vertrieben die Sorge aus seinem Blick, ehe er mein Kinn leicht anhob und seinen Mund auf meinen legte. »Einfach wir.«

»Ist dieses Wir okay für dich?«, wisperte ich an seinen Lippen.

»Mehr als okay.«

Ich schmiegte mich an ihn, bis ich seine Erektion an meinem Unterbauch spüren konnte, bis die sanfte Begegnung unserer Lippen wieder zu einem richtigen Kuss wurde, bis Fragen und Bedenken keine Rolle mehr spielten. Es spielte keine Rolle mehr, wie wir hierhergekommen waren oder was genau uns hergebracht hatte, sondern bloß dieser Moment. Und das reichte voll und ganz.

Meine Antwort schien bei Kai einen Schalter umgelegt zu haben, denn auf einmal war da nur noch elektrisierendes Verlangen. In seinem Kuss, in der Art, wie er mich hielt, in jeder noch so kleinen Bewegung. Und gleichzeitig war Kai beinahe quälend langsam und sanft. Voller Gegensätze, so wie alles an ihm. Der Gedanke ließ mich in den Kuss hineinlächeln und wärmte mich von innen. Die Hitze zwischen uns schwoll immer weiter an, als Kai am Saum meines Sweaters zupfte und ihn in der nächsten Sekunde behutsam nach oben schob. Seine Fingerspitzen folgten dem Stoff, über meinen Bauch, meine Rippen und die Rundung meiner Brüste. Wieder begegneten sich unsere Blicke und wieder fragte er um Erlaubnis. Wortlos und mit einem Funkeln in den braunen Iriden, das irgendetwas in mir entzündete.

»Hör nicht auf«, bat ich, während er über den dünnen Stoff meines bordeauxfarbenen Spitzen-BHs strich. Durch das feine Material meinte ich, alles noch viel intensiver zu spüren. Wie er meine Brüste umkreiste, darüberfuhr, sie mit dem Daumen neckte … Seufzend schloss ich die Augen und grub die Finger in seine festen Schultern. »Hör bloß nicht auf, Kai.«

»Das würde mir gerade nicht mal im Traum einfallen«, raunte er, die Lippen nur Millimeter von meinem Ohr entfernt, ehe er mir endlich den Pullover über den Kopf zog. Kühle Luft traf auf meine Haut, doch das Feuer brannte heller. Ein Feuer, das durch Kai weiter angefacht wurde, während er mich ansah, jeden Winkel meines beinahe nackten Oberkörpers und schließlich wieder mein Gesicht. Das er umfasste und küsste, küsste, küsste, bis ich das Gefühl hatte, den Boden unter den Füßen zu verlieren … und ihn tatsächlich verlor.

»Kai, dein Arm!«, rief ich, als er mich hochhob, und schlang reflexartig die Beine um ihn.

»Ich passe auf, Lou, keine Sorge. Mein rechter Arm kann

dich schon noch halten, vor allen Dingen, wenn du dich an mich hängst wie ein kleiner Oktopus.«

»Ernsthaft, Oktopus?« Ich konnte mir ein Prusten nicht verkneifen.

»Oder ein Koala?« Kai hatte die Nerven, mir zuzuzwinkern. »Es gibt eine ganze Menge passender Vergleiche.«

Schmunzelnd schüttelte ich den Kopf und verschloss seinen Mund mit einem Kuss, statt eine echte Antwort zu geben. Seine Hand griff fester zu, nur einen Moment bevor Kai sich in Bewegung setzte, noch immer mit mir auf dem Arm, noch immer in unserem Kuss gefangen. Das Penthouse um mich herum verschwamm, die Welt verschwand bis auf die Stellen, an denen wir uns berührten, die Wärme des anderen spürten. Kai nahm mühelos alles ein und doch schien es mir noch nicht genug. Ich wollte mehr. Mehr von seinem leisen Stöhnen, dem Seufzen, diesem irren Gefühl, das er in mir auslöste.

Am Rande nahm ich wahr, wie sich eine Tür öffnete, wie wir durch einen langen Flur und kurz darauf in eines der Schlafzimmer stolperten. Dunkelheit umfing uns, einzig unterbrochen von der nächtlichen Stadt außerhalb des Universums, das wir hier erschufen. Und dann waren da nur noch Wolken, in denen wir als verschlungenes Bündel landeten. Mit Kai über mir, seinem Gesicht bloß wenige Zentimeter von meinem entfernt. Er schaffte es irgendwie, sich auf den Knien und seinem gesunden Arm zu halten und dabei unendlich leicht mit seiner anderen Hand über meine Haut zu fahren. Über meinen Hals, mein Schlüsselbein.

»Ich könnte das den ganzen Tag machen, Lou«, flüsterte er in die Stille hinein.

»Was meinst du?«

»Dich ansehen, dich berühren, dich küssen. Das möchte ich schon eine ganze Weile.« Seine Fingerspitzen erreichten meine Brust, die kaum von dem Spitzenstoff verhüllt wurde, und die kleinen Leberflecken dort, die ein Dreieck bildeten. »Du bist ziemlich verdammt schön, Lou, weißt du das eigentlich?«

Ich lächelte und zog sein Gesicht näher zu mir, während sich Kais Worte wie flüssiges goldenes Licht in mir ausbreiteten. »Ich finde dich auch ziemlich verdammt schön, Kai.« Angetrieben von dem Licht und seinen Worten, schob ich ihn sanft ein Stück von mir, bis wir voreinander auf dem Bett knieten, und befreite ihn endlich auch von seinem Shirt. Das schwache Licht verwandelte seinen Oberkörper in ein Spiel aus Bergen und Tälern und ich nahm mir einen Moment, um seinen Anblick in mich aufzunehmen. Die 111, die mit schwarzer Tinte auf seinen linken Rippenbogen gestochen war und zu seiner Geschichte passte. Die zwei dunklen Ringe, die sich oberhalb der tätowierten Windrose als Tattoos um seinen rechten Unterarm wanden. Und die längliche Narbe unterhalb seines linken Schlüsselbeins, die er sich, wie ich von Social Media wusste, bei einem Sturz zugezogen hatte. Ich erkundete jeden Winkel mit meinen Fingerspitzen und ließ mir dabei Zeit, während mein Herz immer schneller raste.

Weil Kai mich nicht eine Sekunde aus den Augen ließ.

Weil Kai an dem Verschluss meines BHs herumnestelte und ihn schließlich öffnete.

Weil da plötzlich nur noch nackte Haut an nackter Haut war und es eines der schönsten, intimsten Gefühle war, ihn auf diese Weise zu spüren.

Seinen Namen auf den Lippen, legte ich den Kopf leicht

in den Nacken, als er mich von meinem Mund bis zum Hals mit Küssen bedeckte. Dann meine Schultern und meine Brüste, deren Spitzen hart wurden und voller Sehnsucht zogen. Und es fühlte sich gut an. Verdammt gut, dort von Kai berührt zu werden. Richtig. Tief in mir drin hatte ich mich immer ein wenig dafür geschämt, dass meine Brüste gerade so ein A-Körbchen füllten, doch nun zu sehen, wie perfekt sie in Kais Hände passten, ließ jede Zelle in mir vibrieren. Jeden Zweifel verstummen.

»Verdammt wunderschön«, murmelte er und verwöhnte die Stelle zwischen meinen Brüsten, schaute von dort zu mir auf mit einem Ausdruck in den Augen, der mir direkt unter die Haut ging. Langsam glitt ich zurück in die wolkengleiche Decke, ließ zu, dass Kai nach dem Bund meiner Leggings griff und mich von dem engen Stoff befreite. Stück für Stück, bis ich nur noch meinen Spitzenslip trug und Kai zwischen meinen Beinen lag, die Lippen an der Innenseite meines linken Oberschenkels.

»Wenn es zu viel wird, dann –«, begann er leise zwischen zwei Küssen, die meiner Mitte immer näher kamen, doch ich ließ ihn den Satz erst gar nicht beenden.

»Wird es nicht. Nichts davon ist zu viel, es ist genau richtig.« Die Worte kamen ein wenig atemlos hervor und verstummten abrupt, als Kai mich *dort* berührte. Mit seinen Fingern, seinem Mund, noch immer durch den Spitzenstoff getrennt. Seufzend und mit einer gewissen Ungeduld, vergrub ich eine Hand in seinen Haaren, während ich die andere in den weichen Stoff der Decke krallte.

Ich schloss die Augen, bog den Rücken durch, und auch wenn ich sein Lächeln nicht sah, konnte ich es spüren. Ein selbstzufriedenes Lächeln, als ich seinen Namen stöhnte, weil er in diesem Moment den Stoff meines Höschens zur Seite schob und ihn plötzlich nichts mehr von dieser pochenden Stelle zwischen meinen Beinen trennte. Hitze explodierte in meiner Mitte, während er mich dort liebkoste, immer weiter reizte und gefährlich nahe an den Rand einer Klippe trieb, unter der ein grenzenloser dunkler Ozean wartete. Wäre es nicht Kai gewesen, hätte ich vielleicht gezögert, mich vor dem gefürchtet, was dort lag, und davor, jemandem anderen so viel Macht über mich zu geben, doch mit ihm … wollte ich springen. Wollte ich wissen, wie es sich anfühlte. Wollte ich herausfinden, wohin es ihn und mich führen würde, wenn wir nicht aufhörten. Weitermachten. Also ließ ich zu, dass er die Kontrolle übernahm, und *vertraute*, fühlte, stöhnte seinen Namen, als Kai mit einem Finger in mich eindrang und den Druck intensivierte. Alles mit einem Mal so unendlich intensiv wurde.

»Kai …«, keuchte ich, hielt ihn fester, während der Rand der Klippe, die Wellen darunter immer näher kamen … und schließlich über mir zusammenschlugen. Mich begruben und in einen Kokon hüllten. Aus Wärme und Herzrasen und Kai. Arme schlangen sich um mich, zogen mich auf die Seite an seine warme Brust, hielten mich, während der Ozean bebte.

»Ist okay, ich hab dich«, murmelte Kai an meinem Ohr und ließ nicht los. In meinem Rücken spürte ich sein Herz genauso toben, wie es meins tat, und klammerte mich fester an seine Arme. Keine Ahnung, wie lange wir so dalagen, sein Oberkörper an meinen gepresst, aber als sich die Wellen zurückzogen, trieb mich alles nur noch viel mehr zu Kai.

Wortlos drehte ich mich um, bis sich unsere Nasenspitzen berührten, und fuhr mit einer Hand über seine nackte Haut, über seinen festen Bauch und folgte schließlich der Spur der dunklen Härchen zum Bund seiner Hose. Kai spannte sich merklich an, als ich den Knopf öffnete, tiefer wanderte – unter den rauen Stoff seiner Jeans, seine engen Boxerbriefs – und im nächsten Moment seine Erektion umfasste. Sein raues Stöhnen, die Art, wie er scharf den Atem einsog, ließ mich mutiger werden, schneller, während sich unsere Lippen beinahe ungeduldig fanden und ein weiteres Mal aufeinanderprallten. Irgendwie wurden wir seine Hose los, gefolgt von seinen Boxershorts und meinem Höschen. All unsere Kleidung lag um uns herum verstreut und trotzdem hatte ich mich noch nie so geborgen gefühlt wie in diesem Augenblick mit Kai. So beschützt, obwohl wir uns gerade kopfüber in dieses *Etwas* zwischen uns stürzten. Immer weiter gingen und längst einen Punkt erreicht hatten, an dem keiner von uns noch umdrehen wollte. An dem wir aufgehört hatten zu denken und begonnen hatten zu fühlen.

Kai stieß einen leisen Fluch aus, als ich den Druck erhöhte, drängte sich gegen meine Hand, während seine eigenen Finger zärtlich über meine Wange fuhren. »Gott, Lou …«

Sein Blick fand meinen und ein paar Schläge unserer stolpernden Herzen lang schien die Welt stillzustehen – nur um sich einen Wimpernschlag später mit doppelter Geschwindigkeit weiterzudrehen. Und uns mit sich zu reißen. Die Sekunden verschwammen ineinander, als sich Kai auf den Rücken legte und mich mit sich zog, bis ich rittlings auf ihm saß. Meine Hände auf seinen Oberkörper gestützt, sodass ich seine bebende Brust spüren konnte, beugte ich mich näher zu ihm. Ein paar der roten Strähnen, die sich aus meinem Knoten gelöst hatten, fielen auf ihn herab, vermischten sich mit dem dunklen Braun seiner Haare. Ein winziges Lächeln auf den Lippen schob Kai sie zurück hinter meine Ohren und umfasste dann mein Gesicht.

»Wenn wir weitergehen … ich möchte das hier auf jeden Fall, Lou, aber nur, wenn du dir auch sicher bist.«

Ich schmiegte mich in seine Berührung und nickte. »Ich bin mir absolut sicher, Kai.«

Es bedeutete mir sehr viel, dass er mich danach fragte. Dass er sich Gedanken darum machte, wo ich in diesem Moment stand, der uns mit sich gerissen hatte, und Kai … er bedeutete mir auch sehr viel. Das hier zwischen uns bedeutete mir sehr viel. Vielleicht war ich deswegen so nervös, als ich nach dem Kondom griff, das wir irgendwo zwischen ungeduldigen Küssen aus seiner Geldbörse gezogen hatten, und es mit zittrigen Fingern öffnete. Kai kam mir zu Hilfe; ich merkte, dass seine Hände genauso schwitzig waren wie meine, und irgendetwas in mir rückte an die richtige Stelle. So hastig, wie wir vorhin auch begonnen haben mochten, das hier schien unser echtes Tempo für diesen Augenblick zu sein. Ein wenig langsamer, ein wenig behutsamer und trotzdem gemeinsam.

Kai nahm mir das Kondom ab, streifte es sich über und sah dabei nicht eine Sekunde zur Seite. Dann streichelte er über meine Oberschenkel, meine Seiten und sorgte dafür, dass sich eine Gänsehaut auf meinem Körper ausbreitete. Eine der angenehmen Art, von der ich nicht genug bekommen konnte. Oder jemals wollte. Ich biss mir auf die Lippe, legte meine Hände auf seine und rutschte ein wenig tiefer, bis seine Erektion dort war, wo ich bereits wieder dieses süße Ziehen verspürte. Ich wollte nicht länger warten, ich … ich wollte Kai.

Als hätte er meine Gedanken gelesen, wurde sein Griff an

meiner Taille fester, nur einen Herzschlag bevor ich mich endlich auf ihn sinken ließ. Ich nahm mir Zeit, genoss jede Sekunde, in der ich immer mehr von Kai spürte. In der wir uns verbanden und ein weiteres Mal der Flut die Kontrolle überließen.

Kai stöhnte auf, während ich begann, mich auf ihm zu bewegen, beinahe quälend langsam, die Hände rechts und links von seinem Kopf aufgestellt.

»Das ist …«, setzte er an und fluchte leise, als ich schneller wurde. Einen neuen Rhythmus fand, der meinen Puls in die Höhe und mir den Schweiß auf die Stirn trieb. Mit einem unterdrückten Knurren richtete sich Kai auf, bis er, mit dem Rücken gegen das Kopfteil des Betts gelehnt, dasaß. Ich auf seinem Schoß und plötzlich so nah an seiner Brust, seinen Lippen, während wir uns noch immer in unserem eigenen Takt bewegten. »Zu viel?«, brachte er atemlos zwischen den Zähnen hervor und legte seinen gesunden Arm um meine Hüfte.

Ich schob mein Becken weiter nach vorne, schüttelte den Kopf und genoss … genoss, dass ich Kai in dieser Stellung nicht einfach in mir spürte, sondern auch an jenem Punkt, an dem alle Nerven, die nur so kribbelten, unter Strom standen, zusammenliefen. *Himmel, ich* … »Mehr, Kai.«

Keine Ahnung, wie diese abgehackten Worte meinen Mund verlassen hatten. Aber als Kai seine Lippen auf meine presste, spielte das auch gar keine Rolle mehr. Ich bewegte mich immer fordernder auf seinem Schoß, unterstützt von Kais Halt, den er mir gab, und befeuert durch unseren Kuss, die Hitze zwischen uns, seine verschwitzte Haut auf meiner …

»Fuck, Lou.«

Sein rauer Ausruf traf einen Punkt tief in mir, von dem ich nicht einmal gewusst hatte, dass er überhaupt existierte. Keuchend grub ich die Finger in seine Schultern, während die Spannung in mir zunahm, ich zu zerspringen drohte …

… bis ich spürte, wie er unter mir erbebte.

… bis ich sein Stöhnen hörte.

… bis er sich vollkommen fallen ließ. Sprang.

Und ich ihm, ohne zu zögern, folgte. Hinein in die Flut. Hinein in unseren dunklen Ozean.

Nur Kai und Lou.

Einfach wir.

Kapitel 26

EIN NEUER NORDEN

Kai

»Also einen Americano und dieses Hummus-Sandwich für dich?«, erkundigte sich Lou und legte die Menükarte zur Seite, um aufzustehen. Wir hatten uns auf der Terrasse eines Cafés mit perfektem Blick auf die Binnenalster gesetzt, um unsere wohlverdiente Mittagspause zu genießen. Lou und ich waren den gesamten Vormittag in einer wilden Mischung aus Sightseeing und Content-Produktion durch Hamburg gelaufen und hatten dabei vollkommen das Frühstück vergessen. Genauso wie heute Morgen in Phils Appartement, als ich neben Lou aufgewacht war und sich meine Gedanken einzig und allein auf diese umwerfende Frau beschränkt hatten. Auf die Nähe der Nacht, auf das, was wir gemeinsam erlebt hatten und aus Lou und mir dieses … *Wir* gemacht hatte. Gestern Nacht und heute in der Früh im Bad. Ein Wir, das sich gut anfühlte, mich nicht einengte, sondern … mir mehr gab.

»Kai?«

Ich hob den Blick und begegnete Lous schiefem Lächeln. Dem Funkeln in ihren Augen nach zu urteilen, ahnte sie, in welche Richtung meine Vorstellung gerade gewandert war. Großartig. Mit einem vernehmlichen Räuspern richtete ich mich auf. »Sorry, was hast du gesagt?«

Lou trat um den Tisch herum, der jetzt, da sich die Sonne durch die grauen Herbstwolken gekämpft hatte, von ihren Strahlen gewärmt wurde. »Ich wollte reingehen und bestellen. Kein Service auf der Terrasse, Kai, schon vergessen?«

»Ah klar. Ich kann das auch machen«, bot ich an und verstummte im nächsten Moment, als sich Lou zu mir beugte und mir einen Kuss auf die Lippen hauchte. Scheiße, daran konnte ich mich wirklich gewöhnen. Daran, sie bei mir zu haben, sie zu berühren, und an dieses Gefühl von Sicherheit. Ganz anders als –

Nein, Kai. Nicht jetzt. Nicht nach dieser Nacht. Es spielt keine Rolle mehr.

Die Gedanken stießen mir bitter auf. Gestern hatte ich Lou viel von mir gezeigt. Vieles, das ich jahrelang unter Verschluss gehalten und niemanden hatte sehen lassen. Doch *vieles* war nicht *alles* und ein Teil von mir hasste es, dass da immer noch dieser Rest von Furcht war, der nicht da sein sollte. Nicht mit Milou. Sie war nicht Sylvia.

»Bin gleich wieder da, ja? Vielleicht kannst du in der Zwischenzeit schon mal die Fotos sichten? Claire meinte doch, wir sollen ihr den Entwurf für den nächsten Post schicken.«

Ich nickte ein wenig abwesend und schaute zu ihr auf. »Klar, das mache ich. Danke dir.«

Lou drückte meine Schulter, dann wandte sie sich in Richtung Restaurant und ließ mich allein. Einen Augenblick lang sah ich ihr nachdenklich nach, ehe ich – mehr aus Gewohnheit als aus wirklicher Lust – nach dem iPad griff. Handy, Kamera und Tablet hatten sich bereits synchronisiert und ich somit alle Bilder der letzten Tage in der Mediathek. Unzählige Fotos und Videos, die Lous und meine Reise in Momentaufnahmen verwandelten und doch nicht einfangen konnten, was alles in der vergangenen Woche geschehen war.

Unwillkürlich dachte ich an das, was ich Lou über meine Familie erzählt hatte ... und an Grams' Geburtstag. Zwar fühlte sich die Vorstellung hinzugehen immer noch falsch an, doch seit gestern Abend hatte dieses *Falsch* einen anderen Ursprung. Bisher hatte ich mir eingeredet, dass es besser für meine Familie wäre, wenn ich nicht kommen würde, aber nach dem Gespräch mit Ida, nach den Worten von Lou war mir mittlerweile bewusst, dass nicht sie das Problem waren, sondern ich. Dass ich einfach nur Angst vor dieser Begegnung hatte. Dass ich ziemlich viel Zeit damit verbracht hatte, Ausreden für meine Feigheit zu finden. Und das war eine bittere Pille, die ich erst mal schlucken musste.

Seufzend fuhr ich mir über das Gesicht und wischte lustlos durch die Bilder. Noch so etwas, das mir falsch vorkam. Aus diesen Tagen mit Lou nur eine weitere Reise für meinen Blog zu machen, wenn sie für mich doch so viel mehr war. Bloß würde mich Claire vermutlich vierteilen, wenn ich jetzt einfach die Reißleine zog. Oder an meiner Stelle eine haarsträubende Geschichte samt perfekt gefakter Bilder hervorzaubern. Je nachdem.

Als hätten meine Überlegungen sie herbeigelockt, ploppte in dieser Sekunde ein eingehender FaceTime-Anruf von Claire auf. Schnell schaute ich mich um, aber die Terrasse war bis auf einen Tisch ganz hinten leer, also nahm ich seufzend an. »Claire.«

»Hansen, wie schön, dein Gesicht zu sehen«, erwiderte sie und faltete die Hände unter dem Kinn. Anscheinend saß sie wieder einmal an ihrem Schreibtisch. Wo auch sonst?

»Du siehst mein Gesicht jeden Tag. Ständig. Man würde meinen, du hättest langsam genug davon.«

»Niemals.« Ihr Lächeln wurde breiter, dann trat ein beinahe aufmerksames Funkeln in ihre Augen. »Du wirkst irgendwie verändert, Kai. Ist was passiert, von dem ich wissen sollte?«

Oh Scheiße. Hastig zuckte ich mit den Schultern. »Nichts Besonderes. Gibt es einen bestimmten Grund für deinen Anruf?«

Kurz wirkte es, als wollte sie nachhaken, beließ es jedoch glücklicherweise bei einem letzten, durchdringenden Blick, ehe sie meinte: »Allerdings. Wir haben einige neue Kooperationsanfragen für Lou und dich.«

»Für uns beide?«

»Ja, für euch beide zusammen im Doppelpack. Ihr kommt gut an. Eure Fans fangen schon an, euch zu shippen.«

Ich schnitt eine Grimasse. »Shippen?«

»Es gibt sogar bereits Namen für euch. Die Hashtags explodieren. #Mikai #Loukai #Milai – such es dir aus. Und sie wollen mehr.«

»Gott, bloß keine weiteren Namen. Lou und ich, das zwischen uns … ist nicht so.«

»Jaja, ich hab's verstanden, Hansen. Kein Insta-Couple-Mist. Abgesehen davon, sollten wir uns dennoch ganz bald zusammensetzen. Vielleicht biete ich Lou auch eine Vertretung an, das würde einiges erleichtern. Aber wie gesagt, darüber reden wir noch.« Die Worte verließen ihren perfekt rot geschminkten Mund wie Pistolenschüsse. »Jetzt erst mal zu den aktuellen Themen. Deine Insights haben sich in jeder Hinsicht massiv verbessert und auch die negative Publicity hat sich weitestgehend verabschiedet. Bis auf *TravelMood*, aber das ist ja nichts Neues. Insgesamt stehen wir wieder sehr gut da und genau aus diesem Grund müssen wir jetzt am Ball bleiben.«

»Und worauf genau willst du hinaus?«, hakte ich nach, obwohl ich längst ahnte, worum es ging.

Claire seufzte und richtete sich wieder auf. »Eure Aktivität auf Social Media, Kai. Auf Stories. Auf TikToks. Ihr wart bisher erst einmal auf dieser Reise live, heute ist noch nicht eine Story online gegangen.«

Zähneknirschend zog ich ein Bein hoch, sodass mein linker Knöchel auf meinem rechten Knie ruhte, und schüttelte den Kopf. »Es hat sich eben nicht ergeben. Lou und ich waren beschäftigt.«

»Ja, das kann ich mir denken.«

»Mit Sightseeing und der Produktion von neuem Content, Claire.« Was sogar stimmte.

Sie warf mir nur einen vielsagenden Blick über den Rand ihrer Brille hinweg zu. »Hoffentlich bekommen wir diesen sogenannten *Content* bald zu sehen.«

»Ja, verdammt. Wir arbeiten dran, okay? Aber ich brauche eben … Zeit.«

Unzufriedenheit flog über ihre Züge und wurde dann zu der mittlerweile so vertrauten Besorgnis. »Kai, was ist los? Hier geht es doch gerade nicht wirklich um den Content.«

Ich schaute zur Seite. Nein, ging es nicht. Es ging um den Geburtstag meiner Großmutter. Es ging darum, dass sich plötzlich so vieles in mir verschob, was jahrelang stillgestanden hatte. Und es ging um dieses Stechen in meiner Brust, das mich *nach Hause* zog. Zu meiner Familie. Etwas, das ich sehr lange verdrängt hatte und das durch diese Reise, durch Lou wieder ans Licht gekommen war.

»Nein«, sagte ich schließlich. »Es ist privat.«

»Mathildas Geburtstag am Samstag«, präzisierte Claire. Es wunderte mich nicht, dass sie im Bilde war. Das war schließlich ihr Job. »Du weißt, ich stärke dir immer den Rücken, Hansen. Bei allem. Doch dieses eine Mal musst du allein entscheiden. Ich kann dir nicht sagen, welcher Deal der richtige ist.«

»Ich weiß«, murmelte ich. »Ich kriege das hin.«

»Wenn nicht du, wer dann?« Claire schenkte mir ein kurzes Lächeln, ehe sie wieder die Ellenbogen auf den Tisch stützte. »Und während du das *hinkriegst,* kannst du mir euren Content liefern und mich meine Arbeit machen lassen, ja?«

Mir kam ein trockenes Lachen über die Lippen. »Immer wieder erstaunlich, wie leicht es dir fällt, deine ursprüngliche Intention nicht aus den Augen zu verlieren.«

»Und ich dachte, das hättest du längst verstanden. Melde dich, wenn du etwas für mich hast, ja?« Sie schaute direkt in die Kamera und damit mir ins Gesicht. »Oder wenn du etwas brauchst. Das hier ist keine Einbahnstraße, Kai. Wir sind ein Team, egal, bei was.«

Ich atmete hörbar aus. »Danke, Claire.«

»Ach was.« Schnaubend machte sie eine wegwischende Bewegung und damit war der tiefschürfende Teil unserer Unterhaltung offiziell beendet. »Schick mir einfach das Material. Und lass dich nicht zu viel von Milou ablenken, Hansen. Falls sie dir nicht schon hoffnungslos den Kopf verdreht hat.« Noch ein letzter Blick mit gehobener Augenbraue, dann hatte sie den Videoanruf beendet. So wie immer.

Einen Mundwinkel gehoben, legte ich das Tablet zur Seite

und zog mein Handy hervor, das mehrere Nachrichten anzeigte. Von Ida und Henri und sogar Raffael. Ich runzelte die Stirn und schaute kurz zum Eingang des Cafés, hinter dem Lou noch immer verschwunden war, ehe ich den Messenger öffnete.

> **Henri**
> Glaub ja nicht, ich hätte vergessen, dass du mir noch eine Antwort schuldest. Im Hinblick auf deinen Rotschopf. Ich mag vielleicht gerade ein Invalide sein, aber ich bin nicht blind 😏
> Ich will alles wissen, Bro.

> Und ach ja, ich bin mittlerweile in der Reha angekommen. Ist ’ne nette Einrichtung. Das Essen ist gut und ich habe gestern schon die ersten Schritte ohne fahrbaren Untersatz an diesem Balkending gemacht. Bald stehle ich dir auf der Tour wieder die Show, verlass dich drauf! 😎

Mir kam ein leises Lachen über die Lippen. Henris Art fehlte mir. Unsere gemeinsame Zeit fehlte mir. Und ich bewunderte ihn für seinen Ehrgeiz und unerschütterlichen Humor, den er selbst nach der ganzen Scheiße nicht verloren zu haben schien. Gedanklich machte ich mir eine Notiz, ihn nach der Reise zu besuchen, bevor ich eine Antwort tippte und dann in den Chat mit Raffael wechselte.

Raffael
Hey, ich hoffe, ihr habt mittlerweile besseres Wetter als auf der *Möwe*. Leni meinte, Lou habe gesagt, dass ihr eventuell einen Zwischenstopp auf Sylt einlegt. Falls da was dran ist, fände ich es cool, wenn man sich mal wiedersieht. Till wäre auch dabei und sogar Jonah. Kann ich auch noch nicht ganz glauben, aber er ist eigentlich schwer in Ordnung 😬 Also meld dich einfach, ja?

Der gute alte Inselfunk auf Sylt. Und diese Sache mit meinen früheren Freunden? Keine Ahnung, was ich davon halten sollte, aber mit Rafe auf dem Segelboot zu sprechen, hatte sich gut angefühlt und der Gedanke, einen Abend mit den Jungs zu verbringen, schien mit einem Mal gar nicht mehr so abwegig. Offensichtlich hatten die letzten Tage meine Prinzipien in den Schleudergang geworfen und alles durcheinandergebracht, wenn ich nach allem, was geschehen war, wirklich darüber nachdachte, nach Sylt zu fahren, statt direkt ein dickes fettes NEIN darunterzupflastern. Mit einem ungläubigen Kopfschütteln wechselte ich in eine bequemere Position und verfasste eine Antwort an Rafe.

Kai
Anscheinend verbreiten sich Nachrichten noch immer genauso schnell wie früher 😬 Ich weiß noch nicht, ob ich übermorgen da sein werde, es ist … kompliziert. Kennst du ja. Aber deine Einladung freut mich, Mann. Ganz ehrlich. Vielleicht bekommen wir das ja mal hin.

Bevor ich noch länger darüber nachdenken konnte, wie dämlich diese Nachricht klang, schickte ich sie ab und blieb dann mit dem Daumen über der ungeöffneten Message von Ida hängen. Ihre zittrige Stimme von gestern Nacht kam mir wieder in den Sinn. Ihre Worte und der verräterische Ton von Alkohol, der darin mitgeschwungen war.

Du kannst so verkorkst sein, wie du willst. Du wirst immer mein Bruder bleiben, der mir verdammt fehlt. Komm nach Hause, Kai.

Komm nach Hause, Kai.

Altbekannte Schuldgefühle stiegen in mir hoch und ließen meine Brust eng werden und gleichzeitig … war da diese leise neue Stimme in mir.

Ich möchte nach Hause. Ich will es, aber ich weiß nicht, wie.

Total verkorkst.

Mit gemischten Gefühlen öffnete ich Idas Nachricht und überflog die Zeilen.

Ida

Tut mir leid, dass ich dich gestern so angerufen habe. Nach ein paar Weinschorlen, meine ich. Leni und Elisa waren da und … wie auch immer, was ich eigentlich sagen will: Egal, wie viel Wein ich auch hatte, ich habe jedes Wort so gemeint. Wir vermissen dich und ich weiß, dass wir alle Fehler gemacht haben. Nicht nur du und es war unfair, es so darzustellen, deswegen … überleg es dir, Kai. Das mit dem Geburtstag und allem.

Ich biss die Zähne zusammen und blickte von meinem Handy auf. Genau in diesem Moment kam Lou mit einem strahlenden Lächeln zurück auf die Terrasse, in den Händen ein

Tablett, das bis oben hin gefüllt war und jede Sekunde zu kippen drohte. Kurzerhand stand ich auf und nahm ihr zumindest den Teller ab, der gefährlich über den Rand hinausragte. »Hast du das ganze Café leer geräumt?«

»Danke. Und nein, ich konnte mich nur irgendwie nicht entscheiden, also habe ich alles genommen.« Sie lachte kurz, setzte das Tablett ab und schob sich die Ärmel ihres bunt gestrickten Vintage-Pullovers hoch, den sie über einen rostbraunen Cordrock gezogen hatte.

Ich stellte den Teller zur Seite. »Deswegen warst du so lange weg.«

»Nope, bin absolut unschuldig. Dadrinnen war der Teufel los. Eine ganze Busreisegruppe. Ich glaube, ich habe noch nie so viele Senioren auf einem Haufen gesehen.« Lou setzte sich und reichte mir den bestellten Americano und das Sandwich, während sie sich als Erstes für einen großen Milchkaffee und ein Croissant aus ihrer Ausbeute entschied. »Habe ich irgendetwas verpasst?«

»Nicht wirklich. Claire hat kurz angerufen und nach Content gefragt. Wir haben Social Media anscheinend ein wenig vernachlässigt.« Ich nahm einen Schluck des Kaffees und schaute sie über den Rand meiner Tasse hinweg an.

Lous Wangen röteten sich, ehe sie kokett mit einer Schulter zuckte. »Was nicht ist, kann ja noch werden und – dein Handy, Kai.«

Ich folgte ihrem Blick zu meinem Smartphone, auf dem weitere Nachrichten eingegangen waren. Alle von Ida.

»Du hast ihr noch nicht geantwortet, oder?«

»Woher … eure Mädels-Gruppe, richtig?«, schlussfolgerte ich resigniert und stellte meinen Americano ab.

Lou nickte zögerlich. »Ich stehe zu meinen Worten, dass

ich dich zu nichts drängen werde, aber falls du das durchziehen willst, dann bin ich dabei, okay?«

Schweigend betrachtete ich sie ein paar Herzschläge lang, dann griff ich wieder nach meinem Smartphone und drehte es unschlüssig in den Händen. Die zwei Stimmen in meiner Brust rangen miteinander, und auch wenn es sich gerade noch nicht so anfühlte, wusste ein Teil von mir bereits, welche von ihnen letztlich lauter sein würde. Jetzt musste ich nur noch den Mut finden, auf sie zu hören, statt den Weg des geringsten Widerstandes zu gehen. Langsam holte ich tief Luft und legte das Smartphone weg. »Welches Ziel steht als nächstes auf dem Plan?«

»Äh, Kiel und danach Flensburg«, gab Lou, sichtlich irritiert von meinem Themenwechsel, zurück. »Warum?«

»Ich weiß nicht, ich …« Noch einmal atmete ich ein und aus, »… ich glaube, es zieht mich eher ans Wasser. Auf eine bestimmte Insel, besser gesagt.«

Lous Augen weiteten sich merklich. »Bist du dir sicher?«

»Nein«, erwiderte ich aufrichtig. »Aber ich möchte auch nicht länger so weitermachen. Und dieses Mal fühlt es sich richtig an, nicht sicher zu sein, als wäre das genau der Punkt, an dem ich starten muss.« *Mein neuer Norden.*

»Okay.«

»Das ergibt keinen Sinn, oder?« Ich verzog das Gesicht.

Schmunzelnd griff Lou nach meiner freien Hand und drückte sie. »Das muss es auch gar nicht, solange es sich für dich richtig anfühlt, Kai. Und egal, wohin es geht, ich bin dabei. So schnell wirst du mich nicht mehr los.«

Ich erwiderte ihren Druck. »Dann werfen wir unseren Plan noch einmal über den Haufen?«

»Sind Pläne nicht genau dafür gemacht?«

Kapitel 27

BACK TO THE ISLAND

Lou

Rechts und links von uns erstreckte sich die graublaue Nordsee, während der Zug über den Hindenburgdamm rauschte. Die rötliche Abendsonne ließ das Meer funkeln, wann immer sie es durch die grauen Wolkentürme schaffte, und obwohl mein offizieller Wohnsitz noch immer in Konstanz lag, fühlte es sich an, als würde ich heimkehren. Als wäre ich sieben Monate und nicht nur sieben Tage weg gewesen, vielleicht weil in so kurzer Zeit so viel passiert war. Zwischen Kai und mir, aber auch in Hinblick auf meine Karriere als Travelbloggerin. Mittlerweile zählte mein Blog knapp zweihunderttausend Follower, eine unfassbar hohe Zahl, von der ich niemals zu träumen gewagt hätte, und in meinem Mail-Postfach warteten unzählige Kooperationsanfragen, ganz zu schweigen von meinen *Direct Messages* auf Instagram. Zu erleben, was ich mir immer erhofft hatte, machte mich regelrecht schwindelig, auch wenn in diesem Freude-Schwindel ein wenig Angst mitschwang. Angst, endlich den ersten Gipfel erklommen zu haben, nur um festzustellen, dass dahinter ein ganzes Meer aus weiteren, noch höheren Bergen wartete.

Aber hieß es nicht, der Weg war das Ziel?

Lächelnd schüttelte ich den Kopf und tippte genau diesen Gedanken in die Caption meines nächsten Posts, an dem ich gerade arbeitete.

Pläne zu verwerfen, ist nichts *Verwerfliches*, sondern jedes Mal eine Chance, etwas ganz Neues zu erleben. Schließlich heißt es nicht umsonst, dass der Weg das Ziel ist, oder nicht? Jedenfalls ist dieses Motto gerade Kais und mein treuer Reisebegleiter und bisher hat es uns stets nur zu weiteren besonderen Momenten geführt, die wir sonst vielleicht gar nicht erlebt hätten. Genau das bedeutet Reisen nämlich für mich: den Mut haben, Pläne loszulassen und sich auf den Weg zu konzentrieren, statt immer nur das Ziel im Auge zu haben.

Zufrieden setzte ich den Punkt und überflog die Zeilen noch mal, als im Messenger, den ich parallel zum Textbearbeitungsprogramm auf dem Tablet geöffnet hatte, eine neue Mail aufploppte.

Stirnrunzelnd klickte ich mich in das Mailprogramm und musste mir im nächsten Moment auf die Zunge beißen, um einen scharfen Fluch zurückzuhalten. Die Nachricht war von *TravelMood*. Dem Magazin, das Kai seit dem Unfall regelmäßig in der Luft zerriss.

Liebe Lou (ich hoffe, es ist okay, dass ich dich direkt duze 😉), ich bin Spencer von *TravelMood* und als Marketing Relations Manager für den Bereich Nordeuropa zuständig. Natürlich habe ich die Tour von dir und Kai Hansen bisher verfolgt und muss sagen, ich bin ein großer Fan von eurem Content. Man merkt, dass ihr authentisch und professionell zusammenarbeitet und damit eure Follower mühelos abholt. Genau so etwas suchen wir bei *TravelMood* für unsere Reportagen.

Ernsthaft??? Und das von dem Magazin, das unsere Reise seit Beginn in billige Schlagzeilen verpackte? Bisher hatten Kai und ich den Mist, so gut es ging, ignoriert, weil das besser war, als ihnen noch mehr Kanonenfutter zu liefern, aber das hier schoss den Vogel endgültig ab.

Vielleicht weißt du schon, dass wir in der Vergangenheit bereits über Kai berichtet haben. Zuletzt über seine Zeit nach dem Unfall. Ich bin froh, dass dieser Zwischenfall nicht zuletzt dank Henris Genesung und eurer *Back to the Roots*-Tour so glimpflich ausgegangen ist. Jedenfalls sind wir nun sehr daran interessiert, eure Geschichte zu erzählen und damit Leser*innen überall auf der Welt zu erreichen. Deswegen möchte ich dir ein Angebot machen:
Eine exklusive Story über euch, fernab von dem, was ihr auf Social Media teilt. Als Anstoß habe ich mal ein paar Fragen aufgeschrieben:

- Kanntet ihr euch schon vor der Reise?
- Wie fühlt es sich an, mit Kai Hansen zusammen zu sein?
- Was verbindet euch besonders?
- Wer steckt für dich hinter @chasingkaihansen?
- Gibt es ein Geheimnis über dich und Kai, das du mit uns teilen würdest?
- Wie würdest du eure Beziehung beschreiben? Steckt dahinter vielleicht doch mehr als eine geschäftliche Partnerschaft?

Das sind nur ein paar Gedankenanstöße, selbstverständlich können wir gemeinsam weiter daran arbeiten. Gerne würde ich

die Story zunächst nur mit dir machen und Kai erst an späterer Stelle als Gegenstück dazuholen. Natürlich bieten wir dir dafür auch eine entsprechende Vergütung an.
Unser unverbindliches Angebot: fünfzigtausend Euro –

An dieser Stelle brach ich ab und musste mich beherrschen, das Tablet nicht schnaubend gegen die nächste Wand zu pfeffern. Ganz sicher würde ich Kais und meine intimen Momente, die Geheimnisse, die wir einander anvertraut hatten, nicht verkaufen. Dieser Spencer konnte sich seine Fragen also geflissentlich sonst wohin schieben.

Ohne zu zögern, klickte ich auf *Löschen*, vermerkte den Absender als SPAM und brauchte erst mal einen Moment, um durchzuatmen. Wie tief konnte dieses Magazin noch sinken?

Kurz überlegte ich, Kai zu wecken, um mit ihm über die Mail zu sprechen. Doch als ich sah, wie zufrieden, wie … friedlich er im Schlaf wirkte … Später war noch genügend Zeit dafür. Entschieden schloss ich mein Mailprogramm, gerade als eine neue Nachricht von Neela auf dem Display erschien.

Neela
Mal eine rein hypothetische Frage …

Ich runzelte die Stirn. Wenn Neela schon so anfing …

Lou
Neela, was geht in deinem Kopf vor sich?

Neela
Du meinst abgesehen davon, dass ich mich frage, wann du mir mehr über dich und den Sunnyboy erzählst? Über diese unverschämte Nacht in diesem unverschämten Appartement?

Prompt stieg mir die altbekannte Hitze in die Wangen. Hastig schaute ich zu Kai, doch der hatte nach wie vor die Augen geschlossen, die Schläfe an die kühle Scheibe gelehnt.

Lou
Neela!

Neela
Jaja, ich versuche, geduldig zu sein.

Lou
Halleluja. Also, auf die Gefahr hin, dass ich es bereuen werde, aber was verbirgt sich hinter deiner rein hypothetischen Frage?

Neela
Auf einer Skala von eins bis zehn, wie sehr würdest du ausrasten, wenn ich …

Lou
NEELA WEISSENBERG!

Neela
😂

Lou
Das macht dir entschieden zu viel Spaß!

Neela
… wenn ich dir sagen würde, dass ich einen Zug gebucht habe? Mit dem Endziel Westerland.

Ich starrte auf die Buchstaben und spürte, wie meine Anspannung von gerade durch ein ziemlich schiefes und vielleicht auch ziemlich irres Grinsen ersetzt wurde.

Lou
Du kommst nach SYLT?!

Neela
Ja, verrückt, oder? Leider erst nächstes Wochenende, also wenn euer Turteltäubchen-Trip vielleicht schon durch ist und die Kurzferien beginnen, aber aaah, ich freue mich so!

Lou
Und ich mich erst! Wir kriegen das auf jeden Fall hin! Das wird großartig!!! 🥰 Ich zeige dir alles und wir machen uns die beste Mädelszeit am Meer, die es gibt!

Neela
Worauf du Gift nehmen kannst 🤓 Okay, das wollte ich dir nur schnell schreiben, den Rest klären wir später. Meine Abendvorlesung geht gleich los und die darf ich nicht verpassen.

Lou
Wohl eher: willst du nicht verpassen 😏 Meld dich, wenn du Zeit hast!

Neela
Mach ich, hab dich lieb!

Das *Online* unter Neelas Namen verschwand und ließ mich mit kribbelnder Vorfreude zurück. Ich konnte es gar nicht erwarten, mit meiner besten Freundin Sylt unsicher zu machen, und gleichzeitig … Wieder schaute ich zu Kai. Gleichzeitig wollte ich nicht, dass diese Zeit mit Kai endete. Dieser verrückte Trip, der uns zusammengebracht hatte. Wie würde es danach mit uns weitergehen? Was würde passieren, wenn Kai wieder mit Henri auf Tour ging, monatelang in der Weltgeschichte herumreiste?

»Ich weiß, dass du mich anstarrst, lovely Lou.« Kai öffnete ein Auge und lächelte träge. »Hast du wieder eine Session mit dem Hexenzirkel abgehalten?«

»Haha, jetzt fängst du auch schon damit an, hm?«

Achselzuckend setzte sich Kai im Sitz des Regiozugs auf und legte die Hände flach auf den Tisch zwischen uns. »Es ist ein passender Vergleich. Ich glaube, es würde niemanden auf der Insel wundern, wenn darin ein Funken Wahrheit läge.«

Kurz dachte ich über seine Worte nach und meinte schließlich: »Gefällt mir irgendwie. Aber nein, ich muss dich enttäuschen, das waren nicht die Mädels, sondern Neela. Meine Freundin aus Konstanz. Sie kommt nächste Woche nach Sylt, um mich zu besuchen.«

»Dann lerne ich sie ja vielleicht bald kennen.«

Ich nickte, während mir wieder die Mail von *TravelMood* in den Sinn kam. Eigentlich spielte es keine Rolle, dass sie mir geschrieben hatten, oder? Ich hatte sie gelöscht und Kai hatte auch so schon genug im Kopf. Mit Sylt, seiner Familie, dem Geburtstag. Und das war gerade das Wichtigste. Die Familie, nicht irgendein Klatschmagazin. »Hast du noch mit Ida geschrieben?«

Wie erwartet, spannte sich Kais gesamter Körper bei meiner Frage ein wenig an. »Ja, sie weiß Bescheid und holt uns am Bahnhof ab. Wird bestimmt seltsam, die Reise mit dir bis Sonntag zu unterbrechen und plötzlich wieder … bei ihnen zu sein.«

Aus einem Impuls heraus griff ich nach seinen kühlen Händen und umschloss sie mit meinen. »Kai?«

»Hm?«

»Das wird gut. Sie freuen sich riesig auf dich.«

Stirnrunzelnd schaute er auf unsere Hände herab und nickte. »Ich hoffe es sehr.«

Noch einmal drückte ich bekräftigend seine Finger. »Nach Hause.«

Als er dieses Mal lächelte, kehrte das helle Funkeln in seinen Blick zurück. »Nach Hause.«

Kapitel 28

ALTE GEDANKEN, DIE ZU NEUEN WORTEN WERDEN

Kai

Vier Gesichter sahen mich über den Esstisch hinweg an, während mir das Herz bis zum Hals schlug, in mir diese Mischung aus Erleichterung und Schmerz brodelte und ich es nicht mehr konnte. Sie anschauen, weil die letzten Stunden verdammt viel gewesen waren. Weil meine Gründe, meine Seite der Geschichte nun zwischen uns auf dem Esstisch ausgebreitet lag. Weil ich mich immer noch davor fürchtete, für meine Flucht verurteilt zu werden.

Ich atmete bebend aus und fuhr mir über die Augen. Holte Luft, um die letzten Worte, die noch gesagt werden mussten, auszusprechen. Und schaffte es irgendwie noch einmal aufzublicken. In Mas tränenfeuchte Züge, zu der gerunzelten Stirn meines Vaters, in Idas blasse Miene und zu Miks angespanntem Kiefer. »Es … es tut mir leid, dass ich es in den letzten Jahren – Gott, auch in der Zeit davor – nicht geschafft habe, darüber zu reden. Dass ich euch … euch alleingelassen, ausgeschlossen und verletzt habe. Und es …« Ich schluckte und schüttelte den Kopf. »Und es tut mir so verdammt leid, dass ich erst um die Welt reisen musste, um zu erkennen, was ich hier habe. Was ich in euch habe.«

Nachdem ich verstummt war, blieb es eine ganze Weile

still. Eine Stille, die beides gleichermaßen war: unangenehm, weil sie die Angst in meiner Brust schürte, und befreiend, weil nun endlich alles raus war. All das, was ich schon Ida am Telefon anvertraut hatte, und weitere Gedanken, die seit Jahren in mir wüteten und mehr Schaden angerichtet hatten, als mir bewusst gewesen war.

Bis zu dieser Reise.

Bis meine Fassade Risse bekommen hatte, die dringend nötig gewesen waren.

Bis mich eine kluge junge Frau dazu gebracht hatte, mich nicht länger vor allem und jedem verschließen zu wollen. Die Augen zu öffnen, auch wenn es beschissen schmerzhaft war.

Aus dem Wohnzimmer drang das vertraute Bimmeln von Opas alter Standuhr zu uns, dann spürte ich Mas kalte Finger auf meiner Hand, hörte Pa schwer ausatmen und Mik leise fluchen. Doch letztlich war es Ida, die die Stille durchbrach, die Stimme erhob, das erste Mal an diesem Abend.

»Ich … ich glaube nicht, dass ein einzelnes Gespräch drei Jahre einfach auf einen Schlag auslöschen kann, aber ehrlich gesagt … habe ich keine Lust darauf, diese Zeit länger unsere jetzige stehlen zu lassen.«

Überrascht hob ich die Brauen, weil ich nicht damit gerechnet hatte, dass diese Worte ausgerechnet von Ida kommen würden. Allerdings gab sie mir erst gar nicht die Gelegenheit, etwas darauf zu erwidern, sondern fuhr direkt fort – was viel eher ihrer Art entsprach.

»Das bedeutet nicht, dass ich ignorieren kann, was passiert ist, doch ich … ich verstehe dich jetzt. Dich und deine Gründe, Kai. Und ich möchte nicht länger stur altem Schmerz hinterherlaufen, sondern mich lieber darauf konzentrieren, meinen Bruder zurückzubekommen.« Ida sah zu unseren Eltern und Mik, dann wieder zu mir. »Zumal wir ebenso Mist gebaut haben. Irgendwo vor deiner Abreise haben wir dir das Gefühl gegeben, hier nicht du selbst sein zu können, und das sollten wir auf unsere Kappe nehmen.«

Ich sah ihr direkt in die Augen. »Ida …«

»Nein, Kai. Ich weiß, du spielst liebend gern die tragische Rolle, die alles zum Teufel gejagt hat, und ja, das hast du irgendwo auch, aber ganz sicher nicht allein. Wir haben alle Scheiße gebaut.«

Mein Vater räusperte sich vernehmlich. »Ich weiß nicht, ob das so unbedingt der richtige Ausdruck für diese Situation ist, Liebling.«

»Doch, ich glaube, dieses eine Mal muss ich Ida ihre Kraftausdrücke am Esstisch durchgehen lassen«, hielt Ma dagegen und wischte sich eine Träne von der Wange. »Wir haben Scheiße gebaut.«

Sprachlos sah ich meine Mutter an, die nun vorsichtig lächelte und meine Hand drückte. »Wirklich, ihr habt nicht –«

»Doch, mein Schatz. Und ich sehe es ähnlich wie deine Schwester: Wir sollten versuchen, diese Zeit möglichst hinter uns zu lassen und wieder zueinanderzufinden. In eine Familie, in der niemand das Gefühl hat, nicht sagen zu können, was ihr oder sein Herz bewegt. Schließlich sollte Familie genau das sein: ein Ort ohne Vorurteile. Voller Offenheit und Ehrlichkeit, selbst wenn es manchmal wehtut.«

Mein Hals schnürte sich zu, wurde eng und rau, doch dieses Mal nicht aus Furcht, sondern aus Dankbarkeit. Hoffnung.

Die vergangenen Jahre hatten vieles kaputtgemacht und zerbrochen. Hatten Wunden in unsere Familie geschlagen und Narben hinterlassen. Bei Ma und Pa und meinen Geschwistern genauso wie bei mir. Das sah ich in ihren Blicken, hörte es in ihren Worten. Narben, die Zeit brauchten. Diese Familie brauchte Zeit, um wieder zusammenzukommen. Keine Ahnung, wie lange das dauern würde, was bis dahin geschah, und vermutlich war es auch unmöglich, das im Voraus zu sagen. Aber trotz allem war ich überzeugt, dass wir das schaffen konnten. Als Familie und jeder für sich.

Behutsam fuhr ich mit dem Daumen über Mas Handrücken und nickte. »Ich verspreche euch, dass ich mich nicht wieder ohne Erklärungen rausziehen oder euch aussperren werde.« *Dass ich nicht noch einmal die Bedeutung deiner Worte vergessen werde, Ma.* »Ich habe meine Lektion gelernt.«

Mein Vater fuhr sich über die Stirn, ein paar der Falten verschwanden, andere blieben. »Ich glaube, das haben wir alle.«

Ich erwiderte noch einen Moment länger seinen bedeutungsschweren Blick, dann fasste ich Mik ins Auge, der bis jetzt untypisch ruhig geblieben war. Mein großer Bruder presste die Lippen aufeinander und schüttelte langsam den Kopf, ehe er seine Cap abnahm und sich durch die dunklen Haare fuhr. »Mann, ist das eine verkorkste Geschichte. Hättest du … hätte ich das vor drei Jahren gewusst, hätte ich sicher nicht noch Salz in die Wunde gestreut. Mit diesem Mist von wegen *In einer Familie gibt es nun mal kein Ich.*«

»Jetzt mach dich mal nicht wichtiger, als du bist, Mik. Dein Kommentar hat damals sicher nicht den Ausschlag gegeben.« Einen Mundwinkel gehoben, stieß ich mit der Faust leicht gegen seine Schulter.

Mik verzog ironisch das Gesicht. »Dämlich war er trotzdem.«

»Nicht dämlicher als das, was wir uns sonst immer an den Kopf werfen«, mischte sich Ida ein, ein schiefes Lächeln auf den Lippen, das in der nächsten Sekunde bereits schwächer wurde. »Du wirst gehen, oder? Obwohl wir … wieder wir sind, meine ich?«

Der verletzliche Ton erinnerte mich an die Ida vor drei Jahren, die mich gebeten hatte zu bleiben, und gleichzeitig schien sie mir jetzt um Welten stärker, selbstbewusster. »Lou und ich werden unsere jetzige Reise auf jeden Fall beenden und danach … ehrlich gesagt, weiß ich das noch gar nicht. Das Reisen gehört zu mir«, begann ich vorsichtig, weil ich die Brücken, die wir gerade erst geschlagen hatten, nicht direkt wieder mit ein paar unbedachten Worten einreißen wollte. »Ich glaube nicht, dass sich das so schnell ändern wird. Es zieht mich nach wie vor in die Welt, überall dorthin, wo ich noch nicht war. Doch … es soll nicht noch einmal so kommen wie vor drei Jahren. Ich möchte raus, unterwegs sein, aber nicht länger … davonlaufen. Ich hoffe, das ist okay.«

»Das ist dein Leben und niemand wird dich davon abhalten, es zu leben«, meinte Ma und betrachtete mich aus warmen braunen Augen, die meinen so ähnlich waren. »Solange du nicht vergisst, dass du hier immer einen Ort haben wirst, an den du zurückkehren kannst. Denn daran wird sich nie etwas ändern, Kai. Ganz gleich, wie tief der Ozean auch sein mag, der dich von deinem Zuhause trennt.«

Kapitel 29

MÄDELSGEFLÜSTER

Lou

»Okay, langsam, langsam. Noch mal von vorne. Ihr habt in diesem schicken Penthouse übernachtet, über den Dächern von Hamburg, und dann ist es passiert?« Malia riss die Augen auf und schlug sich eine Hand vor den Mund. »Das ist ja besser als jede Soap. Du und der Travelinfluencer-Star!«

Ich verschluckte mich prompt an meiner Cola und warf Malia einen erschrockenen Blick zu. »So würde ich das jetzt nicht unbedingt ausdrücken.«

»Ich finde das ziemlich romantisch.« Leni lächelte ein wenig verträumt und ließ sich tiefer in die Kissen-Decken-Burg gleiten, die wir in dem höchsten Stockwerk der *Flaschenpost* errichtet hatten. Vor den Fenstern des Leuchtturms war es längst stockfinster und man hörte den Wind leise um die runde Außenfassade zischen. »Auf der *Möwe* hatte ich schon dieses Gefühl, dass da mehr zwischen dir und Kai ist. Ich meine, ich kenne ihn schon eine ganze Weile, aber du hast irgendwie etwas in ihm berührt.«

Genauso wie er in mir.

Ich zupfte an dem Kissen in meinem Schoß und hob etwas ratlos die Brauen. »Vielleicht nur … ich habe auch ein wenig

Angst.« Meine Stimme war unwillkürlich mit jeder Silbe leiser geworden.

»Angst?«, hakte Elisa sanft nach und rutschte näher. Wie wir alle trug auch sie passend zu unserem Mädels-Sleep-over in der *Flaschenpost* einen Pyjama und hatte sich in die Decken gekuschelt. Es war eine wundervolle Überraschung gewesen, als Leni, Malia und sie vorhin am Bahnhof aufgetaucht waren und mich direkt in den Leuchtturm entführt hatten. Schade war bloß, dass Ida nicht dabei sein konnte, aber wir verstanden natürlich, dass bei ihr gerade Kai und die Familie oberste Priorität hatten. Ich hoffte nur, dass es ihm gut ging. Dass die Sache gut ging und ich mich nicht verrechnet hatte.

»Lou?«

Ich schaute in Elisas goldbraune Augen und schluckte. »Es macht mir Angst, dass ich nicht weiß, was nach dieser Reise sein wird. Ich meine, ich … ich mag Kai wirklich. Ich mag, was wir haben, aber was, wenn das nur auf dieser Tour ist und danach …«

»Darf ich dir einen Rat geben?« Leni rutschte auf meine andere Seite, gefolgt von Malia, die sich mir gegenüber in den Schneidersitz hockte.

Ich nickte und zog die Unterlippe zwischen die Zähne.

»Mir ging es mit Rafe im Frühling ähnlich. Er ist zurück auf die Insel gekommen und wir haben zueinandergefunden, trotzdem habe ich ständig darüber nachgedacht, was geschieht, wenn er wieder geht. Diese Sorgen haben einzig dazu geführt, dass ich jeden Moment damit überschattet habe, statt unsere Zeit zu genießen.« Leni schenkte mir ein kleines Lächeln. »Dabei kommt es am Ende ohnehin so, wie es kommen soll.«

Malia stupste sie leicht an. »Du solltest ein Buch mit deiner vom Segeln gegebenen Weisheit füllen, Leni. Das meine ich ernst.«

»Haha. Das sind bloß Erfahrungswerte.«

»Ich liebe sie dennoch sehr. Nur fürs Protokoll«, hielt Malia dagegen und hauchte Leni ein Luftküsschen zu.

Ich zog ein Knie an und legte locker die Arme darum. »Malia hat recht, sie sind irgendwie … genau das Richtige, auch wenn es dadurch natürlich nicht leichter wird, den Kopf auszuschalten.«

»Das wird nie leichter«, murmelte Elisa und streckte sich, um die große Schüssel Chips in unsere Mitte zu stellen. »Ich zerdenke immer noch jedes Mal alles, wenn sich Jonah wieder in den nächstbesten Sturm stürzt. Aber vielleicht geht es auch eher darum, diese Gedanken zu akzeptieren, ihnen jedoch nicht zu viel Macht zu geben.«

Ich stieß hörbar den Atem aus. »Also soll ich es auf mich zukommen lassen?«

Die drei nickten beinahe synchron, dann meinte Elisa: »Sieh es wie eine Reise, da kannst du auch unmöglich alles vorher wissen und planen. Genießen tust du es trotzdem.«

Der Vergleich ließ mich lächeln. »Danke, Mädels. Das habe ich gebraucht.«

»Man braucht *E.M.I.L.²* immer. In allen Lebenslagen und nach einer Woche Abwesenheit erst recht.« Malia zuckte beiläufig mit den Schultern, als wäre das ein Naturgesetz, an dem es nichts zu rütteln gab.

Leni lachte und versetzte ihr einen leichten Klaps mit dem Kissen. »Du bist manchmal wirklich *on point*, Mal-Mal.«

»On-point-Sein, gepaart mit Ecken und Kanten, macht einen Menschen – in diesem Fall mich – doch erst liebenswürdig«, gab diese ungerührt zurück. »Das solltest du dir aufschreiben, Leni. Für dein Weisheitenbuch.«

Bevor eine von uns etwas darauf erwidern konnte, erklang das Knarzen der Metalltreppe und kündigte Edda an, nur einen Moment bevor ihr grauweißer Schopf in Sicht kam.

»Moin, Mädchen«, grüßte sie uns, als sie die letzte Stufe hinter sich gelassen hatte, und lächelte.

»Hallo, Oma Edda«, grüßten wir im Chor zurück. Es war noch ein bisschen seltsam, Lenis Großmutter und Besitzerin der *Flaschenpost* »Oma« zu nennen, aber die Mädels hatten mir versichert, dass das gang und gäbe war. Noch so ein Sylter Naturgesetz. Auch damit könnte man ein Buch füllen.

»Ich möchte euch gar nicht lange aufhalten, sondern nur kurz schauen, ob bei euch alles in Ordnung ist. Braucht ihr noch irgendetwas?«

Leni kämpfte sich aus dem Decken-Kissen-Berg und hauchte ihrer Oma ein Küsschen auf die Wange. »Wir sind versorgt, danke. Was ist mit dir?«

»Mit mir?« Edda legte die Stirn in Falten und zupfte an ihrer gepunkteten Schürze herum. Bisher hatte ich sie nie ohne das gute Stück gesehen.

»Ja, solltest du nicht eigentlich mit Ole auf einem romantischen Date sein?«

Ole war ein ehemaliger Seemann, der seit einer kleinen Ewigkeit in der *Flaschenpost* arbeitete und damit quasi zum Inventar gehörte. Von den Mädels wusste ich, dass sich schon lange etwas zwischen Edda und ihm angebahnt und sie im Sommer dieser Anziehung endlich nachgegeben hatten.

»Ha!«, rief Edda aus und stemmte die Hände in die Hüften. »Date? Nennt man das in meinem hohen Alter noch so?«

»Natürlich«, gab ich zurück. »Man ist nie zu alt fürs Daten. Das ist doch das Spannende daran.«

Nach wie vor mit deutlicher Skepsis auf den Zügen ließ Edda ihren wachsamen Blick einmal über uns hinwegschweifen. »Ich glaube, dass dieses Daten alte Menschen wie mich durchdrehen lässt. Der Seebär verhält sich … als hätte er den Verstand verloren.«

Nun hatte sie unsere ungeteilte Aufmerksamkeit. Leni legte einen Arm um ihre Großmutter und versuchte sichtlich, sich ein Grinsen zu verkneifen. »Wegen der Sache mit den täglichen Blumensträußen?«

»Ach, papperlapapp. Wegen allem. Den armen Blumen, die Ole jeden Tag pflückt, dem Frühstück, das jetzt immer auf mich wartet. Samt Tageszeitung. Er hat beim Großhändler Servietten mit Herzchen bestellt – *Herzchen* – und vorgestern hat er mir doch tatsächlich eine Kette geschenkt. Der alte Seebär, eine Kette!«

»Er ist halt verliebt, Oma Edda. Bis über beide Ohren. Da tut man so etwas«, erwiderte Elisa schmunzelnd.

Edda ließ sich ihre Worte durch den Kopf gehen und murmelte dabei etwas Unverständliches. »Aber ich bin doch kein junges Ding mehr, das es zu verführen gilt. Er hat mich ja schon längst mit Haut und Haaren. Himmel, was mache ich denn nur mit ihm? Er kommt mir auf immer verrücktere Ideen, dabei geht es mir doch nur … einfach nur um uns.«

»Vielleicht solltest du ihm das genauso sagen«, schlug Malia erstaunlich sanft vor. »Vermutlich ist der arme Kerl so verknallt, dass er den Wald vor lauter Bäumen nicht mehr sieht.«

Eddas herzliches Lachen füllte die Stille. »Das würde zu Ole passen. Herrje, wie bin ich bloß an diesen Punkt gekommen? Fehlt mir gerade noch in meiner Maikäfersammlung, dass ich seine Gefühle verletze. Er mag ja ein rauer Kerl sein, aber er ist sehr sensibel, müsst ihr wissen.«

»Wenn jemand so etwas geschaukelt bekommt, dann du, Oma«, bestärkte Leni ihre Großmutter und drückte sie an sich.

Edda tätschelte ihrer Enkelin die Schulter. »Ja, mal sehen, Lenchen. Jetzt müssen wir zuerst Mathildas Feier übermorgen über die Bühne bringen. Das wird was, sag ich euch!«

»Sollen wir noch bei irgendetwas helfen?«, erkundigte sich Malia und versenkte die Hand in den Chips.

»Ich möchte euch nicht eure wertvolle Mädelszeit nehmen.«

Elisa winkte ab. »Ach was, hier geht es schließlich um einen besonderen Anlass.«

Eddas wasserblaue Augen begannen, vor Aufregung zu funkeln. »Und was für einer. Mathilda ist völlig aus dem Häuschen, vor allen Dingen, weil all ihre Enkel dabei sein werden. Himmel, da fällt mir ein, ich muss den Hefeteig noch in den Kühlschrank packen, damit er ordentlich gehen kann. Was haltet ihr davon, wenn ihr morgen gegen drei zum Aufbau kommt? Till und die Jungs wollen auch helfen.«

Wir sagten zu und kurz darauf verabschiedete sich Oma Edda auch schon bis zum morgigen Tag. Aus den *E.M.I.L.*^{2}-Chats wusste ich, dass die Geburtstagsfeier übermorgen auf der großen Wiese hinter dem Leuchtturm inklusive Pavillons mit Heizpilzen und Tanzfläche stattfinden würde. Hoffentlich würde das Wetter halten.

»Was, meint ihr, verbirgt sich hinter Oles Herumscharwenzeln?« Elisa ließ sich wieder tiefer in die Kissen sinken und schaute uns der Reihe nach an, bis sie an Leni hängen blieb.

Diese hob abwehrend die Hände. »Ich habe keine Ahnung! In letzter Zeit war ich kaum hier, weil bei Rafe und Noel im Hotel so viel los ist.«

»Ich finde das unheimlich spannend. Vielleicht erwartet uns da noch eine Überraschung.« Die Chipsschüssel wanderte zu Malia. »Wir sollten uns das am Samstag unbedingt genauer anschauen.«

»Oder wir bleiben bei Lenis Worten«, hielt ich dagegen und legte den Kopf leicht schief.

»Welche davon genau?«, meinte Elisa und spitzte neckend die Lippen. »Die Sache, dass sie viel mit Rafe zu *tun* hat?«

»Mit dem *Hotel.*« Leni streckte ihr die Zunge raus.

Ich schüttelte den Kopf. »Nein, das mit dem Auf-sich-zukommen-Lassen. Vielleicht ist das zwischen Edda und Ole so ähnlich wie bei Kai und mir. Vielleicht sollten wir hier auch einfach sehen, was auf uns wartet.«

Später, als wir alle Lampen außer den dämmrigen Lichterketten gelöscht hatten und es bis auf den regelmäßigen Atem meiner Freundinnen und das Pfeifen des Windes draußen still im Leuchtturm war, rollte ich mich auf die Seite und griff noch einmal nach meinem Handy. Es war längst weit nach zwei Uhr morgens, weil wir einfach nicht hatten aufhören können, über alles und nichts zu quatschen. Erst als unsere Worte regelmäßig vom Gähnen unterbrochen worden waren, hatten wir uns in die Kissen-Decken-Burg gekuschelt und der Nacht das Feld überlassen. Jetzt lag ich mitten im Bettenlager zwischen Elisa und Leni vor dem erloschenen Kamin, war eigentlich todmüde und doch konnte ich nicht so recht einschlafen. Meine Gedanken kreisten um die ganzen letzten Tage und immer wieder um Kai. Ich dachte darüber nach, wie es ihm ergangen war. Wie das Aufeinandertreffen mit seiner Familie nach allem gelaufen war und ob es ihm gut ging. Aber wahrscheinlich hätte er sich gemeldet, wenn es anders wäre, oder?

Kurzerhand entsperrte ich mein Handy und öffnete den Chat mit Kai.

Lou
Ich weiß, es ist spät, aber …
alles okay bei dir?

Zu meiner großen Überraschung erschien das Wörtchen *online* unter seinem Namen, dann *schreibt* … Mein Puls beschleunigte sich mit jeder Sekunde, die verstrich, ehe seine Antwort endlich auf dem Bildschirm erschien.

Kai
Gedankenübertragung, ich wollte mich gerade bei dir melden. Es ist alles okay, es war ein sehr intensives Gespräch. Definitiv nicht einfach, aber ein Anfang.

Lou
Ein guter Anfang?

Kai
Ich denke schon. Wenn du willst, erzähle ich dir morgen mehr.

Lou
Sehr gern.

Kai
Irgendwie seltsam.

Lou
Was?

Kai
Das hier. Dass wir nicht im selben Raum oder derselben Wohnung sind. Es fühlt sich nach einer gemeinsamen Woche schon seltsam an, allein zu sein. Ohne dich.

Meine Brust füllte sich mit Wärme, während mir seine Worte direkt unter die Haut gingen.

Lou
Ich finde es auch seltsam. Du fehlst hier.

Kai
Lass uns nicht zu lange warten.

Lou
Womit?

Kai
Damit, wieder loszureisen. Da draußen ist noch eine ganze Welt, die es zu entdecken gibt. Gemeinsam.

Lou
Der Gedanke gefällt mir.

Du gefällst mir, dachte ich und drückte das Handy an die Stelle über meinem klopfenden Herzen.

Kai
Mir auch. Bis morgen, lovely Lou.

Bis morgen, schrieb ich zurück, ehe ich offline ging. Mit rasendem Puls, kribbelndem Bauch und dem Kopf voller Kai-Momente. Vielleicht war das mit dem Auf-sich-zukommen-Lassen wirklich nicht so schlecht. Im Augenblick jedenfalls fühlte es sich verdammt gut an.

Kapitel 30

EMOTIONS-STRUDEL

Lou

Nebel lag in der Luft, als ich das Grundstück der Pension *Bernsteinglühen* betrat. Wie ein Schleier, der die Farben der Welt dämpfte. Ich hoffte wirklich, dass sich das Wetter für morgen bessern würde, schließlich sollte Mathildas Geburtstagsfeier eigentlich im Freien stattfinden. Wie ich Leni und Oma Edda kannte, hatten sie sich aber vermutlich ohnehin schon einen Plan B überlegt. Nur für alle Fälle.

Ich heftete meinen Blick wieder auf das im Dunst liegende Holzhaus und zog kurzerhand meine Kamera nach vorne, um den Moment für einen Beitrag zu unserem Abstecher nach Sylt einzufangen, ehe ich endlich über den hellen Kiesweg auf die Pension zulief. Im Inneren brannte kaum Licht, soweit ich von draußen ausmachen konnte, und der Haupteingang war … abgeschlossen? Stirnrunzelnd drehte ich die Klinke und schaute durch eines der ins Türblatt eingelassenen Fenster. Nichts. Hatte ich mich in der Uhrzeit geirrt?

»Lou! Hier hinten!«

Erschrocken fuhr ich herum und hätte beinahe meine Kamera fallen lassen. »Nicht witzig!«, rief ich zurück und folgte der Veranda zum Seiteneingang, wo meine Schwester wartete. Ungeschminkt, mit Ringen unter den Augen und in einem für sie ziemlich untypischen Outfit aus Leggins und ausgewaschenem Sweater. »Charlie, was –?«

Noch bevor ich meine Frage hätte stellen können, hatte meine Schwester mich auch schon in ihre Arme gezogen und an sich gedrückt. »Ich freue mich, dass du hier bist.«

»Ich mich auch.« Behutsam löste ich mich aus der Umarmung, ließ sie jedoch nicht aus den Augen. »Charlie, was ist hier los? Warum ist vorne abgeschlossen?«

»Das *Bernsteinglühen* ist zu.«

»WAS?«

»Also nicht für immer. Nur gerade. Wegen dem Rohr und dem kaputten Fenster. Das habe ich dir doch am Telefon erzählt.« Charlie schob sich ein paar zu kurze Strähnen hinter die Ohren, die sofort wieder nach vorne fielen. »Keine große Sache.«

»Sieht für mich aber anders aus.«

Vielsagend schaute sie mich an und deutete dann hinter sich. »Wollen wir drinnen weitersprechen? Ich habe gerade frischen Kaffee gekocht.«

Ich seufzte. »Wer kann schon zu Kaffee Nein sagen?«

Drinnen war es noch seltsamer, die Pension so ruhig zu erleben. Beinahe schien es, als wäre das Haus in einen tiefen Schlaf gefallen und alles stehen geblieben. Keine Stimmen, kein Tellergeklapper, keine Koffer, die über die ausgetretenen Dielen gezogen wurden.

»Wo ist Jule?«

»In Hamburg.«

»Da ist eure Finanzberatung, richtig?«

Charlies Schultern versteiften sich, trotzdem blieb sie nicht stehen, während sie mich auf direktem Weg in die Küche führte. »Ja. Die Versicherung kommt nicht vollständig für den Schaden auf und ... es gibt einfach einiges zu klären. Jule kümmert sich drum.«

Das leise Zittern in ihrer Stimme sorgte dafür, dass es in meiner Brust ganz eng wurde. Eng und kalt und voller Sorge für meine sonst so taffe große Schwester. »Charlie ...«

Dieses Mal hielt sie an, mitten im Türrahmen zur Küche, und wandte sich zu mir um. Mit Tränen in den braunen Augen und bebender Unterlippe.

»Verdammt«, murmelte ich, dann schlang ich auch schon die Arme um sie und hielt sie, so fest ich konnte. »Charlie, bitte sprich endlich mit mir.«

Meine Schwester schluchzte lautlos, und als ich dieses winzige, unterdrückte Geräusch hörte, zerbrach irgendetwas in mir mit einem hässlichen Knacken. »Wann ist das nur so kompliziert und scheiße geworden?«

»Was genau?«

»Na alles.« Charlie schniefte und schüttelte den Kopf. »Einfach alles.«

»Vielleicht könntest du mir davon erzählen?« Sanft wischte ich ihr ein paar Tränen von der Wange. »Von Anfang an.«

Wieder ein Schluchzen, ehe sie endlich nickte. »Ist es zu früh für einen Kaffee mit Schuss?«

»Nein, genau richtig.«

Also holten wir uns beide einen großen Kaffee – mit ein bisschen mehr Schuss für Charlie, ein bisschen weniger für mich, schließlich wollte ich am Nachmittag noch zum Aufbau in die *Flaschenpost* – und kuschelten uns auf eines der Sofas im Pensionswohnzimmer. Ich hatte die Lichterketten eingeschaltet, die etwas Helligkeit in den diffusen Tag brachten, und die Duftkerzen vor uns angezündet. Dadurch fühlte es sich zumindest so an, als würde wieder ein bisschen Leben ins Haus kommen, auch wenn das nichts an der gedrückten Stimmung änderte.

»Es sieht nicht gut aus, Lou. Das *Bernsteinglühen* hatte ein paar echt schlechte Monate, von der Kite-Meisterschaft abgesehen«, brach Charlie dann das Schweigen, nachdem sie die Hälfte ihres Irish Coffees geleert hatte. »Das habe ich gewusst, aber irgendwie nicht richtig sehen wollen. Uns fehlen Unmengen an Buchungen, wir schreiben seit Wochen rote Zahlen und dazu die Sturmschäden … Ich habe keine Ahnung, wie wir das schaffen sollen.«

So etwas in der Art hatte ich mir bereits aus den wenigen Schnipseln, die ich mitbekommen hatte, zusammengereimt, es nun aber vollständig aus Charlies Mund zu hören, war noch einmal etwas vollkommen anderes. »Und Jule?«

Meine Schwester seufzte und nahm einen Schluck. »Jule war von Anfang an besorgt. Und dass ich nicht auf sie gehört habe, verkompliziert gerade alles noch mehr. Im Sommer hat sie vorgeschlagen, direkt einen Kredit für die nächsten Monate aufzunehmen, um etwas Puffer zu haben, und einen Plan für ein Revival der Pension zu erarbeiten.«

»Aber das wolltest du nicht.«

»Nein.« Sie lachte freudlos. »Jetzt kommt es mir total idiotisch vor. Aber als Jule mit diesem dämlichen Kredit kam, habe ich mich wie die größte Verliererin gefühlt. Als hätten Mama und Papa … na ja, recht gehabt.«

Ich rutschte näher an meine Schwester und legte den Kopf auf ihre Schulter. »Du bist keine Verliererin, Charlie. Du bist verdammt krass.«

»Krass darin, alles gegen die Wand zu steuern. Mit unserer aktuellen Finanzsituation kriegen wir keinen Kredit mehr. Der Zug ist abgefahren und Jule zu Recht wütend. Ich weiß nicht, wie ich das geradebiegen soll. Wir sind bereits sämtliche Banken durchgegangen, aber entweder haben sie uns sofort abgewiesen oder die Konditionen passen nicht. Und jetzt haben wir auch noch die Reparaturen am Hals.«

»Aber es kann doch nicht sein, dass die Versicherung nichts übernimmt«, meinte ich und zog die Unterlippe zwischen die Zähne. Ehrlich gesagt, hatte ich keinen blassen Schimmer von Versicherungsangelegenheiten, aber normalerweise hatte man doch genau für so etwas eine Hausratversicherung. Oder wie auch immer das hieß.

Charlie stellte den Kaffee auf den kleinen Tisch und faltete die Beine in den Schneidersitz. »Kann es schon, wenn wir von höherer Gewalt und eventuell Eigenverschulden reden. Die Rohre hätten schon lange gerichtet werden müssen und das Fenster, das beim Sturm zu Bruch gegangen ist, war halb offen, weil ich vergessen habe, es zu schließen. Die kleineren Löcher im Reet sind bisher immer noch irgendwie gegangen, aber jetzt … Es war einfach zu viel in letzter Zeit und unsere Lady hier ist eben schon etwas älter.«

»Du hast gesagt, Jule ist in Hamburg.« Meine Schwester nickte. »Dann hat sie doch einen Plan?«

Ein verräterisches Schimmern trat in ihre Augen. »Wir … Das *Bernsteinglühen* hat nur zwei Optionen: Entweder wir bekommen doch irgendwo Geld her oder wir … wir verkaufen.«

Ich richtete mich ruckartig auf. »Charlie …«

»Nichts Charlie. Das ist die Realität, Lou-Lou. Sie ist nicht schön, aber mehr haben wir gerade nicht.«

»Und Mama und Papa?« Ich bereute die Frage noch in dem Moment, in dem ich sie gestellt hatte.

»No way! Ich werde ganz sicher nicht zu unseren Eltern

kriechen und um Geld betteln.« Charlie fuhr sich über die geröteten Augen. »Dann lieber verkaufen und verschwinden. Wenn das mit Jule so weitergeht, wie es gerade läuft, ist das ohnehin bald Geschichte. Vielleicht reise ich einfach eine Weile mit dir um die Welt. Klingt echt verlockend.«

»Das bist doch nicht du, Charlie. Du gibst nicht auf und Jule und du, ihr gehört einfach zusammen«, hielt ich dagegen und griff nach ihren Händen. »Und … vielleicht könnte ich dir etwas leihen. Es sind keine Unsummen, aber durch die große Kooperation –«

»Nein, Lou.«

»Aber –«

»Nein«, Charlie drückte meine Finger, »das ist lieb, aber nein. Bitte akzeptiere das.«

Alles in mir drängte danach zu widersprechen, doch ich sah, was in Charlies Augen stand, sah ihren Stolz, ihren Sturkopf, den wir teilten, und schluckte meine Erwiderung irgendwie runter. »Dann lass mich zumindest bleiben. Euch unter die Arme greifen«, meinte ich mit hängenden Schultern.

Doch auch diesmal schüttelte meine Schwester nur resolut den Kopf. »Du hast dein Abenteuer, das du leben sollst. Die Pension ist meins. Und das von Jule. Wir haben das Schiff auf Grund gesetzt, also müssen wir es auch wieder seetüchtig bekommen.«

Ich starrte sie einen Augenblick fassungslos an, dann prustete ich los. »Himmel, war diese Metapher schlecht.«

Es dauerte zwar einen Herzschlag lang, doch dann fiel Charlie mit ein und lachte, bis ihr die Tränen kamen. »Ich habe definitiv zu viel Zeit mit Edda verbracht, wenn ich schon solche Sachen raushaue.«

»Definitiv.« Nach ein paar Sekunden wurde ich wieder

ernst. »Es gibt wirklich gar nichts, was ich hier und jetzt tun könnte?« Kurz dachte ich an Kai, aber ihn um Geld zu bitten, schien mir auch nicht unbedingt der beste Weg. Zumal mir meine Schwester dann vermutlich endgültig den Hals umgedreht hätte, wenn sie nicht einmal etwas von mir annahm.

»Na ja … eine Sache wäre da schon«, antwortete Charlie da und spitzte die Lippen.

Ich horchte auf. »Okay, schieß los, ich bin für alles zu haben. Sollen wir irgendetwas mit einem Baseballschläger kaputt hauen?«

»Manchmal frage ich mich echt, was in deinem Kopf vor sich geht, Milou.« Sie warf mir einen schiefen Seitenblick zu. »Aber nein, ich spreche von dem Chaos oben. Durch das offene Fenster ist ein Zimmer verwüstet worden und bisher habe ich es noch nicht geschafft, Ordnung zu machen …«

Ich sprang auf, was Charlie abrupt verstummen ließ. »Bin dabei. Wo fangen wir an?«

Schmunzelnd erhob sie sich ebenfalls und legte mir die Hände auf die Schultern. »Ich liebe dich, du verrückte Nudel.«

»Nicht so sehr wie ich dich. Gib nicht auf, Charlie, okay? Lass diesen miesen Strudel nicht gewinnen. Du bist viel stärker als die schlechten Gefühle.«

Wieder schimmerten Tränen in ihren Augen, doch dieses Mal lag ein winziges Lächeln darin. »Das sind wir beide.«

Es fiel mir schwer, nicht permanent an Charlies Sorgen zu denken, und noch viel schwerer fiel es mir, damit nicht sofort herauszurücken, als mich meine Mutter auf dem Weg zum Leuchtturm anrief. Ein bisschen kam es mir so vor, als hätte ihr ganz persönlicher Mama-Sinn sie dazu gebracht, sich genau jetzt zu melden, wenn meine Schwester Schwierigkeiten hatte.

»Eure Reise klingt wundervoll, Milou. Ich habe bisher alles sehr gespannt im Internet verfolgt«, meinte sie, nachdem ich ihr die letzten Tage zusammengefasst hatte.

»Du warst auf Instagram?«

»Meine Praktikantin hat es mir eingerichtet. Sie ist ein großer Fan von deinem Reisebegleiter.«

Ein Fan also. Von meinem *Reisebegleiter*, der mittlerweile schon ein wenig mehr war, aber gut. »Freut mich, dass ihr euch unsere Tour anschaut.«

»Sicher«, erwiderte meine Mutter beinahe ein wenig entrüstet. »Wir wollen doch wissen, was unser Mädchen so macht. Und jetzt seid ihr wieder auf Sylt?«

Ich schaltete meine Bluetooth-Kopfhörer etwas lauter und stellte mich auf mein Skateboard, sobald die Hauptstraße ein paar Meter entfernt war. »Ja, Mathilda, also Kais Oma, feiert groß Geburtstag. Sonntag geht es aber schon weiter.«

»Telefonierst du wieder beim Skateboardfahren? Ich kenne dieses Rauschen doch.«

Ihre Frage brachte mich unwillkürlich zum Grinsen. Meine Mutter war bis heute nicht besonders begeistert, dass ich das Skaten als Kind für mich entdeckt hatte, statt wie Charlie ins Ballett zu gehen. »Nur ein kleines bisschen. Ich bin ohnehin gleich an der *Flaschenpost*.«

»Diesem Leuchtturm?«

»Du bist ja wirklich bestens informiert.«

Sie lachte kurz auf, auch wenn ich eine winzige Spur Bitterkeit darin zu hören glaubte. »Nachdem du dein Studium für deinen Blog beendet hast, möchte ich schon gerne wissen, wo du dich so rumtreibst.«

»Mama …«

»Ich habe versprochen, dir keine Vorträge darüber zu halten, ich weiß. Du bist alt genug und das hier ist dein Leben, nur … willst du das wirklich machen? Hat das Bloggen und dieses Schreiben und Teilen von Fotos auf all den Plattformen eine realistische Zukunft?«

Als mein Fuß dieses Mal auf den Asphalt traf, holte ich deutlich mehr Schwung, als nötig gewesen wäre, und verlor beinahe das Gleichgewicht. Wie sinnbildlich für das, was die Frage meiner Mutter in mir auslöste. »Es hat eine Zukunft, Mama. Diese Kooperation ist von großer Bedeutung. Ich habe schon jetzt mehr Anfragen, als ich bearbeiten kann, und Kais Managerin hat mich sogar gefragt, ob sie mich vertreten darf. Das ist eine riesige Chance. Mehr als das. Es verschafft mir einen Einstieg, eine echte Lebensgrundlage.« *Warum willst du das nur nicht sehen?*

Einen Moment lang schwieg meine Mutter, dann seufzte sie und ich konnte förmlich vor mir sehen, wie sie sich an die Nasenwurzel fasste und anschließend die Brille abnahm. »Ist das Ganze denn handfest? Ich meine, schau dir an, was mit großen Namen im Internet passiert, wenn einmal etwas schiefläuft. Das ist alles so schnelllebig, nichts Bodenständiges und … was ich damit sagen möchte: Du kannst jederzeit zurückkommen, mein Schatz. Du könntest zum neuen Semester starten, hier deinen Platz finden.«

Ich blieb ein paar Meter vor dem Parkplatz der *Flaschenpost* stehen und stieg ab. »Das brauche ich nicht, Mama. Ich habe meinen Platz schon gefunden.«

»Bist du dir sicher?«

Ganz wie von selbst breitete sich ein leichtes Lächeln auf meinen Lippen aus. Eines, in dem die Euphorie der letzten Tage lag. Die unzähligen Emotionen, die ich mit Kai erlebte. Die Sorgen um meine Schwester. Die Freundschaft und Geborgenheit in der *E.M.I.L.²*-Gruppe und mit Neela. Der gesamte Gefühls-Strudel. »Ja. Ja, das bin ich, Mama.« Und dieses Mal meinte ich es auch so. Ich ging meinen Weg und es fühlte sich richtig an.

Ich hörte meine Mutter am anderen Ende der Leitung seufzen, dann sagte sie: »Das merke ich. Und vermutlich sollte es mich nicht wundern, schließlich haben wir dich zu einer starken Frau erzogen, die zu ihren Entscheidungen steht.« Wieder ein Seufzen. »Vielleicht brauche ich einfach noch etwas Zeit, das gänzlich zu erfassen, aber … es ändert nichts daran, dass ich stolz bin, Lou. Und dass dir unsere Tür jederzeit offen steht, ganz egal, was sein wird, ja?«

Ihre Worte und das warme Gefühl, das sie in mir hervorriefen, ließen meine Augen feucht werden. »Danke, Mama.«

»Immer, Lou.«

Als ich den Leuchtturm betrat, herrschte dort bereits reger Betrieb. Fast alle kleinen Tische waren besetzt, und obwohl ich von hier aus erkennen konnte, dass Edda und Ole alle Hände zu tun hatten, dauerte es nur einen Augenblick, bis mich die Cafébesitzerin entdeckt hatte.

»Lou, wie schön, dass du hier bist.« Noch ehe ich hätte reagieren können, hatte mich Edda auch schon an ihre Brust gedrückt. »Die Mädchen sind hinterm Turm auf der Wiese. Anscheinend ist der Pavillon ein wenig störrisch.«

»Dann sollte ich ihnen schleunigst zur Rettung eilen, was?«

»Sicher.« Sie tätschelte meinen Arm und deutete dann zur Theke. »Nimm dir noch eines der Madeleines mit. Die habe ich frisch gebacken. Ist ein Rezept von Mathilda.«

Dankbar griff ich nach einem der kleinen französischen Küchlein. »Bei Gebäck sage ich nicht Nein.«

»Du backst auch, hat Tilda mir verraten. So bunte, wilde Dinger, hm?«

Ich schaffte es irgendwie, zwischen zwei himmlischen Bissen zu nicken, und meinte: »Ja, Crazy Cakes. Ich habe sogar schon einmal einen Leuchtturm gebacken.«

Edda riss die Augen auf. »Beim heiligen Seemannsbart, so etwas geht? Das muss ich auch mal versuchen. Hätte ich das früher gewusst, hätte ich so einen – wie hast du ihn genannt? Crazy Cake? – für Tilda gebacken. Eine Miniaturausgabe ihrer Bäckerei oder einen Wal. Sind ihre liebsten Tiere.« Die Worte sprudelten der alten Dame immer schneller über die Lippen und ließen mich schmunzeln.

Und brachten mich auf eine Idee. »Es ist zwar etwas knapp, aber ich könnte es versuchen. Also einen Wal im Ozean zu backen.«

»Ehrlich?«

»Klar. Ich brauche nur eine gut ausgestattete Küche und etwas Unterstützung.«

Noch immer mit großen Augen und merklich geröteten Wangen schaute Edda durch eines der Fenster nach draußen. »Fantastisch! Soll ich nach helfenden Händen fragen?«

Ich folgte ihrem Blick und entdeckte Kai, der zusammen mit Rafe, Till und Jonah an besagtem Pavillon arbeitete. Mein Lächeln wurde breiter. »Danke, das ist lieb, aber eigentlich weiß ich schon genau, wen ich nehme.«

Kapitel 31

FREMDE VERTRAUTHEIT

Kai

»Der ist erstaunlich gut geworden«, bemerkte ich und stemmte die Hände in die Hüfte, während ich unsere Kreation von allen Seiten bestaunte.

Lou pustete sich eine gelockte Strähne aus der Stirn und sah mich mit gehobenen Brauen an. »Warum klingst du so verwundert darüber? Wir sind doch ein echtes Crazy-Cake-Dream-Team.«

»Wenn ich mich richtig erinnere, dann hast du so gut wie alles allein gemacht, während ich nur wenig hilfreich danebenstand.« Und das entsprach absolut der Wahrheit. Ich mochte in Grams' Backstube groß geworden sein, aber ein Konditormeister würde vermutlich nie aus mir werden.

Grinsend kam Lou um den Tisch herum und legte mir locker die Arme um die Taille. »Du machst deine Rolle kleiner, als sie ist. In dir schlummern verborgene Talente. Ich meine, schau dir unseren Wal an.«

Ich schmunzelte und fuhr Lou über die Wange, wo noch ein wenig des Grundteigs klebte, ehe ich ihr einen federleichten Kuss auf die Lippen hauchte. »Er ist wirklich besonders schön geworden. Grams wird durchdrehen vor Glück. Das wird das Highlight der ganzen Feier.«

»Ich glaube viel eher, dass ihr Highlight etwas – oder jemand – anderes ist, Kai. Meines übrigens auch.«

Auch ohne dass sie es aussprach, wusste ich, worauf Lou hinauswollte. Während unserer Backsession hatte ich ihr von dem langen Gespräch gestern erzählt, von den vielen Stunden, in denen meine Familie und ich alles gesagt hatten, was wir seit Jahren mit uns herumschleppten. Es war anstrengend gewesen, kräftezehrend und schmerzhaft, aber auf so viele Arten und Weisen auch heilend.

Nachdenklich strich ich Lou übers Kinn, fuhr die sanfte Linie ihres Halses nach und nickte. »Danke, dass du mir dabei geholfen hast.«

Fragend legte sie den Kopf schief. »Was meinst du?«

»Jetzt spielst du deine Rolle herunter, Lou.« Ich tippte ihr auf die Nase. »Du hast mich zu nichts gedrängt, aber ohne dich hätte ich vielleicht noch viel länger gebraucht, um diesen ersten Schritt zu gehen. Meine Familie kennt jetzt alle Details, kennt meine Gedanken und Ängste, und auch wenn das nicht von heute auf morgen ändert, was gewesen ist, es ist ein Anfang. Deswegen danke.« Die letzten Silben kamen mir rauer und leiser über die Lippen und hallten laut in mir wider. Weil so viel darin steckte und weil sie mir so viel bedeuteten. Weil mir Lou so viel bedeutete.

»Ich bin froh, dass du dich für diesen Weg entschieden hast, Kai«, flüsterte sie zurück und hielt mich fester. »Und ich bin froh, dass wir zusammen hier sind.«

»Das bin ich auch. Ich hätte mit keinem anderen einen solchen Kuchen zustande bringen können.«

Lou lachte auf und hielt sich rasch eine Hand vor den Mund, ehe sie mir einen leichten Klaps verpasste. »Du hast einen emotionalen Moment zerstört.«

»Mit voller Absicht. Ich hatte gestern schon genügend Tränen und schwere Worte. Das reicht für die nächsten Jahre. Ich denke, wir haben uns etwas Sorglosigkeit verdient.« Ich küsste sie noch einmal, einfach weil ich es konnte. In diesem Augenblick wünschte ich mir, genau hier bleiben zu können. In der Backstube des Leuchtturms, die nur noch von zwei Lampen erhellt wurde, neben unserem Kuchenmeisterwerk, während draußen bereits der Abend hereingebrochen war. Ich liebte alles daran.

Und ich … ich liebte Lou.

Die Erkenntnis ließ mich kurz erstarren, nur eine Millisekunde lang, in der sich alter Schmerz regte, Erinnerungen an das, was mit Sylvia geschehen war. Doch dann sah ich Lou, sah ihr Funkeln und wusste, dass es das wert war. Dass Lou es wert war, dieses Risiko einzugehen. Ihr Griff um meine Taille wurde wieder fester, als würde sie meinen inneren Aufruhr spüren, während ich sie an mich drückte, in ihrer Wärme, ihrem Geruch ertrank und meine Furcht wieder leiser wurde. Ein Teil von mir wollte ihr sofort sagen, was ich fühlte, nicht länger warten, während mich der andere zögern ließ, obwohl ich nicht länger zögern wollte. Doch dann löste sich Lou leicht von mir und zum ersten Mal bemerkte ich die steile Falte zwischen ihren Brauen.

»Alles in Ordnung, Lou?« Sanft umschloss ich ihr Gesicht mit meinen Händen und suchte ihren Blick. »Wenn ich dich überfallen habe …«

»Nein. Nein, auf keinen Fall, es … es ist albern, aber was du gerade über Sorglosigkeit gesagt hast …«

Ich runzelte die Stirn. »Du machst dir Sorgen.«

Sie nickte langsam. »Jetzt zerstöre *ich* einen emotionalen Moment.«

»Hey, niemand zerstört hier irgendetwas. Du kannst jederzeit mit mir über alles reden, das weißt du, oder?«

Kurz schien sie mit sich zu ringen, dann atmete sie leise aus und nickte wieder. »Charlie hat Probleme mit der Pension. Finanzielle Probleme, und weil sie genauso stur ist, wie ich es bin, lässt sie sich nicht helfen. Ich verstehe, dass sie kein Geld von unseren Eltern annehmen möchte, aber was spricht dagegen, sich von der eigenen Schwester helfen zu lassen? Denn es sieht echt nicht gut für das *Bernsteinglühen* aus, Kai.«

Bei der Beklemmung in ihrer Stimme spürte ich unwillkürlich wieder das Gebirge in meinem Magen. Zärtlich streichelte ich ihr über die Wange und lehnte mich dann an die Theke, sodass Lou zwischen meinen Beinen stand. »Hm … und ich vermute mal, Kredite fallen flach?« Lous Miene war Antwort genug. »Ich könnte –«

Mit gequälter Miene schüttelte sie den Kopf und ließ mich verstummen. »Keine Chance. Ihr Stolz oder was auch immer steht ihr im Weg. Ich weiß nicht, was ich noch tun soll.«

Mit falschem Stolz kannte ich mich, weiß Gott, selbst gut aus. Vielleicht nahm ich Lou deswegen sanft bei den Schultern und meinte: »Ich fürchte, du kannst Charlie nicht helfen, solange sie nicht bereit dazu ist. Und das ist etwas, das sie für sich allein entscheiden muss.«

»Ich möchte nur nicht, dass sie die falsche Wahl trifft, dafür liebe ich sie zu sehr.« Lous Stimme war nicht mehr als ein heiseres Flüstern, in dem unzählige Emotionen lagen.

Ich hauchte ihr einen Kuss auf die Stirn und sah ihr direkt in die Augen. »Manchmal bedeutet Liebe genau das, Lou: den anderen seine eigenen Fehler machen zu lassen und trotzdem bei ihm zu bleiben.«

Ich fühlte mich ein wenig, als wäre ich in meine Vergangenheit zurückgereist, in der mir alles vertraut vorkam und gleichzeitig doch vollkommen verdreht war. Was vermutlich daran lag, dass ich die Jungs, mit denen ich gerade das Geschirr auf einem der Tische im Pavillon verteilte, schon mein ganzes Leben kannte und wir dennoch vollkommen andere Menschen waren als damals.

»Danke, Edda«, wandte sich Raffael an Lenis Großmutter, die gerade die fehlenden Servietten brachte, und verteilte sie an Jonah, Till und mich.

»Keine Ursache, mein Junge. Schön, euch zusammen hier in meiner *Flaschenpost* zu sehen. Ist ja 'ne Weile her«, gab sie zurück und zwinkerte uns zu, ehe sie wieder in Richtung Leuchtturm davonmarschierte. Im Stechschritt, nachdem es nur noch gut eine halbe Stunde war, bis der Ehrengast – aka meine Grams – zu ihrer Feier auftauchen würde.

»Bitte sagt mir, dass ihr euch auch jedes Mal wieder wie der kleine Junge von damals fühlt, sobald Oma Edda euch mit ihrem Laserblick ins Visier nimmt.« Till schaute uns der Reihe nach an, die gepunkteten Servietten halb vergessen in seinen Händen.

»Nope. Wahrscheinlich ist das bei dir nur so, weil du es zulässt, Wilke«, gab Jonah mit seinem typischen Lächeln auf den Zügen zurück, das immer ein wenig zu herausfordernd und zu scharf wirkte. Daran hatte sich in all den Jahren nichts geändert.

Grinsend schob Raffael die Ärmel seines strahlend weißen Hemds hoch und begann dann, die ersten Servietten zu verteilen. Daran, ihn im Anzug zu sehen, musste ich mich erst noch gewöhnen. In der Schule war Rafe eher so der Typ *Zerrissene Jeans und einfarbige Shirts* gewesen, kaum zu glauben, dass er mittlerweile diesen Luxusschuppen leitete.

»Edda ist eben eine Klasse für sich.«

»Eine Klasse, die ziemlich ungemütlich wird, wenn nicht alles perfekt für Mathilda vorbereitet ist«, präzisierte Till. »Wir sollten also einen Gang zulegen.«

Ein leises Prusten erklang vom Ende des Tischs, wo Jonah gerade die noch fehlenden Teller positionierte. »Da spricht wohl einer aus Erfahrung.«

»Wenn ich mich recht erinnere, bist du derjenige, der sich von einer Horde Kinder herumschubsen lässt, Jonah.«

Jonah zeigte Till nur liebevoll den Mittelfinger, was Rafe und mich lachen ließ.

»Scheiße, nach all der Zeit immer noch dieselbe Stichelei zwischen den beiden?«, fragte ich.

»Sie können einfach nicht anders.« Rafe zuckte mit den Schultern. »Die schönste Form der Hassliebe.«

Jonah schnaubte, nach wie vor dieses schneidende Lächeln auf den Lippen. »Wir können euch zwei hier drüben übrigens hören.«

»Wunderbar, dann muss ich es ja nicht wiederholen.« Raffael schenkte ihm ein charmantes Hotelmanager-Gesicht und betrachtete sein fertiges Werk. »Ich denke, das sollte so passen. Jetzt fehlen nur noch die Mädels mit –«

»Sind schon da!«, fiel ihm Leni ins Wort, die, gefolgt von ihren Freundinnen, in den Pavillon kam.

Wie von selbst flog mein Blick als Erstes zu Lou. Genau wie die anderen trug sie einen Kranz aus Herbstblumen auf den offenen Haaren und dazu ein fließendes Kleid. Ich konnte nicht verhindern, dass sich mir die Härchen aufstellten und mein Herz ein kleines bisschen schneller schlug, weil sie schlicht und ergreifend unglaublich schön und es verflucht schwer war, sie nicht an mich zu ziehen. Ihrem Lou-Zauber zu verfallen. Mit ihren langen roten Wellen, dem mintgrünen Kleid und diesem Funkeln in den grünbraunen Augen. Unwillkürlich machte ich einen Schritt in ihre Richtung und öffnete den Mund, doch Jonah kam mir zuvor.

»Der ganze Hexenzirkel, der uns vor dem Untergang bewahrt, auf einem Haufen. Ich bin begeistert.«

Elisa trat zu ihm und versetzte ihm einen zärtlichen Klaps gegen den Arm, ehe sie Jonah einen Kuss auf die Lippen hauchte. »Du bist bloß neidisch, weil du keinen eigenen Zirkel hast.«

»Wer sagt das?«, hielt er dagegen, woraufhin Raffael zustimmend nickte.

»Vielleicht haben wir ja auch unser eigenes Ding, Pfirsich.«

»Ich habe dir gesagt, du sollst diesen Namen – weißt du, was? Vergiss es einfach, liebster Cousin.« Mit einem zuckersüßen Lächeln streckte Elisa Rafe die Zunge raus und schmiegte sich an Jonah, woraufhin dieser wie selbstverständlich einen Arm um sie legte. Ich hatte zwar schon gewusst, dass die beiden seit dem Sommer zusammen waren, es nun selbst zu sehen, fühlte sich trotzdem ungewohnt an. Genauso wie die Tatsache, dass Till, Rafe, Jonah und ich in einem Raum waren, ohne einander an die Gurgel zu gehen. Schließlich war Jonah Falk zu Schulzeiten so etwas wie unsere Nemesis gewesen.

»Keine Sorge«, murmelte Malia mit einem schiefen Grinsen. »Wir mussten uns auch erst dran gewöhnen, dass Jonah eigentlich ein absoluter Softie ist.«

»Das habe ich gehört«, brummte Besagter und deutete auf die Berge an Trockenblumen und -blättern, die Malia, Leni und Ida in den Armen hielten. »Das ist das Grünzeug?«

»Danke! Ich dachte schon, wir fangen gar nicht mehr damit an, bei diesen ganzen Pärchen-Vibes, die hier gerade in der Luft liegen.« Ida drehte sich kurzerhand zu mir um und drückte mir die Blumen in die Hände. »Ich würde sagen, wir verteilen und ihr haltet?«

Ich hob einen Mundwinkel. »Haben wir denn eine Wahl?«

»Dafür ist es ein wenig zu spät, Bruderherz«, antwortete Ida und lächelte kurz, ehe sie mit Malia und Till – und den Blumen, die dieser nun ähnlich wie ich trug – zu einem der Tische ging. Nachdenklich schaute ich ihr nach. Noch immer lag eine gewisse Anspannung in ihren Gesten, sobald wir miteinander redeten, aber seit unserem Gespräch am Donnerstag waren wir auf einem guten Weg. Und vielleicht würde es ja irgendwann wieder ein wenig so werden wie früher, als Ida und ich uns gegen den Rest der Welt verschworen hatten.

»Hey.« Eine leichte Berührung ließ mich zurück zu Lou blicken. »Sollen wir uns den Tisch hier vornehmen?«

»Ja, sicher. Sorry, ich …«

»Du warst in Gedanken?«

»Kann man so sagen.«

»Keine Sorge, Ida geht es gut. Viel besser, jetzt, nachdem ihr euch ausgesprochen habt«, meinte sie leise und legte mir eine Hand an den Arm.

»Hat sie das gesagt?«

Verschwörerisch stellte sich Lou auf die Zehenspitzen, sodass ihr Mund nur Millimeter von der empfindlichen Stelle unterhalb meines Ohres entfernt war. »Was in unserem Hexenzirkel geschieht, bleibt in unserem Hexenzirkel.«

Mir kam ein trockenes Lachen über die Lippen, ehe ich sie genauer in Augenschein nahm. »Was ist mit dir? Wegen Charlie, meine ich.«

»Ich versuche, mir deine Worte zu Herzen zu nehmen, auch wenn es mir nicht leichtfällt.« Lou gab mir einen sanften Kuss auf die Wange. »Lass uns heute nicht davon reden, ja?«

Ich nickte langsam. »Wie du möchtest, lovely Lou.«

In den nächsten Minuten hatten wir alle Hände voll damit zu tun, die letzten Details fertig zu machen. Immer wieder unter strenger Aufsicht von Edda, die durch das Zelt und damit ihr Hoheitsgebiet wuselte. Und als die Gäste eintrafen, hatte ich innerhalb kürzester Zeit das Gefühl, dass sich ganz Sylt versammelt hatte, um meiner Großmutter einen unvergesslichen Geburtstag zu bereiten. Unter Eddas Anleitung stellten wir uns schließlich alle in einem ordentlichen Halbkreis vor dem geschmückten Pavillon auf, einige mit Blumen in den Händen, andere mit heliumgefüllten Luftballons, und mittendrin standen Lou und ich.

»Es ist wirklich unglaublich schön geworden, findest du nicht?«, flüsterte Lou, die mit dem Rücken an meiner Brust lehnte, und drehte sich halb in der Umarmung um. »Ich kann es nicht erwarten, Mathildas Gesicht zu sehen.«

Ich beugte mich ein Stück zu ihr runter. »Auf die Gefahr hin, dass ich jetzt unglaublich kitschig klinge, aber gerade finde ich *dich* unglaublich schön.«

Lous Wangen röteten sich. »Danke. Die Blumenkränze waren Lenis Idee. Mathilda und Edda haben früher ständig welche gemeinsam gebastelt.«

»Gefällt mir. Du solltest immer einen tragen.«

»Und dir steht der Anzug auch ziemlich gut, @chasingkaihansen.«

Im nächsten Moment traf mich ein spitzer Ellenbogen in der Seite. »Was –?«

»Vielleicht könnt ihr euer Turteltaubengetue auf später verschieben? Denn A) Kai ist immer noch mein Bruder und B) es geht los. Da vorne sind unsere Eltern mit Oma und Mik.«

Zu gern hätte ich meiner kleinen Schwester eine geschwisterliche Retourkutsche gegeben, doch Ida hatte recht. In ein paar Meter Entfernung entdeckte ich meine Familie samt Grams, deren Augen bereits jetzt einen hellen Schimmer angenommen hatten. Bei ihrem Anblick breitete sich unwillkürlich ein warmes Gefühl in meiner Brust aus und strahlte von dort durch meinen ganzen Körper. Ohne meine Großmutter aus den Augen zu lassen, schlang ich die Arme fester um Lous Taille und legte mein Kinn auf ihren Kopf.

»Ich bin glücklich, hier zu sein, Lou«, flüsterte ich. »Ich bin glücklich, zu Hause zu sein.«

Und dieses Mal fühlte sich zu Hause nicht länger wie eine bloße Vorstellung an, sondern wie ein echter Ort, den ich endlich wiedergefunden hatte. Zusammen mit Lou.

Kapitel 32

VERTRAUEN, DAS WIR SCHENKEN

Lou

Die Feier schien wie aus einer anderen Welt. Umgeben von den unzähligen Fackeln und Kerzen und Lichterketten und Blumen und mit der *Flaschenpost* im Hintergrund, deren Licht sich träge drehte, fiel es mir nicht schwer zu glauben, wir wären durch eine Tür in ein Traumland gefallen. Musik füllte den Abend zusammen mit den Stimmen der Gäste, von denen ich die meisten längst persönlich kannte. Draußen vor dem Zelt wiegten sich Paare zu Miks Songs, drinnen saßen kleine Grüppchen zusammen und unterhielten sich bei Wein und den vielen Köstlichkeiten, die vom Essen noch übrig waren. Und mittendrin stand Kais Oma Mathilda, die mit den Lichtern um die Wette strahlte. Wegen der Feier, ihren vielen Freunden, aber vor allen Dingen, weil ihre Familie komplett war.

»Wie aus einem Märchenbuch«, sagte Leni schwärmerisch neben mir und sprach damit aus, was mir durch den Kopf ging.

»Das haben wir wirklich gut hinbekommen.« Elisa nickte zustimmend und strich ihr Kleid glatt.

»Hast du bei unserem Hexenzirkel ernsthaft etwas anderes erwartet?«

»Wir sollten echt aufhören, *E.M.I.L.*[2] ständig so zu nennen, Mal.« Tadelnd sah ich Malia an und dann wieder zur Feier, die in vollem Gang war. Von dem grasbewachsenen Hügel hinter dem Leuchtturm, auf dem wir es uns zu fünft gemütlich gemacht hatten, konnte man das Fest perfekt überblicken und hatte dennoch genügend Raum für Mädelsgespräche. Was wir bereits schamlos ausgenutzt hatten, um prekäre Details aus Elisa und Leni über Rafe und Jonah herauszukitzeln.

»Ich finde, es hat was«, warf Elisa mit einem verschwörerischen Lächeln ein und klatschte mit Malia ab.

Leni stieß Elisa an. »Wir sind keine Hexen, Ellie-Bellie.«

»Mit unseren Blumenkränzen, den offenen Haaren und wehenden Kleidern haben wir schon eine gewisse Ähnlichkeit mit Waldhexen. Erinnert ihr euch noch an diese Stelle in *Outlander*, wo sie um die Steine tanzen? Wir sehen ganz genauso aus«, hielt Malia dagegen.

Ich winkte ab. »Das waren Druidinnen, Malia.«

»Wie auch immer«, fuhr Leni lächelnd dazwischen. »Zurück zu den spicy Details, die du uns noch schuldest, Lou.«

Ida verzog das Gesicht. »Ich muss mir das echt über meinen Bruder anhören, oder?«

»Ja«, kam es aus drei Mündern gleichzeitig, woraufhin Ida und ich stöhnten, ehe Mal meinte: »Oh, komm schon, Lou. Im Leuchtturm hast du kaum etwas über Kai und seine –«

Ein vernehmliches Räuspern ließ sie verstummen und uns geschlossen herumfahren. Zu Kai, der ziemlich genau zu wissen schien, worüber wir gerade sprachen. Meine Ohren wurden heiß. *Oh verdammt.*

»Ich störe ja nur ungern euer … geheimes Treffen hier, aber kann ich euch Lou kurz entführen?« Kais Lächeln wurde breiter, sodass sich seine Charming-Grübchen zeigten.

»Unser Stichwort, Mädels. Lassen wir den beiden ihre Zweisamkeit. Außerdem wird es ohnehin Zeit, den Kuchen anzuschneiden.« Ida klatschte in die Hände, dann verabschiedeten sich meine Freundinnen mit vielsagenden Blicken und Zwinkern in Richtung Pavillon. Und ließen Kai und mich allein auf dem Hügel zurück.

Ich schaute ihnen kurz nach, ehe ich mich Kai zudrehte und meine Wangen noch ein wenig wärmer wurden. In seiner dunklen Anzughose, dem hellblauen Hemd, das er am Hals aufgeknöpft trug, und mit den locker hochgeschobenen Ärmeln war Kai – trotz Gips – unglaublich … sexy. Heiß. Unwillkürlich stiegen die Erinnerungen an unsere Nacht in Hamburg in mir auf. An gestern Nacht, an die Worte, die er geflüstert hatte. Hastig schob ich die Gedanken zur Seite.

»Möchtest du nicht dabei sein, wenn sie den Kuchen anschneidet?«

»Ich habe gerade mit Grams gesprochen und um diesen Moment gebeten, weil … ich noch mit dir reden möchte.«

»Okay?« Ich kam nicht umhin, dass meine Antwort mehr wie eine Frage klang.

Kai nahm eine meiner Hände und schob seine Finger zwischen meine. »Bevor wir wieder auf Reisen gehen, meine ich.«

»Okay?«, wiederholte ich wenig eloquent und zog die Brauen zusammen.

Kai fuhr behutsam über die Falte auf meiner Stirn. »Da ist noch etwas, wovon ich dir bisher nichts erzählt habe. Und mir ist klar geworden, dass ich es loswerden möchte. Denn so schmerzhaft und anstrengend es auch war, mit meiner Familie zu sprechen … in erster Linie hat sich dadurch ein tonnenschweres Gewicht von mir gelöst. Außerdem will ich, dass du davon weißt. Dass du alles über mich weißt.«

Ich sah ihm tief in die Augen, sah sämtliche Emotionen, die darin standen – und diese eine letzte Mauer, hinter der seine Wunden lagen. Mein Herz stolperte. »Kai …«

Hörbar atmete er aus, dann ließ er seine Stirn gegen meine sinken. Schloss die Augen. Ich tat es ihm nach.

»Es ist eine Weile her, dass ich mich so gefühlt habe.«

»Wie?«, flüsterte ich.

»Frei.« Ich konnte sein Lächeln nicht sehen, aber ich meinte, es in jedem der vier Buchstaben zu hören. »Und bereit, wirklich alles loszulassen. In Hamburg war ich es noch nicht.« *Konnte ich es noch nicht*, schwang in seiner Antwort mit und sorgte dafür, dass sich ein feines Ziehen in meinem Magen einnistete. »Aber ich glaube, jetzt bin ich es, weil … ich dir vertraue, Lou. So sehr, dass es mir ein wenig Angst macht. Auf die gute Weise.«

Abrupt blickte ich auf. »Ich würde nie irgendetwas tun, um dein Vertrauen zu verletzen.«

»Ich weiß.« Sein Lächeln sorgte für ein warmes Leuchten in seinen braunen Augen. Dann zog er mich mit sich zurück ins Gras, sodass ich zwischen seinen Beinen saß, den Rücken an seine feste Brust gelehnt und vor uns das nächtliche Sylt. Ein paar Sterne waren schon an dem mitternachtsblauen Himmel zu sehen, während in der Ferne das Meer rauschte.

»In den vergangenen Jahren habe ich auf schmerzhafte Weise gelernt, nur das zu zeigen, was ich offenbaren möchte.«

Ich lehnte den Kopf gegen seine Schulter, sagte jedoch

nichts und ließ ihm den Raum, den er brauchte, um die richtigen Worte zu finden.

»Nicht nur durch die Spannungen mit meiner Familie oder die Sozialen Medien, sondern … Ein Jahr nach dem viralen Video aus Norwegen, als Henri und ich auf der *großen Bühne* angekommen sind, habe ich jemanden kennengelernt. Ein Mädchen. Sylvia.«

Ich runzelte die Stirn. »Eine Travelbloggerin?«

»Nein. Sie ist zwar Influencerin, aber im Bereich Fashion und Sport und ich … Mein damaliges Ich ist ihr innerhalb kürzester Zeit verfallen. Ich möchte gar nicht zu tief in diesem alten Mist graben, doch im Grunde war es schlichtweg eine echt ungesunde Beziehung. Sylvia war sehr auf das äußere Bild bedacht und fordernd. Es gab für alles einen genauen Plan, und wenn man diesem nicht folgte, dann hat sie einen Weg gefunden, einen dazu zu bringen.«

»Das klingt …«

»Ja, ich weiß, wie das klingt, Lou. Wenn ich jetzt darüber nachdenke, kann ich nicht verstehen, wie ich damals so blind sein konnte, weder auf Henri noch auf Claire gehört habe. Aber … ich habe nur Sylvia gesehen. In diesem ganzen Wirbel aus plötzlichem Ruhm und Geld und Aufmerksamkeit hat sich mein Verstand einfach abgeschaltet. Eigentlich hätte das ein deutliches Warnzeichen sein müssen. Genauso wie die Tatsache, dass sie jedes Detail unserer Beziehung ständig postete. Unser Frühstück, was wir eingekauft haben … alles.«

Bei seinen Worten erinnerte ich mich wieder vage an ein paar Stories von Kai mit einer hübschen Brünetten – seiner damaligen Freundin. Auf seinem Reiseaccount war nie besonders viel dazugekommen und Sylvias Profil hatte ich zu der Zeit nur kurz angeklickt, weil mich ihre Beiträge nicht sonderlich interessierten. Die ganzen Schminktipps, Sport-Tutorials und Klamotten-Kooperationen und ja, gestellten Knutsch-Fotos. Als ein paar Monate später Sylvia ziemlich abrupt nicht mehr in Kais Stories auftauchte und er nie etwas dazu sagte, hatte ich vermutet, dass diese Beziehung nicht besonders tief gegangen war. Anscheinend hatte ich mit dieser Einschätzung falschgelegen.

Kai fuhr sich rastlos durch die Haare. »Ich habe mir nie viel dabei gedacht. Dieses Pärchen-Ding hat sich größtenteils auf ihrem Account abgespielt und ich habe eben mitgemacht, weil es … Sylvia wichtig war. Ich wünschte, ich hätte damals hinterfragt, warum sie ständig auf Bilder bestanden hat.«

Als ich die Bitterkeit, den Schmerz in seiner Stimme hörte, drehte ich mich zwischen seinen Beinen um, sodass ich ihm wieder ins Gesicht schauen konnte. »Kai, was ist passiert?«

Fluchend fuhr er sich durch die Haare und schaute zur Seite. »Sie hat alles gegen mich verwendet. Mein Vertrauen missbraucht und mich … verraten.«

Vertrauen. Und verraten.

Seine Worte sorgten dafür, dass ein paar Puzzlestücke an die richtige Stelle rückten. Dinge, die er immer wieder gesagt hatte, sobald die Sprache aufs Vertrauen gefallen war. Gleichzeitig tauchten unzählige neue Fragen in meinem Kopf auf. Fragen zu dieser Sylvia, über die ich mir nie groß Gedanken gemacht hatte, und was genau geschehen war. Ohne von ihm abzulassen, kniete ich mich hin und griff sanft nach seinem Kinn, bis sich unsere Blicke wieder trafen. »Wovon sprichst du, Kai?«

»Ich habe mich ihr vollkommen geöffnet und … zugelassen, dass sie alles von mir bekommt. Bilder, wenn ich unterwegs war, weil sie mich angeblich vermisste. Oder halb nackte Selfies aus dem Bett, *nur für uns*. Gott, ich war so dämlich. Blind. Weil da endlich jemand war, der mich nicht verurteilt hat. Und dann hat sie diese privaten Einblicke, die niemanden etwas angingen, ohne mit der Wimper zu zucken, an den Höchstbietenden verkauft. Aus Konkurrenzangst, aus unzähligen Gründen, die ich vermutlich niemals verstehen werde.«

Ich riss die Augen auf. »Sie hat was?«

»Leider ist das kein Scherz und es war eine ziemlich hässliche Angelegenheit. Denn der Käufer hat diese Bilder von mir nicht einfach an das nächstbeste Käseblatt verscherbelt, sondern mich erpresst. Oft ist so mehr Geld zu holen, weil Managements absurde Summen zahlen, um den Schein zu wahren. Dank Claire und der Tatsache, dass sie sich nicht so leicht aus der Ruhe bringen lässt, bin ich nach einigen Wochen da irgendwie wieder rausgekommen. Sie hat es geschafft, diesen Albtraum zu beenden, und die Bilder wurden nie veröffentlicht.«

»Und Sylvia? Hat sie immer noch etwas gegen dich in der Hand?«

»Nein, Claire hat alles so geregelt, als hätte es diesen Vorfall nie gegeben. Und wir schweigen es tot. Aber das ändert nichts daran, dass es Sylvia gegeben hat und dass diese Dinge passiert sind.«

Fassungslos schaute ich ihn an. Diese ganze Geschichte klang so fern von allem, was ich mir vorstellen konnte. Ein weiteres Mal wurde mir bewusst, wie das Leben von Kai in den letzten Jahren ausgesehen haben musste. Wie viel mehr hinter dem steckte, was er die Welt sehen ließ.

Behutsam griff ich nach seinen Händen und verschränkte

unsere Finger miteinander. »Es tut mir unglaublich leid, dass du diese Erfahrung gemacht hast. Und wie viel sie dir genommen hat. Ich kann mir gar nicht ausmalen, wie sich das angefühlt hat. Und wie es gewesen sein muss, das die ganze Zeit allein mit dir herumzutragen.«

Kai nickte langsam und streichelte über meine Knöchel. »Ich bin froh, dass ich das jetzt nicht länger muss. Dass ich dich gefunden habe, Lou.«

»Hast du immer noch Angst?« Ich sah ihm direkt in die Augen, um jede noch so kleine Regung mitzubekommen, und hielt unbewusst den Atem an. So lange, bis Kai kaum merklich den Kopf neigte.

»Ja, ein wenig«, gab er so leise zu, dass ich es über die gedämpfte Musik und die Stimmen, die zu uns wehten, beinahe nicht gehört hätte. »Aber nicht, weil ich dir nicht vertraue, sondern, weil ich mich davor fürchte, dass du mich jetzt anders sehen könntest.«

»Ich werde dich nie anders sehen, nur weil du mir eine deiner Wahrheiten verrätst. Sie ändern nichts daran, was ich für dich empfinde, Kai. Außer vielleicht, dass ich dich noch mehr für das, was du schon erreicht hast, respektiere und bewundere.«

»Danke, Lou. Danke, dass du mich mit deinen eigenen Augen siehst.«

Bei der rauen Nuance in seiner Stimme bekam ich eine Gänsehaut. »Danke, dass du mich lässt.«

Als sich unsere Lippen dieses Mal trafen, war diese winzige Begegnung voller Aufrichtigkeit, ohne Barrieren, einfach nur wir. Ich vergrub die Finger in seinen Haaren, erschauderte, als seine Zunge auf meine traf, und ertrank in diesem Moment, der sich selbst wie eine kleine Ewigkeit anfühlte.

Kapitel 33

DAS AUSZEIT-DING

Lou

Abschied von der Insel zu nehmen, fiel mir unglaublich schwer. Auch wenn es nur für etwas mehr als eine Woche sein würde, fühlte es sich wie ein kleines *Für immer* an, als ich mit Kai in den Zug Richtung Festland stieg. Auf der gesamten Fahrt bis nach Flensburg, unserem nächsten Ziel, sprachen wir kaum, sondern hingen unseren Gedanken und dem Fest von Mathilda nach und tippten zwischendurch auf unseren Tablets herum. Kai und ich hatten einiges an Blogging-Angelegenheiten aufzuholen, wie uns Claire schon mehrfach zu verstehen gegeben hatte. Ehrlich gesagt, rückte das ganze Social-Media-Ding mehr und mehr in den Hintergrund, wenn Kai und ich zusammen waren. Und obwohl es damit begonnen hatte, kam es mir mittlerweile eher wie etwas vor, das sich immer wieder dazwischendrängte. Ich liebte das Travelblogging nach wie vor und natürlich war es unser Job, das, was ich machen wollte, aber gerade nach diesem Wochenende und unserem Gespräch hätte ich nichts dagegen gehabt, Kai noch etwas länger für mich allein zu haben.

Ich schob diese Gedanken auf das Chaos in meinem Kopf, in dem sich die Sorgen um meine Schwester und die Pension mit den Mädelsgesprächen und Kais Geheimnissen vermischten. Hoffentlich würde die neue Stadt es schaffen, den Strudel abzuschalten, und uns zurück in die Reiseroutine katapultieren.

»Wir sind da«, sagte Kai, als der Regiozug in den Bahnhof von Flensburg einfuhr, und strich behutsam über meine Finger.

Ich griff nach seiner Hand und drückte sie sanft. »Irgendwie habe ich die letzten Stunden verpasst.«

Seine Lippen teilten sich zu einem leichten Lächeln. »Das Gefühl kenne ich. Komm, ich habe eine Überraschung für dich.«

»Eine Überraschung?«

Kais Mundwinkel wanderten noch ein Stück höher, dann zog er mich mit seiner gesunden Hand vom Sitz hoch. »Mehr verrate ich noch nicht.«

War ja klar gewesen. Ich stupste Kai in die Seite und half ihm dann mit seinem Rucksack, ehe wir bepackt auf den Bahnsteig traten. Mittlerweile hatte der Spätherbst Einzug gehalten und ließ mich in meinem dünnen Sweatshirt frösteln.

»Also, wohin?«

Kai senkte das Smartphone, mit dem er gerade einen Boomerang vom Bahnhof aufgenommen hatte, und deutete zum Hauptgebäude. »Wir nehmen ein Taxi. Zu der Überraschung.«

»Du sagst mir nicht, worum es sich dabei handelt, oder?«

Kopfschüttelnd verschränkte er meine freie Hand mit seiner. »Wo bliebe da der Spaß? Du wirst dich noch mindestens zwanzig Minuten gedulden müssen.«

»Und das, wo ich doch die Geduld in Person bin«, erwiderte

ich schmunzelnd, hauchte ihm einen Kuss auf die Lippen und folgte ihm vor den Bahnhof.

Nachdem unsere großen Rucksäcke, auf denen inzwischen auch Patches der letzten Städten prangte, in den Kofferraum des Taxis geladen waren, steuerten wir Richtung Nordosten. Ich hatte keine Ahnung, was mich erwarten würde, Kai hatte dem Fahrer das Ziel quasi ins Ohr geflüstert, aber je mehr ich von Flensburg zu sehen bekam, desto leiser wurde das Heimweh nach Sylt. Die Grenzstadt zu Dänemark war eine Mischung aus viel Grün und Meer, samt Hafen mit moderneren Bauten und kleineren historischen Häuschen, die sich dazwischenschoben. Immer wieder deutete der Taxifahrer auf einzelne Gebäude und Sehenswürdigkeiten, erzählte etwas dazu und endlich kehrte dieses vertraute Kribbeln der Aufregung zurück. Des Erlebens.

Die Fahrt dauerte nicht lange, und als das Taxi kurz darauf direkt im Hafen hielt, war ich nach wie vor genauso ratlos wie auf dem Bahnsteig.

»Äh, geht's doch wieder auf See?«

Kai lachte leise und drehte mich an den Schultern einmal um hundertachtzig Grad, sodass wir mit dem Rücken zum Meer standen und direkt auf einen kleinen Steg schauten, an dessen Ende ein rundes Tischchen samt Decke, zwei Stühlen und Kerze stand. »Das ist meine Überraschung.«

Ich riss die Augen auf und schaute ein paarmal schmunzelnd zwischen Kai und dem Tisch hin und her. »Ein Candle-Light-Dinner?«

»Nicht ganz, aber nah dran. Komm.« Kai griff nach meiner Hand und meine Finger verflochten sich wie von selbst mit seinen.

Wieder sah ich ihn kurz von der Seite an, dann erfasste

mich das ganze Bild unseres Nicht-Candle-Light-Dinners. Der Steg reichte in der Nähe der Hafenspitze *Im Jaich* ins blaue Wasser der Bucht. Von hier aus hatte man einen uneingeschränkten Blick auf die bunten Häuschen, die vielen Segeljachten, den Dampfer *Alexandra* und die historischen Bauten von Flensburg, die auf einer Anhöhe über dem Wasser thronten.

Kaum dass wir den Beginn des Stegs erreicht hatten, wurde uns eine schmale Gittertür geöffnet, die den privaten Zugang sicherte.

»Guten Tag, Herr Hansen. Das Eis wird gleich serviert«, begrüßte uns ein Mann in den frühen Fünfzigern mit Bart und Seemannshemd. Hätte er sich direkt vor uns in einen Butler im Frack verwandelt, ich wäre nicht weniger überrumpelt gewesen.

»Eis? Im Oktober?«, wisperte ich in Kais Richtung, der daraufhin nur verschwörerisch zwinkerte und erwiderte: »Das beste in ganz Flensburg, habe ich mir sagen lassen.«

Der Mann führte uns zu dem kleinen Tisch, reichte uns kuschelige Decken und entschuldigte sich dann, um besagtes Eis zu holen. Sobald er sich ein paar Meter entfernt hatte, wandte ich mich wieder an Kai. »Ich habe Fragen, @chasingkaihansen. Viele Fragen.«

Zu meiner Überraschung lachte er laut auf, ehe er meine Hände in seine nahm und meinen Blick suchte. »Nur zu. Wir sind hier ganz für uns.«

Belustigt legte ich den Kopf leicht schief. »Ein Privattisch auf einem Privatanlegesteg mit exklusiver und ziemlich fantastischer Aussicht auf den Flensburger Hafen?«

»Reicht es dir, wenn ich sage, dass ich einen alten Gefallen eingelöst habe?«

Ich rümpfte die Nase. »Gefallen?«

»Irgendeinen Vorteil muss es schließlich haben, ich zu sein. Und ganz zufällig habe ich kein Problem damit, das schamlos auszunutzen, um uns diese kleine Auszeit zu schenken.« Der Ausdruck in seinen schokoladenbraunen Augen wurde warm. Mein Herz machte einen Satz. »Das haben wir uns verdient. Ein paar Stunden im Moment sein, ohne Bloggen, ohne Claire, ohne die ganze Welt da draußen. Dafür mit dem besten Eis.«

»Wirst du mir je verraten, welcher Art Gefallen wir das hier zu verdanken haben?«

Sichtlich amüsiert, ließ Kai den Blick auf den Hafen hinaus schweifen, ehe er einen Kuss auf meine Fingerknöchel hauchte. »Vielleicht irgendwann.«

»Manchmal bist du einfach …« Statt den Satz zu vollenden, zog ich ihn näher zu mir und ließ meinen Kuss zu den verbliebenen Worten werden. Kai legte eine Hand an meine Wange, fuhr liebevoll über meine erhitzte Haut, und als ich sein Lächeln an meinen Lippen spürte, wusste ich, dass er verstand. Verstand, dass er mir mit dieser kleinen Auszeit nur für ihn und mich direkt aus der Seele gesprochen hatte. Dass es schon lange nicht mehr nur um diese Reise, sondern um uns ging. Dass … dass er mir sehr viel bedeutete. Dieser Moment. Und Kai.

Der Gedanke war wie ein kleiner Ruck, der durch mich hindurchging und mein Herz so schnell in der Brust schlagen ließ, dass es mir fast den Atem raubte. Auf die gute Art und Weise.

»Lou?«

Blinzelnd erwiderte ich seinen Blick, lächelnd und mit rasendem Puls. »Ich … ich glaube, ich liebe dich, Kai.«

Kais Augen wurden merklich größer, sein sanfter Griff um mein Gesicht fester. »Sag das bitte noch mal«, bat er zärtlich. Leise. Nur für mich.

»Ich liebe dich, Kai.«

Seine Mundwinkel zogen sich weiter nach oben, offenbarten die Grübchen, die ihre Wirkung selbst nach all den Küssen und gemeinsamen Momenten nicht verfehlten. »Ich glaube, ich liebe dich auch, Milou. Ich liebe dich einmal um die ganze verdammte Welt. Und wenn du es zulässt, auch darüber hinaus.«

Nachdem wir, eingekuschelt in dicke Decken und bei Kerzenschein am Mittag, unser Eis genossen hatten, checkten wir ein und erkundeten schließlich zu Fuß die Innenstadt von Flensburg. Getreu der normalen Kai-und-Lou-Art hatten wir uns vorher keine großen Pläne gemacht oder Ziele gesetzt, sondern ließen uns einfach treiben. Durch die Fußgängerzone, über die vielen kleinen Plätze mit Brunnen, die sich immer wieder plötzlich auftaten, und durch die grünen Oasen der Stadt, während die Sonne unterging und nach und nach die Laternen um uns herum ansprangen.

»Was hältst du davon, wenn wir die Videos von heute als Zusammenschnitt hochladen? Wir könnten einen Co-Post draus machen«, schlug ich vor, als wir auf der Aussichtsplattform oberhalb der Innenstadt angekommen waren.

»Klar, klingt gut.«

Irgendetwas an seinem Tonfall ließ mich aufhorchen. Stirnrunzelnd steckte ich mein Handy weg und trat näher zu ihm. »Alles okay? Wenn das vorhin zu schnell ging …«

Hastig schüttelte er den Kopf und legte die Unterarme auf das Geländer. »Nein, das ist es nicht, keine Sorge. Ich … da ist nur gerade etwas anderes, über das ich nachdenke.«

»Okay.« Meine Antwort klang eher wie eine Frage. »Möchtest du darüber sprechen?«

»Ehrlich gesagt, weiß ich gar nicht, wie ich das beschreiben soll«, begann er und fuhr sich über das Kinn. »In … in den drei Jahren auf Reisen habe ich jede freie Sekunde damit verbracht zu laufen. Von einer Station zur nächsten. Ich habe nirgendwo länger mit Henri verbracht als nötig und verlernt zu bleiben. Mittlerweile weiß ich, dass dieses Laufen eher ein Weglaufen gewesen ist, und seit diesem Wochenende bei meiner Familie … ich will ankommen, Lou.« Ein paar Herzschläge lang hingen seine Worte in der Luft, ehe er leiser fortfuhr: »Das heißt nicht, dass ich nicht mehr reisen möchte, aber ich glaube, ich will nicht länger jagen. Oder gejagt werden. Sondern immer wieder zurückkehren. Falls das irgendeinen Sinn ergibt.«

Lächelnd legte ich eine Hand auf seine und strich mit dem Daumen über seine Haut. »Das ergibt sogar ziemlich viel Sinn.«

»Ach ja?«

»Mhm. Dein Reisen hat sich verändert. Jetzt brauchst du nur noch einen Weg, wie du es umsetzen möchtest. Nach dieser Tour.«

Kai nahm sich einen Moment, um darüber nachzudenken. »Ich mag dieses entschleunigte Reisen. Ich glaube, dass ich das beibehalten werde und so meine 111 außergewöhnlichen Shots zusammenbekommen möchte.«

»Wie viele fehlen denn noch?«

»Ich bin enttäuscht. Solltest du das als mein größter Fan

nicht wissen?« Gespielt verletzt, schnitt er eine Grimasse. »Schließlich habe ich sogar einen Countdown eingerichtet.«

»Jetzt werde mal nicht gleich überheblich, @chasingkaihansen.«

Sein leises Lachen schaffte es, diese seltsame Stimmung zu durchbrechen, die sich unbemerkt zwischen uns geschlichen hatte. »Würde ich niemals wagen. Und es fehlen noch knapp vierzig.«

»Du warst wirklich fleißig.«

»Mit irgendetwas musste ich meine Flucht ja füllen.«

»Was hast du vor, wenn du alle 111 hast?«

Achselzuckend schaute er wieder auf das abendliche Flensburg hinab, das in den goldenen Schein der Laternen gehüllt wurde. »Vielleicht packe ich sie in ein Buch und schreibe die Geschichten dazu auf, die sich hinter jedem Shot verbergen. Oder ich behalte sie für mich allein. Was ist mit dir?«

Ich lehnte mich ebenfalls gegen das Geländer und imitierte seine Haltung. »Mit mir?«

»Ja, was hast du danach vor?«

Unwillkürlich dachte ich wieder an Charlie. An die Probleme in ihrer Pension. An meine Eltern, die immer noch hofften, dass ich nach Konstanz zurückkehrte – auch wenn sie mich inzwischen nicht mehr drängten. Und an die Möglichkeiten, die sich durch diese Reise für mich eröffnet hatten. Mit Claire als Managerin und Kai an meiner Seite. Im Augenblick fühlte es sich so an, als hätte ich tausend offene Türen vor mir, ohne zu wissen, welche ich wählen sollte. »Ich möchte weiterhin reisen und die Welt sehen«, sagte ich schließlich, weil es das Einzige war, was ich mit Sicherheit wusste. Das Wann würde ich zu einem anderen Zeitpunkt zerdenken. »Womöglich begleite ich dich einfach bei deinen fehlenden vierzig Bildern.«

»Ich würde dich nicht davon abhalten.« Kai stieß sich von der Brüstung ab und streckte eine Hand nach mir aus.

Fragend hob ich eine Braue. »Noch eine Überraschung?«

»Eher eine Maßnahme, um auf andere Gedanken zu kommen. Über unsere Zukunft können wir uns morgen auch noch den Kopf zerbrechen.«

»Du nimmst das ziemlich ernst mit unserer kleinen Auszeit, was?«

Kaum dass sich unsere Finger berührten, zog er mich auch schon an seine Brust, sodass ich den Kopf in den Nacken legen musste, um ihm in die Augen schauen zu können. »Ich stehe immer zu meinem Wort, lovely Lou.«

Hand in Hand liefen wir durch die abendliche Stadt, die erst jetzt so richtig zu erwachen schien. Wir kamen an unzähligen kleinen Restaurants und Kneipen vorbei und hielten schließlich vor *Nelson's Bar*, die an einem versteckten Platz im Herzen der Innenstadt lag. Ein paar Menschen standen vor dem kleinen Häuschen an Tischen und rauchten und unterhielten sich, während von drinnen laute Musik zu uns drang. Ich meinte sogar, ein Schifferklavier und einen Dudelsack herauszuhören.

»Eine Hafenkneipe?«

»Mehr als das. *Nelson's Bar* ist sozusagen eine Berühmtheit hier in Flensburg. Die dürfen wir uns auf unserer Tour nicht entgehen lassen, meinst du nicht?«

Belustigt schüttelte ich den Kopf und stieß ihm neckend

in die Seite. »Ich hätte dich nicht für einen Kneipengänger gehalten, Hansen.«

»Ich bin für alles offen.« Kai legte mir einen Arm um die Schultern, hauchte einen Kuss auf meine Schläfe und führte mich dann in die Bar.

Drinnen herrschte ein reger Betrieb aus Gästen, die genauso wild durcheinandergemischt waren wie die Musik. Es gab ältere Männer mit Bärten, die über ihren Bieren an der Theke saßen, und eine Gruppe junger Frauen in einer der Sitznischen samt Aperol. So gut wie jeder Platz war belegt, selbst auf dem Gang standen einige Menschen, während sich vor der kleinen Bühne, die sich ebenfalls in den Schankraum aus dunklem Holz quetschte, eine Runde aus Tanzenden gebildet hatte. Ein wenig erinnerte mich die Einrichtung an einen irischen Pub. Dazu hätte auch die Fidel gepasst, die gerade in eine extrem frei interpretierte Version von *Bette Davis Eyes* mit einstimmte. In der Luft lag eine wilde Mischung aus Bier und Holz und ein wenig Rauch. Die Bar war lebendig, pulsierte wie der Herzschlag von Flensburg, zog einen in den Bann. Ob man wollte oder nicht.

»Es gefällt dir«, wisperte Kai an meinem Ohr, als er von hinten die Arme um mich legte und mich weiterführte.

»Dieses ganze Auszeit-Ding gefällt mir.«

Noch einmal fuhren seine Lippen über die empfindliche Stelle unterhalb meines Ohres. »Dabei hat sie doch gerade erst angefangen.«

Kichernd löste ich mich von ihm und rutschte auf einen der zwei letzten freien Hocker an der Theke. Kurz darauf hatten wir beide ein Bier vor der Nase – *Flensburger* selbstverständlich – und jeder eine Portion Fish & Chips. Ich hielt unser Mahl für die Nachwelt fest und schoss gleich darauf mehrere Selfies von Kai und mir, von denen vermutlich mehr als die Hälfte hoffnungslos verwackelt war. Aber das war schon okay, diese Bilder waren schließlich nur für uns.

»Bin kurz auf der Toilette, ja? Lauf nicht weg, lovely Lou.«

»Niemals.«

Kai hauchte mir einen Kuss auf die Schläfe und war im nächsten Augenblick zwischen den Menschen verschwunden. Ich griff nach meinem Bier, als mich das Piepsen einer eingehenden Mail innehalten ließ. Claires Piepsen. Eigentlich hatte ich mir geschworen, mich heute Abend von der Arbeit fernzuhalten, trotzdem erwischte ich mich dabei, wie ich zu den Mails wechselte. Ganz oben wartete die Nachricht von Claire, direkt darunter ein Newsletter, den ich eigentlich abbestellt hatte. Kurzerhand klickte ich auf die Werbemail samt Gewinnspiel für eine Pauschalreise nach Dubai, um sie ein weiteres Mal zu kündigen. *Wer schickt einem nur immer diese sinnfreien Angebote?* Kopfschüttelnd klickte ich auf den *Nein danke*-Button und überflog dann kurz Claires Mail. Zum Glück waren es nur ein paar Infos zu unserem nächsten Stopp, keine Antwort nötig. Also steckte ich das Handy entschlossen in die Hosentasche. Sendepause.

Ein paar Minuten später ließ sich Kai wieder neben mich fallen. Zurück in unseren Moment. Unsere Auszeit. Während wir tranken und aßen und über alles und nichts sprachen, schienen sich immer mehr Menschen auf die provisorische Tanzfläche zu verirren, die Musik lauter zu werden und die Stimmung ausgelassener. Und Kai und ich, wir waren mittendrin.

»Genau das hier liebe ich so!«, rief ich über die Musik hinweg und beugte mich über den Tisch ein Stück zu Kai, damit er mich überhaupt verstehen konnte.

»Die Dudelsack-Version von *Blinding Lights*?«

Lachend verneinte ich. »Ich meinte das hier.« Ich machte eine Geste, die alles und nichts einschloss. »Wir sind an einem fremden Ort, kennen niemanden und gehören trotzdem dazu. Weil wir hier sind und es keine Rolle spielt, woher wir kommen, wer wir sind. Was morgen auf uns wartet.«

Der Ausdruck in seinen Augen veränderte sich und ich konnte sehen, dass Kai verstand, was ich meinte. Dann rutschte er vom Hocker und bot mir eine Hand an, genau in dem Moment, als die vierköpfige Band den nächsten Song anstimmte. »Tanzt du mit mir, Milou?«

»Auf die Gefahr hin, dass ich dir die Füße breche?«

»Falls du es noch nicht mitbekommen hast, ich habe zufälligerweise eine Schwäche für Gefahren.«

Ich ließ mich vom Hocker ziehen und stolperte beschwipst von diesem Augenblick und dem Bier in meinem Magen in Kais Arme. »Was habe ich doch für ein Glück.«

Umringt von fremden Menschen, die alle zur selben schrägen Version von *She's so High* tanzten und dadurch auf seltsame Weise miteinander verbunden waren, drehten Kai und ich uns im Kreis. Stolperten lachend über unsere Füße und fanden immer wieder zueinander. Mit wild schlagenden Herzen, glühenden Wangen und längst verloren in unserem ganz eigenen Ozean.

Kapitel 34

EINE SORGE KOMMT SELTEN ALLEIN

Lou

»Nudeln mit Pesto?«, fragte Kai – schon wieder –, als wir am nächsten Tag unsere kleine Ferienwohnung am Timmendorfer Strand erreichten, und hob herausfordernd eine Braue.

Nach unserer Auszeit war es Kai und mir gleichermaßen schwergefallen, Flensburg zu verlassen. Doch als wir bei unserer Ankunft hier direkt übermütig Hand in Hand durch das knöchelhohe Wasser gestolpert waren, mit keuchendem Atem und lautem Lachen, mit nichts als dem graublauen Nachmittagshimmel und dem Rauschen der See um uns herum, hatte sich das geändert. Uns war klar geworden, dass unsere Auszeit nicht in Flensburg zu Ende gegangen war, sondern auf dem Weg an diesen Ort lediglich zu etwas anderem geworden war. Zu *Meerzeit.*

An unserer Essensdiskussion, die wir schon seit einer kleinen Ewigkeit führten, änderte das jedoch nichts. Genauso wenig wie an meinem zunehmend lauter werdenden Magenknurren. Also antwortete ich: »Wie ausgefallen, Mr Hansen. Man könnte meinen, das ist deine Lieblingsspeise, so oft, wie du das in den vergangenen Minuten schon vorgeschlagen hast.«

Kais Mundwinkel zuckten amüsiert nach oben. »Vielleicht

lege ich sogar noch eine Schippe drauf und besorge Parmesan dazu.«

Kopfschüttelnd knuffte ich ihn in die Seite. »Werde nicht gleich übermütig.«

Mit einem leisen Lachen beugte er sich zu mir und gab mir einen raschen Kuss auf die Lippen. »Das ist mein zweiter Name. Bin gleich wieder da.«

Während Kai zum Supermarkt um die Ecke lief, ging ich nach oben. Ähnlich wie auf Borkum hatte es sich auch bei dieser Unterkunft gelohnt, nicht nur bei den großen Buchungsplattformen zu schauen, sondern auf Tipps aus der Region und manchmal eben auch auf einen Wink des Schicksals zu hören. In diesem Fall war es eine ältere Dame im Zug gewesen, die uns kurzerhand die Ferienwohnung ihrer Schwiegertochter angeboten hatte, nachdem sie unserer Debatte über mögliche Unterkünfte drei geschlagene Stunden lang gelauscht hatte. Die Wohnung war winzig, alles in einem Raum bis auf das kleine Badezimmer, aber sie war perfekt für Kai und mich. Eben *back to the roots.*

Mit ein paar Handgriffen suchte ich mir frische Klamotten aus meinem Rucksack zusammen, um mir nach dem langen Nachmittag am Strand eine heiße Dusche zu gönnen, als mich das Bimmeln meines Handys innehalten ließ. Der Klingelton gehörte zu Charlies Nummer und ich brauchte nicht zweimal zu überlegen. Hastig legte ich meine Sachen zusammen und schnappte mir das Telefon.

»Charlie?«

»Hi, Lou?« Ihre Antwort klang mehr wie eine Frage als eine wirkliche Begrüßung. Und ließ aus irgendeinem Grund alle Alarmglocken bei mir schrillen.

Ich presste die Lippen aufeinander und lehnte mich gegen

die schmale Küchenzeile. »Warum klingst du so verwundert?«

Am anderen Ende hörte ich Charlie seufzen. »Ich bin aus Versehen auf deine Nummer gekommen, eigentlich … wollte ich dir nur schreiben.«

»Oh«, machte ich und wackelte mit meinen eiskalten, sandigen Zehen, um wieder etwas Leben in sie zu bringen. »Was gibt's denn? Wenn wir uns schon am Telefon haben, kannst du es mir ja einfach sagen.«

Wieder ein Seufzen. Länger dieses Mal. Tiefer. »Milou, hör zu, wir … wir verkaufen die Pension.«

Meine Gedanken kamen mit einem plötzlichen, schmerzhaften Ruck zum Stehen. »Was?«

»Jule und ich sind kurz vor dem Verkauf. Es gibt sogar schon eine Interessentin und –«

»Aber – warum?«

»Du weißt, warum.«

Fassungslos fuhr ich mir über die Stirn. Ja, ich wusste, warum und gleichzeitig … auch nicht. Wie konnte das so schnell passieren?

Als ich nichts erwiderte, sprach Charlie weiter. Mit rauer, leiser Stimme, die kurz davor war, jeden Moment zu brechen. Weil das *Bernsteinglühen* ihr Reisen war. Ihr Zuhause. Ihr Ein und Alles. »Es geht einfach nicht mehr.«

Ich spürte, wie meine Brust sich bei ihren kratzigen Worten zusammenzog. »Aber es muss doch noch –«

»Es gibt keine Alternative, Lou.«

»Und Jule?«

»Jule ist bei ihren Eltern in Niebüll, statt bei uns zu sein. Statt beim *Bernsteinglühen* und mir zu sein.« Dieses Mal brach ihre Stimme. Einfach so. Und ich tat es auch.

»Du kannst immer noch mein Geld –«

»Herrgott, Lou, nein. Es ist vorbei, okay?«, fuhr sie mir aufgebracht ins Wort. »Nichts und niemand kann daran noch etwas ändern. Und ganz bestimmt nicht dein Geld.«

Ich ballte die freie Hand zur Faust. Warum musste Charlie so stur sein? Warum gab sie lieber auf, als sich helfen zu lassen? »Ich würde es dir sofort überlassen. Es sind keine Millionen, aber vielleicht –«

»Hör auf, Lou. Hör bitte einfach auf.« Wieder ließ sie mich nicht aussprechen. »Ich wollte dir das bloß mitteilen, damit du es von mir erfährst.«

In einer WhatsApp-Nachricht? Der Schmerz in meiner Brust verwandelte sich langsam, aber sicher in jene gefährliche Mischung aus hilfloser Wut und Ratlosigkeit. »Ich lasse mich nicht von dir wegstoßen, Charlie. Egal, wie sehr du es auch versuchst. Als Schwestern halten wir zusammen, auch wenn es kompliziert und beschissen wird.«

»Lou …«

»Ich steige in den nächsten Zug zu dir«, ließ ich sie wissen. »Sofort.«

Charlie fluchte unterdrückt. »Ich brauche keine Hilfe, Milou. Weder von dir noch von unseren Eltern oder sonst wem. Leb du dein Leben und lass mich verdammt noch mal meins leben.« Dann legte sie auf.

Das war der Augenblick, in dem die Wut gewann und erste brennende Tränen über meine Wangen liefen. Fassungslos starrte ich auf das Handy in meinen Händen, sah die Tropfen, die aufs Display fielen, und konnte nicht verstehen, was da gerade passiert war. Wann und wie waren Charlie und ich an diesem Punkt angelangt?

Seltsam entrückt, schlich ich ins Bad, schälte mich aus

meiner Kleidung und trat unter die Dusche. Wie betäubt, stellte ich sie an, spürte, wie das heiße Wasser auf meinen Rücken prasselte und sich meine sonst so helle Haut nach und nach immer röter färbte. Dampf stieg um mich herum auf und mehr als einen Herzschlag lang wünschte ich mir, einfach darin verschwinden zu können. Zumindest so lange, bis sich dieses schmerzhafte Pochen aus meiner Brust verzogen hätte und ich wieder klar denken konnte. Bis ich nicht länger nutzlose Tränen vergoss. Tränen des Frusts. Der Wut, die eigentlich nichts anderes war als Hilflosigkeit. Ein Gefühl, das ich mit jeder Faser meines Körpers hasste, besonders jetzt, da es um jemanden ging, der mir so viel bedeutete.

Keine Ahnung, wie lange ich so dastand, aber irgendwann unterbrach ein leises Klopfen den monotonen Strudel aus Wasserrauschen und dem Poltern meiner Gedanken. Dann Kais gedämpfte Stimme: »Lou? Ist alles in Ordnung bei dir?«

Ich schaute auf. *Nein. Nein, nichts ist in Ordnung.*

Als ich keine laute Antwort gab, öffnete sich die Tür und Kai kam herein. Für ein paar Sekunden trafen sich unsere Blicke, während wir kein einziges Wort sprachen. Dann schlüpfte er schweigend aus seiner Kleidung und trat zu mir unter den warmen Wasserstrahl. Einen Moment lang standen wir einfach nur da, beide nackt, eingehüllt in Dampf und das, was wir nicht aussprachen, ehe Kai die Arme um mich schlang und mich an seine Brust zog. Erst da wurde mir bewusst, dass ich weinte, dass meine Beine zitterten, dass es nur Kais Kraft war, die mich aufrecht hielt, während die Sorge um meine Schwester, angestaute Emotionen und Schuldgefühle über mich hinwegspülten.

»Es ist in Ordnung, wenn du gerade nicht reden magst, Lou. Aber ich bin hier, um dir zuzuhören. Immer«, flüsterte

Kai irgendwann über das Rauschen hinweg und verwendete dabei beinahe die gleichen Worte wie ich in der Nacht in Hamburg.

Kopfschüttelnd schob ich mich ein Stück von ihm und blickte auf. »Ich weiß nicht, wie ich ihr helfen soll, Kai.«

»Wem?«

»Meiner …« Ich verstummte und fuhr mit den Händen über seine nackte Brust, bis sie dort ruhten, wo sein Herz ziemlich schnell unter meinen Fingerspitzen schlug. »Meiner Schwester.«

»Charlie?«

Ich nickte und dann erzählte ich Kai von dem hässlichen Streit mit Charlie. Davon, dass das *Bernsteinglühen* bald Geschichte sein würde. Davon, dass ich machtlos war, mich schlecht fühlte, weil ich hier und nicht dort bei ihr war. Weil sie mich immer beschützt und unterstützt hatte und ich ihr nichts davon zurückgeben konnte.

»Ich hätte dableiben sollen, Kai«, wisperte ich mit rauer Stimme. »Ich hätte nicht auf sie hören sollen.«

Kai griff an mir vorbei nach dem Wasserhahn, stellte die Dusche ab und griff nach einem der überdimensionalen Frotteehandtücher. Ohne mich aus den Augen zu lassen, hüllte er mich und sich in den weichen Stoff, bis wir zu einem großen Wrap aus Kai und Lou und Wärme wurden. »Dann tun wir das nicht.«

»Hm?«

»Wir hören nicht auf deine Schwester. Wir fahren zurück. Morgen. Und überlegen uns eine Lösung.«

Blinzelnd sah ich ihn an und biss mir von innen auf die Wange. Seine Worte klangen entschlossen, so als gäbe es überhaupt keinen Zweifel daran, dass wir diese Lösung finden würden, aber … hatte Charlie nicht recht? Hätten sie und Jule nicht längst einen Weg gefunden, wenn es einen gäbe?

Als ich nichts erwiderte, umfasste Kai sanft, aber bestimmt mein Gesicht und sah mir direkt in die Augen. »Vertrau mir, Lou. Wir schaffen das.«

Das wollte ich. Das wollte ich wirklich. Ihm glauben, ihm und seinem Optimismus, doch ich hatte die Endgültigkeit in der Stimme meiner Schwester gehört. Und ich wusste, was das bedeutete.

Meine Kehle schnürte sich zu, dann senkte ich den Blick auf die einzelnen Tropfen, die über Kais gebräunte Haut rannen, weil ich fürchtete, jeden Moment unter dieser Gewissheit zusammenzubrechen. Es gab keine Lösung. Ganz gleich, was er sagte.

Kais Griff wurde ein wenig fester, als würde er spüren, dass ich gerade meilenweit entfernt war. »Lou … noch ist es nicht zu spät.«

Warum nur fühlte es sich dann so an? Warum hatte ich das Gefühl, dass wir längst den *Point of no Return* überschritten hatten? Warum hatte es überhaupt so weit kommen müssen?

Frustriert kniff ich die Augen zusammen, spürte, wie Kai mich wieder zu sich zog. Festhielt.

»Wir suchen nach dem Schlüssel«, murmelte er in meine feuchten Haare. »Und wir werden ihn finden. Du hast mein Wort, lovely Lou.«

Kapitel 35

ETWAS, DAS BRICHT

Kai

»Ich glaube, ich … ich gehe wieder rein«, murmelte Lou und kuschelte sich enger in das gestreifte Handtuch. »Ist ziemlich kalt heute.«

Ich schaute von meiner Kamera auf, mit der ich den frühmorgendlichen Strand festgehalten hatte, und runzelte die Stirn. »Soll ich mitkommen? Wir können uns die Fotos aus Flensburg anschauen, wenn du möchtest.«

»Nein, schon gut.« Ein kleines Lächeln, das kaum ihre Lippen verließ, erschien auf ihren Zügen und verblasste so schnell, wie es gekommen war. Das ungute Gefühl in meinem Bauch wurde drängender.

Seufzend legte ich meine Kamera zur Seite und stand ebenfalls von der Decke auf, mit der wir es uns im Sand bequem gemacht hatten. »Hey, du … ich werde nicht fragen, ob alles in Ordnung ist, denn offensichtlich ist es das nicht, aber … rede mit mir, ja? Sag mir, wie ich dir helfen kann.«

Nur einen Moment länger sah Lou mich an, dann wandte sie ruckartig den Kopf zur Seite. »Mir ist bloß kalt.«

Ich biss die Zähne aufeinander, als ich die Distanz in ihren Worten, ihrer ganzen Haltung spürte. So wie gestern in der Dusche, so wie heute Nacht, als sie mir den Rücken zugedreht hatte und dann für mehrere Stunden verschwunden war. So wie beim Frühstück, als wir kaum über die heutige Tagesplanung hinausgekommen waren.

Ich machte Lou keinen Vorwurf, dass sie unter der ganzen Situation mit ihrer Schwester litt, natürlich tat ich das nicht. Aber zu sehen, wie sie sich verschloss, mit jeder Sekunde ein wenig mehr … Ich schluckte das Brennen in meinem Hals runter und machte langsam einen Schritt auf sie zu. »Bis unser Zug heute Abend geht, haben wir noch etwas Zeit. Was hältst du davon, wenn wir uns aufwärmen und dann in eines der Strandcafés gehen, die du besuchen wolltest?«

Kurz wanderte ihr Blick zurück zu mir, dann nickte sie leicht. »Ich könnte einen Kaffee vertragen.«

»Ich auch«, gab ich zurück und musste mich davon abhalten, sie an mich zu ziehen, zu halten, weil dieser Schmerz in ihren Augen verdammt noch mal wehtat. Aber ich akzeptierte ihren Wunsch nach Abstand, also ließ ich ihr Freiraum, egal, wie beschissen sich das anfühlte. Weil sie dasselbe für mich getan hatte. Weil ich sie liebte.

»Geh ruhig schon mal vor, ich packe zusammen und komme dann nach, lovely Lou.«

Als sie mit hängenden Schultern über den Strand in Richtung Ferienwohnung lief, sah ich ihr besorgt nach, ehe ich nach unseren Sachen griff und sie in die Tasche stopfte. Genau in diesem Moment erschien Henris Gesicht auf dem Display meines Tablets.

»Hey, Mann«, begrüßte ich ihn und stellte das iPad so, dass ich ihn sehen und gleichzeitig die Ausrüstung und Lous Klamotten einpacken konnte.

»Hi, Kai – ist dir eigentlich mal aufgefallen, dass sich das reimt?«

»Darauf gebe ich dir keine echte Antwort, Henri.«

Mein bester Freund verengte die Augen, dann wurde seine Miene ernster. »Okay, was ist los?«

»Nichts.«

»Beleidige nicht meinen Intellekt.«

Ich murmelte einen unterdrückten Fluch und fuhr mir über das Kinn. »Lou hat gerade Schwierigkeiten mit ihrer Familie und –«

Ein eingehender Anruf mit dem Vermerk *dringlich* rauschte von oben ins Display. Claire. Ich konnte mir schon denken, worum es ging. Schließlich musste sie die Buchung für unsere vorzeitige Fahrt nach Sylt heute Abend mitbekommen haben. Auch das noch.

»Henri, Claire ruft an. Ich melde mich, ja?« Ohne auf eine Erwiderung zu warten, beendete ich den Call mit Henri und nahm das Gespräch mit meiner Content Managerin an.

»Nur zehnmal klingeln lassen, du wirst schneller, Hansen.«

»Selbst ich lerne dazu.« Ich klemmte mir das Handy zwischen Ohr und Schulter – die wohl unangenehmste Haltung in der Geschichte der Telefonie – und räumte die Kamera in die passende Tasche. »Was gibt's?«

Claire blieb einen Moment ruhig, dann meinte sie: »Es geht um Lou.«

Ehrlich überrascht, stoppte ich ein weiteres Mal in meinen Bewegungen. Einen irrationalen Moment lang glaubte ich, dass Claire nun telepathische Fähigkeiten entwickelt hatte und von Lous Sorgen wusste. »Lou?«

»Ich weiß nicht ganz, wie ich anfangen soll, aber … Kannst du dir einen Grund vorstellen, warum Lou mit *TravelMood* kooperieren sollte?«

Ich biss die Zähne aufeinander, als Claires Worte zu mir

durchdrangen. Was hatte Lou mit *TravelMood* zu tun? Aus irgendeinem Grund stieg eine eisige Kälte in mir auf.

»Claire, ich verstehe nur Bahnhof. Lou und ich halten beide nicht viel von diesem Magazin. Wie kommst du darauf?«

Meine Managerin seufzte. »Es ist mir unangenehm, das zu fragen, aber hat Milou vielleicht finanzielle Probleme?«

Das Eis in meinem Inneren wurde zu einer unguten Vorahnung. Lou hatte Geldsorgen im Hinblick auf Charlie und die Pension, aber sie würde doch nie …

Mein Schweigen schien Claire Antwort genug. »Nun, das erklärt zumindest das Warum.«

Ich spürte, wie sich mein Puls beschleunigte. Wie sich dieses Gefühl von brennender Kälte in mir ausbreitete. Weil ich nicht glauben konnte – *nicht glauben wollte* –, was Claire da andeutete. Und gleichzeitig wusste ich, wie weit einen die Verzweiflung treiben konnte. Und Lou … war verzweifelt. Mir wurde schlecht. »Claire, was ist los?«

»Es liegt in deinem Postfach. Ich habe dir den Artikel weitergeleitet.«

»Artikel?«

»Kai« – Scheiße, Claire nannte mich so gut wie nie Kai – »es tut mir leid. Ich hätte das früher bemerken sollen und … ich kümmere mich drum, okay? Du kannst dich auf mich verlassen. Ich melde mich wieder.«

Kopfschüttelnd nahm ich das Handy wieder in die Finger, hielt es so fest, dass sich seine scharfen Kanten in meine Haut gruben. »Claire –«

»Schau es dir in Ruhe an, Kai, und entscheide, wie du dazu stehst. Ich weiß, was ich davon halte, aber die Entscheidung, wie du damit umgehst, liegt bei dir.«

Nach dieser letzten kryptischen Bemerkung legte Claire auf und ließ mich verwirrt am Strand zurück. Ein paar Augenblicke lang starrte ich nur aufs Meer, auf die Wellen, die kamen und gingen, auf den graublauen Himmel über der Ostsee. Dann schaffte ich es irgendwann, das Handy zur Seite zu legen und nach dem iPad zu greifen. Mich in die Mails zu klicken und die letzte von Claire zu öffnen. Ein knapper Betreff, kein Text, nur ein Link zu *TravelMood*.

Mein Magen verwandelte sich in einen verflucht harten Stein, als ich den Anhang öffnete. Es war direkt auf der ersten Seite. Ich begann zu lesen. Und der verdammte Stein zog mich in den Sand.

Vom Skandal direkt in den Honeymoon?

Der bekannte Travelinfluencer @chasingkaihansen, der uns sonst mit seinen Shots der abgelegendsten Orte der Welt oder wahlweise mit Sturzvideos den Atem stocken lässt, gibt uns nun ein ganz neues Rätsel auf. Heimliche Stunden über den Dächern Hamburgs, süße Selfies bei Sonnenuntergang, ein Pub-Tanz? So schlimm kann der Unfall ja doch nicht gewesen sein, wenn sich Kai Hansen jetzt direkt ins Liebesabenteuer stürzt, was? Oder was verbirgt sich sonst hinter der Fassade dieser *Back to the Roots*-Tour, die dem Penthouse nach zu urteilen gar nicht so *simple and affordable* ist? Und welche Rolle spielt Publikumsliebling @louslovelyworld in der ganzen Scharade? Wir haben Einblicke bekommen, die einige Fragen beantworten – endlich wissen wir, welche Unterwäsche Kai Hansen trägt –, uns an anderer Stelle jedoch vor ganz neue Rätsel stellen. Wo hört der Fake auf, wo beginnt –

Die Worte verschwammen vor meinen Augen. Die hässlichen Worte und … die Bilder.

Ein Foto vom Morgen nach unserer ersten gemeinsamen Nacht.

Ein Spiegelselfie im Bad beim Zähneputzen, auf dem wir beide Schaum auf den Lippen hatten.

Ein komplett verwackeltes Bild, als ich Lou huckepack genommen hatte und sie mehr von meiner Nase als unseren Gesichtern aufgenommen hatte.

Fotos, kurz nach unserem Kuss auf der *Alten Liebe* bei Sonnenuntergang.

Aufnahmen, mit denen Lou die Sorgen auf meinen Zügen eingefangen hatte. Als ich aus dem Zug geschaut hatte. Als ich aufs Wasser gestarrt hatte. Als ich sie angesehen hatte.

Alles Bilder, die sich einzig und allein auf Lous Handy befinden sollten. Nicht online bei *TravelMood*. Nicht auf Social Media, wo unzählige Fremde *unsere* Momente zerrissen, analysierten, interpretierten. Nicht in Retweets und DMs.

Diese Augenblicke gehörten uns. Nur uns.

Doch jetzt … gehörten sie der ganzen Welt.

Ich sah Lous Verzweiflung gestern Abend vor mir, ihre Hoffnungslosigkeit in der Dusche, ihre Ruhelosigkeit heute Nacht. Hörte ihre tonlose Stimme beim Frühstück, die Sorge um Charlie, die Distanz in jedem ihrer einzelnen Worte.

Und spürte, wie tief in mir etwas zersplitterte. Meinen Atem stocken ließ und ein schmerzhaftes Stechen durch meine Brust jagte.

Vertrauen, das zerbricht.

So klang das also. Eigentlich müsste ich das wissen. Eigentlich hätte ich das wissen müssen.

Der Schmerz blieb trotzdem derselbe.

Kapitel 36

WAHRHEITEN, DIE WIR HÖREN

Lou

Jeder einzelne Handgriff kam einem Kraftakt gleich. Weil ich nicht wollte, dass diese Reise so endete, aber sie das trotzdem musste. Weil mich die Sorge um meine Schwester von innen auffraß, ich die halbe Nacht am Strand spazieren gegangen war und nach einer Lösung gesucht hatte, und ich dennoch nicht wusste, was ich tun sollte. Weil meine Stimmung irgendwo kurz vor dem Gefrierpunkt war und ich es seit gestern Abend an dem Menschen ausließ, der alles daransetzte, mich aufzubauen.

Frustriert stopfte ich meinen Hoodie in den Rucksack und dabei war es mir egal, dass ich so niemals alles hineinbekommen würde. Es war mir egal, dass meine Haare einem nassen Vogelnest glichen, und es war mir auch egal, dass meine Flared Jeans nicht zu dem gestreiften Pullover passte. Spielte keine Rolle. Gott, passierte das, wenn man sich um seine Liebsten sorgte?

Ich unterdrückte einen verzweifelten Ton, der halb Schluchzen, halb Schnauben war, als die Welt vor meinen Augen verschwamm, und plumpste zurück auf das Bett. Ein kleines Lou-Häufchen Elend. Irgendetwas bohrte sich schmerzhaft in meinen Oberschenkel und einen Moment später zog ich mein Handy hervor, das neben Mitteilungen in der *E.M.I.L.*[2]-Gruppe auch eine Push-Nachricht von *TravelMood* anzeigte. Wider besseres Wissen klickte ich auf die Mitteilung – und wünschte mir noch in derselben Sekunde, es nicht getan zu haben.

Vom Skandal direkt in den Honeymoon? Der bekannte Travelinfluencer @chasingkaihansen, der …

Mir wurde auf einen Schlag eiskalt – und dieses Mal hatte diese Kälte nichts mit dem Wetter zu tun –, als ich Wort um Wort las … und die Bilder sah. Erkannte.

Fotos von meinem Handy. Private Fotos. Fotos, die meinen Speicher niemals hätten verlassen dürfen.

Und niemals verlassen haben.

Ich umklammerte mein Smartphone, starrte auf die Aufnahmen, unser Lächeln, Kais tiefe braune Augen, seine Grübchen, als könnten die Fotos dadurch verschwinden.

Scheiße, das durfte doch nicht wahr sein, nicht nach allem, was Kai schon durchgemacht hatte. Wenn er das sah –

Das Knallen der Wohnungstür ließ mich zusammenfahren, hochschrecken, dann trat Kai in den kleinen Raum, der Küche, Schlafzimmer und Wohnzimmer in einem war, und sein Blick … ging mir durch Mark und Bein.

»Kai …«

»Ich wusste, dass du verzweifelt bist. Aber so sehr? Bedeutet dir Vertrauen echt so wenig?« Seine tonlose Stimme jagte mir einen eiskalten Schauer über den Rücken. »Anscheinend habe ich mich in dir geirrt.«

Mein Herz kam abrupt zum Stehen. Er dachte, dass *ich* die Bilder an *TravelMood* verkauft hatte. Natürlich dachte er das. Es waren meine Bilder, von meinem Handy und nach Sylvia …

»Kai, nein. Ich war das nicht. Ich habe nichts getan, wirklich nicht.«

Zähneknirschend vergrub er seine unverletzte Hand in den Haaren, ehe er sie beinahe kraftlos wieder sinken ließ. »Das sind deine Fotos, Lou. Ich war zufälligerweise dabei, als du sie gemacht hast.«

»Natürlich, aber ich ...« Die dämliche Kooperationsanfrage von *TravelMood* kam mir wieder in den Sinn und ich klammerte mich daran wie an einen nutzlosen Strohhalm. »Ich habe ihre Anfrage direkt gelöscht, Kai! Ich würde nie –«

»Also gibst du sogar zu, dass du Kontakt mit ihnen hattest?«, fuhr er mir ins Wort und mir wurde klar, dass ich genau das Falsche gesagt hatte.

»Kai ...« Hilflos ballte ich die Hände zu Fäusten und schaute ihn an. Und in Kais Blick erlosch etwas.

Schweigend sahen wir einander einige Herzschläge lang an, dann sanken Kais Schultern herab. »Gott, ich bin so ein Idiot.«

»Nein«, brach es wieder aus mir heraus. »Nein, Kai. Hör mir doch bitte zu, verdammt! Ich ... weiß nicht, wie sie an die Bilder gekommen sind. Ich hätte das nie getan!« *Wieso klingt nur alles, was ich gerade sage, wie eine billige Ausrede?*

»Vermutlich habe ich das hier verdient.« Kai lachte freudlos, kalt, schneidend. »Denn anscheinend habe ich doch nichts gelernt. Und ich erzähle dir noch von Sylvia. Erzähle dir, wie ich mich ihr geöffnet habe, nur damit sie mein Herz zerreißt, mein Vertrauen missbraucht. Alles verkauft. Dabei bist du kein Stück besser, Milou.«

Bei seinen wuterfüllten Worten sammelte sich langsam, aber sicher glühende Hitze in meinem Bauch. Ich wusste, ich sollte mich nicht drauf einlassen, ich wusste, dass Kai gerade in seiner eigenen Vergangenheit gefangen war, nicht sah, was er tat. Und ich verstand es. Doch mein Verständnis änderte nichts daran, dass er zu weit ging. Ich hatte meine Grenzen und mit diesen verletzenden Sätzen hatte Kai sie bei Weitem überschritten. »Ich bin nicht Sylvia.«

»Du hast recht. Was du hier machst, ist noch schlimmer.«

Ich biss die Zähne zusammen und kam um den Tisch herum. »Hör auf damit, Kai! Hör auf, dir irgendetwas zusammenzureimen, anstatt mir zuzuhören.«

»Keine Sorge, ich höre dir zu.«

Nein, tust du nicht! Du hörst bloß, was du hören willst, weil dich dieser ganze Mist triggert. Weil es aussieht wie damals, weil … Ich öffnete den Mund, um meine Gedanken auszusprechen, bekam jedoch kein Wort heraus, als mich der Schmerz in seinem Blick mit voller Wucht traf.

»Ich habe dir vertraut, Lou. Ich habe dir Dinge über mich erzählt, die nicht einmal meine Familie weiß. Ich habe dir … alles gegeben.«

»Ich habe dich nicht verraten, Kai.« Meine Stimme war heiser und kraftlos, während wir direkt voreinanderstanden und doch ganze Ozeane zwischen uns lagen, sich immer weiter ausdehnten, mit ihm auf der einen und mir auf der anderen Seite.

»Sylvia hat genau das Gleiche zu mir gesagt, weißt du? Als ich sie darauf angesprochen habe, hat sie auf Gott und die Welt geschworen, aber am Ende waren das alles nur schöne Lügen. Wie immer. Wie alles in dieser verfluchten Social-Media-Welt.«

Meine Brust zog sich zusammen, raubte mir die Luft zum Atmen. »Ich habe dich nie belogen.«

»Und wieder eine Lüge. Dabei wäre ich für dich da gewesen. Ich hätte gemeinsam mit dir einen Weg für deine Schwester und dich gefunden. Ich hätte *alles* für dich getan, Lou. Aber ganz offensichtlich war das nicht genug. Offensichtlich war dir schnelles, dreckiges Geld wichtiger als mein Wort. Wichtiger als wir.«

Das ist nicht wahr.

DAS IST NICHT WAHR.

Wut wurde zu Schmerz, wurde zu Wut und löschte auch den Rest an Vernunft aus.

Kai bedachte mich mit einem abfälligen Blick, als ich nichts sagte. Nichts sagen *konnte.* »Social Media verdirbt sie alle, Lou. So sehr, dass man nicht einmal mitbekommt, wenn man lügt, weil man sich nur noch auf sich selbst konzentriert. Auf Reichweite, auf Aufmerksamkeit, seine eigenen egoistischen Ziele. Sich immer mehr verbiegt, um mehr zu bekommen.«

»Und du tust das nicht?«

Bitterkeit flog über seine Züge. »Das habe ich nie gesagt. Aber zumindest habe ich die Linie zwischen der virtuellen und realen Welt nicht komplett verwischt.«

»Nein, du versteckst dich lieber hinter deinen geliebten Masken. Hinter @chasingkaihansen.« Ich erkannte meine eigene Stimme nicht mehr, während ich ihm diesen Vorwurf entgegenschleuderte. Ein unfairer Vorwurf, denn mittlerweile wusste ich, dass er diese Masken nicht nutzte, um seine Reichweite zu verbessern, sondern um sich zu schützen.

Kais Miene wurde ausdruckslos. »Mutige Worte für jemanden, der selbst so gut mit seinen verschiedenen Gesichtern umgehen kann.«

»Ich habe keine verschiedenen Gesichter.«

»Ach nein? Dafür hast du es aber ziemlich gut geschafft,

allen das bodenständige Mädchen vorzuspielen, dem es nicht nur um Zahlen geht.«

Ich machte einen drohenden Schritt auf ihn zu. »Das war keine Show!«

Seine Lippen zuckten in Richtung eines unterkühlten Lächelns. »Dann hast du das Angebot von Claire und mir nicht angenommen, um dir durch mich einen Namen zu machen? Um Reichweite zu gewinnen? Um Kooperationen wie diesen Deal mit *TravelMood* an Land zu ziehen?«

Jede seiner Fragen traf mich wie eine Klinge, die sich tiefer und tiefer in meine Eingeweide bohrte. »Natürlich waren das Gründe, warum ich zugesagt habe. Ja, ich habe Geld gebraucht, eine Lebensgrundlage, um mit dem Bloggen Fuß zu fassen. Um meiner Schwester unter die Arme greifen zu können. Sag mir nicht, dass das verwerflich wäre! Immerhin hast du mir den Deal selbst mit diesen Argumenten angeboten. Aber das ändert nichts daran, dass ich niemals jemanden *verkaufen* würde. Schon gar nicht jemanden, den ich … liebe!«, entgegnete ich deutlich lauter als zuvor.

»Komm mir nicht mit Liebe.«

»Bitte?«, wiederholte ich fassungslos. »Komm *du* mir nicht mit egoistischen Gründen, Kai Hansen. Schließlich sollte das alles hier dein Image aufpolieren! Ich war nur dein Mittel zum Zweck, Kai, vergiss das nicht in deiner kleinen, hässlichen Gleichung.«

»Ich habe dich nie als Mittel zum Zweck gesehen, aber schön zu wissen, wie hoch deine Meinung von mir ist.«

»Du verdrehst mir die Worte im Mund!«

»Man kann nichts verdrehen, was nicht einen Funken Wahrheit in sich trägt«, sagte er schlicht und wandte den Blick zur Seite. »Ich denke, wir sind hier fertig.«

Ich riss die Augen auf. »Was soll das heißen?«

»Genau das, was es bedeutet. Nimm dein Geld, rette die Pension deiner Schwester, mach damit, was du willst.«

»Verflucht, Kai! Warum hörst du mir nicht zu?!« Mittlerweile schrie ich beinahe. Aus Frust, aus Wut und Enttäuschung, weil er mir so wenig vertraute und blind davon ausging, mir würde das zwischen uns nichts bedeuten. Weil es zu spät war und sich seine Erinnerungen an Sylvia mit der Gegenwart vermischt hatten. Weil er nur die Wahrheit hören wollte, die seiner Wahrheit entsprach.

»Claire wird sich um alles kümmern. Du bekommst natürlich trotzdem deine zweite Hälfte von unserer Kooperation, aber wir sollten das an dieser Stelle beenden«, erwiderte Kai, als hätte es meinen Ausbruch nicht gegeben. »Packen wir unsere Sachen und checken aus.«

Als er sich abwenden wollte, griff ich nach seinem Arm und wirbelte ihn wieder herum, bis wir einander anschauten. Tränen liefen mir über die Wangen, mein Herz schlug mir bis zum Hals und ich bebte. Bebte, weil alles wehtat, weil ich nicht glauben konnte, was hier gerade geschah.

»Sieh mir in die Augen, Kai«, begann ich. »Sieh mir in die Augen und sag mir, dass dir unsere Zeit so wenig bedeutet hat, dass du es jetzt einfach kaputtmachst. Mir nicht glaubst.«

Die Wut verschwand aus seinem Blick und wich Trauer, Resignation, Schmerz. »Sie hat mir alles bedeutet, Lou. Und genau das ist das Problem.«

Kapitel 37

SCHOKOLADE MIT SCHUSS & BÖSE VORAHNUNGEN

Lou

Dicke Regentropfen klatschten gegen die Scheiben und hinterließen verworrene Muster. Obwohl es schon weit nach zehn Uhr morgens war, schaffte es kaum ein Lichtstrahl durch die dichten grauen Wolken über Sylt, und würde mir nicht alles wehtun, innen wie außen, wäre nicht alles so beschissen, hätte ich vielleicht gelacht. Darüber, wie sinnbildlich das Wetter für das Chaos in meinem Inneren war. Darüber, dass ich nach allem, was ich erlebt hatte, nun wieder genau da stand, wo ich vor einem Monat begonnen hatte. In meinem Bett in der Pension meiner Schwester. Nur dass ich im Gegensatz zu damals nicht voller Tatendrang und Vorfreude war, sondern mich schlichtweg leer fühlte. Leer und kalt und so verflucht einsam.

Wieder begannen meine Augen zu brennen und wieder rollte ich mich zu einer kleinen Kugel zusammen, verschwand in der dicken Decke und hoffte, die nächste Welle Schmerz würde schnell vorüberziehen. Mich einfach in Ruhe lassen. Doch irgendwie wurde es mit jedem Mal schlimmer.

»Lou?« Die Stimme meiner Schwester drang wie durch Wasser zu mir. Als wäre ich wirklich in einem finsteren

Ozean versunken und würde immer weiter in Richtung Grund gezogen. »Bist du wach?«

Ich schwieg, was Charlie zum Anlass nahm einzutreten. Da ich mich immer noch unter meiner Decke versteckte, konnte ich nicht sagen, was sie machte, bis sich die Matratze unter mir bewegte und sich Charlie wie früher zu mir kuschelte.

»Hey, Lou-Lou.«

»Hey, Charlie«, erwiderte ich krächzend und drehte mich so, dass wir einander das Gesicht zuwandten. »Tut mir leid, dass ich gestern ohne ein Wort auf mein Zimmer gegangen bin.« Ehrlich gesagt, konnte ich mich kaum an die Zeit zwischen dem Streit mit Kai und jetzt erinnern. Die lange Zugfahrt mit etlichen Umstiegen war verschwommen, genauso wie die Autofahrt zur Pension und die Nacht, in der ich eine verzweifelte Nachricht nach der anderen an Kai geschickt und mir wieder und wieder den Kopf darüber zerbrochen hatte, wie *TravelMood* an meine Bilder hatte kommen können. Nachdem ich ihnen doch nicht mal geantwortet hatte. Nachdem ich ihre Nachrichten ungelesen direkt in den SPAM-Ordner verfrachtet hatte. Alles verschwommen bis auf Kais Gesichtsausdruck, seine Worte, die sich unwiderruflich in mein Gedächtnis gebrannt hatten.

Ich konnte immer noch nicht fassen, dass er uns so schnell aufgegeben hatte.

Meine Schwester lächelte leicht. »Alles gut, Lou.«

»Und es tut mir leid, dass ich dir nicht mit dem *Bernsteinglühen* helfen kann.« Ich schniefte.

»Ich glaube, es ist eher an mir, mich für das zu entschuldigen, was ich gesagt habe.«

»Du warst aufgebracht.«

»Trotzdem hatte ich kein Recht, dich für meine Schwierigkeiten anzufahren, Lou.«

»Entschuldigung angenommen.«

»Entschuldigung angenommen«, wiederholte Charlie und drückte meine Schulter. »Willst du über den Artikel sprechen?«

Ich schüttelte nur den Kopf und spürte, wie sich bereits die nächste Welle auftürmte.

»Okay. Das ist okay.« Behutsam schob sie meine hoffnungslos verknoteten Haare zurück. »Möchtest du vielleicht runterkommen? Ich habe Frühstück gemacht. Ich denke, ein wenig heiße Schokolade könnte dir guttun.«

Ich bezweifelte, dass heiße Schokolade irgendetwas an dem Loch in meiner Brust ändern würde, aber ich wollte Charlie nicht noch mehr Kummer bereiten. Sie hatte auch ohne Trauerkloß-Schwester schon genug um die Ohren. Also nickte ich und schaffte es irgendwie aufzustehen. Ins Erdgeschoss zu schlurfen und mich mit ihr an einen der Tische im Frühstücksraum zu setzen.

»Jule kommt morgen wieder«, meinte Charlie nach ein paar Minuten in die Stille hinein, während der ich bloß an meiner Tasse genippt und in den regenverhangenen Vormittag hinausgeschaut hatte.

Überrascht blickte ich zu ihr. »Habt ihr noch mal gesprochen?«

»Ein wenig. Der Verkauf ist immer noch unsere einzige Option. Eine Option, die keiner von uns gefällt, aber wir haben gemerkt, dass wir alles, was danach kommt, nicht durchstehen werden, wenn wir es nicht gemeinsam tun.« Charlie rührte etwas Zucker in ihren Kaffee und blickte stirnrunzelnd in die Tasse. »Ich glaube, das ist ein Schritt in die richtige Richtung.«

»Das ist es, Charlie. Ihr werdet das zusammen schaffen und außerdem … bin ich jetzt auch hier. Drei Powerfrauen, was soll da schon schiefgehen?«

Meine Schwester musterte mich mitfühlend. »Lou, du weißt, ich liebe es, dass du hier bist, und ich bin dir für deine Unterstützung sehr dankbar, aber …«

»Aber was? Bitte lass mich dir helfen. Ich …« *Ich weiß nicht, was ich sonst tun soll. Ich … ich habe meine Richtung verloren. Meinen Norden. Schon wieder.*

»Vielleicht sollten wir morgen noch mal in Ruhe darüber reden, hm?«, schlug sie vor und hob den Becher an die Lippen. »Gib dir ein wenig Zeit.«

Zeit, um noch mehr über alles nachzugrübeln? Noch länger jede Sekunde zu zerdenken? Was sollte *Zeit* schon besser machen? Keine Zeit der Welt würde etwas daran ändern, dass zwischen Kai und mir etwas zerbrochen war. Ganz gleich, wie ungerecht die Gründe dafür auch waren. Denn die Welt war nun einmal nicht gerecht. Ob wir wollten oder nicht.

»Lou?«

»Hm?«

»Du meldest dich, wenn es zu schlimm wird, ja?«

Einen Moment lang sah ich Charlie schweigend an. Dann nickte ich. Schüttelte den Kopf. Neue, nutzlose Tränen quollen aus meinen Augen. »Ich liebe Kai. Er … er liebt mich. Wie konnten wir einander so sehr verletzen?«

Charlies Gesichtsausdruck wurde weich. »Oh, Lou. Wir wollen diejenigen, die uns alles bedeuten, am wenigsten verletzen und doch geschieht es gerade bei ihnen am häufigsten.«

Ich wusste nicht, was ich darauf antworten sollte. Wusste nur, dass sie recht hatte. Dass der Schmerz so tief saß, weil Kai und ich uns so viel bedeuteten. Dass jedes Wort, das wir im Streit gewechselt hatten, derartig brannte, weil unsere Gefühle sie zu scharfen Klingen geformt hatten.

Also schwieg ich und trank meine heiße Schokolade, um ein Loch zu füllen, das mit jeder Sekunde, die verging, immer größer wurde.

Später an diesem Tag hörte der elendige Regen endlich auf und ich half Charlie, ein paar Ausbesserungen auf dem Reetdach der Pension vorzunehmen. Eigentlich war ich weder in der Stimmung, mich körperlich zu betätigen, noch, an der frischen Luft zu sein, doch die Arbeit tat erstaunlich gut und lenkte mich ab.

»Kannst du mir den kürzeren Ballen geben?«

Ich schnappte mir das zusammengebundene Reet und reichte es Charlie über die Leiter nach oben, wo sie es gekonnt in das Loch stopfte. »Wie hast du das gelernt?«

»Jules Mutter ist Dachdeckerin. Ihr Spezialgebiet sind die ursprünglichen Reetdächer. Da schaut man sich das eine oder andere ab«, erwiderte sie, schnitt die Bänder auf, die das Reet zusammengehalten hatten, und griff dann nach einem Gerät, das große Ähnlichkeit mit einem falsch zusammengebauten Hammer hatte. *Klopfer* hatte sie das Ding genannt, mit dem sie nun die neuen Halme an die richtige Stelle schlug, bis das Loch im Dach verschwand.

»So, das erste Leck hätten wir. Jetzt müssen wir den nächsten Ballen auf Länge schneiden und – Lou, ich glaube, du hast Besuch.«

Fragend hob ich die Brauen und folgte ihrem Blick runter in Richtung Boden, dorthin, wo drei bekannte Gesichter ziemlich erwartungsvoll zu mir hochschauten. Erwartungsvoll und ein wenig anklagend.

»Du versteckst dich also auf dem Dach«, begrüßte mich Elisa und stemmte die Hände in die Hüfte. »Zumindest erklärt das, warum du auf keine *E.M.I.L.*[2]-Nachrichten antwortest.«

»Ich verstecke mich nicht.« Wie um meine Aussage zu unterstreichen, pustete ich mir eine lästige Strähne aus der Stirn.

»Dann kannst du ja auch runterklettern und uns verraten, wie genau es zu diesem Artikel gekommen ist. Aus meinem Bruder kriege ich nämlich nichts raus.« Ida verschränkte die Arme vor der Brust und tippte mit dem Fuß auf den Boden, als wäre sie eine wartende Comicfigur.

»Ida!« Tadelnd stieß Leni sie an und schenkte mir dann ihr leuchtendes Leni-Lächeln. »Wir machen uns einfach Sorgen, Lou. Du musst uns natürlich nichts erzählen.«

»Schön wäre es aber schon«, brummelte Ida, lockerte jedoch ihre Haltung.

Seufzend gab ich mich geschlagen und stieg, ermutigt durch einen Große-Schwestern-Blick von Charlie, über die Leiter vom Dach. »Ich weiß nicht, was ihr hören wollt.«

Leni legte mir eine Hand an den Arm und suchte meinen Blick. »Das, was du zu teilen bereit bist, Lou.«

Eine gute Stunde später waren vier heiße Schokoladen vernichtet und die Mädels im Bilde. Über den Streit mit Kai, meine Sorgen um Charlie und die Pension, alles. Sofern man das bei den vielen Ungereimtheiten, die es gab, überhaupt so nennen konnte.

Seufzend stellte ich meine Tasse ab, die ich in den letzten Minuten gedankenverloren in den Fingern gedreht hatte. »Jedenfalls kann ich es mir nicht erklären. Ich habe nie Bilder rausgegeben oder irgendwem geschickt. Die Anfrage von *TravelMood* habe ich direkt gelöscht und ihre restlichen Mails sind direkt im SPAM-Ordner gelandet. Und ich kann mich auch nicht daran erinnern, dass jemand an meinem Handy gewesen wäre. Das alles ergibt keinen Sinn.«

»Bist du dir sicher? Und du hast dein Handy nie unbeaufsichtigt gelassen?«, hakte Leni nach und zog die Unterlippe zwischen die Zähne.

Ich schüttelte den Kopf. »Nein, das hüte ich wie eine Glucke ihr Ei.«

Elisa schenkte mir ein trauriges Lächeln. Dann blitzte etwas in ihren Augen auf. »Was ist mit deiner Cloud? Du speicherst deine Fotos da, oder?« Ich nickte langsam. »Kennt vielleicht jemand dein Passwort?«

»Langsam wird es gruselig«, murmelte ich. »Aber nein. Und es ist auch kein Passwort wie *Passwort* oder *1234567*. Absolut safe.«

Ida legte die Stirn in Falten und streckte mir dann auffordernd ihre Hand hin. »Zeig mal.«

»Hm?«

»Dein Telefon. Keine Sorge, ich schaue mir schon keine Nacktbilder von Kai an, das habe ich schon oft genug in echt gesehen.«

»Ida!«, rügte Leni, während Elisa leise lachte und ich knallrot wurde.

»Ich habe keine –«, setzte ich an, verstummte jedoch, weil es ohnehin keinen Sinn gehabt hätte. Stattdessen verfolgte ich, wie sich Ida konzentriert durch mein Smartphone klickte und sich die Falten auf ihrer Stirn dabei merklich vertieften.

»Auf die Gefahr hin, dass das jetzt eine dumme Frage ist, aber wonach suchst du, Ida?« Neugierig beugte sich Elisa weiter nach vorne, um zu erkennen, was Ida da tat.

»Spuren. Dieses Semester ist Informatik als Teil des Grundstudiums dabei und meine Professorin …« In der nächsten Sekunde fasste mich Ida ins Auge. »Hast du in der letzten Zeit irgendwo ein neues Passwort angeben müssen? Oder auf irgendwelche Links geklickt?«

Irritiert wollte ich verneinen, als mir der Abend in Flensburg in den Sinn kam. Diese Pauschalreisen-Werbung, die so wenig zu mir passte, dass ich direkt auf *Nein danke* geklickt hatte. Aber das konnte nicht der Auslöser gewesen sein, oder?

»Du wärst überrascht. Leider reicht ein einziger Klick, um sich einen Parasiten ins Haus zu holen«, sagte Ida mit unheilvoller Stimme, als ich von der Werbemail erzählt hatte. Mir wurde übel.

Leni schüttelte fassungslos den Kopf. »Dann war es ein Hack? Irgendjemand hat sich in Lous Cloud gehackt und die Bilder an dieses Magazin verkauft? Und die haben da mitgemacht, weil sie nach deiner Funkstille so verzweifelt waren, dass sie auf solche Mittel zurückgegriffen haben?«

Einen finsteren Ausdruck auf den Zügen gab mir Ida das Handy zurück und sah uns der Reihe nach an. »Ich kann es nicht hundertprozentig sagen, aber das ist auf jeden Fall eine mögliche Erklärung.«

Kapitel 38

NICHTS GELERNT

Kai

Mein Handy blinkte ununterbrochen auf, während ich schlecht gelaunt mitten in der Nacht an meinem Schreibtisch vor dem aufgeklappten Laptop saß und mit einer noch viel schlechter gelaunten Claire telefonierte. Und obwohl ich wusste, von wem die Nachrichten waren, obwohl absolut nichts dafürsprach, sich noch weiter zu malträtieren, las ich sie, während die Stimme meiner Content Managerin zu einem Rauschen im Hintergrund wurde.

Lou
Können wir noch mal reden?

Und ja, ich weiß, wie dämlich diese Frage klingt. Aber ich meine sie ernst, Kai. Ich meine das mit uns ernst.

Nächster Klischee-Satz, ich weiß, aber es gibt wirklich eine Erklärung.

Ich würde dein Vertrauen nie missbrauchen.

Und ich habe dein Vertrauen nicht missbraucht.

Bitte lass uns sprechen. Oder schreiben. Wie du möchtest. Nur bitte sperr mich nicht aus, Kai.

Du fehlst mir nämlich sehr.

Ich wollte es nicht hören. Ich wollte keine Entschuldigungen, ich wollte keine fadenscheinigen Erklärungen. Ich wollte –

»Kai? Bist du noch dran?« Claires Stimme war wie ein Eimer eiskaltes Wasser, der mich zuverlässig zurück in mein Appartement in München holte. Dorthin, wo ich nach dem Unfall in Bolivien gestrandet war. Dorthin, wo ich nun wieder saß. Wieder mit einem Haufen Scheiße im Nacken.

Und so verdammt müde von alldem. Keine Ahnung, wie spät es mittlerweile war, ob der beschissene Tag endlich zu Ende oder die Zeit einfach stehen geblieben war. *Ist auch egal.*

Ich fluchte unterdrückt und fuhr mir über das Gesicht. »Ja, ich höre dir zu.«

»Ich tue einfach mal so, als würde das der Wahrheit entsprechen, Hansen, und ich meine Frage nur aus Gewohnheit noch mal wiederhole. Bist du dir sicher, dass du das Angebot in New York annehmen möchtest?«

Nein. Nein, ich will keine Kooperation in New York annehmen. Nein, ich will nicht wieder in diesen Strudel geraten, aus dem mich Bolivien so schmerzhaft gerissen hat. Nein, ich möchte nicht zurück auf die große Bühne. Nicht ohne Lou. Aber das sprach ich nicht aus. Natürlich nicht, weil diese Stimme viel zu leise war, um den blinden Schmerz zu übertönen, der mich eine miese Entscheidung nach der anderen treffen ließ.

»Ja«, sagte ich also und starrte so lange auf den Bildschirm, auf dem der Skype-Anruf lief, bis alles vor meinen Augen verschwamm. Glücklicherweise hatte Claire bei ihrem Notfall-Anruf auf das Video dazu verzichtet. Es waren die kleinen Dinge, nicht wahr?

Claire seufzte tief. »Kai, du weißt, ich bin sonst immer für neue Aufträge zu haben und *The North Face* ist eine große Sache, aber nach diesem Ende mit –«

»Können wir bitte nicht darüber sprechen?«, fiel ich ihr ins Wort und biss die Zähne zusammen.

Natürlich ließ sie sich nicht davon beeindrucken. »Irgendwann wirst du darüber sprechen müssen. Was auch immer passiert ist, ihr habt alle in der Luft hängen lassen. Das kann nicht so bleiben, Kai. Wir müssen zu dem Ende der Reise und vor allen Dingen dem Artikel Stellung nehmen, bevor es hässlich wird.«

Ist es das nicht schon geworden?

»Buch mir einfach den nächsten Flug nach New York, Claire.«

»Kai.«

»Bitte.« Dieses eine Wort schaffte es, meine Stimme beinahe brechen zu lassen.

Wieder seufzte Claire, dann meinte sie: »In Ordnung. Ich kümmere mich um alles. Aber bitte geh in dich und überlege dir, wie wir das regeln sollen. Es gibt schon jetzt genügend Spekulationen und Gerüchte. Eure Follower verdienen eine Erklärung, warum ihr die Tour abgebrochen habt. Irgendetwas müssen wir ihnen liefern. Ansonsten kann ich auch mit Lou –«

Ihr Name war wie ein Blitz, der schmerzhaft durch mich hindurchfuhr. »Nein. Ich lasse mir etwas einfallen. Morgen.«

»Gut. Wenn du Hilfe brauchst, gib mir Bescheid. Du bist nicht allein in diesem Business, okay?«

Wie falsch du doch liegst. Gerade bin ich ziemlich verdammt allein.

Als ich nichts erwiderte, fuhr Claire ungerührt fort. »Ich mache die Unterlagen für deine Reise fertig und spreche mit *The North Face* die Details ab. Das Briefing schicke ich dir, sobald ich alles zusammengetragen habe.«

»Danke«, erwiderte ich tonlos.

»Wir müssen nur noch klären, was wir mit deinem Kontrolltermin im Krankenhaus machen, der sich durch eure Tour verschoben hat. Schließlich sollte der Gips ja letzte Woche schon runter.«

Missmutig schaute ich auf meinen mittlerweile ziemlich mitgenommenen Gips. »Wäre das in New York nicht möglich?« Vermutlich klang ich wie ein verzogener Bengel, aber im Augenblick wollte ich einfach nur weg.

Weglaufen, so wie immer.

Claire zögerte, dann hörte ich sie ausatmen. »Ich sehe, was sich machen lässt.«

»Danke«, sagte ich wieder. »Ich gehe so lange schon mal packen.« *Wie ironisch, nachdem du deinen Rucksack doch noch nicht einmal ausgepackt hast.*

»Vielleicht solltest du dich eher etwas hinlegen, Kai. Schlafen. New York rennt dir nicht weg.«

Vermutlich hätte ich gerade nicht mal mit einer geballten Mischung aus Baldrian und Lavendel einschlafen können. Ich war müde, ja, aber nicht auf diese Art und Weise. Trotzdem widersprach ich Claire nicht, sondern bedankte mich nur ein weiteres Mal und klappte kurz darauf den Laptop zu. Damit verschwand die letzte Lichtquelle und machte der

Finsternis Platz, die jahrelang mein Begleiter gewesen war. Manches änderte sich eben nie, ganz gleich, wohin man ging, was passierte, wen man traf … und wieder verlor. Die Dunkelheit blieb stets die gleiche.

Wie verflucht poetisch ich doch war.

Mein Arm fühlte sich wie Pudding an, ein wenig wie ein Fremdkörper und gleichzeitig überempfindlich, jetzt, da der dämliche Gips endlich Geschichte war. Entgegen meiner Bitte hatte mich Claire doch dazu verdonnert, das vor dem Abflug hinter mich zu bringen. Der Doc hatte mir nach ein paar Untersuchungen grünes Licht gegeben, alles war vorbildlich verheilt und in ein paar Monaten wäre der Arm wieder voll einsatzfähig – vorausgesetzt, ich würde es ruhig angehen lassen und mich um einen gleichmäßigen Aufbau der Muskeln kümmern. Eigentlich hätte ich verdammt glücklich darüber sein müssen und trotzdem war mir kotzübel, als ich nach meinen Untersuchungen an der Tür zu Henris Zimmer in der Reha klopfte. Weil ich komplett neben mir stand. Weil ich mit den Gedanken irgendwo zwischen dem Streit mit Lou und meinem Flug nach New York in vier Stunden war. Und weil ich die gesamte ohnehin kurze Nacht damit zugebracht hatte, die Fotos unserer Tour wieder und wieder anzuschauen. *Oh Mann.*

Kopfschüttelnd fuhr ich mir über den Nacken und öffnete nach Henris »Herein« die Tür. Mein Freund hockte im Rollstuhl an einem ovalen Tisch und hatte sich über ein Wirrwarr aus Drohne, Kameras, Laptop und dem stattlichen Kabelsalat gebeugt.

»Alter, da bist du ja endlich!«, begrüßte er mich mit einem schiefen Grinsen und breitete die Arme aus. »Lass dich drücken.«

Schmunzelnd schüttelte ich den Kopf über seine unverbesserliche Art und umarmte ihn, ehe ich mich auf den Stuhl neben ihm setzte. »Freut mich auch, Henri. Du siehst gut aus.«

»Und du ziemlich beschissen.« Er klappte den Laptop zu und warf mir dann einen ungewohnt ernsten Blick zu. »Okay, wie hast du es verbockt?«

»Ich?«

»Ja, du, Kai Hansen.«

»Wie kommst du darauf, dass ich Mist gebaut habe? Du hast den Artikel doch gelesen. Die Bilder gesehen.«

»Das habe ich.« Er zuckte mit einer Schulter, ließ mich jedoch nicht aus den Augen. Langsam, aber sicher ging er mir damit auf die Nerven. »Und nichts davon passt zu Lou.«

»Was soll das denn heißen?«

»Genau das: Es passt nicht zusammen. Hast du ihr überhaupt die Chance gegeben, etwas zu erklären? Oder hast du sie direkt zum Teufel geschickt und es damit – so schließt sich der Kreis – verbockt?« Seine hellen Augen wurden schmaler. »Letzteres, richtig? Du hast die oberste Regel in den Wind geschossen und dichtgemacht.«

»Da gibt es nichts zu erklären, Henri. Das sind nur Ausreden, so wie bei … wie bei Sylvia.« Ich hasste es, dass meine Stimme unwillkürlich rauer wurde, dass mein Herz schneller schlug und so verflucht wehtat. Dabei sollte ich doch einfach nur wütend sein. Wütend auf Lou. Wütend auf mich, weil ich auf sie reingefallen war.

Henris fast weiße Brauen zuckten nach oben. »Haben wir

denselben Film gesehen? Lou und dieses Püppchen sind so verschieden wie Tag und Nacht.«

»Du kennst Lou doch überhaupt nicht.«

»Mag sein«, erwiderte Henri und drehte den Rollstuhl so, dass wir einander direkt gegenübersaßen. »Aber ich kenne dich mittlerweile ziemlich gut und ich habe gesehen, wie du mit Lou warst. Das war vollkommen anders als mit Sylvia. Mit Lou hast du dich fallen lassen. Bei Sylvia war dagegen immer eine gewisse Distanz. Und du hättest dich Lou nicht derartig geöffnet, wenn du nicht tief in dir drin wüsstest, dass sie eine von den Guten ist.«

Ich schnaubte nur und schaute zur Seite. »Anscheinend habe ich mich geirrt.«

»Nein, du hast aufgegeben, als es kompliziert geworden ist. Statt in Ruhe mit ihr zu sprechen, hast du von Sylvia auf Lou geschlossen.«

Diese Worte waren pure Säure. Vermutlich, weil Henri damit den Finger in die Wunde legte. Sylvia war wie eine Narbe, die nie ganz verheilt war. Sich über die Zeit immer weiter entzündet hatte, brannte und alles in Schutt und Asche legte.

»Es war bescheuert, ihr zu vertrauen«, meinte ich schließlich leise und strich mir abwesend über den frisch vom Gips befreiten Arm. Das Gefühl verursachte mir eine Gänsehaut.

»Nein, Kai. Es war bescheuert zu gehen. Lou ist das Beste, was dir in den letzten Jahren passiert ist.«

»Das Beste?«, stieß ich zwischen zusammengebissenen Zähnen hervor. »Was an dieser Situation ist erstrebenswert?«

»Ohne Lou würdest du immer noch in deinem einsamen Schneckenhaus vor dich hin vegetieren.«

»Was soll das, Henri?«

»Ich versuche nur, dir die Augen für das zu öffnen, was du gerade leichtfertig wegwirfst, Mann. Du bist jahrelang von einem Ort zum nächsten gerast, hast nie angehalten. Und ja, das war eine geile Zeit, aber wir wissen beide, dass du insgeheim davongerannt bist. Vor deinen eigenen Dämonen oder was auch immer dich so getrieben hat. Lou hat dich geerdet, Kai. Du warst wieder auf Sylt, du hast dich mit deinen Eltern ausgesprochen und aufgehört, so ein … selbstgefälliger, arroganter Arsch zu sein.«

Ich riss die Augen auf und öffnete den Mund zu einer Erwiderung, doch Henri ließ mich nicht zu Wort kommen.

»Irgendwie hat sie dich aus deiner Komfortzone aus Rastlosigkeit gezogen. Mir ein Rätsel, wie sie das geschafft hat, aber du solltest ihr dafür danken, Kai. Denn ich habe keine Ahnung, wohin dich das alles sonst noch geführt hätte. Und allein deshalb bist du es ihr schuldig, ihr zumindest zuzuhören. Aber du?« Ein freudloses Lächeln legte sich auf seine Lippen. »Du machst genau dort weiter, wo du aufgehört hast. Sperrst die Welt aus. Verschwindest direkt zum nächsten großen Ding, weil du immer noch glaubst, weglaufen wäre leichter, als sich deinen Problemen zu stellen, Kai. Du hast nichts gelernt.«

Ein paar Sekunden lang starrte ich ihn nur schweigend an, während seine Worte wie Kanonenschüsse in mir widerhallten. »Wie soll ich ihr vertrauen, Henri?«, fragte ich dann so leise, dass es beinahe im Donnern meines Pulses unterging. »Wie soll ich ihr vertrauen, wenn ich das Gefühl habe, nicht mehr zu wissen, was das eigentlich bedeutet?«

»Darf ich dir einen Rat geben?«

»Tust du das nicht schon die ganze Zeit ungefragt?«

Henri hatte die Nerven, mir zuzuzwinkern, dennoch blieb

eine Spur dieser ungewohnten Ernsthaftigkeit in seinen hellblauen Augen zurück. »Beste Freunde sind dafür da, einander den Kopf zurechtzurücken. Auch wenn es sich scheiße anfühlt.« Ich schnitt eine Grimasse, was ihn jedoch nicht davon abhielt weiterzusprechen. »Steig nicht in dieses Flugzeug nach New York, sondern setz dich in den nächsten Zug nach Sylt und klär die Sache. Für dich und für Lou.«

Meine Brust wurde eng, meine Hände feucht und mein Herzschlag beschleunigte sich, als würde ich plötzlich über einem Abgrund hängen, ohne Netz, ohne Seil. Unzählige widersprüchliche Emotionen kochten in mir hoch und sorgten dafür, dass sich mir der Magen umdrehte. Der Teil von mir, der sich in dieser Nacht in gemeinsamen Bildern von Lou und mir verloren hatte, drängte mich, Henris Rat zu folgen. Doch der andere – der, der mich mit der Vergangenheit überschüttete, mich vor einer Wiederholung und den möglichen Konsequenzen warnte – war lauter.

Resigniert schloss ich die Augen und schüttelte den Kopf. »Mein Flug geht in wenigen Stunden. Das ist zu kurzfristig und wir haben schon alles mit *The North Face* abgesprochen. Ich … ich brauche etwas Zeit. Abstand.«

Henri atmete hörbar aus. »Dann hoffe ich, dass du da drüben findest, wonach du suchst.«

Knapp vier Stunden später saß ich in der ersten Klasse eines A380 und wartete darauf, dass wir endlich auf das Rollfeld fuhren. Mehrere Nachrichten von Claire prangten auf dem Display meines Handys. Informationen über die bevorstehende Kooperation, weitergeleitete Mails und die Erinnerung, mir etwas hinsichtlich meiner *Fans* einfallen zu lassen. Andernfalls würde Claire die Sache *regeln* – ihre Formulierung, nicht meine.

Stöhnend rutschte ich tiefer in den Sitz und öffnete Instagram, wo mich sofort eine Flut aus DMs, Markierungen, Likes und neuen Followern begrüßte. Allein von den vielen roten Icons wurde mir schon schwindelig, trotzdem klickte ich auf das Herzchensymbol und überflog die Benachrichtigungen. Die meisten Kommentare, die in den vergangenen Stunden dazugekommen waren, drehten sich um den Artikel und die Sendepause von Lou und mir. Anscheinend hatte Lou bisher genauso wenig eine Erklärung für das Reise-Aus gegeben wie ich.

Bring es einfach hinter dich, liefere ihnen irgendetwas. Danach hast du mindestens neun Stunden Ruhe in zehntausend Metern Höhe.

Kurzerhand fotografierte ich das Fenster als Rahmen mit Blick nach draußen auf das Terminal 2 des Münchner Flughafens, hinter dem sich ziemlich instagramable der Sonnenuntergang ankündigte. Zuschneiden, Filter drüber, dazu eine schwammige Caption, hochladen und fertig. Dann schaltete ich das Handy aus, um endlich wegzukommen. Von der virtuellen Welt, von Lou, von allem.

Ich mache das Richtige.

Ich schloss die Augen.

Nein, du machst genau da weiter, wo du aufgehört hast. Du hast nichts gelernt.

Kapitel 39

KLARTEXT SCHREIBEN

Lou

Hey, Leute ✌️! Ich hoffe, ihr nehmt es mir nicht übel, dass es in den letzten Tagen ruhiger war. Lou und ich mussten unsere Tour leider aus persönlichen Gründen abbrechen. Einer davon führt mich übrigens gerade auf direktem Weg nach NYC 🗽 Bin ziemlich gespannt auf alles, was kommt. Also as always: #staytuned! #yolosolo #offtonewthings #chasingkaihansen.

♡ ◯ ▽

Elisa schnaubte und ließ ihr Handy sinken. »Ist das sein Ernst? *Hashtag yolosolo?*«

Ratlos zuckte ich mit den Schultern und ließ den Blick durch den atemberaubenden Spa-Bereich des *Meeresrauschens* gleiten, in den uns Leni dank ihrer Beziehung zu einem gewissen Hotelmanager gebracht hatte. An diesem Freitagmorgen war so gut wie nichts in dem weitläufigen Areal los, abgesehen von ein paar älteren Damen mit Champagnerflöten in der Hand. Leni, Ida, Elisa und ich hatten es uns im Liegebereich nahe des größten Pools der Wellnessoase gemütlich gemacht, die so ziemlich alles zu bieten hatte, was das Relax-Herz höherschlagen ließ: mehrere Becken, einen künstlichen Wasserfall und dazwischen exotische Palmen und heimische

Gräser. Halbhohe Natursteinmauern teilten die offene Fläche des Spas in kleinere Bereiche ein, sodass der Eindruck von Privatsphäre entstand. Mitten in dem größten Pool erhob sich eine Wasserbar, die mit Smoothies, Säften und Drinks aufwartete.

Einer der Drinks wäre mir gerade sehr gelegen gekommen. Mittlerweile konnte ich den Wortlaut des Posts, den Kai gestern am frühen Abend hochgeladen hatte, nämlich auswendig und trotzdem schmerzte jede einzelne Silbe noch genauso wie beim ersten Lesen. Seufzend lehnte ich mich weiter in meiner Liege zurück.

»Steck das Handy lieber weg, Ellie-Bellie«, meinte Leni mit gedämpfter Stimme und griff nach ihrem Smoothie. »Die sind hier nicht so gern gesehen.«

»Außerdem hatten wir uns doch darauf geeinigt, meinen Bruder draußen zu lassen, als wir uns in dieses Paradies begeben haben. Eine Pause von Kai. Für Lou und für uns.«

Wie auf Knopfdruck richteten sich wieder alle Blicke auf mich. Nachdem wir vorgestern gleichermaßen von dem Hack, der vermutlich an dieser ganzen vermaledeiten Situation die Schuld trug, überrollt worden waren, hatten die Mädels prompt einen Spa-Vormittag organisiert. Ich liebte sie dafür, gleichzeitig befürchtete ich jedoch, dass heißes Wasser und Saunen nichts an den Gewitterwolken in meinen Gedanken ändern würden. Oder an dem Stechen in meiner Brust.

»Ich finde nicht, dass wir das Kai-Thema aussperren sollten«, hielt Elisa dagegen. »Lou ist unglücklich und deinen Worten nach zu urteilen, Ida, geht es deinem Bruder auch nicht besser. Ist es da nicht so etwas wie unsere Pflicht einzugreifen?«

»Willst du Amor bei Lou und Kai spielen?«

»Leute«, fuhr ich dazwischen und bemerkte erst, als sich die Goldies zu uns umdrehten, dass meine Stimme unwillkürlich ein paar Nuancen lauter geworden war. »Ich sitze direkt neben euch. Und auch wenn es wirklich lieb ist, dass ihr helfen wollt … Kai ist in New York. Mit einem ganzen Weltmeer zwischen uns. Er hat auf keine meiner Nachrichten reagiert. Den Screenshot der Phishing-Mail und die Erklärung zu dem Hack, die ich ihm gestern noch geschickt habe, hat er nicht einmal geöffnet. Seine Message ist angekommen, klar und deutlich. Er hat das zwischen uns abgehakt.«

Leni legte mir mitfühlend eine Hand auf den Arm. »Das alles ist doch nur ein riesengroßes Missverständnis. Möchtest du nicht, dass es sich klärt?«

»Doch, aber dazu gehören immer zwei und Kai liegt anscheinend nicht so viel daran, diesen Mist aus der Welt zu schaffen. Sonst hätte er längst auf meine Nachrichten geantwortet. Oder etwas Geschmackvolleres als *#yolosolo* gepostet.« Bitterkeit färbte meine Worte. Bitterkeit und mein kleines gebrochenes Herz, das immer noch nicht verstand, wie wir an diesen Punkt gelangt waren.

»Eigentlich bin ich die Letzte, die meinen Bruder in Schutz nimmt, aber ich glaube, sein Verhalten und die Flucht in den Big Apple sind im Endeffekt nichts anderes als ein Ergebnis der alten Angst, die sein Gehirn ausgeschaltet hat. Du hast uns ja von Sylvia und dem ganzen Mist erzählt. Klar, dieses Mal war es anders, doch offensichtlich sind bei ihm die Alarmglocken losgegangen. Vielleicht müssen wir ihm einfach zeigen, dass er sich geirrt hat, dass er sich bei dir nicht fürchten muss«, sagte Ida erstaunlich verständnisvoll und rutschte in den Schneidersitz. »Zumal ihm wahrscheinlich ohnehin gerade die Ohren klingeln, nachdem die Community ihn als den Bösen hinstellt.«

Ich verschluckte mich prompt an meinem Smoothie. »Bitte was?«

Elisa und Ida tauschten einen schnellen Blick. »Hast du die Kommentare unter seinem Beitrag nicht gelesen?«

»Ich komme nicht mehr mit.« Kapitulierend hob Leni die Hände. Anscheinend hatte sie genauso wenig Ahnung wie ich.

»Die Leute auf Insta denken, dass Kai dich abserviert hat, um den Deal in New York anzunehmen. Dass seine ganze Wandlung nach dem Unfall nur eine miese Show gewesen ist. Nicht mal Kais Stellungnahme in der Story, dass ihr euch einvernehmlich getrennt habt, hat etwas geändert. Es gibt sogar einen Hashtag: *LouPort.*« Ida rümpfte die Nase bei dieser schrägen Mischung aus meinem Namen und *Support.*

Ich öffnete und schloss den Mund ein paarmal, dann richtete ich mich ein Stück auf. »Aber so ist das doch gar nicht gewesen. Hätte ich nicht auf den Link geklickt –«

»A-a-a! Keiner von euch beiden ist in irgendeiner Art und Weise schuld. Wenn überhaupt, hat *TravelMood* Dreck am Stecken. Wie schäbig muss man sein, um Journalisten zu engagieren, die auf Phishing zurückgreifen?« Ida wirkte, als wäre sie kurz davor, mitten im Spa-Bereich zu explodieren.

»Vielleicht solltest du das den Leuten genauso sagen, Lou«, schlug Elisa vor und hob vielsagend ihr Smartphone.

Frustriert schüttelte ich den Kopf. Trotz der Worte meiner Freundinnen hatte ich das Gefühl, schuld an dem Leak zu sein. Weil ich bei der Mail nicht genauer hingesehen hatte. »Ihr habt recht. Ich muss das in Ordnung bringen«, murmelte ich. »Wenn er das mit uns als beendet sieht, ist das eine Sache, aber das hier ist ein No-Go.« Mein gebrochenes Herz ging schließlich nur Kai und mich etwas an. Niemand sollte aus dieser unschönen Situation eine noch viel unschönere Schlammschlacht machen. Und dann auch noch in meinem Namen.

Ida nickte zustimmend, Elisa schenkte mir ein kämpferisches Lächeln und in Lenis Augen erschien wieder ihr helles Leni-Leuchten. Ein bisschen kam es mir so vor, als hätten die drei das hier geplant – was vielleicht sogar so war.

Schließlich griff Leni nach meiner Hand und drückte sie. »Wir werden ihnen alles über den Hack und *TravelMood* erzählen. Und ich bin mir sicher, dass sie dir zuhören werden. Die Community und vor allen Dingen Kai.«

Ich hoffe es. Ich erwiderte den Händedruck und hob einen Mundwinkel. *Ich hoffe es wirklich.*

Ich dachte immer noch über die effektivsten Möglichkeiten nach, *TravelMood* auffliegen zu lassen, als der Zug aus Hamburg mit leichter Verspätung einfuhr. Beinahe hätte ich meine Verabredung über den ganzen Trubel und meinen Liebeskummer vergessen, dabei konnte ich es kaum erwarten, meine beste Freundin seit Kindheitstagen wiederzusehen. Entschlossen riss ich mich zumindest für den Augenblick von dem allgegenwärtigen Chaos los und konzentrierte mich auf Neela, die in diesem Moment mit Rollkoffer und marineblauem Kopftuch auf mich zugestürmt kam.

»Lou!«

»Du bist hier!«

»Ich bin wirklich hier!«

Wir fielen einander um den Hals und sprangen auf und ab, wobei wir mühelos die gesamte Aufmerksamkeit des Bahnhofs von Westerland auf uns zogen. Sei's drum.

Kopfschüttelnd schob mich Neela ein Stück von sich und grinste breit. »Das war eine verdammt lange Fahrt. Aber allein die Strecke über den Hindenburgdamm war schon großartig. Ich kann gar nicht glauben, dass ich jetzt auf Sylt bin. Bei dir! Du musst mir unbedingt alles zeigen. Und alles erzählen«, fügte sie mit einem bedeutungsschwangeren Blick hinzu und zog ihren Koffer wieder zu sich heran.

»Das werde ich«, versprach ich und verschränkte meine Finger mit ihrer freien Hand, wie wir es schon so oft getan hatten. »Was hältst du davon, wenn wir kurz in der Pension vorbeischauen und danach einen Strandspaziergang machen? Dann kann ich dich auf den neusten Stand bringen.«

Neela zwinkerte mir mit leuchtenden braunen Augen zu. »Du hattest mich schon bei Strand.«

»Ich mag, wie die Mädels denken. Ich kann es kaum erwarten, sie kennenzulernen«, bemerkte Neela etwas später an diesem Tag, als wir vom Strand über die Dünenüberführung zurück in Richtung *Bernsteinglühen* liefen. In den vergangenen Stunden hatte ich meiner besten Freundin während des versprochenen Strandspaziergangs alles über das Kai-Chaos erzählt. »Obwohl ich mich ja für einen dramatischen Auftritt eingesetzt hätte. Ein spontaner Trip nach New York, einfach vor Kais Tür auftauchen und ihn zur Rede stellen.«

»Warum wundert mich das nicht?« Ich stupste sie im

Gehen mit der Schulter an. »Aber es hätte nichts geändert. Solange die Wahrheit nicht auf dem Tisch liegt, steht *Travel-Mood* nach wie vor zwischen uns. Außerdem … ist es an Kai, den ersten Schritt zu machen. Wenn ich ausgepackt habe, meine ich. Schließlich hat er einen Ozean zwischen uns gebracht.«

Neela blieb abrupt auf dem höchsten Punkt des Dünenwegs stehen. »Wer bist du und was hast du mit meiner impulsiven Milou gemacht, die immer sofort kopfüber losstürmt, ohne nachzudenken?«

Schmunzelnd zog ich sie weiter. »Ich habe in den vergangenen Wochen auch das ein oder andere gelernt.«

»Das sehe ich. Kai ist dir wirklich wichtig, hm?«

Ich nickte langsam. »Es klingt wie in einem kitschigen Roman, aber … ich fühle mich ohne ihn an meiner Seite einfach, als würde etwas Entscheidendes fehlen.«

»Das ist kein Kitsch, sondern Liebe.« Neela schloss so nah zu mir auf, dass sich unsere Arme während des Laufens berührten, und zupfte ihr Kopftuch zurecht. Gegen den Sylter Wind hatte der feine Stoff kaum eine Chance.

»Ein ziemlich beängstigendes Gefühl.«

»Gut beängstigend?« Ich nickte wieder und Neela lächelte. »Dann kann nichts mehr schiefgehen, vertrau mir. Also, was genau hast du vor, Lou?«

Ich öffnete den Mund, um zu einer Antwort anzusetzen, als sich die Tür der Pension öffnete und meine Schwester herausstürmte. Dicht gefolgt von Jule, die nicht weniger aufgebracht wirkte.

Nein, nicht aufgebracht. Aufgeregt. Im positiven Sinne.

»Lou! Lou, du glaubst nicht, was passiert ist!«, rief Charlie, nur eine Sekunde bevor sie mich an den Schultern packte und herumwirbelte. Davon konnte einem regelrecht schwindelig werden. »Wir haben es! Nein, Jule hat es.«

»Wow, ganz langsam, was ist hier los?«

»Wir haben die Lösung, Lou«, präzisierte Jule und stellte sich neben Charlie. Es tat gut, die beiden wieder zusammen zu sehen. Charlie und Jule gehörten einfach zusammen.

So wie du und Kai?

Resolut schob ich meinen Liebeskummer für den Moment zur Seite, hier ging es schließlich um meine Schwester. Also sah ich zwischen den beiden hin und her, während sich ihre Aufregung wie von selbst auf mich übertrug. »Die Lösung für die Pension?«

»Ja, auch wenn ich es immer noch nicht ganz fassen kann«, gab Charlie so schnell zurück, dass sie beinahe über die Silben stolperte.

»Dito. Ich bin auch fast vom Hocker gefallen, als die Mail von Noel gekommen ist.« Jule legte ihrer Freundin einen Arm um die Schultern und hauchte ihr einen Kuss auf die Wange.

Immer noch irritiert, sah ich zwischen den beiden hin und her. »Könnt ihr mir bitte mal erklären, was genau hier gerade passiert? Was hat Noel damit zu tun?«

»Oh, was würde ich jetzt für das Popcorn meiner Schwester geben. Das ist ja spannender als jede Soap«, warf Neela ein und wirkte dabei, als würde nicht mehr viel fehlen und sie wäre auf der Stelle auf und ab gesprungen.

»Leni hat Raffael nach eurem Gespräch am Mittwoch von der Pension erzählt. Dass du dir Sorgen ums *Bernsteinglühen* machst, Lou.« Charlie strich sich über den Arm, während Jule an ihrer Stelle fortfuhr: »Und das hat ihn nicht mehr losgelassen. Daraufhin haben sich Raffael und Noel hingesetzt und die Köpfe zusammengesteckt und vorhin … kam dann alles schriftlich per Mail. Schwarz auf weiß.«

»Und du bist damit direkt in das Gespräch mit meinen Eltern geplatzt.«

»Moment, stopp.« Stirnrunzelnd hob ich die Hände und schüttelte den Kopf. Keine Ahnung, was mich im Augenblick mehr durcheinanderbrachte: dass Charlie unsere Eltern erwähnte oder dass Leni meine Sorgen so sehr beschäftigt hatten, dass sie mit Rafe darüber gesprochen hatte. Vermutlich Ersteres, denn dass Leni ein viel zu großes, viel zu mitfühlendes Herz besaß, war kein Geheimnis. »Wie passen da jetzt noch Mama und Papa rein?«

»In die Lösung an sich gar nicht, aber sie haben heute angerufen, als du mit Neela unterwegs warst. Ich glaube, sie wollten eigentlich dich anrufen, aber dann hatten sie mich in der Leitung und, na ja, irgendwie haben wir das erste Mal wieder so richtig gesprochen. Auch wenn es ein wenig merkwürdig war … tat es gut.« Meine Schwester zuckte wie beiläufig mit den Achseln, als wäre das keine große Sache, dabei konnte ich sehen, wie viel ihr das bedeutete. Und das wiederum bedeutete mir die Welt.

Wortlos nahm ich ihre Hände und drückte sie.

»Und besagte Lösung?«, wandte sich Neela an Jule. »Verkauft ihr an das Hotel?«

»Viel besser«, meinte Jule nach einem kurzen Blick auf Charlie aufgeregt. »Wir verbinden die beiden Unterkünfte. Zwar sind das Hotel und die Pension nach wie vor eigenständig, aber sie werden auf einer Website aufgeführt, wo verschiedene Unterkunftstypen gebucht werden können. Außerdem gibt es für Pensionsgäste die Möglichkeit, Frühstück und Spa-Anwendungen im *Meeresrauschen* günstiger dazuzubuchen. Dadurch gewinnt das *Bernsteinglühen* an Aufmerksamkeit und Attraktivität und das *Meeresrauschen* erreicht so auch Gäste, die sich zwar gern verwöhnen lassen, aber ein familiäres Ambiente bevorzugen. Win-win also. Und bis wir wieder auf eigenen Beinen stehen, hält uns Raffael den Rücken frei. Ganz ohne Kredithai-Konditionen oder Almosen.«

Ich blinzelte ein paarmal, während sich wie von selbst ein breites Grinsen auf meinen Zügen ausbreitete. »Dann bleibt das *Bernsteinglühen*?«

»Wir müssen natürlich noch einige Details klären und Verträge aufsetzen, aber … ja«, antwortete Charlie mit einem verräterischen Schimmern in den Augen. »Ja, die Pension bleibt. Wir bleiben.«

Die letzte Silbe hatte kaum ihre Lippen verlassen, da hatte ich auch schon die Arme um sie geschlungen. »Das freut mich unglaublich, Charlie. Wirklich, von ganzem Herzen.«

»Danke, Lou-Lou.« Meine Schwester drückte mich nur noch fester an sich. »Danke, dass du hier bist, obwohl …«

Ich löste mich von ihr und winkte ab, während der Kloß in meinem Hals bereits wieder zu wachsen begann. »Schon gut, Charlie. Jetzt geht es nur um euch. Und das wunderschöne *Bernsteinglühen*.«

Neela, die zu spüren schien, welche Gewitterwolken sich in mir aufzutürmen drohten, trat näher an meine Seite und nickte. »Darauf sollten wir anstoßen.«

»Hervorragende Idee«, stimmte ihr Jule zu und deutete dann über ihre Schulter. »Irgendwo habe ich auch noch einen Sekt von meinem letzten Geburtstag rumstehen. Der ist ohnehin längst überfällig. Seid ihr dabei?«

Ich schob mein Lächeln zurück an die richtige Stelle und

machte mir eine gedankliche Notiz, Leni zu danken. Dafür, dass sie unsere Hexenzirkel-Regel gebrochen und mit Rafe gesprochen hatte. Dafür, dass ich diesen guten Moment hier erleben durfte. Es war schön zu sehen, dass sich manche Dinge doch zum Guten wenden konnten, egal, wie finster es zu Beginn ausgesehen haben mochte. Und andere … brauchten eben ein bisschen mehr. Ein bisschen mehr Worte, ein bisschen mehr Zeit und vor allen Dingen ein bisschen mehr Vertrauen.

Es war weit nach Mitternacht, als ich mich aus dem Bett stahl, in dem Neela leise schnarchend schlief, und auf die gepolsterte Fensterbank im Flur der Pension schlich. Trotz meines dicken karierten Flanellschlafanzugs fröstelte ich in der kühlen Luft und schlang mir kurzerhand eine Decke um die Beine, ehe ich mich auf die weichen Kissen setzte und den Laptop aufklappte. Bläuliches Licht tauchte den Flur in einen beinahe gespenstischen Schein, während das Holz des alten Häuschens leise knarzte. In der Ferne meinte ich, das leise Rauschen der Nordsee zu hören.

Nervös rutschte ich tiefer in das Polster und öffnete die Webanwendung von Instagram. Es war immer noch surreal zu sehen, wie groß die Zahlen auf meinem Profil geworden waren. Mittlerweile folgten mir fast 350.000 Menschen, die Likes und Storyviews waren in die Höhe geschossen und ich konnte mich vor Anfragen und Nachrichten kaum retten. Besonders jetzt, da die Travelbubble mich als Opfer des großen @chasingkaihansen betrachtete. *Oh Mann.* Am liebsten hätte ich jede DM einzeln beantwortet und erklärt, dass sie sich irrten. Dass das zwischen Kai und mir 1. nur ein Missverständnis war – so etwas passierte in Beziehungen – und sie 2. nichts anging. Doch das würde nichts ändern. Nichts davon würde irgendetwas ändern, denn damit konnte ich nicht die Person erreichen, auf die es für mich ankam. Der ich zeigen wollte, was mir unsere Zeit, was mir dieses kleine Wort *wir* bedeutete.

Mein Herz begann, ein wenig schneller zu schlagen, immer mit diesem leisen Stechen, das seit dem Streit nicht eine Sekunde verschwunden war. Keine Ahnung, ob das hier wirklich der richtige Weg war, aber ich wusste nicht, was ich sonst tun sollte. Also klickte ich auf das kleine Plus. *Neuer Beitrag.*

Aufmerksam scrollte ich mich durch die Fotos unserer gemeinsamen Tour, unzählige Momentaufnahmen, die nur für Kai und mich bestimmt gewesen waren und nun der Öffentlichkeit gehörten. Und auch wenn das die geteilten Erinnerungen nicht schmälerte, fühlte es sich so an, als wäre ihnen ein Teil ihrer Bedeutung genommen worden. Ohne dass man uns gefragt hatte. Ohne dass wir uns dagegen hatten wehren können. Und genau das wollte ich transportieren. Dieses Gefühl der Hilflosigkeit, der Schutzlosigkeit und den Schmerz, der darauf folgte. Ich wischte weiter durch die Bilder, bis ich den Schnappschuss fand, der mir als Erstes in den Sinn gekommen war. Für die Message, die ich weitergeben wollte, und die Gedanken, die ich loswerden musste.

Es war eine Porträtaufnahme von mir, die Kai in der Hamburger Speicherstadt gemacht hatte. Ich schaute in die Kamera, direkt zu ihm, hatte aber eine Hand halb vor dem Gesicht, verbarg einen Teil davon vor der Welt. Es zeigte nicht viel und drückte dennoch all das aus, was gesagt werden sollte. Denn Kai kannte die Geschichte hinter dem Bild und nur darauf kam es an.

Entschlossen wählte ich das Bild aus, übersprang die Filter und begann, die Caption zu tippen.

Wir haben in den vergangenen Tagen viele Momente mit euch geteilt. Euch zu Lives mitgenommen und in Reels durch unsere Tour geführt. Wir haben euch viel von *uns* gezeigt, aber immer nur das, was wir zu teilen bereit waren. Es war stets unsere Entscheidung, jeder Post, jede Story. Der Rest hat uns gehört. Nur Kai und mir. War privat. Bis jemand diese unsichtbare Grenze überschritten und uns die Wahl genommen hat. Bis sich jemand Zugang zu meinen persönlichen Fotos verschafft hat. Sie achtlos geteilt hat, als würde hinter den Bildern keine echte Geschichte stecken, kein echter Mensch. Etwas, das hier häufig vergessen wird, wie ich glaube.
Von anderen Bloggenden. Von Firmen und Marken. Von Magazinen. Und damit beziehe ich mich direkt auf den zuletzt erschienen Artikel eines ganz bestimmten Magazins.
TravelMood hat nicht nur ohne meine Zustimmung private Bilder veröffentlicht, sondern ihre Quelle hat sie auf illegale Weise erlangt und damit gleich mehrere Grenzen überschritten.
Ich denke, das solltet ihr wissen.

Kapitel 40

WECKRUF

Kai

Der Geruch von Kaffee hing schwer in der Luft, das Dröhnen der Vollautomaten hinter der langen Theke vermischte sich mit den vielen Stimmen und aus den Boxen drang leise der Song *Tom's Diner.* So gut wie jeder Platz des Cafés an der Ecke 6th Ave/58. war besetzt und ich beneidete alle um mich herum. Die Studierenden, die in ihren Unterhaltungen aufgingen, die Business-Leute mit ihren Tablets, sogar die ältere Dame, die seit knapp einer halben Stunde vor ihrer unberührten Tasse Earl Grey saß und in ein zerlesenes Taschenbuch vertieft war. Sie alle wussten, was sie taten, schienen, als wären sie genau da, wo sie hingehörten, während ich mir verloren vorkam. Und das nicht nur, weil der Stuhl vor mir, der eigentlich längst von der Content Managerin von *The North Face* besetzt sein sollte, immer noch leer war. Ich stand vollkommen neben mir, bereits seit Tagen, obwohl ich eigentlich in einem absoluten High schwimmen sollte. Die Kooperation lief super, hier juckte der Klatsch von *Travel-Mood* niemanden und die Marke war an einer langfristigen Zusammenarbeit interessiert. Ich wohnte im *Plaza* mit Blick auf den Central Park und musste wortwörtlich nur fragen, wenn mir nach irgendetwas der Sinn stand. Und dennoch schlief ich kaum, bekam so gut wie nichts von dem exklusiven Essen runter und war unsagbar schlecht gelaunt.

Weil ich mir nachts in meinem Luxusbett wünschte, ich würde wieder in einem harten Stockbett irgendeines Hostels liegen.

Weil ich mich nach jeder rothaarigen Frau umdrehte und mir doch einredete, ich würde Lou nicht mit jeder Faser meines Ichs vermissen.

Weil die Stimme, das Gefühl, einen großen Fehler begangen zu haben, immer lauter wurde und mittlerweile nicht einmal mehr Manhattan es schaffte, sie zu übertönen. Es hatte sich längst in mein Gehirn gebrannt, zusammen mit der Überzeugung, den richtigen Zeitpunkt für eine Rückkehr verpasst zu haben. Schon wieder.

Vielleicht hielt ich mich deswegen penetrant von allem fern, was nicht mit der Kooperation oder Claire zu tun hatte. Ich ignorierte die Welt, in der Hoffnung, dadurch irgendetwas besser zu machen. Schlussendlich wurde dadurch jedoch alles nur schlimmer. So wie schon beim letzten Mal. Henri hatte recht; ich hatte nichts gelernt. Ich war abgehauen, als es kompliziert geworden war.

Freudlos verzog ich das Gesicht und griff nach meinem Americano, nur um festzustellen, dass er bereits leer war. »War ja klar, dass –«

»Hi, Kai! Sorry, der Verkehr war die Hölle. Wie immer.« Die helle Stimme ließ mich aufblicken, gerade als Ariana sich auf den Platz mir gegenüber fallen ließ. »Ich hoffe, du hast nicht zu lange gewartet.«

Ich erinnerte mich an meine guten Manieren und winkte lächelnd ab. »Kein Problem. Der Kaffee ist sehr gut.« *Und verflucht teuer.*

Ariana strahlte mich an, als hätte ich gerade ein Wunder vollbracht, und zog ein schlankes MacBook aus ihrer Tasche. »Ja, das hier ist eines der besten Cafés in ganz Manhattan. Ich hole mir schnell eine Tasse, darf ich dir auch noch etwas mitbringen?«

»Gern. Einen Americano«, erwiderte ich, als sie schon halb aufgestanden und im nächsten Moment bereits in Richtung Tresen gegangen war. Noch immer dieses beinahe verstörende Strahlen auf dem Gesicht.

Nichts als eine Maske, kommentierte meine innere Stimme, die Lous sehr ähnelte. Vor unserer Reise war mir nie aufgefallen, mit welcher Leichtigkeit Menschen Gesichter aufsetzten und sich dahinter verbargen, doch jetzt …

Resolut löste ich mich von dem Gedanken und holte mein eigenes Tablet heraus. Sofort leuchteten mehrere Benachrichtigungen auf. Kein Wunder, mein Post vor dem Abflug nach JFK war nicht besonders klug formuliert gewesen. Aber seit der Sache mit Lou fiel es mir ohnehin schwer, vernünftig zu denken.

Kopfschüttelnd schaute ich zu Ariana, die noch immer in der Schlange stand, und wechselte in mein Mailprogramm, als mein Chat aufblinkte. Claire. *Natürlich.*

Claire
Du bist wieder online. Das heißt, das Meeting mit Ariana ist gut verlaufen?

Kai
Wir haben noch nicht mal angefangen.

Claire
Ist das eine Metapher?

Kai
Nein. Wir haben wortwörtlich noch nicht angefangen. Ariana ist gerade erst gekommen.

Claire
Okay, dann hast du einen Moment?

Die Frage löste prompt ein ungutes Gefühl in meiner Magengegend aus. Welche Hiobsbotschaft verbarg sich wohl dieses Mal dahinter? Hatte der Shitstorm einen neuen Höhepunkt erreicht? Oder war Henris Kündigung eingegangen, nachdem ich mich in München wie ein Arsch benommen und seitdem nicht gemeldet hatte?

Claire
?

Ich schluckte.

Kai
Ja, ein paar Minuten vielleicht. Wie schlimm ist es?

Claire
Nicht schlimm, sondern verdammt gut. Wobei ich mich wohl entschuldigen muss. Bei Lou und bei dir.

Kai
Ein Fluch in Kombination mit einer Entschuldigung ist bei dir nie ein gutes Zeichen.

Claire
Es geht um Lou und ihren neuen Post.

Kai
Moment, welcher Post?

Claire
Also warst du wirklich nicht auf Instagram und hast nicht bloß die Mir-ist-alles-total-egal-Karte gespielt.

Kai
Wovon sprichst du?

Claire
Es gibt eine Erklärung für dieses ganze Dilemma. Ich habe Lou deswegen bereits angeschrieben und sie hat mir auf meine Bitte hin die Phishing-Mail weitergeleitet, die ihre Behauptung in dem Post beweist.
Aber geh auf Insta und schau es dir selbst an.

Ich hatte das Gefühl, im falschen Film zu sein, als ich ihre Worte las. Drehten jetzt alle völlig durch?

Claire
Melde dich, wenn du fertig bist. Ich erwarte Updates.

https://www.instagram.com/louslovelyworld/

Und nur, damit es einmal gesagt worden ist: Ich bin ein Fan von dir und Lou. War ich von Anfang an.

Danach kam nichts mehr und das kleine Wörtchen *online* verschwand abrupt. Großartig. Ich atmete aus und schaute mehrere Augenblicke, vielleicht sogar Minuten, zwischen meinem Tablet und Ariana an der Theke hin und her, ehe ich auf den Link klickte. Und das Café mit all den Leuten um mich herum verblasste, denn da war er: der Post, von dem Claire gesprochen hatte und der so anders war als die älteren Bilder unserer Tour.

Weil kein Filter darüberlag, damit er ins Colourgrading passte.

Weil er keinen perfekten Reisemoment festhielt, sondern eigentlich gar nichts außer einen verwaschenen Hintergrund und Lous halb verborgenes Gesicht zeigte.

Weil es nicht @louslovelyworld auf dem Foto war, sondern Lou. Lou, die mich in diesem Moment an ihrer Hand vorbei angeschaut hatte, als würde sie nur mich sehen, als würde die Welt um uns herum nicht länger existieren. Die für mich gelächelt hatte, mit allem, was sie besaß. Nur für mich, versteckt vor der Kamera.

In meiner Brust zog sich etwas zusammen, als Erkenntnis heiß und viel zu schnell durch meinen Körper rauschte. Bei dem Anblick des Fotos, bei Lous Caption.

… sich jemand Zugang zu meinen persönlichen Fotos verschafft hat … als würde hinter den Bildern keine echte Geschichte stecken, kein echter Mensch … illegale Weise …

Die Worte schwirrten mir durch den Kopf, verbanden sich mit Claires – vor allem mit einem: *Phishing-Mail.*

Fuck. Ich war so ein Idiot.

»Americano?« Eine geschwungene Tasse schob sich in mein Blickfeld und riss mich zurück in das Café. »Alles klar?«

»Ja. Ja, alles gut«, beeilte ich mich zu sagen, sah Ariana kurz an und dann wieder auf Lous Profil. Auf die unzähligen Likes und Kommentare, in denen Follower ihre ganz eigenen Gedanken teilten. Über Privates, das plötzlich nicht mehr privat gewesen war, über ihre Erfahrungen mit Shitstorms und Hass und ihren Unmut *TravelMood* gegenüber. Ich erkannte unter den Kommentaren sogar eine bekannte Influencerin, die ähnliche Erfahrungen mit dem Magazin gemacht, sich damit bisher aber nicht an die Öffentlichkeit getraut hatte.

TravelMood.

TravelMood*, die sich auf illegalem Weg Zugang zu Lous und meinen Momenten verschafft haben.*

Und ich habe es sofort auf Lou geschoben.

Scheiße, ich musste das klären. Ich musste das verdammt noch mal klären und Lou um Verzeihung bitten – anflehen, wenn es nötig sein sollte –, bevor es zu spät war.

»Ariana?« Ich sperrte mein Handy und stand auf, während mir das Herz bis zum Hals schlug. »Es tut mir leid, aber ich muss gehen.«

Kapitel 41

ANKOMMEN

Lou

»Echt schade, dass Neela schon fahren musste«, meinte Leni und warf den Stock für ihren Hund Krabbe ein weiteres Mal über den Strand. Der Weimaraner rannte sofort los und störte sich dabei weder an dem eisigen Wind, der vom Meer über den Sand fegte, noch an der frischen Nordsee, die um ihn herum hochspritzte. Ein Teil von mir wünschte sich dieselbe Kälteresistenz, während der andere damit beschäftigt war, meine Mütze an Ort und Stelle zu halten, bevor sie mir vom Kopf wehte. Der November gab sich heute alle Mühe mit seiner Küsten-Ungemütlichkeit, was jedoch kaum jemanden davon abzuhalten schien, den obligatorischen Sonntagsspaziergang am Strand durchzuziehen. Natürlich nicht. Wenn ich eines hier gelernt hatte, dann, dass Sylter *immer* am Strand spazierten, egal, bei welchem Wetter, egal, zu welcher Jahreszeit. Das war Gesetz. Getreu dem Motto, es gab kein falsches Wetter, nur falsche Kleidung. Oder so ähnlich. Man sollte wirklich ein Buch damit füllen.

Ida, die neben mir lief, blickte an Elisa vorbei zu Leni. »Finde ich auch. Sie ist echt cool. Wir sollten sie Konstanz abwerben und herholen.«

»Dann wird aus *E.M.I.L.*^{2} direkt *N.E.M.I.L.*^{2}« Elisa lachte leise und vergrub die Hände tiefer in den Taschen ihrer Daunenweste.

»Das könnte schwer werden, Neela liebt ihr Studium und die Uni dort. Glaubt mir, sie kann es gut verstecken, aber tief in ihrem Herzen ist sie ein kleiner Nerd, der sein gewohntes Umfeld braucht.«

»Ach was, hab etwas Vertrauen in unsere schöne Insel, Lou«, hielt Ida dagegen und wischte meinen Einwand zur Seite. »Bisher hat Sylt sie noch alle verzaubert. Ist statistisch bewiesen.«

Belustigt schüttelte Leni den Kopf und nahm Krabbe den Stock ab. »Die Statistik würde ich gern sehen.«

»Drei Beweisstücke stehen direkt neben mir. Lou hat den Bodensee sausen lassen, Elisa ist sogar aus Australien zurück nach Sylt gezogen und dir ist es zusammen mit der Insel gelungen, unseren verlorenen Sohn Raffael zur Wiederkehr zu überreden«, erklärte Ida, was Leni die Augen verdrehen ließ. »Selbst meinen Bruder hat es – wenn auch nur zeitweise – wieder hierher verschlagen.« Die Worte hatten kaum Idas Lippen verlassen, da schlug sie sich auch schon eine Hand vor den Mund und sah mich entschuldigend an. »Oh, tut mir leid, Lou. Ich wollte nicht von Kai anfangen.«

Ich pustete mir eine lose Strähne aus der Stirn und schüttelte den Kopf. »Alles gut, ich … ich komme damit klar. Er ist dein Bruder, und wenn ich weiterhin in der Travelbubble unterwegs sein möchte, muss ich mich früher oder später damit abfinden, dass mir Kai immer wieder über den Weg laufen wird. Zumindest virtuell gesehen.«

Meine Freundinnen wechselten einen bedeutungsschweren Blick, ehe Elisa meinte: »Also hat er sich nicht gemeldet? Auf deinen Post, meine ich.«

»Nein. Nichts. Vielleicht war es doch eine blöde Idee.«

»Quatsch, es ist wichtig gewesen, den Leuten zu zeigen, was *TravelMood* abgezogen hat«, hielt Leni dagegen. »Du hast doch gesagt, dass du seitdem unzählige liebe und verständnisvolle Nachrichten bekommen hast. Dass sogar welche von ihren eigenen Erfahrungen berichtet haben. Dein Beitrag und die Stories dazu haben sie wachgerüttelt, und das war richtig.«

Schulterzuckend vergrub ich mich tiefer in meinem Schal. »Das stimmt. Und die Angriffe auf Kai haben endlich aufgehört. Außerdem hat Claire mir geschrieben, dass sie rechtlich gegen das Magazin und ihre Quelle vorgehen wird, aber … an der Sache mit Kai hat der Post nichts geändert.«

Ida legte mir einen Arm um die Schultern. »Es tut mir wirklich leid, dass sich mein Bruder so arschig aufgeführt hat.«

Gedankenverloren ließ ich den Blick über den Strand schweifen. Die Gischt lag wie Nebel dicht über dem Meer, Himmel und See schienen heute weit in der Ferne nahtlos ineinander überzugehen und in diesem Moment fand ich es unvorstellbar, dass es dahinter noch Land gab. Dass es weiterging, irgendwo hinter dieser Linie.

»Das haben wir beide, Ida«, sagte ich schließlich und atmete hörbar aus, als sich jene mittlerweile vertraute Enge in meiner Brust ankündigte. »Okay, Themenwechsel, bevor ich meine hart erkämpfte Selbstbeherrschung doch noch verliere.«

»Sehr gute Einstellung, Schwester.« Elisa nickte bekräftigend unter ihrer Daunenkapuze. »Es gibt schließlich genug, was gerade richtig, richtig großartig läuft! Die Zusammenarbeit von eurer Pension und Rafes Hotel, die Tatsache, dass deine Eltern endlich hinter deinem Weg stehen und dich und Charlie sogar besuchen wollen, und der Erfolg deines Blogs. Das ist eine ganze Menge, Lou.«

Ich spürte, wie sich meine Lippen zu einem aufrichtigen Lächeln verzogen. »Ja, das ist es.«

»Das ist es wirklich. Und auch wenn das natürlich nicht ungeschehen macht, was mit Kai war … du hast so viel erreicht. Halt dich daran fest, ja?« Leni drückte wie beiläufig meine kalten Finger und schüttelte sich dann. »Vielleicht sollten wir langsam zurück. Ich könnte eine von Omas heißen Schokoladen brauchen.«

»Ich auch, Sylter Spazierdrang hin oder her, es ist verflucht kalt.« Fröstelnd blies ich etwas warme Luft auf meine eingefrorenen Hände. Keine Ahnung, wie das erst im Dezember oder Januar werden sollte. »Ein kurzer Abstecher in die Pension und anschließend direkt zur *Flaschenpost*?«

Ida stimmte mit einem Kopfnicken zu, ehe sie Krabbes Stock von sich warf. »Klingt gut. Der Wagen meiner Eltern steht ohnehin beim *Bernsteinglühen*, ich kann Taxi spielen.«

»Perfekt. Der nächste Dünenübergang ist unserer, dann –« Was auch immer Elisa hatte sagen wollen, ging in einem unterdrückten Fluchen unter, das verdächtig nach einer von Jonahs Lieblingsverwünschungen klang. »Das gibt wohl eine Planänderung.«

»Was?«, fragte Leni, woraufhin Elisa nur den Finger ausstreckte. In Richtung Treppe, die über die Dünen führte, wo eine einzelne Person gerade die Stufen runterkam.

Kai.

Mein Herz stockte, ein, zwei Sekunden lang, ehe es mit solch einer Geschwindigkeit losraste, dass ich Angst hatte, es würde mir aus der Brust springen. Einfach so, hier am Strand.

»Das ist jetzt nicht sein Ernst, oder?« Idas Worte waren mehr ein Brummen als echte Silben. »Soll ich ihn abwimmeln?«

Ich konnte ihr nicht sofort eine Antwort darauf geben. Dafür fühlte ich in diesem Moment zu viel. Alles durcheinander und irgendwie auch gar nichts. Vielleicht weil es mir schwerfiel zu begreifen, dass Kai Hansen gerade wirklich über den Wenningstädter Strand auf uns zukam, statt in New York City einen überteuerten Kaffee an der *Fifth Avenue* zu schlürfen.

»Lou?«, flüsterte Leni und stupste mich leicht an.

Ich sah sie an und öffnete den Mund, doch da hatte Kai uns auch schon erreicht. Die Hände in den Taschen seiner *The North Face*-Daunenjacke vergraben – mittlerweile ohne Gipsarm – und einen Gesichtsausdruck auf den Zügen, der mein Gefühlschaos widerspiegelte. Irgendetwas zwischen Schmerz und Resignation, zwischen Müdigkeit und Rastlosigkeit, zwischen Wut und Zuneigung. Seine Haare waren hoffnungslos verstrubbelt, dunkle Schatten lagen unter seinen Augen und gleichzeitig war da dieses Funkeln in seinen Iriden, das mich schon damals in Norwegen in seinen Bann gezogen hatte.

»Hi.«

Die Mädels rückten wie auf Knopfdruck näher an mich heran, als wäre dieses eine kleine Wort aus seinem Mund eine Kriegserklärung.

»Kann ich …«, fuhr Kai deutlich verunsichert fort, als keine von uns etwas sagte, »… kann ich allein mit Lou sprechen? Nur ganz kurz?«

Dieses Mal fand ich meine Stimme, bevor meine Beschützerinnen das Ruder übernehmen konnten. »Wie lange bist du schon hier?«

»Auf Sylt? Seit etwa zehn Minuten. Charlie hat mir verraten, wo ihr seid.« Kai sah mich direkt an. »Ich möchte euch nicht stören, wenn …«

»Nein, schon gut«, fiel ich ihm ins Wort, um nicht darüber nachzudenken, was seine Antwort in mir auslöste. Seine Antwort und das, was sich darin verbarg.

»Sollen wir in der Pension warten?«, erkundigte sich Leni sanft, noch immer berührten ihre Finger meine.

Ich schaute von Kai zu ihr und schüttelte den Kopf. »Geht ruhig schon vor in die *Flaschenpost*. Ich schreibe euch.«

»Sicher?«

Lächelnd nickte ich Elisa zu. »Sicher.«

Meine Freundinnen drückten mich kurz, ehe sie zum Dünenübergang liefen. Natürlich nicht, ohne Kai vorher noch einen warnenden Blick zuzuwerfen. Ida stieß ihren Bruder sogar leicht mit der Schulter an und murmelte etwas wie *Du und ich reden später, klar?*. Obwohl mir ihr Rückhalt unglaublich viel bedeutete, musste ich mir bei Idas Beschützerinnen-Verhalten ein Grinsen verkneifen. Dem Zucken um Kais Mundwinkel nach zu urteilen, ging es ihm ähnlich. Bis wir im nächsten Moment allein am Strand waren.

Ich räusperte mich vernehmlich und schlang die Arme um meinen Oberkörper. »Hattest du schon genug vom Big Apple?«

Kai schüttelte den Kopf. »Lou …«

»Du hättest mir schreiben können, weißt du? Oder auf meinen Post reagieren können, falls du den überhaupt gesehen hast.«

»Ich habe deinen Beitrag gesehen. Und deine Stories über den Hack.«

»Hast du?«

»Habe ich.«

»Und trotzdem nicht geantwortet.«

»Weil ich persönlich mit dir sprechen wollte. Nicht über Buchstaben und Emojis. Das hier gehört in die echte Welt, Lou.« Seine Stimme wurde immer leiser, rauer und ging mir direkt unter die Haut. »Und es tut mir leid, dass ich so lange gebraucht habe. Ich habe deinen Text erst gestern Vormittag gelesen, also East Coast Time, und …«

»Und New York ist nun einmal echt weit weg.«

Ein winziges Lächeln huschte über seine Lippen. »Ja, das ist es. Ich hätte das nicht tun sollen, Lou.«

Ich zog die Unterlippe zwischen die Zähne und legte fragend den Kopf schief.

Kai seufzte. »Ich hätte nicht abhauen sollen. Ich hätte direkt auf deine Nachrichten antworten und mit dir sprechen sollen. Ich hätte mehr gegen diesen … diesen verfluchten Strudel aus alten Erinnerungen ankämpfen sollen, als mich einfach davon wegreißen zu lassen, weil es in dem Moment leichter und bequemer war.«

»Du hast mir nicht einmal die Chance gegeben, mich zu erklären. Mir nicht mal zugehört.«

Mit gequälter Miene fuhr er sich harsch durch die Haare, dann nickte er. »Nein, das habe ich nicht. Und das war ein Fehler. Mehr als das. Du hast mir in unserer gemeinsamen Zeit nicht einen Augenblick das Gefühl gegeben, dir nicht vertrauen zu können. Trotzdem habe ich bei der ersten Gelegenheit rotgesehen. Obwohl du …« Er schluckte. »Obwohl du das Beste bist, was mir passieren konnte. Ich hätte mich nicht dermaßen in der Vergangenheit verlieren dürfen, nicht bei dir. Ganz gleich, wie laut die alten Bilder, der alte Schmerz auch waren, ich hätte mit dir reden müssen. Oder zumindest die Klappe halten sollen, bis ich wieder klar denken konnte, statt direkt um mich zu schlagen. Und dabei diejenige zu treffen, die ich am allerwenigsten treffen wollte. Die mehr verdient hat als meine beschissene, verkorkste Reaktion.« An seinem Kiefer zuckte ein Muskel. »Ich vertraue dir, Lou, aber ich habe mir nicht vertraut. Ich konnte nicht darauf vertrauen, dass mein Gefühl von Sicherheit, das ich bei dir hatte, richtig war. Weil ich schon einmal so sehr danebengelegen habe. Das hätte ich sagen sollen. Nicht dass ich dir nicht vertraue, nicht dass du wie Sylvia bist, sondern … dass ich Angst hatte. Aber das konnte ich mir in diesem Chaos nicht eingestehen. Stattdessen habe ich dich verletzt und das tut mir so unfassbar leid, Lou. Es tut mir leid, dass ich in unserem Wir ein Problem gesehen habe, weil ich eine vergangene Realität vor das Hier und Jetzt geschoben habe und … und ich kann verstehen, wenn diese echt schlechte Entschuldigung nicht ausreicht, aber ich wollte es … zumindest versuchen.«

Ich sah ihn ruhig an. Sah die Qual in seinen Augen, die Aufrichtigkeit, die Selbstverachtung und sie schnitten mir wie Klingen aus Eis in die Haut. Ja, mich hatte sein Verhalten verletzt, seine Worte, aber ein Stück weit konnte ich sein Handeln verstehen. Erfahrungen, besonders schmerzhafte Erfahrungen, hinterließen Spuren und beeinflussten unser Verhalten, selbst wenn wir es nicht wollten.

Ein paar Herzschläge lang betrachtete ich ihn noch schweigend, dann löste ich meine Arme und lächelte ganz leicht. »So schlecht ist deine Entschuldigung gar nicht. Schließlich hast du dich sogar in ein Flugzeug gesetzt, um herzukommen. Außerdem … muss ich mich genauso entschuldigen.«

»Lou …«

»Nein«, unterbrach ich ihn bestimmt. »Ich hätte unsere Geschichte nie verkauft, aber ich kann mir vorstellen, wie die Situation auf dich gewirkt hat. In dem Moment hätte ich anders reagieren müssen. Ich hätte mich gar nicht erst auf diesen Streit einlassen sollen.«

Kopfschüttelnd machte Kai einen weiteren Schritt auf mich zu. »Es hätte nichts geändert. Ich habe dir doch gar nicht die Chance dazu gegeben, sondern gleich von damals auf heute geschlossen. Das war Mist.«

»Ja, das war Mist, aber auch menschlich. Wir haben an diesem Morgen beide einiges gesagt, was wir nicht hätten aussprechen sollen.«

Er nickte nachdenklich und fuhr sich durch die ohnehin schon hoffnungslos durcheinandergeratenen Haare. Im nächsten Moment fragte er: »Und jetzt?«, als ich gleichzeitig meinte: »Was machen wir nun?« Ein vorsichtiges Schmunzeln trat auf Kais Züge und ich konnte nicht verhindern, dass meine Mundwinkel ebenfalls weiter nach oben wanderten. Dann ließ er mir den Vortritt.

»Was nun? Musst du wieder nach New York?«

»Nein. Ich habe meine Kooperation vorerst auf Eis gelegt. Mir war das hier wichtiger.« *Du warst mir wichtiger, Lou.*

Unter seinem Blick schlich sich das vertraute, heiße Kribbeln zurück in meinen Körper. Trotz der Kälte, trotz der widersprüchlichen, umherwirbelnden Emotionen.

»Dann bleibst du auf Sylt?«

»Erst mal.« Er neigte leicht das Kinn. »Was ist mit dir?«

»Erst mal. Vorausgesetzt, mich verschlägt die nächste Kooperation, die ich annehme, nicht irgendwo anders hin.« Es war immer noch verrückt, wie viele Anfragen in meinem Postfach auf mich warteten. Inklusive eines offiziellen Angebots samt Vertrag von Claire Adams, mein Management zu übernehmen.

Über Kais Gesicht huschte ein winziges Charming-Aufblitzen. »Die Möglichkeit besteht natürlich immer. Berufsrisiko.«

»Natürlich.«

Er trat noch etwas näher. So nah, dass ich den Kopf ein wenig in den Nacken legen musste, um ihm weiterhin in die Augen schauen zu können. Und so nah, dass ich seine Wärme auf meiner Haut zu spüren glaubte. Durch die dicke Jacke, über den Wind hinweg. Einfach weil es Kai war. »Aber ich glaube, im Moment möchte ich nicht schon wieder weg, sondern … ankommen.«

»Nicht länger die Welt jagen?«

Wieder schüttelte er den Kopf.

»Oder von der Welt gejagt werden?«, fragte ich weiter, leiser, rauer.

»Das habe ich lange genug gemacht. Ich habe mal gelesen, dass eine Reise ohne ein Zuhause, in das man zurückkehren kann, niemals ein echtes Ziel haben kann. Vielleicht versuche ich das. Reisen, um am Ende wieder anzukommen.«

Bei seinen Worten wurde mein Lächeln breiter, das Kribbeln in meinem Bauch stärker, bis es sich anfühlte, als würden unzählige Hummeln darin umherschwirren. »Gefällt mir. Das ist eine sehr schöne Einstellung.«

Unendlich langsam hob Kai eine Hand, gab mir die Möglichkeit zurückzuweichen, doch ich blieb. Blieb, als er kaum merklich mit den Fingerknöcheln über meine Wange strich und mich dabei nicht eine Sekunde aus den Augen ließ. »Ja, das ist sie.«

Diese winzige Berührung löste ganze Wellen in mir aus, die mich immer weiter in seine Richtung trieben, bis es verdammt schwer war, ihn nicht einfach an mich zu ziehen und zu küssen. Die Welt und das, was gewesen war, auszulöschen.

»Was bedeutet das für uns?«, flüsterte ich über das Rauschen der See hinweg und schmiegte mich in seine warme Hand.

»Ich kann es dir nicht genau sagen. Was ich aber mit absoluter Sicherheit weiß, ist, dass ich keinen Ozean mehr zwischen uns haben möchte, Lou. Das wollte ich nie.« Sein Daumen fuhr über meine Unterlippe. »Und ich wollte dich nie verletzen.«

»Das kann passieren, wenn man einander viel bedeutet. Aber danach … geht es immer irgendwie weiter, Kai.«

»Dann …?« Kai ließ den Satz offen wie etwas, das schlicht noch kein Ende besaß oder von dem wir noch nicht wussten, wohin es führen würde. Der Gedanke gefiel mir. Es passte zu meinem rasenden Herzen und dem Wunsch herauszufinden, was *danach* auf uns wartete. Nach dieser Reise mit ihren guten, leuchtenden Momenten und den schmerzhaften, die sie beide gleichermaßen so einzigartig gemacht hatten. So … echt.

Meine Wangen wurden warm und ich nickte langsam. »Wenn ich mich richtig erinnere, hast du mir versprochen, einen Vulkan zu jagen. Irgendwann, meine ich.«

»Nichts auf der Welt könnte mich davon abhalten.« Seine Lippen zuckten wieder in Richtung eines kleinen Lächelns.

»Das war fast ein bisschen romantisch.« Ich legte den Kopf leicht schief. »Versprichst du es mir? Das mit dem Vulkan. Und dem Bleiben?«

Kai umfasste sanft mein Kinn, bis sich unsere Blicke trafen. »Versprochen, Lou. Ich werde nicht noch einmal gehen.« Damit hauchte er mir einen Kuss auf die Stirn und zog mich an sich. Schlang die Arme um mich und hielt mich so fest, als hätte er Angst, ich könnte mich jeden Augenblick in Luft auflösen. Hielt mich genauso fest wie ich ihn. Wie wir einander hielten.

Ich schmiegte mich an ihn, bis seine Nähe überall auf meinem Körper kribbelte und die Welt um uns herum auslöschte. Den kalten Wind, die salzige Gischt, das Wispern der Dünen. Und für den Moment sogar die Dinge, die noch zwischen uns lagen.

Als Kai mich irgendwann behutsam ein Stück von sich schob und mich ansah, spürte ich, dass sich die Teile, die unser Streit herausgerissen hatte, wieder verschoben hatten. Zurück an die passenden Stellen. Dorthin, wo wir sie auf unserer Reise zusammengesetzt hatten. Und das fühlte sich richtig an. Auf so viele Arten und Weisen.

»Danke, Lou.«

»Wofür?«

»Dass du mir einen Ort gezeigt hast, an den ich immer wieder zurückkehren kann.«

Helles Licht flutete meinen Körper und ließ jede einzelne Zelle summen. »Er ist schon immer da gewesen, du musstest ihn nur wiederfinden.«

Ein sanftes Lächeln auf den Zügen umfasste Kai mein Gesicht und beugte sich zu mir herunter, bis sich unsere Nasenspitzen berührten und wir dieselbe Luft atmeten. »Und ich habe nicht vor, ihn so schnell wieder gehen zu lassen.«

Im nächsten Moment trafen seine Lippen auf meine. Kaum ein echter Kuss und doch so viel mehr. Ein Versprechen, eine Entschuldigung und eine Gewissheit. Wir waren angekommen. Jeder für sich und gleichzeitig zusammen.

Und danach …

… nun, das blieb unser Danach.

Epilog

BERNSTEINGLÜHEN UND MEERESRAUSCHEN

Lou

Zwei Wochen später

»Kannst du mich bitte mal kneifen?« Meine Schwester stellte sich neben mich unter den Heizpilz auf der Pensionsveranda und schüttelte den Kopf. »Ich habe nämlich das Gefühl, ich wäre noch nicht ganz wach.«

Grinsend kam ich ihrem Wunsch nach. Charlie stieß einen spitzen Schrei aus und machte einen Satz zur Seite.

»Verflucht, Lou! Das tat weh.«

»Du hast darum gebeten.«

»Das war rein rhetorisch.«

»Dann sag das doch gleich«, erwiderte ich und nahm einen Schluck von Eddas herrlich duftendem Glühwein. »Aber ich weiß, was du meinst. Es ist verrückt, dass sie hier sind.«

»Verrückt und absolut großartig.«

Ich nickte lächelnd und beobachtete, wie Mama und Papa zusammen mit Jule, Raffael, Noel und Leni an einem der Stände standen und sich unterhielten, als wäre es schon immer so gewesen. Als hätte es die letzten Jahre der Funkstille zwischen meiner Schwester und meinen Eltern schlichtweg nicht gegeben. Auf der einen Seite fühlte es sich seltsam an, auf der anderen … einfach nur gut. Es tat gut, meine Familie wieder zusammen an einem Ort zu sehen. Meine leibliche und die, die ich hier auf Sylt gefunden hatte.

Charlie legte mir einen Arm um die Schultern und lehnte ihren Kopf gegen meinen, sodass mich ihre kurzen Haare kitzelten. »Dein Vorschlag mit dem Mini-Weihnachtsmarkt im Garten unserer Pension war übrigens eine geniale Idee, Schwesterchen.«

Da konnte ich ihr nur zustimmen. Auf dem Grundstück des *Bernsteinglühens* wimmelte es nur so von bekannten und unbekannten Gesichtern, die zwischen den kleinen Ständen herumliefen, die wir in den vergangenen Tagen auf den letzten Drücker aufgebaut hatten. Mit der Hilfe von Lenis Vater Emil hatten wir Sperrholz in kleine Wunderwerke verwandelt. Edda und Mathilda hatten es sich nicht nehmen lassen, für das leibliche Wohl zu sorgen, während Elisa, Malia und Ida stellvertretend für mich meine Crazy Cakes verkauften. Mik sorgte mit Flo für die musikalische Untermalung und Jonah hielt mit Till hinter einer kleinen Bar die Stellung. Stehtische unter Heizpilzen sowie gespannte Lichterketten und Wimpel zwischen Bäumen und der Veranda sorgten für eine gemütliche Stimmung und tauchten den Abend in goldenes Licht.

»Wie seid ihr eigentlich darauf gekommen?«

»Ach, du weißt schon. Es war eines dieser Samstagstreffen in der *Flaschenpost* mit zu viel von Eddas Gebäck und frischem Kaffee. Wir haben ewig gebrainstormt, wie wir den offiziellen Zusammenwuchs vom *Bernsteinglühen* und *Meeresrauschen* feiern können, und irgendwann kam uns das mit dem Markt.«

Charlie stieß ihre Tasse gegen meine. »Und da sagt noch einer, bei euren Treffen wäre keine Magie im Spiel.«

»Fang du nicht auch noch damit an.« Augenverdrehend lehnte ich mich gegen die Hauswand. »Sonst werden wir dieses Hexengerücht nie mehr los.«

»In jedem Gerücht steckt schließlich ein Funke Wahrheit, heißt es nicht so?«, mischte sich da Raffael ein, der mit Leni auf die Veranda gekommen war.

Diese verpasste ihm nun prompt einen Klaps gegen den Arm. »Rafe.«

»Jaja.« Er rieb sich schmunzelnd über die Stelle und schaute dann zu Charlie. »Ich habe es Jule gerade schon gesagt, das Gartenfest ist superschön geworden. Danke für die Einladung.«

»Danke dir und Noel für die Zusammenarbeit«, gab meine Schwester zurück und nickte. »Das bedeutet uns sehr viel.«

»Ist doch selbstverständlich, auf der Insel unterstützt man sich, wo es geht. Zumal ich mich genauso bei euch bedanken muss. Und bei dir, Lou. Deine neuen Fotos von unserem Hotel sind unglaublich.«

Ich machte eine wegwischende Geste. »War mir ein Vergnügen. Ich muss meine Zeit ja sinnvoll nutzen, solange ich hier bin.«

»Ich finde es immer noch so cool, dass das mit Claire und dir geklappt hat. Jetzt, da alles unter Dach und Fach ist und selbst deine Eltern zu begeisterten Followern geworden sind, steht deiner Bloggerkarriere nichts mehr im Weg.« Verschwörerisch zwinkerte mir Leni zu und hakte sich dann bei mir unter. »Auch wenn das natürlich bedeutet, dass wir dich und Kai bald schon wieder gehen lassen müssen.«

»Noch bin ich ja nicht weg und außerdem … komme ich immer wieder zurück, keine Sorge. So schnell werdet ihr mich nicht los«, erwiderte ich und schmiegte mich an meine

Freundin. Gerade wollte ich noch nicht daran denken, dass ich mich schon Anfang des neuen Jahres mit Kai auf unsere nächste Tour begeben würde. Egal, wie groß die Vorfreude auf die zwei Monate Van-Life in Südeuropa auch sein mochte. »Apropos Kai, wo steckt der eigentlich?«

Raffael zuckte mit den Schultern. »Ich habe ihn zuletzt mit Henri bei Jonah an der Bar gesehen.«

Wo er jetzt nicht mehr war, genauso wenig wie Jonah selbst.

»Kann sein, dass ich ihn im Augenwinkel hab reingehen sehen. Mit Henri, glaube ich.«

Ich warf Leni ein dankbares Lächeln zu. »Okay, ich schaue mal drinnen nach. Ich wollte mir ohnehin einen dickeren Pullover holen.«

»Ich komme mit. Was ist mit dir, Rafe?« Fragend hob Leni die Brauen und verschränkte ihre Finger mit seinen, als er zustimmend nickte.

Charlie nahm mir die Tasse ab und stellte sie zusammen mit ihrer auf das Geländer der Veranda. »Dann besorge ich gleich mal Stockbrotnachschub aus der Küche. Da müsste eigentlich noch etwas sein.«

Gemeinsam liefen wir um das Haus herum und traten in den warmen Eingangsbereich, in dem es immer nach Duftkerzen und frischen Pflanzen roch – und der, anders als erwartet, überraschend voll war.

»Okay, habe ich irgendetwas verpasst?«, sprach Charlie nur einen Sekundenbruchteil später meinen Gedanken laut aus, als wir zu der kleinen Gruppe stießen, die sich im großzügigen Eingangsbereich der Pension eingefunden hatte.

Die Antwort bestand aus einem kollektiven *Psst*, was mich nur noch mehr verwirrte und irgendjemanden weiter hinten in bestem Söl'ringer fluchen ließ. Stirnrunzelnd stellte ich mich auf die Zehenspitzen und entdeckte Elisa und Jonah sowie Ida, Malia und Till in dem Gewusel. Kai und Henri saßen auf den Stufen der Treppe nach oben und direkt bei der Küche standen Mathilda und … Ole. *Okay?*

Kurzerhand schob ich mich bis zu Kai und Henri durch und schüttelte irritiert den Kopf. »Was ist hier los?«, fragte ich flüsternd und rutschte zu den beiden auf die Treppe.

»Das, liebe lovely Lou, nennt man eine große Geste.« Henri breitete die Arme aus, wobei seine Krücken klappernd zu Boden gingen.

Unwillkürlich musste ich grinsen. Henri war einfach eine Nummer für sich, und dass er die restlichen Wochen seiner Reha auf Sylt verbrachte, in meinen Augen ein großer Gewinn für die Insel. »Für wen?«

Kai beugte sich näher zu mir und legte eine Hand auf meinen Oberschenkel. »Henri und ich haben gehört, wie sich Grams verquatscht hat, und da musste sie uns quasi mitnehmen. Die anderen haben auch Wind davon bekommen und irgendwie sind wir jetzt eine ziemlich große Truppe geworden. Und deswegen verliert Ole gerade ein wenig die Nerven. Grams wird sich ewig Vorwürfe machen, wenn was schiefläuft.«

Noch immer war ich kein Stück schlauer. »Wovon sprichst du?«

»Oh, es geht los«, meinte Henri in diesem Moment und deutete auf die Tür zur Küche, die sich nun öffnete, als Oma Edda in den Eingangsbereich trat. Eine ziemlich überrumpelte Oma Edda, die nun blinzelnd zuerst die Runde musterte und schließlich an Ole hängen blieb, der ihr am nächsten war. »Um Himmels willen, ist etwas passiert? Du bist ja ganz blass, Ole.«

Auf einen Schlag wurde es zwischen Boho-Girlanden, Efeututen und Monsterae mucksmäuschenstill. Kais Mundwinkel wanderten weiter nach oben, während er seine Finger mit meinen verflocht.

»Ich … ja. Nein, also …«, stotterte Ole und zupfte an seiner Kapitänsmütze, ehe er, eine unsaubere Söl'ringer Verwünschung auf den Lippen, den Kopf schüttelte. »Glaub mir, ich hab mir das kleiner vorgestellt, Eddi. Ohne die ganze Sippe, weil ich doch weiß, dass das nich' so dein Ding ist, aber irgendwie … ist es doch groß geworden.«

»Ich verstehe kein Wort«, antwortete Edda und verschränkte locker die Arme vor der Brust. Dann wandte sie sich an Kais Großmutter. »Und du, Tilda? Wie steckst du da mit drin?«

Ein leises Kichern war zu hören, das verdächtig nach Ida klang.

»Ich helfe einer guten Sache, bei der ich schon viel zu lange tatenlos danebensitze, ein wenig auf die Sprünge.« Mathilda berührte Edda beruhigend am Arm. »Gib dem alten Seebären schon die Chance zu sagen, was er zu sagen hat.«

Die Worte hatten kaum ihren Mund verlassen, da riss ich auch schon die Augen auf und sah Kai erstaunt an. »Wirklich?«, wisperte ich kaum hörbar, woraufhin er nur meine Finger drückte. Mein Herz machte einen Satz.

»Jetzt, wo ich schon mal angefangen hab«, brummelte Ole und fuhr sich über die glänzende Stirn, bevor er nach einer von Eddas Händen griff. »Eddi, ehrlich, ich wollte dich einfach etwas fragen, weil … weil du eben in mein Leben gehörst. So wie ich in deins und wir beide in die klapprige *Flaschenpost* drüben.«

Die Augen von Lenis Oma begannen zu schimmern. »So klapprig ist sie doch gar nicht.«

Ole brummte etwas Unverständliches. »Ein bisschen schon. Aber darum geht's auch gar nich', was ich sagen will, ist –«

»Ja«, fiel Edda ihm ins Wort. »Die Antwort ist ja.«

Sichtlich aus dem Konzept gebracht, öffnete und schloss der alte Mann ein paarmal den Mund, dann meinte er: »Ich habe doch noch gar nichts gefragt. Jetzt lass mich zumindest einen vernünftigen Antrag auf meine grauen Tage machen.«

Liebevoll legte Edda ihm eine Hand an die Wange. »Ach, Ole, sind wir nicht zu alt, um noch vernünftig zu sein?« Ohne auf eine Antwort zu warten, beugte sich Edda vor und küsste ihn mitten im Flur der Pension, während um die beiden herum Applaus ausbrach. Es war ein Augenblick wie aus einem ziemlich kitschigen Film, aber manchmal war Kitsch eben genau das, was Momente wie diesen so einmalig machte.

»Ich wusste, dass da etwas im Busch ist«, meinte Ida, als wir wenig später zu fünft in der Hollywoodschaukel auf der Veranda saßen. Eingekuschelt in Decken und Kissen und Kunstfelle und jede mit einem Glühwein in den Händen. Die meisten Gäste waren mittlerweile gegangen, die Jungs hatten sich um das Lagerfeuer versammelt und unsere Eltern waren mit Mathilda, Edda und Ole drinnen, um auf die Verlobung anzustoßen. Lichterketten, ein paar Fackeln und Solarlampen tauchten den Garten um die Pension *Bernsteinglühen* in ein fast magisches Glühen und erschufen damit unsere eigene kleine Welt.

Leni seufzte verträumt und mit vom Punsch geröteten Wangen. »Ich freue mich riesig, dass die beiden heiraten. Das haben sie verdient.«

»Außerdem hat es schon viel zu lange keine Hochzeit mehr auf Sylt gegeben«, pflichtete Malia ihr bei. »Nachdem du und Rafe euch ja noch Zeit lasst.«

»Haha, witzig.«

Lachend zog Elisa sie an ihre Seite, wobei beinahe etwas von dem Punsch auf Jules heiliger Plüschdecke gelandet wäre. »Erst mal sind jetzt Ole und Edda dran. Ich kann es kaum erwarten, so richtig in den Hochzeitsvorbereitungen abzutauchen. Das wird großartig. Ich sehe die Feier im Leuchtturm schon förmlich vor mir. Oder am Strand mit Fackeln.«

»Oder die beiden brennen durch und heiraten in Vegas – hey! Das war nur eine rein hypothetische Überlegung!«, stieß Ida hervor, als wir sie mit vereinten Kräften knufften, bis sie sich kurz darauf geschlagen gab. »Okay, okay. Ihr habt mit eurer Sylt-Märchenhochzeit gewonnen.«

Zufrieden hob Malia ihre Tasse. »Das will ich aber auch hoffen. Wir sollten auf die Märchenhochzeit anstoßen.«

»Und auf Happy Ends«, fügte Leni an, ehe wir alle unsere Punsch-Becher aneinanderstießen und im fünfstimmigen Chor *Auf Happy Ends* skandierten.

Lächelnd betrachtete ich meine Freundinnen und schaute dann in den dunklen Nachthimmel. Die Stimmen der Jungs wehten zu uns herüber und auf ganz simple Weise fühlte sich dieser Augenblick unfassbar vollkommen an. Mit meinen Mädels an meiner Seite und dem Mann, in den ich mich in den letzten zwei Monaten hoffnungslos verliebt hatte, nur ein paar Meter entfernt. Als hätte Kai meine Gedanken gehört, hob er den Kopf, sodass sich unsere Blicke trafen. Im Schein der Flammen wirkte das Braun seiner Augen wie flüssiger Bernstein und sorgte dafür, dass sich kribbelnde Wärme in mir ausbreitete. Ein paar Sekunden lang schien es, als würde die Welt um uns herum anhalten. Sekunden, in denen wir einander einfach nur ansahen und lächelten, weil wir dieselben Dinge dachten.

Ich liebe dich, formte er mit den Lippen, ohne einen einzigen Laut, und doch fühlte es sich beinahe so an, als würde seine sanfte Stimme mich durchfluten. Für einen kurzen Moment schloss ich die Augen, genoss dieses Gefühl, ehe ich genauso lautlos erwiderte: *Ich liebe dich.*

Dieselben drei Worte, die ganz einfach waren und in denen doch alles lag.

Das, was gewesen war.

Das, was wir gerade waren.

Und eines Tages auch das, was noch kommen würde, was draußen hinter dem Ozean lag und nur darauf wartete, dass Kai und ich unserem inneren Kompass folgten. Einem Kompass, der vielleicht keinen festen Norden besaß, dafür aber einen Ort, an den wir immer wieder zurückkehren konnten.

Ein Zuhause.

Und mehr brauchte es nicht.

Danksagung

Genau ein Jahr begleiten mich die *Tales of Sylt* jetzt schon. Und gerade eben habe ich den letzten Satz geschrieben, der diese Reihe vollständig macht (diesen letzten Satz zu finden, war gar nicht so einfach, wie sich manche von euch vielleicht noch erinnern können). Es ist ein seltsames Gefühl zu wissen, dass jetzt ein Abschied bevorsteht. Dass dieser Teil das Ende der *Tales of Sylt* ist, und vielleicht haben es mir Lou und Kai deswegen so schwer gemacht. Weil mich die Insel mit all ihren wundervollen Bewohnern, die ich im vergangenen Jahr ins Herz geschlossen habe, genauso wenig gehen lassen wollen wie ich sie. Denn das möchte ich wirklich nicht. So viele schwierige und knifflige Augenblicke, Tage und Wochen es auch gegeben hat, diese Reihe ist für mich etwas ganz Besonderes. Nicht nur, weil mich viel mit Sylt verbindet, sondern auch, weil in diesem Jahr so viel Verrücktes passiert ist und *ToS* irgendwie immer dabei war. So viele Reisen (ich war endlich wieder auf der Insel), so viele neue Eindrücke, so viele Hochs und Tiefs. Und jetzt stehe ich hier – Stehschreibtisch und so – und tippe zum dritten Mal eine *Tales of Sylt*-Danksagung, die vermutlich wieder viel zu lang wird (tut mir leid, Mareike, ich habe es einfach nicht so mit dem Kurzfassen <3). Denn der Abschlussband war in vielerlei Hinsicht eine große Herausforderung. In Lou und Kai steckt sehr viel von mir selbst, sehr viel, mit dem ich selbst zu kämpfen hatte und noch habe, und das hat es mir beim Schreiben nicht immer ganz leicht gemacht. Ich glaube, dass wir alle auf die eine oder andere Art und Weise auf der Suche nach *unserem* Weg, unserem Norden sind und uns dabei von Zeit zu Zeit verlieren. Mir ging es jedenfalls so und diese Geschichte jetzt zu schreiben, genau dort, wo ich gerade im Leben stehe, hat mir viel gegeben. Und ich hoffe, dass sie euch vielleicht auch ein wenig gibt. Ein bisschen Mut. Ein bisschen Fernweh. Ein bisschen Vertrauen in eure liebsten Menschen, aber vor allen Dingen euch selbst.

Seid mutig.

Danke für die wundervollen Menschen, die mich auf dieser Reise durch *Kein Horizont zu weit*, *Kein Sturm zu nah* und *Kein Ozean zu tief* begleitet haben. Danke, dass ihr mutig wart, wenn ich es nicht sein konnte. Ohne euch würde ich diese Worte jetzt nicht tippen. Deswegen danke an …

… meinen Mann, meine Familie und mein Zuhause, dass ihr mich immer zurückholt, wenn ich mich verliere.

… an dich, Mareike, dass du dich mit mir in die *Tales of Sylt* gestürzt hast. Dass kein Horizont zu weit, kein Sturm zu nah und kein Ozean zu tief gewesen ist – ein bisschen kitschig, ich weiß, aber auf die gute Art und Weise <3

… an meine unglaublich großartige Agentin Gerlinde Moorkamp. Danke, dass du mich auf diesem Weg begleitest, mir immer mit Rat und Tat zur Seite stehst, wenn ich meinen Norden aus den Augen verliere.

… an das wundervolle Team von Loewe Intense, ich bin so

froh, Teil eurer Familie zu sein! An dieser Stelle auch danke an Andrea Janas für diese wunderschönen Cover – ich liebe, liebe, liebe sie!

… an meine Therapiefälle (euer Name, nicht meiner, und ich werde das in jede verdammte Danksagung schreiben, damit niemand glaubt, die Flint wäre jetzt komplett durchgeknallt ☺). Danke, dass es euch und eure Begeisterung gibt. Ich möchte euch für immer behalten, ja? <3

… an dich, Theresa. Ich habe irgendwann aufgehört zu zählen, wie oft du mich wieder aus Zweifelwellen, Gedankenstrudeln und all dem, was dazwischenliegt, geholt hast. Ich bin unsagbar froh, dich in meinem Leben zu haben <3

… an meine Motivationspinguine aka Schreibbuddys aka seelische Unterstützung: Marina, Bianca, Tami, Magdalena und Anne – ohne Co-Working, Kaffee und die eine oder andere Ratsch-Runde geht eben nix <3

… an Ava – es ist mir eine Ehre, dass deine Worte auf dem Ozean stehen.

… an meine Leser*innen. An alle, die die erste Seite aufschlagen, meine Bücher lesen und vielleicht auch lieben. Danke, dass ihr es mir ermöglicht zu tun, was ich immer tun wollte. Ohne euch wären Leni und Rafe, Elisa und Jonah und Lou und Kai nur verstreute Gedanken ohne Anfang und Ende. Danke, dass ihr Geschichten daraus macht.

Und – ganz zum Schluss, dann höre ich auf, versprochen – noch einen kleinen Zusatz besonders für meine Leser*innen von Bookstagram: *Hier könnte ein fantastischer letzter Satz stehen*. Ihr wisst schon.

Danke für alles <3

Eure Alexandra

Content Note

Liebe Leser*innen,

in Lous und Kais Geschichte kommen Themen vor, die auf ganz unterschiedliche Art und Weise emotional belasten können. Diese sind Beschreibung von und Erinnerung an Unfallhergang, Sorge und Schuldgefühle sowie eine kurze Erwähnung von antimuslimischem Rassismus und Mobbing.

Ihr solltet das Buch also nur lesen, wenn ihr emotional mit diesen Themen umgehen könnt. Falls es euch mit diesen genannten oder auch anderen Themen nicht gut geht, findet ihr unter der Nummer der Telefonseelsorge rund um die Uhr kostenlose und anonyme Hilfe.

0800-1 11 01 11/0800-1 11 02 22
www.telefonseelsorge.de

Wir wünschen euch das bestmögliche Leseerlebnis.

Alexandra und das Team von Loewe Intense